U0938312

起來，不願做奴隸的人們！

許子東文集

（第三卷）

重讀魯迅

許子東 著

商務印書館

出版統籌：杜　辰
責任編輯：陳朝暉
裝幀設計：涂　慧
排　　版：肖　霞
責任校對：趙會明
印　　務：龍寶祺

重讀魯迅

作　　者：許子東
出　　版：商務印書館（香港）有限公司
香港筲箕灣耀興道 3 號東滙廣場 8 樓
http://www.commercialpress.com.hk
發　　行：香港聯合書刊物流有限公司
香港新界荃灣德士古道 220-248 號荃灣工業中心 16 樓
印　　刷：美雅印刷製本有限公司
香港九龍觀塘榮業街 6 號海濱工業大廈 4 樓 A 室
版　　次：2025 年 7 月第 1 版第 1 次印刷

ISBN 978 962 07 4738 0（平裝）
ISBN 978 962 07 4740 3（毛邊本）
Printed in Hong Kong

《許子東文集》出版說明

《許子東文集》十一卷，前三卷均為現代作家論，第四至第六卷是論文集和兩項專題研究，第七至第九卷都是以文本細讀為中心的文學史論述。第十卷為作者自傳，曾在人民文學出版社出版，現為增訂本。第十一卷為媒體言論集，收錄若干過往節目觀點與報刊文章。

上世紀八十年代的中國現代文學研究者，大都從作家論起步，之後進入文學史、古代文學、文化研究、人文學史或思想史等領域，很少有人一再重複現代作家論。文集作者卻在幾十年間，先後寫了三本作家論（《郁達夫新論》《細讀張愛玲》《重讀魯迅》）。對於這種目前在學術生產工業中已經不佔主流的研究方法和出版體例的長期堅持，在學界引起注意。第二卷《細讀張愛玲》（張愛玲逝世三十週年紀念版）是皇冠版和中華書局《張愛玲的文學史意義》兩書的合併，另附討論《色，戒》《小團圓》的電視談話。《重讀魯迅》的重點是魯迅對「主奴關係」的研究。全書並非企圖研究魯迅是怎樣一個人，或者還原魯迅作品的本意，而是記錄作者幾十年來閱讀 / 重讀魯迅作品的閱讀經歷以及體會感悟的變化過程。一百年來，魯迅的作品照見了國人走過的道路，照見了世人的面貌與內心，也照見了中國的理想與現實。文集作者半生都在着迷郁達夫的真率、張愛玲的優美和魯迅的深刻。

文集第四卷收集作者從 1984 年到 2014 年間的論文與隨筆，其中大部分寫於八、九十年代，曾經發表於《文學評論》《文藝理論研究》等學術期刊。〈當代小說中的現代史〉原是其中一篇論文的題目，預示了後來的研究方向，現作為文集第四卷書名。整個第四卷反映作者八十年代之後很長時間在學術上的猶豫和嘗試，從分析文學現象到試驗理論方法，從注重現代文學到關心當代小說。文集第五卷是一項藉用俄國形式主義理論的專題研究，開始於 1989 年芝加哥大學的魯思訪問研究計劃，1997 年作為博士論文提交香港大學。2000 年以《為了忘卻的集體記憶 —— 解讀 50 篇文革小說》為書名，由北京：生活・讀書・新知三聯書店出版（三聯・哈佛燕京學術叢書）。該書的台北麥田繁體版書名是《當代小說與集體記憶 —— 敘述文革》。人民文學出版社 2011 年再版時題為《許子東講稿（卷一）—— 重讀「文革」》。此書主題原是擔心國人健忘，可是時代循環，過去不會消失，人既有可能兩次進入同一河流，書也還沒有完全過時。文集第六卷是《小說香港》。作者長期在香港的大學任教並擔任中文系主任，曾經編選了四五本「香港短篇小說雙年選」。編選過程中閱讀了數千篇香港本土的中短篇小說（主要是九十年代的作品），同時也首次在嶺南大學開設香港文學的課程。卷六的部分內容曾以《香港短篇小說初探》為書名出版，2007 年獲第九屆香港中文文學（文學評論）雙年獎。

第七卷《許子東現代文學課》是作者在香港嶺南大學一年級本科課程的錄音文字，當時有騰訊新聞現場直播。課堂實錄文字或有資料不全等缺陷，但也保留了直播的氣氛及現場效果，成為一本文字、資料、音頻及視頻同時存在的教科書。《許子東現代文學課》收入文集卷七，大幅增加了研究性質的論文和其他講座文字、直播對談。《重讀二十世紀中國小說》（上下）及續篇《二十一世紀中國小說選讀》是作者近年的工作，有別於傳統的從時代或從作家出發的文學史模式，這幾冊重讀和選讀，努力嘗試以文本細讀為主體，重新梳理文學史發展線索。

整套文集，既有文體分類，也按時序編排。除了第三卷《重讀魯迅》，文集其餘各卷基本按寫作與出版時序編輯。

《重讀魯迅》編輯說明

《重讀魯迅》源起於 2017 年北京大學出版社和喜馬拉雅的約稿，是作者繼《郁達夫新論》《細讀張愛玲》之後的第三部作家論，以魯迅對「主奴關係」的研究為重點，記錄作者數十年閱讀及體悟魯迅作品的變化軌跡。

《重讀魯迅》中的「代序」，原為一篇論文，題為〈奴隸、奴才與「奴隸性」—— 重讀《阿 Q 正傳》〉，載《現代中文學刊》2019 年第 5 期。〈《阿 Q 正傳》：精神勝利法的三個層次〉載《名作欣賞》2025 年 4 月號「許子東專集」。本卷中的大部分文章均首次发表，最近修改時間是 2024 年 12 月至 2025 年 3 月。

代序：「起來，不願做奴隸的人們」

日本學者增田涉曾注意到，「在魯迅的著作和日常生活中有一個中心詞，就是『奴隸』。魯迅對『奴隸』境地有一種天生的敏感，甚至可以說不斷地被趨為『奴隸』的感受構成了魯迅最基本、最穩定的生存體驗，經常糾纏着他。」[1]，其實，魯迅文章中常常出現的是兩個關鍵詞，「奴隸」與「奴才」。有時看上去意思接近甚至不無混淆，但實際上有微妙且意義重大的區別。更準確地說，「主奴關係」，是我們閱讀探討魯迅作品和思想的一個重要角度。

一

在魯迅筆下，「奴隸」這個概念至少可以有四種定義。

第一是專指清朝臣民，「我生於清朝，原是奴隸出身，不同二十五歲以內的青年，一生下來就是中華民國的主子，……」[2] 文章的語境，講的是三十年代書報檢查。「民國的主子」云云，有反諷的意思。講清朝臣民是奴隸，屬於中性陳述。至於表示「臣民是奴隸」的原因，是因為滿清異族統治，還是基於皇權政治制度，魯迅並沒有細說。

魯迅對奴隸的第二種定義，是對清朝及以前歷朝歷代中國百姓民眾的生活狀態的形容描述——形容的成分多過陳述的性質。最著名的一段話出現在 1925 年的散文〈燈下漫筆〉裏，不用說魯迅研究者，普通讀者也很熟悉：

> ……甚麼「漢族發祥時代」「漢族發達時代」「漢族中興時代」……有更其直捷了當的說法在這裏——
>
> 一，想做奴隸而不得的時代；
>
> 二，暫時做穩了奴隸的時代。[3]

這段話，便於記憶，也易誤解。結合上下文，魯迅想強調的是兩點，一是做奴隸並不是最壞的情況，「亂離人，不及太平犬」，碰上戰亂、強盜等等，人們或許寧可要服從一個固定的主子。史上的農民起義革命造反，「將奴隸規劃毀得粉碎，這時候，百姓就希望來一個另外的主子，較為顧及他們的奴隸規劃的，無論仍舊，或者新頒，總之是有一種規則，使他們可上奴隸的軌道」[4]。所以做臣民奴隸是一種規則，一種軌道。第二個意思，就算逃離革命或戰爭，從一亂到一治，人們自以為進入所謂「太平盛世」，卻也還是「暫時做穩了奴隸的時代」。所以，「實際上，中國人向來就沒有爭到過『人』的價格。」有關奴隸生存的規則和軌道，「早已佈置妥帖了，有貴賤，有大小，有上下。自己被人淩虐，但也可以淩虐別人；自己被人吃，但也可以吃別人。一級一級的制馭着，不能動彈，也不想動彈了。因為倘一動彈，雖或有利，然而也有弊。我們且看古人的良法美意罷——」

> 天有十日，人有十等，下所以事上，上所以共神也。故王臣公，公臣大夫，大夫臣士，士臣皂，皂臣輿，輿臣隸，隸臣僚，僚臣僕，僕臣台。（《左傳》昭公七年）[5]

人民文學版的《魯迅全集》在這段「左傳」文字後面加了一個註釋，「王、公、大夫、士、皂、輿、隸、僚、僕、台是奴隸社會等級的名稱。前四種是統治者的等級，後六種是被奴役者的等級」。[6] 但魯迅不僅沒有這樣簡單劃線，而且還在「人有十等」之後再繼續追究下去：「但是『台』沒有臣，不是太苦了麼？無須擔心的，有比他更卑的妻，更弱的子在。而且其子也很有希望，他日長大，升而為台，便又有更卑更弱的妻子，供他驅使了，如此連環，各得其所……」[7]

可見，魯迅對奴隸的第二種定義，講的是歷代臣民，但並沒有強調臣與民的差異，而是更關注「大夫、士」與「隸、僕」之間一層層權力服從關係的相似性、同構性和連環性。最基本的規則是政治服從，集團、派別、家族甚至人身依附；最基本的軌道是思想統一，「有敢非議者，其罪名是不安分！」「倘一動彈，雖或有利，然而也有弊。」[8] 這一句特別重要，說明所謂統一、服從等奴隸性，不僅僅是昏睡麻木或缺乏道德覺悟，也完全可以是精緻趨利避害的人性需要，可以是經過理性計算清醒權衡以後逐漸轉化成下意識本能的生存技巧。用現代網絡語言說，不僅是昏睡，也可以「裝睡」。同期一篇〈論照相之類〉，魯迅引用利普斯（Theodor Lipps，1851—1914）在《倫理學的根本問題》的說法，「凡是人主，也容易變成奴隸，因為他一面既承認主人，一面就當然承認可做奴隸，所以威脅力一墜，就死心塌地，俯首貼耳於新主人之前了。」魯迅隨手以三國時吳國最後的皇帝孫皓為例，「治吳時候，如此驕縱酷虐的暴主，一降晉，卻是如此卑劣無恥的奴才。」[9] 這段引文說明魯迅在上世紀二十年代有時將奴隸與奴才兩詞混用，比較強調主奴的同構性，概括範圍不僅包括大臣、百姓，甚至也可以是王侯君主（如果他們一旦失勢，或面對更強大的力量）。

魯迅筆下的奴隸，當然不是嚴格的歷史學定義上的概念。歷史上的奴隸制度，幾乎在所有古代文明中都出現過。《漢謨拉比法典》，巴比倫的法典，就有任何人幫助奴隸逃跑就要被處死的條文。因為戰爭、犯罪、破產、血統，古代各民族都有一部分人成為奴隸，成為勞動工具，像貨物一樣這個被交易被贈送，甚至也可以被消滅。英文「Slave」，是從古法文「Sclave」和中世紀拉丁文「Sclavus」轉化過來，最早是希臘語的動詞，指剝去被殺敵人的衣服。表示戰敗後俘虜要做奴隸，此外還有債務奴隸，人奴產子，直到近代還有人口販賣、婚姻拐賣等等。有研究認為，東方的奴隸制並沒有西方發達，並未形成以奴隸為主要勞動力的社會。[10] 古代中國「奴」和「隸」，在先秦是兩種不同的奴隸名稱。奴隸一詞，漢代以後才出現。關於中國歷史上有沒有卡爾・馬克思所說的奴隸社會，史學界一直有爭論。有學者如郭沫若、范文瀾等認為中國在戰國前是奴隸制，但中國史學界也有無奴學派，[11] 認為那個時候戰俘被殺，是因為人祭人祭祀，不是殺俘虜。殷墟墓葬結構裏考證說奴隸人口當時是 3%，平民有 80—90%。而在古雅典五分之二以上的人口是被奴役的。[12] 在古羅馬奴隸是經濟支柱，四分之一的人口是奴隸。[13] 雖然到中世紀後期，奴隸制逐漸在西歐消失，但仍然有大西洋販奴運動。直到十九世紀，俄羅斯小說還記載很多農民都是農奴，南北戰爭以前美國的情況也類似。

明明中國歷史上的奴隸制是比較少的，為甚麼魯迅要特別強調整個中國歷史，只有「暫時做穩了奴隸」和「做不穩奴隸」兩個時代呢？因為魯迅對奴隸的基本定義，從「沒有人身自由」，引申到「人不能自主」。魯迅有感於「天有十日，人有十等」的社會秩序與心理傳統穩定和諧，困惑於「自己被人凌虐，但也可以凌虐別人；自己被人吃，但也可以吃別人。一級一級的制馭着，不能動彈，也不想動彈」的社會文化結構在二十世紀依然可以存在。所以奴隸成為魯迅的一個關鍵詞，重點不僅是如何描繪歷代中國人曾經怎樣過奴隸的生活，而是人的權利隨時可以被剝奪的狀態，是否在帝制崩潰以後仍然存在，以及民國的人們怎樣看待這種社會生態。這就是魯迅筆下「奴隸」的第三種定義——魯迅用一個自己的故事來詳細說明：「就是袁世凱想做皇帝的那一年……中國和交通銀行停止兌現」，政府說錢仍可用，但商店已不大歡迎。魯迅手頭還有些中交票，後聽說可以換現銀，於是也趕快去兌換。「但我當一包現銀塞在懷中，沉墊墊地覺得安心、喜歡的時候，卻突然起了另一思想，就是：我們極容易變成奴隸，並且變了之後，還萬分喜歡。」[14]

這是更廣義的「奴隸」定義：原來屬於你的（或你自以為是屬於你的）東西——勞動報酬、社會身份、房子金錢、名譽地位、家族親人、娛樂趣味、說話權利等等，隨時都可以被損害、被消失、被剝奪，損害、消失或被剝奪了以後如果還剩一點，退回一點，你就十分歡喜。魯迅換錢的這個故事，和他關於中國歷史只有「暫時做穩了奴隸」和「做不穩奴隸」兩種時代的論斷互為證據和論點。論據依照前人古書記載，故事分析人們現在的心理，史書記錄歷代皇權帝制下國人的普遍生態，「喜歡」的經驗則顯示民國以後人們對自己生存狀態的理解和認識（或者不夠理解和不能認識）。

用奴隸與奴才這兩個關鍵詞來形容、概括晚清民初國人的生態和心態，當然不是只有魯迅一個人，也不是從魯迅開始。1915 年 9 月 15 日，《青年雜誌》（《新青年》前身）在上海創刊，主編陳獨秀在著名的發刊詞〈敬告青年〉中提出對青年的六點期望，分別是：「自主的而非奴隸的；進步的而非保守的，進取的而非退隱的，世界的而非鎖國的，實利的而非虛文的，科學的而非想像的。」其中第一項的關鍵詞就是奴隸。這個「奴隸」應該也是史學概念的引申意義，是自主的反義詞。「等一人也，各有自主之權，絕無奴隸他人之權利，亦絕無以奴自處之義務。奴隸云者，古之昏弱對於強暴之橫奪，而失其自由權利者之稱也。自人權平等之說興，奴隸之名，非血氣所忍受。……我有手足，自謀溫飽；我有口舌，自陳好惡；我有心思，自崇所信；絕不認他人之越俎，亦不應主我而奴他人；蓋自認為獨立自主之人格以上，一切操行，一切權利，一切信仰，唯有聽命各自固有之智能，斷無盲從隸屬他人之理。非然者，忠孝節義，奴隸之道德也……輕刑薄賦，奴隸之幸福也；稱頌功德，奴隸之文章也；拜爵賜第，奴隸之光榮也；豐碑高墓，奴隸之紀念物也；以其是非榮辱，聽命他人，不以自身為本位，則個人獨立平等之人格，消滅無存，其一切善惡行為，勢不能訴之自身意志而課以功過；謂之奴隸，誰曰不宜？立德立功，首當辨此。」[15]

陳獨秀〈敬告青年〉中對奴隸的界定，包括兩層意思，既同情奴隸不幸，失卻自由權利：一切操行，一切權利，一切信仰，唯有聽命。也責怪奴隸會因輕刑薄賦而覺得幸福，甚至感到光榮，稱頌功德。陳獨秀和魯迅一樣，看到了奴性的兩個側面，但陳獨秀沒有像魯迅那樣用奴隸和奴才這兩個概念來明確區分。更早十幾年，1902 年梁啟超在他的政治幻想小說《新中國未來記》中，也曾用一個主要人物李去病之口，表達對清朝腐敗懦弱的憤怒：「原來李君是個愛國心最猛烈，排外思想最盛的人，聽到這一段（如有革命會導致社會大亂 —— 引者註）不禁勃然大怒道：『哥哥，既然如此，我們就永遠跟着那做外國奴隸的人，做那雙料的奴才做到底罷！』」[16] 在梁啟超那裏，奴隸和奴才在同一個句子裏出現，兩個概念的意思更多重合混淆，但仍有微妙區別：前者是說昏官買辦服從外國勢力，後者是指我們（革命黨、民眾）會不會也在為奴隸辦事去做雙料的奴才。前者偏於事實陳述，後者更多人為選擇。而且，奴才程度更嚴重，是「雙料」的奴隸。

對奴隸和奴才兩個概念有更清楚的區分，還是三十年代的魯迅。

> 一個活人，當然是總想活下去的，就是真正老牌的奴隸，也還在打熬着要活下去。然而自己明知道是奴隸，打熬着，並且不平着，掙扎着，一面「意圖」掙脱以至實行掙脱的，即使暫時失敗，還是套上了鐐銬罷，他卻不過是單單的奴隸。如果從奴隸生活中尋出「美」來，讚歎，撫摩，陶醉，那可簡直是萬劫不復的奴才了！他使自己和別人永遠安住於這生活。
>
> 就因為奴羣中有這一點差別，所以使社會有平安和不安的差別，而在文學上，就分明的顯現了麻醉的和戰鬥的的不同。[17]

這是魯迅對奴隸的第四種定義。如前所述，第一種定義是標明清代國人的臣民身份，第二種定義是形容歷代國人的生存狀態，第三種定義是描述民國以後國人的生態及心態，第四種定義就是把奴隸定義為沉默受苦但知道承認自己是奴隸，因而艱難忍耐也可能會革命反抗的個體或羣體，這就將奴隸與奴才明確區分。這不僅是生態與心態之分，也不只是被迫自願之別，而且也辨識了「奴羣」中不同的心理狀態——「奴才」的心態是「平安」「麻醉」，「奴隸」則代表「不安」和「戰鬥」。1935 年蕭紅《生死場》、蕭軍《八月的鄉村》都收入魯迅主編的《奴隸叢書》。在某種程度上，「奴隸」一詞在「五四」以後已成為一個新文化的主流話語。巴黎公社成員歐仁・鮑狄埃（Eugène Pottier，1816—1887）在 1871 年創作的《國際歌》，1921 年由耿濟之和鄭振鐸由俄文譯成中文，第一句就是「起來，飢寒交迫的奴隸」。之後經瞿秋白根據法文改編，一度還是江西中華蘇維埃共和國國歌。就在魯迅主編《奴隸叢書》的同一年，1935 年，創造社作家田漢為電影《風雲兒女》創作主題歌《義勇軍進行曲》的歌詞，首句也是「起來！不願做奴隸的人們！」[18] 在成為中華人民共和國代國歌之前，《義勇軍進行曲》曾經是國民黨很多軍校的軍歌。[19] 田漢的《義勇軍進行曲》歌詞，受孫銘宸作詞的東北抗日武裝《血盟救國軍軍歌》啟發，《血盟救國軍軍歌》首句是「起來，不願當亡國奴的人，……」。將「亡國奴」改成「奴隸」，有意無意中有同時正視民族矛盾與階級矛盾的意思。奴隸作為關鍵詞同時出現在《國歌》和《國際歌》的首句，或者有偶然因素，但奴隸一詞反覆被眾多中國現代知識分子（主要是民國作家）所書寫，卻是時代聲音，也是魯迅個人的聲音。葉紫、蕭軍合撰的「奴隸社」《小啟》基本延續了魯迅在《南腔北調集・漫與》中對奴隸的定義：「我們陷在『奴隸』和『准奴隸』這樣的地位，最低也應該做一點奴隸的吶喊，盡所有的力量，所有的忍耐。《奴隸叢書》的名稱便是這樣想來的。」[20]

二

以魯迅有關奴隸和奴才的論述為線索重讀〈阿 Q 正傳〉等代表作，我們會發現這兩個概念之間的聯繫和區別，十分複雜。

奴才（或奴材）一詞在古漢語中形容奴僕、家奴，一向有些貶義，唐房玄齡《晉書・劉元海載記》云：「穎不用吾言，逆自奔潰，真奴才也。」明陶宗儀《輟耕錄・奴材》：「世之鄙人之不肖者為奴材。」到了清代，《儒林外史》二十七回也有白話描述：「被他媽一頓臭罵到：『倒運的奴才，沒福氣的奴才。』」但同一時代，「奴才」有時又是身分象徵，在清官場，面向皇上自稱「奴才」是官員的一種特權。魯迅特別注意這個情況，在〈隔膜〉一文中說：「滿州人自己，就嚴分着主奴，大臣奏事，必稱『奴才』；而漢人卻稱臣就好……其地位還下於奴才數等。」[21] 所以一方面，「奴才」可以是一種資格一種身分，因此在奴才心理中，也有一種光榮。所以「奴才」的這種資格和光榮也特別令革命志士反感，是在梁啟超《新中國未來記》中，李去病引用了一首題為《奴才好》的樂府：

> 奴才好，奴才好，勿管內政與外交，大家鼓裏且睡覺。古人有句常言道，臣當忠，子當孝，大家切勿胡亂鬧。滿州入關兩百年，我的奴才坐慣了……滿奴做了做洋奴，奴性相傳入腦髓……奴才好，奴才樂，奴才到處且為家，何必保種與保國。[22]

按照魯迅在〈漫與〉中的說法，奴才區別於奴隸的第一個標誌，就是能「從奴隸生活中尋出『美』來，讚歎，撫摩，陶醉。」[23] 阿 Q 短短一生，基本上就是從「暫時做穩了奴隸」，到終於「做不穩奴隸」的過程。假定奴隸是一個中性的概念，就像窮人、弱者、底層一樣，那麼阿 Q 的奴隸生態其實是比較典型的：「阿 Q 沒有家，住在未莊的土穀祠裏，也沒有固定的職業，只給人家做短工，割麥便割麥，舂米便舂米，撐船便撐船。」[24] 嚴格按照毛澤東《中國社會各階級分析》的分類，阿 Q 的地位低於農村的半自耕農、貧農等「半無產階級」，屬於「農村無產階級」，詳細定義「是指長工、月工、零工等僱農而言。此等僱農不僅無土地，無農具，又無絲毫資金，只得營工度日。其勞動時間之長，工資之少，待遇之薄，職業之不安定，超過其他工人。此種人在農村中是最感困難者，在農民運動中和貧農處於同一緊要地位。」[25]

對於這種「無產階級」生活，阿 Q 自己並沒有直接評論，讚揚的是村民，「有一個老頭子頌揚說：『阿 Q 真能做！』這時阿 Q 赤着膊，懶洋洋的瘦伶仃的正在他面前，別人也摸不着這話是真心還是譏笑，然而阿 Q 很喜歡。」[26] 雖然喜歡別人偶爾誇他「真能做」，肯定他勞動的價值，但阿 Q 在心裏對自己目前的「行狀」是不滿的，其表現就是喝醉酒時會將自己與有錢的而且少爺考中生員的趙家在姓氏上拉上關係，結果被斥「你怎麼會姓趙！——你哪裏配姓趙！」，還有就是一旦與人吵架，就宣佈「我們先前——比你闊得多啦！」言下之意，他也意識到現在是比較不幸的。

但真正要「從奴隸生活尋出『美』來，讚歎，撫摩，陶醉」，卻還是要靠著名的精神勝利法。廣義的精神勝利法，比方眼前半杯水，不說只有半杯水，而是說還有半杯水，這是常人都可能具有的從不同角度看問題的心理調節機制。阿 Q 實踐的是狹義的精神勝利法，必須建構在「屈辱」和「虛構」兩個要素之上。

> 阿 Q 在形式上打敗了，被人揪住黃辮子，在壁上碰了四五個響頭，閒人這才心滿意足的得勝的走了，阿 Q 站了一刻，心裏想，「我總算被兒子打了，現在的世界真不像樣……於是也心滿意足的得勝的走了。」[27]

在這個經典場面中，令阿 Q 難過的不僅是皮肉傷痛，更重要是精神屈辱。竹內好認為，「屈辱感」對魯迅的創作來說十分重要，「竹內好就是要在民族的『屈辱感』當中來尋求魯迅文學的本源意義上的動力。這就是把魯迅文學稱做『贖罪文學』的竹內好的魯迅論的出發點。」[28] 從少年時代和自己身體一樣高的當鋪藥店櫃枱，到紹興故里親戚們懷疑他偷賣首飾的流言；[29] 從目睹華人麻木旁觀華人被斬的幻燈片，到仙台日本同學懷疑魯迅（唯一的中國男生）的成績受到藤野先生特別關照，魯迅對「屈辱感」及其忍受壓抑宣泄疏解方式一向特別敏感。吉田富夫有論文詳細考證仙台幻燈片和分數事件對魯迅棄醫從文的影響：「他並不是抱着要靠文學來拯救同胞的精神貧困這種昂首挺胸的願望離開仙台的。……他恐怕是咀嚼着屈辱離開仙台的。……屈辱不是別的，正是他自身的屈辱。與其說是憐憫同胞，倒不如說是憐憫不能不去憐憫同胞的他自己。」[30] 阿 Q 的屈辱當然是基於他的「無產階級」弱勢地位，其特點（或特長）是想像力強，記憶力差，幻想與現實不分。他不僅能夠剛剛解脫屈辱痛苦，馬上就感到幸福光榮，而且有時幸福光榮感就是擺脫屈辱的方法。而魯迅自己，卻刻骨銘心記着他個人所經歷過的屈辱，因此既理解又批判阿 Q 式的選擇性遺忘能力。

「屈辱感」的動力，還需要虛構能力才會使受害人感到「心滿意足」。阿 Q 最後被審問時也因為將自己想參加革命的夢境與事實混淆以致被人誤判為搶劫犯。我們注意到打敗阿 Q 的閒人也是「心滿意足」得勝走了。重複用詞暗示閒人也是另一層次的阿 Q，所以這種形式的「心滿意足」可以一層層循環下去（或上去），超越階級局限，演變成所謂「國民性」的問題。晚清四大名著認為中國的問題關鍵在官僚制度，所以都重點寫官員，寫官怎麼欺負民。四十年代以後左翼文學假定中國的問題要靠人民，所以都重點寫民眾，寫民怎麼被官欺。只有「五四」時期文學寫官民相通之處，即怎麼算「立人」，或怎麼不像人，即研究中國問題的關鍵「國民性」。這個課題比較複雜，《重讀魯迅》書中詳述。

除了屈辱和虛構以外，阿 Q 的「優勝記略」還包括第三個要素，即自虐。

> 他擎起右手，用力的在自己臉上連打了兩個嘴巴，熱剌剌的有些痛；打完之後，便心平氣和起來，似乎打的是自己，被打的是別一個自己，不久也就彷彿是自己打了別個一般——雖然還有些熱剌剌——心滿意足的得勝的躺下了。[31]

這是從「奴隸生活中尋出『美』來……讚歎，撫摩，陶醉」的較高境界。以肉體自虐紓解精神屈辱，還必須包含「彷彿是自己打了別個」人的超級幻想能力。細查阿 Q 與閒人們打架的起因，是因為他不許別人嘲笑他的缺點「癩瘡疤」。攻擊他人生理缺陷確實政治不正確，阿 Q 早就有這個覺悟。但進而忌諱一切與「癩」有關的詞彙，將賴、光、亮、燈、燭等等都列入禁忌和敏感詞，就比較難貫徹執行了。有缺點不許別人議論，這本是權貴者的特權。不知是阿 Q 受了統治階級的污染（這是李希凡的觀點，之後還會詳論），還是威權人物其實內在也有阿 Q 心理？

在魯迅常用的「看與被看」及「個人與羣眾」的小說結構模式中，阿 Q 因為向吳媽求愛及最後被殺頭等原因，一度也成為被「看」的中心人物，但很多別的時候，阿 Q 同時也是看客羣眾。在其他一些作品如〈藥〉〈示眾〉之中，當年的吃瓜羣眾的看客心理正是「從奴隸生活中尋出『美』……讚歎，撫摩，陶醉」的主要方式。旁觀別人受難，可以在排斥少數個別的時候獲得還是自己屬於多數的虛擬安全感。「吃瓜」他人的「變態」，可以證明自己當然「正常」且屬於「羣體」。這是從單純的「奴隸」像「奴才」方向發展的第一步。

除了能否在奴隸生活中找到「心滿意足」的「樂趣」，奴隸和奴才的第二個區別是前者「明知道是奴隸，打熬着，並且不平着，掙扎着，一面意圖掙脫以致實行掙脫」[32]，後者則基本上生在奴中不知奴。為了專門給「奴才」下定義，魯迅在他們藝術性較高的散文詩集《野草》中有一篇散文《聰明人和傻子和奴才》。裏面的奴才倒不像阿Q般容易「心滿意足」，他也訴苦，也有聰明人同情他安慰他：「我想你總會好起來……」[33] 但真的有「傻子」來幫他開窗砸牆，奴才馬上害怕「主人要罵的」。然後有一羣奴才出來把幫忙的「傻子」趕走，最後還得到了主人的誇獎。對比這個奴才的榜樣，阿Q卻不安分的多。在經濟上，進城當小偷助理，以致一度販賣舊時裝在未莊短暫「中興」；在政治上，下決心參加革命，不管動機如何，阿Q應該是不會阻止別的阿Q幫他開窗砸牆。最多在旁邊看：反正也不是我砸的。總而言之，魯迅說過：「中國倘不革命，阿Q便不做革命黨，既然革命，就會做的。……此後倘再有改革，我相信還會有阿Q似的革命黨出現。」[34] 就小說中參加革命造反的行狀事跡看（不僅考察他在土穀祠的夢，而且也考慮他臨死瞬間看到狼的眼睛），阿Q究竟近於「不平着、掙扎着」的奴隸？或者還是《野草》中被聰明人忽悠的奴才？這是一個爭論了幾十年的有關中國革命的研究課題。

奴隸和奴才還有第三個關鍵的區別。在很多「五四」作家筆下，奴隸是被侮辱與被損害者，因此是文學研究會「為人生的藝術」當中的主要人物，甚至也希望能是假想的被啟蒙的讀者。可是在魯迅筆下的典型弱者阿Q，卻不是單純被人欺負。小說第二章〈優勝記略〉與第三章〈續優勝記略〉，看上去像是同一話題（精神勝利法）的連載繼續（因為是報紙連載，「每七天必須做一篇」[35]，也許今天篇幅夠了，下一期繼續）。但實際上仔細讀小說原文，敏感的研究者會發現兩個章節有重大區別[36]：第二章阿Q只和未莊的的閒人們打架，對方是強者，他在弱勢；第三章阿Q主要是和他看不上眼的王胡比捉蝨子和打架。魯迅特別分析戰鬥形勢：「和些打慣的閒人們見面還膽怯，獨有這回卻非常勇武了。」[37] 但還是打輸了，所以「要算是生平第一件的屈辱」[38]。因為是被同樣弱勢羣體中的王胡打，而不是被趙家人或閒人們欺負，阿Q一時亂了內心的階級秩序，不大習慣，有一個瞬間「無可適從的站着」[39]。之後又碰到他痛恨的裝假辮子的「假洋鬼子」，對方手上有棍，阿Q也是吃虧。再之後就出現了小說中的一個關鍵情節：「對面走來了進修庵的小尼姑……在屈辱之後……阿Q走進伊身旁，突然伸出手去磨着伊新剃的頭皮……」[40]，結果被小尼姑罵「這斷子絕孫的阿Q！」

阿Q摸小尼姑新剃的頭皮，是個具有標志性意義的動作。同樣的行為魯迅在其他文章裏一再批評。「勇者憤怒，抽刀向更強者；怯者憤怒，卻抽刀向更弱者。」[41] 有人告訴魯迅，說「在大道上發見了兩樣東西，兇獸與羊，」魯迅說：「我以為……大道上的東西沒有這麼簡單，還得附加一句，是兇獸樣的羊，羊樣的兇獸。」「可惜中國人，但對於羊顯兇獸相，而對於兇獸則顯羊相，所以即使顯着兇獸相，也還是卑怯的國民。」[42] 關於這種羊獸一體的現象，魯迅不僅描寫農村的無產階級阿Q，也形容城裏革命的大學生：「我還記得第一次『五四』以後，軍警們很客氣地只用槍托，亂打那手無寸鐵的教員和學生，威武到很像一對鐵騎在苗田上馳騁；學生們則驚叫奔避，正如遇見虎狼的羊羣。但是，當學生們成了大羣，襲擊他們的敵人時，不是遇見孩子也要推他摔幾個筋斗麼？在學校裏，不是還唾棄敵人的兒子，使他非逃回家去不可麼？這和古代暴君個滅族的意見，有甚麼區分！」[43] —— 魯迅寫這段文字的時候，當然並不知道以後還真有「成了大羣」的學生組織，怎樣對待與他們出身不同的同學們 —— 當然小說中僱農阿Q基本上還是羊，但偶然顯出兇相欺凌更弱者，卻付出了極大代價。

畢飛宇認為「斷子絕孫的阿Q」這句話出自小尼姑之口，太惡毒了。如果他寫這個情節，說「阿彌陀佛」或者罵「臭流氓」就行了。但為甚麼要講出這麼重的一句詛咒呢？畢飛宇認為小說可以從結尾倒過來讀：「拋開小說的複雜性，就發展的脈絡而言，阿 Q 是當作搶劫犯而被處死的，其實是個替罪羊。為甚麼阿 Q 會成為替罪羊呢？因為阿 Q 有前科，他走過他鄉，做過幾天的盜賊 —— 為甚麼阿 Q 要走他鄉做盜賊呢？因為他在未莊遇到了生計問題，活不下去 —— 他為甚麼就活不下去了呢？因為他找不到工作。為甚麼他就找不到工作呢？因為沒有人敢聘用他。為甚麼沒有人敢聘用它呢？因為他的生活作風出了大問題。為甚麼他的生活作風出了大問題呢？因為他騷擾過吳媽，她想和吳媽『睏覺』。他為甚麼要和吳媽『睏覺』呢？因為他想有個孩子。他為甚麼想要有個孩子呢？小尼姑說了，『斷子絕孫的阿 Q！』」[44]

其實想和吳媽「睏覺」是否直接為了繁殖也不一定，小說裏首先渲染的朦朧的性覺醒 —— 回到土穀祠後，阿 Q「覺得自己的大拇指和第二指有點古怪：彷彿比平常滑膩些。不知道是小尼姑的臉上有一點滑膩的東西黏在他指上，還是他的指頭在小尼姑臉上磨得滑膩了？」[45] 我們記得，年輕資本家佟振保也是和浴後的王嬌蕊握了握手，濺了點肥皂泡沫在他的手背，「那一塊皮膚上便有一種緊縮的感覺，像有張嘴輕輕吸着它似的。」[46] 兩位現代文學大家，都特別意男性手指皮膚的感覺。但無論如何手指甚麼感覺，作家安排小尼姑的這句話，的確觸發主人公後來一連串的悲劇，可以令讀者意識到，被趙家人欺負的只是奴隸的屈辱，摸小尼姑的頭皮卻是奴才的行為。

奴隸和奴才還有第四個，恐怕也是更重要的區別。奴隸只是「不平」「掙扎」，奴才一旦造反卻馬上想做主子，想自己也有奴才。討論這個問題最典型的文本就是阿 Q 在土穀祠的夢，既展示了主人公的革命理想，也預言了後來幾十年中國的一些基本狀況：

造反？有趣，……來了一陣白盔白甲的革命黨，都拿着板刀，鋼鞭，炸彈，洋炮，三尖兩刃刀，鈎鐮槍（這甚麼都混在一起），走過土穀祠，叫道，「阿Q！同去同去！」於是一同去。

這時未莊的一夥鳥男女才好笑哩，跪下叫道，「阿Q，饒命！」誰聽他！第一個該死的是小D和趙太爺，還有秀才，還有假洋鬼子，……留幾條麼？王胡本來還可留，但也不要了。……

東西，……直走進去打開箱子來：元寶，洋錢，洋紗衫，……秀才娘子的一張寧式牀先搬到土穀祠，此外便擺了錢家的桌椅，或者也就用趙家的罷。自己是不動手的了，叫小D來搬，要搬得快，搬得不快打嘴巴。……

趙司晨的妹子真醜。鄒七嫂的女兒過幾年再說。假洋鬼子的老婆會和沒有辮子的男人睡覺，嚇，不是好東西！秀才的老婆是眼胞上有疤的。……吳媽長久不見了，不知道在那裏，——可惜腳太大。

阿Q沒有想得十分停當，已經發出了鼾聲，四兩燭還只點去了小半寸，紅豔豔的光照着他張開的嘴。[47]

「紅豔豔的光照着他張開的嘴」，土穀祠之夢的最後一句，耐人尋味。這段夢境描寫，在〈阿Q正傳〉中，在魯迅的全部創作中，甚至在整個中國現代文學中，都十分重要。這裏有幾點特別值得注意。

第一，革命者不是應該和同階級的小D聯手，首先打擊趙家人，設法團結閒人王胡等，或者暫時合作利用假洋鬼子等知識分子嗎？為甚麼復仇名單上第一個該死的竟是小D？小D與階級敵人趙太爺並例，甚至排名在前，也在秀才、假洋鬼子前面？最簡單的理由，就是可能小D跟阿Q不久前有直接肢體衝突，是在眼前晃的討厭的人？

或者明明比我弱，還不肯服從（潛台詞是弱勢就該服從）？稍微講深一點，翻天覆地中，鎮壓同類是當務之急（潛意識裏也是排斥同一陣營的競爭對象，條件越相似越要先提防或鏟除）。講的更複雜一點，打倒趙家人還可以說是底層的復仇，懲罰小 D 卻只能說明男主人公想迅速獲得隨意處置他人的暴力，想迅速獲得做主子的權力。

第二，「我要甚麼就是甚麼，我喜歡誰就是誰」[48]，東西財物也是要的，元寶、洋錢、洋紗衫、秀才娘子的一張寧式牀。更重要的是，「叫小 D 來搬，要搬得快，搬得不快打嘴巴。……」小 D 最忙，不僅在該死名單之首，又要幫新主人搬牀。阿 Q 不僅可以懲罰其他奴隸，而且可以任意使喚他們，為自己服務。恐怕不需要黑格爾主奴辯證法那樣複雜的哲學分析，阿 Q 的情況，就是在幻想成為他人的主子時，他自己也就由奴隸轉化為魯迅定義的奴才。

第三，主人公的性幻想，涉及村莊裏很多女人，從人家的妹子、女兒、老婆，到他的「心上人」吳媽，其「性趣」和審美標準基本延續鄉俗傳統。說明革命有時並不改變財物（包括女人）的價值與價值觀，而只是改變財物的所有權。

汪暉在論文〈阿 Q 生命中的六個瞬間〉中認為：「阿 Q 是一個永遠不能用自己的思想來思想的人，……所以必須從他的潛意識或本能之中去開掘，只有在他無法控制的領域，我們才能找到阿 Q 革命的契機。」[49] 在土穀祠的革命夢裏，如果說財物慾望、意淫女人甚至討厭眼前的小 D 都還是主人公可以意識可以解釋的慾望，那麼鎮壓同類，排斥競爭，以及想隨意處置他人，想迅速獲得做主子的權力等等，可能真的只有在潛意識層面才能解讀。阿 Q 既是高度寫實的僱農，又是民族魂靈象徵，所以他個人的潛意識，後來也會成為中國革命（尤其是農民革命）的集體無意識。魯迅其實很清楚他在阿 Q 的土穀祠之夢中寫了甚麼：「我也很願意如果人們所說，我只寫出了現在以前的或一時期，但我還恐怕我所看見的並非現代的前身，而是其後，或者竟是二三十年之後。」[50] 魯迅此文寫於 1926 年底，「二三十年之後」，就是 1957 年前。接下來我們會討論五十年代的理論家們怎麼閱讀〈阿Q 正傳〉。

與土穀祠的夢這樣精準具體的革命想像相呼應，在散文〈小雜感〉裏，魯迅對阿 Q 所處的或革命背景有如下概括和感慨：「革命，反革命，不革命。革命的被殺於反革命的。反革命的被殺於革命的。不革命的或當做革命的而被殺於反革命的，或當作反革命的而被殺於革命的，或並不當做甚麼而被殺於革命的或反革命的。革命，革革命，革革革命，革革……」[51]

魯迅晚年只有極偶然的機會才將奴隸和奴才這兩個概念混為一談。比如在雜文〈偶成〉裏，講到「奴隸們受慣了『酷刑』的教育，他只知道對人應該用酷刑。……奴才們……不能『推己及人』。」[52] 例子是小說《鐵流》中農民殺了一個貴人的小女兒，不明白她母親為甚麼哭得淒慘，「哭甚麼呢，我們死掉了多少小孩子，一點也沒哭過。……奴隸們受慣了豬狗的待遇，他只知道人們無異於豬狗。」[53] 就是說，一旦造反，使用暴力是奴隸和奴才的共通點。但在更多的時候，魯迅更傾向於強調奴隸與奴才兩個概念的差異。談及奴才，常用鄙視語氣：「揩油，是說明着奴才的品行全部的。」[54] 講到奴隸，有時甚至有點讚揚：「古埃及的奴隸們，有時也會冷然一笑，這是篾視一切的笑。不懂得這笑的意義者，只有主子和自安於奴才生活，而勞作較少，並且已經失了悲憤的奴才。」[55] 除了「自安」、「勞作較少，並且已經失了悲憤」之外，魯迅認為奴才的另外一個標誌就是幫兇，幫助主子去鎮壓其他奴隸。「一部《水滸》，說的很分明：因為不反對天子，所以大軍一到，便受招安，替國家打別的強盜 —— 不『替天行道』的強盜去了。終於是奴才。」[56]

簡而言之，魯迅論述從奴隸生態向奴才心態的轉化，一般要有四個條件：一是在奴隸生活中找到樂趣與陶醉；二是不會掙扎反抗，安於現狀，甚至身在奴中不知奴；三是被人侮辱但也要損害他人；四是自己也想擁有奴才並且幫助主子打擊別的奴隸或奴才。而阿 Q，如上所述，大致符合其中一、三、四項條件。

但〈阿 Q 正傳〉整個小說，不僅在寫奴隸生態與奴才心態之間的種種複雜關係，而且還借一個「長衫人物」（民初的官員或文人）之口，直接提出了另一個相關的概念「奴隸性」—— 這是在阿 Q 最後被抓提審時，他看到一個「滿頭剃得精光的老頭子」，旁邊還有一些「長衫人物」，這些人「怒目而視的看他，他便知道這個人一定有些來歷，膝關節立刻自然而然的寬鬆，便跪了下去了。」

> 「站着說！不要跪！」長衫人物都吆喝說。
>
> 阿 Q 雖然似乎懂得，但總覺得站不住，身不由己的蹲了下去，而且終於趁勢改為跪下了。
>
> 「奴隸性！」長衫人物又鄙視似的說，但也沒有叫他起來。[57]

小說中直接多了一個理論概念，問題就更複雜了。這「奴隸性」，究竟是隱形作者對阿 Q 的直接批判，還是長衫人物們（可以被理解為知識分子或辛亥革命中的改良派）對阿 Q 的間接迫害？所謂「奴隸性」，是奴隸生活的必然延伸，因此就是奴隸的品行？還是對魯迅一再分析的「奴才心理」的另一種批判？而在「奴隸」、「奴才」和「奴隸性」這三個概念之間，究竟又是怎樣一種邏輯關係？

三

〈阿Q正傳〉到底是寫「奴隸」革命還是「奴才」造反，曾經引起五十年代學術界的激烈爭論。不過當時術語有所不同，飢寒交迫的「奴隸」說的是農民身份的阿Q，欺軟怕硬自欺欺人的奴才心態則被稱為「阿Q精神」，或者「阿Q主義」。

在特定的歷史語境裏，如何解說農民阿Q身上的「阿Q精神」，或者「阿Q主義」(即諸多「奴才」特徵)，成為一個難題。而且阿Q也不只是農民，他是傭農，沒有任何生產資料和生產工具，嚴格說來，是農村的「無產階級」，是主流話語中的先進階級，是新中國的領導力量。怎麼一個「無產階級」，整天用虛幻想像排解屈辱，還要在現實中欺負弱勢羣體的小尼姑，還要在幻想中懲罰奴役同一階級的小D並享用統治階級的財產與女人？

五十年代的學者們至少嘗試了兩個方法來解釋以上困惑。一是賦予阿Q土穀祠之夢以階級鬥爭的正能量，強調奴隸必須革命；二是將阿Q的缺點跟優點區別開來，將奴隸身份與奴才心理切割。

前者的典型就是五十年代魯迅研究的權威學者陳湧的〈論魯迅小說的現實主義〉。陳湧認為魯迅的《吶喊》《彷徨》「深刻地反映了中國的革命，反映了中國革命的性質和動力」,「魯迅是現代中國在文學上第一個深刻地提出農民和其他被壓迫羣眾的狀況和他們的出路問題的作家，農民問題成了魯迅注意的中心」，陳湧強調阿Q土穀祠裏的夢「是魯迅對於剛剛覺醒的農民的心理的典型的表現」,「它雖然混雜着農民的原始的報復性，但他終究認識了革命是暴力」,「毫不猶豫地要把他主階級的私有財產變為農民的私有財產」，並且「破壞了統治了農民幾千年的地主階級的秩序和『尊嚴』」，這都是表現了「本質上是農民革命的思想」。[58]

陳湧同時還認為〈阿 Q 正傳〉「從被壓迫的農民的觀點」對於資產階級及其領導的辛亥革命所作的批判，「魯迅清楚地表明了，地主階級或地主階級裏的資產階級化的知識分子如何偽裝革命，如何向革命投機，如何排斥真正的革命力量」。陳湧的觀點直接影響到七十年代石一歌的《魯迅傳》—— 這是 1966—1976 年間唯一一本中國現代文學研究著作：

> 〈阿 Q 正傳〉正是通過對資產階級革命的不徹底性和妥協性的批判，揭示出了一個歷史的結論：資產階級再也不能領導中國革命了。[59]

如果小說中責罵他「奴隸性」的「長衫人物」，是「資產階級化的知識分子」，他們批判阿 Q 的奴才精神，是出於階級立場的局限。那麼，見到長衫人物便忍不住跪下來的阿 Q，應該就是無產階級遭受了資產階級的迫害。

第二種將阿 Q 的奴隸身份與奴才心理切割的方法，以何其芳、馮雪峰為代表。錢谷融在他的著名論文〈論「文學是人學」〉中，摘引了幾段相關評論：

> 關於阿 Q 的典型性問題，已經爭論了好幾十年了，但是直到現在（指 1957 年 —— 筆者註），大家的意見仍很分歧。何其芳同志一語中的地道出了這個問題的癥結所在：「困難和矛盾主要在這裏：阿 Q 是一個農民，但阿 Q 精神卻是一個消極的可恥的現象。」許多理論家都想來解釋這個矛盾，結果卻都失敗了。……為甚麼

農民身上就不會有或者不能有消極的可恥的現象呢？是誰做過這樣的規定的？……解放初期，不是就有許多人認為：說阿Q是一個農民，是一種農民的典型，是對我們勤勞英勇的農民的侮辱嗎？……針對這種指責，理論家趕快聲明說：阿Q只是個落後農民的典型，並不是一般農民的典型（幸喜沒有人肯自居於落後農民之列，不然，恐怕也會要有人出來抗議的）。同時，又特別強調阿Q的革命性，以期使他雖然有着那麼多的缺點，終於還能配得上他光榮的農民身份。……

但把阿Q說成是落後農民的典型，問題依舊並沒有解決。落後農民畢竟還是個農民，而且，他的落後決不是天生的，正是因為有了阿Q精神，才使他成為一個落後農民的。那麼，他身上的阿Q精神，究竟是怎樣產生的呢？馮雪峰同志是把阿Q和阿Q主義分開來看的。認為阿Q主義是屬於封建統治階級的東西，不過由〈阿Q正傳〉的作者把它「寄植」在阿Q的身上罷了。[60]

馮雪峰是和魯迅關係最接近的左翼理論家，魯迅晚年有些文章就是馮雪峰起草的。將阿Q與阿Q主義區分開來，看上去，好像依據魯迅所強調的奴隸與奴才的區別。但如引申開去，說農民阿Q只是「奴隸」，「奴才精神」則屬於封建統治階級，則又將兩者關係簡單化了。事實上，本文從第一章節起就在努力梳理兩者的關係，奴才心態是因為不自覺不承認自己的奴隸生態才發展出來的，但又有了質的差異。馮雪峰將兩者切割後也還要解釋互相的關係，於是就說奴才精神屬於統治階級，但寄植在奴隸身上。寄植？像王胡、阿Q身上的蝨子？借用張愛玲的名句：奴隸健美的身體上，寄植着奴才般的蝨子？

李希凡更發展了馮雪峰的說法，不過他不用「寄植」的字眼，而說是受了「統治階級的統治思想毒害的結果」。他說：「魯迅通過僱農阿 Q 的精神狀態，不僅是為了抨擊封建統治階級的阿 Q 主義，更深的意義在於控訴封建統治階級在阿 Q 身上所造成的這種精神病態的罪惡」。又說：「魯迅通過落後農民的阿 Q 來體現阿 Q 精神，這正表明了魯迅對於這種腐朽的精神狀態所給予人民危害性的發掘和強調，……」[61] 所以〈阿 Q 正傳〉寫的就是統治階級如何將「奴隸」殘害成「奴才」的過程。但何其芳「看出了這種說法無論在理論上或在實際上都是不大說得通的。因而又提出了另外的看法。他認為阿 Q 精神『並非一個階級的特有的現象』，而是『在許多不同階級不同時代的人物身上都可以見到的』，『似人類的普通弱點之一種』（這最後一句是沈雁冰在二十年代初說的話，但為何其芳同志所同意的）。」[62] 但何其芳這種阿 Q 精神屬於不同階級的說法，立即遭到了李希凡的反駁，李希凡指責這種看法是一種超階級的人性論的觀點。1956 年底中國科學院文學研究所舉辦的討論會上，有更多人給了何其芳以同樣指責。[63]

怎麼解釋小說〈阿 Q 正傳〉中直接出現的理論概念「奴隸性」呢？

第一種看法，如上所述，在五十年代，馮雪峰認為「奴隸性」（阿 Q 精神）是一種病，這個病本來是屬於「趙家人」，可是傳染給了窮人阿 Q。李希凡的說法更進一步，魯迅小說的意義和價值，就是為了揭露有錢人為甚麼以及怎樣把他們身上的病傳染給我們無產階級農民阿 Q。

第二種看法，石一歌認為「奴隸性」本來不屬於奴隸，甚至也不是染病。長衫人物們責罵阿 Q「奴隸性」，這是一種污衊，在小說語境裏這是資產階級改良派對農民運動（不只是湖南的農民運動）的惡意攻擊，目的是不許阿 Q 革命；推理下去，如果在後來的評論語境裏，用「奴隸性」（奴才心理）形容解釋長期專制制度下形成的國民劣根性或社會文化心理秩序，應該也需要提高警惕。

第三種看法，「奴隸性」，確實和奴隸生態有關。尤其是在社會等級固化、上升階梯不通、宣泄閥門也堵塞的情況下，底層弱勢人羣無可奈何，只能靠「精神勝利法」疏解屈辱感，「身不由己的蹲了下去，而且終於趁勢改為跪下了」，也可以解讀為是一種集體無意識，一種被迫扭曲的文化心理生存機制。

第四種看法，小說中讓長衫人物斥責阿 Q「奴隸性」，是一箭雙雕：既在寫實層面刻畫大革命中文人官員虛偽無力，又在寓言層面滲透隱形作者的批判態度。「奴隸性」是「奴隸」生態和「奴才」心態的結合，但並不只屬於底層人羣，而是跨階級甚至跨國度的一種社會文化心理。其關鍵就是魯迅在〈俄文譯本《阿 Q 正傳》序及著者自敍傳略〉中強調的人分十等，手和腳感覺不相通，「並且連自己的手也幾乎不懂自己的足。我雖然竭力想摸索人們的魂靈，但時時總自憾有些隔膜」。[64] 其要害不在某個階級，而是整體結構：「有貴賤，有大小，有上下。自己被人凌虐，但也可以凌虐別人；自己被人吃，但也可以吃別人。一級一級的制馭着，不能動彈，也不想動彈了。因為倘一動彈，雖或有利，然而也有弊。」[65]

〈阿 Q 正傳〉的評論史，某種意義上也是二十世紀中國文學批評史的一個縮影。文學形象阿 Q 身上的「奴隸性」，最具體地體現了魯迅關於「奴隸」和「奴才」這兩個概念的長期思考。小說人物阿 Q 不是完全不知掙扎反抗的奴隸，所以他並非典型的奴才。但他大致符合魯迅定義「奴才」的另外三項條件：一、善於在奴隸生活中尋找樂趣（精神勝利法、假想「先前很闊」，還可能姓趙等等）；二、不僅被趙太爺假洋鬼子或未莊閒人等欺負，有機會也欺負小 D 和小尼姑；三、其革命理想就是搶奪主子的財產、權力和女人，自己也想擁有可以隨便驅使打罵的奴才。土穀祠之夢是對「短二十世紀」中國革命的長預言（長久有效的預言）。在後來幾十年有關〈阿 Q 正傳〉的評論中，「阿 Q 人口」一度越來越少：開始指涉全體國民，後來是講農民，再到落後農民，再到被統治階級寄植病毒的農民……但與此同時，阿 Q 精神，或者說奴才心理傳統，有沒有也隨着「阿 Q 人口」而相應減少呢？這是一個問題。

「我們極容易變成奴隸，而且變了以後還萬分喜歡。」這是魯迅先生對我們（也包括對他自己）的一種提醒和警告。在某種意義上，我們重讀魯迅，也會發現魯迅一生大部分作品都貫穿着一個主題：起來，不願做奴隸的人們！

2019 年 5 月 15 日於香港麥當勞道，
2024 年 9 月 15 日修改於香港九龍尖沙咀。

1 轉引自錢理羣：《與魯迅相遇》，北京：三聯書店，2003 年，頁 81。

2 魯迅：《花邊文學・序言》，見《魯迅全集》第五卷，北京：人民文學出版社，2005 年，頁 438。

3 魯迅：〈燈下漫筆〉，最初發表於《莽原》1925 年 5 月 1 日第 2 期。收入《墳》，北京：未名社，1927 年，見《魯迅全集》第一卷，北京：人民文學出版社，2005 年，頁 225。

4 同註 3，頁 224。

5 同註 3，頁 227。

6 同註 3，頁 231。

7 同註 3，頁 227—228。

8 同註 3，頁 228。

9 魯迅：〈論照相之類〉，最初發表於《語絲》1925 年 1 月 12 日第 9 期，收入《墳》，北京：未名社，1927 年。見《魯迅全集》第一卷，北京：人民文學出版社，2005 年，頁 193—194。

10 黃現璠：《中國歷史沒有奴隸社會—兼論世界古代奴及其社會形態》，瀋陽：遼寧大學出版社，2015 年。

11 黃偉城：〈試論奴隸社會並非階級社會首先必經的歷史階段兼論商朝不是奴隸社會〉，《廣西民族學院學報》1980 年第 2—3 期。

12 Lauffer, S. Die Bergwerkssklaven von Laureion. Abhandlungen, no. 12, 1956, p. 916.

13 Resisting Slavery in Ancient Rome. BBC News, November 5, 2009. Accessed August 29, 2010.

14 同註 3，頁 222—223。

15 陳獨秀：〈敬告青年〉，《青年雜誌》1915 年 9 月 15 日。

16 梁啟超：《新中國未來記》，桂林：廣西師範大學出版社，2008 年，頁 64。

17 魯迅：〈漫與〉，《南腔北調集》，見《魯迅全集》第四卷，北京：人民文學出版社，2005 年，頁 604。

18 田漢作詞的國歌歌詞，1978 年 3 月 5 日起曾被集體填詞的新版本取代，第一句是「前進，各民族英雄的人民！」，副歌則是「高舉毛澤東旗幟，前進！前進！前進！進！」。由於作家陳登科在全國人大會議上反覆提出議案，1982 年 12 月 4 日國歌恢復舊歌詞，首句仍是「起來，不願做奴隸的人們。」十年文革時期，因田漢受批判，正式場合國歌只能演奏曲譜，不能唱歌詞。

19 《從義勇軍進行曲到國歌》，中國共產黨新聞網，2017 年 7 月 19 日。

20 見魯迅主編：《奴隸叢書》，上海：上海容光出版社，1935 年。

21 魯迅：〈隔膜〉，原載上海《新語林》半月刊 1934 年 7 月 5 日第 1 期，收入《且介亭雜文》，上海：三閒書屋，1937 年，見《魯迅全集》第六卷，北京：人民文學出版社，2005 年，頁 45。

22 梁啟超：《新中國未來記》，見《海上文學百家文庫・梁啟超卷》，上海：上海文藝出版社，2010 年，頁 477。

23 同註 17。

24 魯迅：〈阿 Q 正傳〉，最初分章發表於北京《晨報副刊》1921 年 12 月 4 日到 1922 年 2 月 14 日，署名巴人。見《魯迅全集》第一卷，北京：人民文學出版社，2005 年，頁 512—552。

25 毛澤東：〈中國社會各階級分析〉，1926 年 3 月，收入《毛澤東選集》第一卷，北京：人民出版社，1951 年，頁 8。

26 同註 24，頁 515。

27 同註 24。

28 吉田富夫著，李冬木譯：〈周樹人的選擇—「幻燈事件」前後〉，《魯迅研究月刊》2006 年第 2 期，頁 62。

29 「事情的起因源自一位本家的叔祖母。這位被稱為『衍太太』的婦人頗有些搬弄是非的功夫。父親去世後，樟壽面臨的最大困難，便是經濟上的窘迫。衍太太攛掇他可以偷拿母親的首飾。說的多了，但畢竟背離家教，知道那是不道德的行為，因此也僅有限於動心而已。不料，沒有多久，就有流言傳播開來，似乎樟壽真的做了那樣見不得人的事情！」（見陳光中：《走讀魯迅 —— 一代文學巨匠的十一個生命印記》，北京：中國文史出版社，2015 年，頁 26。）魯迅後來自己在《朝花夕拾》中回憶這段委屈羞辱：「大約此後不到一月，就聽到一種流言，說我已經偷了家裏的東西去變賣了，這實在使我覺得有如掉在冷水裏。流言的來源，我是明白的，倘是現在，只要有地方發表，我總要罵出流言家的狐狸尾巴來，但那時太年青，一遇流言，便連自己也彷彿覺得真是犯了罪，怕遇見人們的眼睛，怕受到母親的愛撫。好。那麼，走罷！」於是才有了到南京讀新學堂等等。（見魯迅：〈瑣記〉，《魯迅全集》第二卷，北京：人民文學出版社，2005 年。）

30 同註 28，頁 61。

31 魯迅：〈阿 Q 正傳〉，《魯迅全集》第一卷，北京：人民文學出版社，2005 年，頁 519。

32 魯迅：〈漫與〉，原載《申報月刊》1933 年 10 月 15 日第二卷第 10 號，收入《南腔北調集》，上海：上海同文書店，1934 年。見《魯迅全集》第四卷，北京：人民文學出版社，2005 年，頁 604。

33 魯迅：《聰明人和傻子和奴才》，發表於《語絲》1926 年 1 月 10 日第 60 期，收入《野草》，北京：北新書局，1927 年。見《魯迅全集》第二卷，北京：人民文學出版社，2005 年，頁 221—223。

34 魯迅：〈《阿 Q 正傳》的成因〉，原載上海《北新》1926 年 12 月 18 日第 18 期，收入《華蓋集續集》，北京：北新書局，1927 年，見《魯迅全集》第三卷，北京：人民文學出版社，2005 年，頁 397。

35 同上。

36 參見畢飛宇：〈南大講稿：沿着圓圈的內側，從勝利走向勝利—讀《阿 Q 正傳》〉，《文學評論》2017 年第 4 期，頁 137—145。

37 同註 31，頁 521。

38 同上。

39 同上。

40 同註 31，頁 523。

41 魯迅：〈雜感〉，原載《莽原》1925 年 5 月 8 日第 3 期，收入《魯迅全集》第三卷，頁 52。

42 魯迅：〈忽然想到・七〉，原載《京報副刊》1925 年 5 月 12 日，收入《魯迅全集》第三卷，頁 63—64。

43 同上。

44 畢飛宇：〈南大講稿：沿着圓圈的內側，從勝利走向勝利—讀《阿 Q 正傳》〉，《文學評論》2017 年第 4 期，頁 141。

45 魯迅：〈阿 Q 正傳〉，《魯迅全集》第一卷，北京：人民文學出版社，2005 年，頁 524。

46 張愛玲：〈紅玫瑰與白玫瑰〉，收入《傳奇（增訂本）》，上海：：山河圖書公司，1946 年，頁 42。

47 魯迅：〈阿 Q 正傳〉，《魯迅全集》第一卷，北京：人民文學出版社，2005 年，頁 512—552。

48 同註 47，頁 539。

49 汪暉：〈阿 Q 生命中的六個瞬間〉，《現代中文學刊》2011 年第 3 期，頁 1—36。

50 同註 34。

51 魯迅：〈小雜感〉，原載《語絲》1927 年 12 月 17 日第四卷第 1 期。本文引文見《魯迅全集》第三卷，北京：人民文學出版社，2005 年，頁 556。

52 魯迅：〈偶成〉，原載《申報月刊》1933 年 10 月 15 日第二卷第 10 號。見《魯迅全集》第四卷，北京：人民文學出版社，2005 年，頁 600。

53 同上。

54 魯迅：〈揩油〉，原載《申報・自由談》1933 年 8 月 17 日。見《魯迅全集》第五卷，北京：人民文學出版社，2005 年，頁 269。

55 魯迅：〈過年〉，原載《申報・自由談》1934 年 2 月 1 日，見《魯迅全集》第五卷，北京：人民文學出版社，2005 年，頁 463。

56 魯迅：〈流氓的變遷〉，原載《萌芽月刊》1930 年 1 月 1 日第一卷第 1 期，見《魯迅全集》第四卷，北京：人民文學出版社，2005 年，頁 159。

57 魯迅：〈阿 Q 正傳〉，《魯迅全集》第一卷，北京：人民文學出版社，2005 年，頁 548。

58 陳湧：〈論魯迅小說的現實主義—《吶喊》與《彷徨》研究之一〉，《人民文學》1954 年第 11 期。

59 石一歌：《魯迅傳（上）》，上海：上海人民出版社，1976 年，頁 70。

60 錢谷融：〈論「文學是人學」〉，原載上海《文藝月報》1957 年第 5 期。引文摘自《論「文學是人學」的批判集（第一集）》，上海：新文藝出版社，1958 年。

61 轉引自錢谷融：〈論「文學是人學」〉，原載上海《文藝月報》1957 年第 5 期。

62 同註 60。

63 轉引自錢谷融：〈論「文學是人學」〉，原載上海《文藝月報》1957 年第 5 期。

64 魯迅：〈俄文譯本《阿 Q 正傳》序及著者自敘傳略〉，寫於 1934 年，後收入《集外集拾遺補編》，見《魯迅全集》第八卷，北京：人民文學出版社，2005 年。

65 魯迅：〈燈下漫筆〉，最初發表於《莽原》1925 年 5 月 1 日第 2 期，收入《墳》，北京：未名社，1927 年，見《魯迅全集》第一卷，北京：人民文學出版社，2005 年，頁 225。

目 錄

第二輯：吶喊與彷徨

第三輯：野草與朝花夕拾

第四輯：革命文學論爭

第五輯：三十年代雜文

第一輯

墳與熱風

一

〈摩羅詩力說〉中的文藝觀

我之所以希望「重讀魯迅」，一是因為關於中國乃至世界的很多事情，今天用各種思想理論來解釋，好像還是魯迅講的比較中肯，值得我們深思。第二，從青少年時開始讀魯迅，數十年來每次重讀，都在不斷回顧自己的思想和人生變化。網上見過一句話：「人到中年，突然讀懂了魯迅，十分痛心。無端有了共鳴」。第三，關於魯迅，人們已經說了很多，有很複雜的學問，很深刻的研究，但又似乎還有些話沒有說，不方便說，或者不想說，說不清楚⋯⋯

我們會依照人民文學出版社的《魯迅全集》的次序重讀魯迅。《魯迅全集》最早版本，1938 年由魯迅先生紀念委員會編輯，共二十卷。1949 年後，北京人民文學出版社出版註釋本《魯迅全集》，共七卷，1956 至 1958 年刊行。1981 年人民文學出版社又出版了十六卷的《魯迅全集》。之後也有其他地方出版社註解《魯迅全集》，但至少在一段時間內，人文版《魯迅全集》的註釋是獨家特許的。當然幾十年間，《魯迅全集》的編輯與註釋也一直「與時俱進」。我現書架上的版本是 2005 年修訂後的十八卷文集，但也有 1981 年版。

《墳》是收入《魯迅全集》的第一本集子，共收散文（論文）二十三篇，寫於 1907 年至 1925 年。1927 年 3 月，北京未名社出版，1925 年作者校訂，1930 年改由上海北新書局出版。無論是 1938 年的初版，還是 2005 年的新版，《魯迅全集》第一卷之所以不是從〈狂人日記〉開始（雖然那是真正字面意義上的成名作：在〈狂人日記〉之前，並沒有魯迅這個名字），主要因為《墳》收入周樹人寫於 1907 至 1908 年間的幾篇文言舊作。《墳》的後半部，又收集了魯迅中期創作（甚至是魯迅一生創作中）幾篇最重要的代表作，如〈春末閒談〉〈燈下漫筆〉等。「將這些體式上截然不同的東西，集合了做成一本書樣子的緣故，說起來是很沒有甚麼冠冕堂皇的，首先就因為偶然看見了幾篇將近二十年前所做的所謂文章。這是我做的嗎？我想。看下去，似乎也確實我做的。那是寄給《河南》的稿子。」[1]《河南》是清末留日學生創辦的雜誌，1907 年創刊，1909 年被禁。當時魯迅二十七歲，棄醫從文，剛從紹興接受了母親的「禮物」（與朱安的婚姻），回到東京的獨身生活，居所狹窄，身心鬱悶，但心志高遠，對各種東西方思想都有接觸。周氏兄弟與陶成章等光復會革命黨人過從甚密，並一起聽章太炎的課，廣泛涉獵歐洲日本文學後想編文學雜誌《新生》。刊在《河南》上的幾篇文章論題分別是歷史、科學、文化和文學。其中第一篇〈人之歷史〉原載《河南》月刊第 1 號，1907 年 12 月出版，引述黑格爾關於生物進化的觀點。黑格爾的「生物普通形態學」後來不怎麼被現代科學接受，但冥冥之中，魯迅最關心的「主奴關係」卻也和黑格爾的「主奴辯證法」不無關聯。在《河南》月刊 2 、3 號連載的〈摩羅詩力說〉（1908 年 2—3 月出版）是我們稍後要讀的魯迅的第一篇文學批評文章，對理解魯迅的文學觀有重要意義。此文很長，「因為那編輯先生有一種怪脾氣，文章要長，越長，稿費便越多，」[2] 在收入《墳》時，魯迅將另外兩篇其實發表時間較晚的文章〈科學史教篇〉（1908 年 6 月《河南》月刊第 5 號）和〈文化偏至論〉（1908 年 8 月《河南》月刊第 7 號）排在〈摩羅詩力說〉之前。不知 1927 年魯迅編訂《墳》時是甚麼用意，但客觀效果上〈摩羅詩力說〉便成了這一文言寫作階段的小結。這幾篇舊文，包括〈破惡聲論〉，後來很受魯迅研究者的重視。[3]「掊物質而張靈明，任個人而排眾數。」[4]魯迅在二十世紀初，早在他參與「五四」新文化運動之前，就批評歐洲主流文明的兩個弊端，一是少數 / 個人為「眾數」/ 主流所抹殺；二是太強調物質的意義，「諸凡事物，無不質化，靈明日之虧蝕，旨趣流於平庸，人惟客觀之物質世界是趨，而主觀之內面精神，乃捨置不為一省。重其外，放其內，取其質，遺其神，林林眾生，物欲來蔽，社會憔悴，進步已停，於是一切詐偽罪惡，蔑弗乘之而萌，使性靈之光，愈益就於黯淡；十九世紀文明一面之通弊，蓋如此矣。」[5]簡言之，即「唯物」主義使社會少了靈明和精神，強調多數眾治（民主）也會壓抑個人的獨異。當時魯迅已受尼采、施蒂納哲學的影響，對「多數」和「物質」的警惕也可以說明他後來對胡適、陳西瀅等英美民主派知識分子的戒心。也是在〈文化偏至論〉中，魯迅提出了後來影響他一生創作的「立人」的思想，「然歐美之強，莫不以是炫天下者，則根底在人，……是故將生存兩間，角逐列國是務，其首在立人，人立而後凡事舉；若其道術則必尊個性而張精神，……」[6]換言之，國強根底在於立人，人立而後凡事舉。魯迅當時接觸的西方思想的影響相當複雜，一方面他需要理性主義的思想資源，來解救中國傳統的危機，另一方面他又接觸了一些對啟蒙主義持懷疑幻滅態度的尼采等人的理論，因此也對西方一些主流價值觀念（「眾治」「大羣」等）有所保留。而且魯迅接受西方思想，相當程度上還受到當時日本學術環境的過濾。另外有篇文章〈破惡聲論〉也發表在《河南》雜誌上，也是洋洋灑灑大篇幅縱論中外古今（魯迅一向關心國家大事），其中名言「偽士當去，迷信可存」，現在有很多不同解讀。最淺顯的理解，是唾棄虛偽，保留信仰。另有一段，「蓋惟聲發自心，朕歸於我，而人始自由己；人各有己，而羣之大覺近矣。」[7] 在〈文化偏至論〉裏同樣的意思表達為「國人之自覺至，個性張，沙聚之邦，由是轉為人國。」[8]《魯迅傳》作者朱正認為這「人各有已」是極重要的事。每個人有自己，國家才會覺醒。

我們要重點讀〈摩羅詩力說〉，不僅因為這是魯迅早期論文中的代表作，也是因為這是魯迅第一篇專門討論文學的文章。李歐梵認為：「魯迅在〈摩羅詩力說〉中給我們一個嶄新的文學系譜（genealogy），用來代替傳統的文學史觀。」[9] 魯迅也許如毛澤東所言，是偉大的思想家、革命家，但首先是偉大的文學家。魯迅在〈摩羅詩力說〉中論述歐洲文學，至少有三個層次。第一個層次在第一和第二章，魯迅認為文學具有記錄、維繫、延續民族文化精神的功能，「蓋人文之留遺後世者，最有力莫如心聲」。如果文化衰弱，「遞文事式微，則種人之命運亦盡。」[10] 魯迅舉了印度和俄羅斯、希伯萊、義大利等正反例子，又由印度、波蘭之「奴性」聯繫到中國的處境，「故曰國民精神之發揚，與世界識見之廣博有所屬。」在歐洲文學史中，魯迅認為，浪漫派詩人最值得注意。「別求新聲於異邦……至力足以振人，且語之較有深趣者，實莫如摩羅詩派。」摩羅是梵文 Mara 的音譯。魯迅關注浪漫派詩人，特別注意「凡立意在反抗，指歸在動作，而為世所不甚愉悅者」。這裏魯迅的標準有三：一是文學初心在反抗，二是要有行動和效果，三是作家是孤獨的，不太受大眾主流當局歡迎。對符合這三項標準的歐洲詩人們，魯迅在四至九章有詳細論述，但很明顯魯迅文學觀的第一層次是文學關係國民精神和民族命運。

魯迅這種以文藝維繫民族精神的使命感，受到當時日本文人所翻譯的歐洲思想家著作的直接影響。近年有青年學者崔文東考證，〈摩羅詩力說〉第一和第二章，使用了三種日文資料作為「材源」。一是土井晚翠（1871—1952）所譯《英雄論》（1898），「原著為英國思想家湯瑪斯・卡萊爾(Thomas Carlyle，1795—1881)的《論英雄和英雄崇拜》，推崇『詩人』『文人』等六種英雄，標舉為世人的精神嚮導。此書在明治日本極受歡迎，為各類文學批評家 —— 尤其是理想主義一脈 —— 提供了理論資源。」二是坪內逍遙(1859—1935)、坪內銳雄(1878—1904)著《文學研究法》(1903)。坪內逍遙乃明治文壇泰斗。……坪內銳雄為其侄兒，《文學研究法》主要編譯自湯瑪斯・諾爾森(Thomas Knowlson，1867—1947)《如何學習英國文學》(1901)一書。……三是十時彌(1874—1940)的文章《從社會學上所見詩之原理》(1903)。十時彌是東京帝國大學出身的社會學者。[11]〈摩羅詩力說〉在使用幾種日文資料作為「材源」時，不僅是用中文(文言)介紹域外的文學觀念和術語，有時甚至連行文和引文也直接「引進」。比如土井譯卡萊爾，強調文藝乃國民之聲:「得其明晰之聲且生出洋洋乎歌其心意者，國民之一大事也。試觀義大利，可憐義大利支離滅裂，不能於條約訂盟中作為一邦而出現。然而可敬之義大利實一統也，義大利生其但丁，義大利得以言語。全俄國之沙皇，擁有銃槍、哥薩克兵、大炮等，政治上能夠統轄地球之一大部，行大業。然而彼不能言語，內中有巨大之某物，卻是瘖啞之大也。彼未有萬人萬世可以聆聽的天才之聲，彼不可不學語，彼從來都是巨大無聲之怪物也。其大炮與哥薩克鏽蝕無存時，那但丁之聲尚可聞。有但丁之國民統一，無聲之俄人未統一。」撇開英國人對俄羅斯文化的具體偏見不論，土井譯卡萊爾的意思是有文藝則民族精神強，反正之則民族精神弱。魯迅把這段話轉化成自己的文章:「英人加勒爾曰，得昭明之聲，洋洋乎歌心意而生者，為國民之首義。意太利分崩矣，然實一統也，彼生但丁，彼有意語。大俄羅斯之劄爾，有兵刃炮火，政治之上，能轄大區，行大業。然奈何無聲？中或有大物，而其為大也喑。……迨兵刃炮火，無不腐蝕，而但丁之聲依然。有但丁者統一，而無聲兆之俄人，終支離而已。」[12] 可見魯迅當年是通過日文翻譯直接相信歐洲的文藝維繫民族精神的學說。後來很多研究者也相信〈摩羅詩力說〉的主題，也是魯迅一生創作的主題。魯迅去世時棺木上蓋的就是一幅字：「民族魂」。沒有任何一個其他中國人有這種榮譽。

但是我們注意到，〈摩羅詩力說〉第三章，忽然又顯示了魯迅文學觀的另一個層面：

> 由純文學上言之，則以一切美術之本質，皆在使觀聽之人，為之興感怡懌。文章為美術之一，質當亦然，與個人暨邦國之存，無所系屬，實利離盡，究理弗存。故其為效，益智不如史乘，誡人不如格言，致富不如工商，弋功名不如卒業之券。[13]

這是人們在閱讀〈摩羅詩力說〉時不應該忽視的一段話，也是魯迅極重要的一段「純文學」界說。當然，魯迅這個觀點也是有依據有「材源」的。坪內銳雄著《文學研究法》第二章第六節〈文學與人生〉討論過「詩歌與小說對於人生有如何之效用？若細而論之，會有相當多樣之效用，不過其最重要之效用為何？不僅是文學，一切美術本來之性質，對於觀之者或聽之者而言，並非總與所謂實利實益——即個人同國家生存上直接必要之利益相關。……要言之，脫離實利又脫離究理，令人感興或悅樂，此即美術本來之性質。」[14] 略略比較，我們會發現魯迅所言「與個人暨邦國之存，無所系屬，實利離盡，究理弗存」，比起坪內的「並非總與所謂實利實益——即個人同國家生存上直接必要之利益相關」，語氣更重，論斷更清晰。將文藝功能比作大海游泳——看似無所得，其實是無用之用。這段比喻〈摩羅詩力說〉幾乎照抄坪內譯文。[15]

魯迅在後人心目中，都是吶喊的戰士和新文化運動的主將，為甚麼他早期文章卻主張淡化文學的效用？魯迅相信「文章之於人生，其為用決不次於衣食、宮室、宗教、道德……」「約翰穆勒曰：近世文明，無不以科學為術，合理為神，功利為鵠。大勢如是，而文章之用益神，所以者何？以能涵養吾人之神思耳。涵養人之神思，即文章之職與用也。」

魯迅這段從英國政治家約翰・莫萊（John Morley，1838—1923）[16]觀點引申出來的「文學基本原理」，強調文學的功能職責是涵養人之神思不應太講究實際功力，益志不如歷史，教育不如格言，致富不如工商，功名不如學位證書獎狀。似乎魯迅早期的文學觀，並不特別強調文章的載道使命、救國責任、社會功利和政治效用。具體在晚清 / 民初的中國語境，四大譴責小說都暴露官場腐敗，民眾受欺，唯「士」獨醒。魯迅後來的創作卻淡化文學的直接政治功效，憂國憂民主要改造國民性。〈摩羅詩力說〉一方面強調純文學「與個人暨邦國之存，無所系屬」，一方面又用大量篇幅推薦，讚揚歐洲浪漫詩人「立意在反抗，指歸在動作」，這裏的複雜猶豫與深刻矛盾，後來貫穿並影響魯迅一生的創作。

〈摩羅詩力說〉前兩章論述文學和國民精神、民族興亡的關係，第三章強調文學不能承載科學、道德、宗教使命，將他的文學觀的第一層次（文藝可以維繫民族精神）與第二層次（純文學不能直接救世）的矛盾碰撞調和，便是魯迅文學理念的第三層次：文藝或者救不了世，卻可能救人心。之後從第四章到第九章，魯迅逐一介紹歐洲浪漫詩人的貢獻，從英國的裴倫（拜倫，George Gordon Byron，1788—1824）、修梨（雪萊，Percy Bysshe Shelley，1792—1822）到俄國的普式庚（普希金，Aleksandr Sergeyevich Pushkin，1799—1837）、賴爾夢多夫（萊蒙托夫，Mikhail Yuryevich Lermontov，1814—1841），再到波蘭的密克威支（密茨凱維奇，Adam Mickiewicz，1798—1855）等三詩人，最後是匈牙利的裴象飛（裴多菲，Alexander Petrovič，1823—1849）。在這些「摩羅詩人」中，魯迅當年最推崇拜倫，不僅因為他的詩，還因為他是一個為理想戰鬥的勇士。不僅因為他愛國，更是因為拜倫為希臘解放運動而獻身。愛國誠可貴，人類更重要，若為自由故……魯迅評拜倫之言，後來成為人們對魯迅的定評：「苟奴隸立其前，必衷悲而疾視，衷悲所以哀其不幸，疾視所以怒其不爭。」（而我在「重讀魯迅」的過程中，又覺得魯迅不只是「哀其不幸，怒其不爭」，而是「哀其被欺，怒其欺人」）。關於雪萊，若干年後，魯迅唯一的愛情小說中男主角追求子君時，最重要的武器便是雪萊的詩甚至他的圖片。「修梨生三十年而死，其三十年悉奇跡也，而亦即無韻之詩。」魯迅引拜倫的評語，稱雪萊「奮迅如獅子，又善其詩」，鬥士與詩的結合與矛盾，「以熱誠雄辯，警其國民，鼓吹自由，掊擊壓制。」這何嘗不是青年周樹人的期望自許？「此十九稘上葉精神界戰士」，定義是相信「正義自由真理以至博愛希望諸說……與舊習對立，更張破壞……舊習既破，何物斯存，則惟改革之新精神而已。」評論雪萊時，魯迅說出了自己一生的志向。雖然他在理論上懷疑文學改造世界是否可能是否有效，但在欣賞閱讀中，他找到了自己的身份：精神界戰士。

在討論普希金與拜倫之異同時，魯迅又提出了後來困擾他一生的題目，「或曰國民性質不同，當為是事之樞紐，西歐思想，決異於俄。」魯迅還特別注意到普希金的愛國（沙皇俄國），「丹麥評騭家勃蘭兌思（G.Brandes）於是有微辭，謂惟武力之恃而狼藉人之自由，雖雲愛國，故為獸愛。」魯迅一方面承認「俄有普式庚，文界始獨立」，但一方面敏銳指出，普希金的愛國有問題。愛國並不是詩人最神聖的使命（以純文學觀為根柢的政治遠見）。

〈摩羅詩力說〉中對波蘭三詩人的重視，應該也受到勃蘭兌斯文學評論的影響。對裴多菲的詩，魯迅後來有數文專論。第九章魯迅的總結是：「裴倫修梨繼起，轉戰反抗，具如前陳。其力如巨濤，直薄舊社會之柱石。餘波流衍，入俄則起國民詩人普式庚，至波蘭則作報復詩人密克威支（顯克微支），入匈加利則至則愛國詩人裴多菲，其他宗徒，不勝具道。」這樣流覽歐洲浪漫詩人的廣泛革命影響後，魯迅再將目光回到現實：「今索諸中國，為精神界之戰士者安在？」北京大學退休教授溫儒敏，近年新書即以魯迅此句做書名，對我們圈內同行都是一個提醒。

但是重讀〈摩羅詩力說〉，我特別注意到青年魯迅對「純文學」的看法，對文學功利性的看法，如何在涵養人的神思的界定下理解「精神界的戰士」。除了《中國小說史略》以外，〈摩羅詩力說〉也是魯迅寫的最長的一篇文學評論。國民精神，奴隸性，國民性，哀其不幸、怒其不爭，精神界戰士等等魯迅後來一生探索的關鍵字，都已在早年的文言文章〈摩羅詩力說〉中出現。在《中國小說史略》中，後來的魯迅還着力辨析古代文學中「娛心」和「勸善」兩個重要概念，有點接近「言志」與「載道」的不同傳統。而在「娛心」與「勸善」之間，魯迅也似乎更看重前者，可見本書〈集外集〉。

1 魯迅：〈《墳》的題記〉，最初發表於北京《語絲》1926 年 11 月 20 日第 2 期，收入《魯迅全集》第一卷，北京：人民文學出版社，2005 年，頁 3。

2 同上。

3 見汪暉：《聲之善惡：甚麼是啟蒙？—重讀魯迅的〈破惡聲論〉》，北京：三聯書店，2013 年。2023 年 6 月 20 日下午，「北大文研論壇」第 176 期在北京大學靜園二院 208 會議室舉行，主題為「彷徨之始—〈破惡聲論〉的內部矛盾」。美國加州大學洛杉磯分校東亞語言與文化系榮休教授胡志德（Theodore Huters）主講，活動由文研院、北京大學現代中國人文研究所、北京大學中文系聯合主辦。

4 魯迅：〈文化偏至論〉，《河南》月刊 1908 年 8 月第 7 號，見《魯迅全集》第一卷，北京：人民文學出版社，2005 年，頁 47。

5 同註 4，頁 54。

6 同註 4，頁 58。

7 轉引自朱正：《魯迅傳》，香港：三聯書店，2008 年，頁 84。

8 同註 4，頁 57。

9 李歐梵：《我的二十世紀》，香港：香港中文大學出版社，2023 年，頁 399。

10 魯迅：〈摩羅詩力說〉，《河南》1908 年 2 月、3 月第 2 號、第 3 號，見《魯迅全集》第一卷，北京：人民文學出版社，2005 年，頁 65。本文中其他魯迅的引文，如無特別注明，均引自〈摩羅詩力說〉。

11 參考崔文東：〈青年魯迅・文學理論・文學批評 ——《摩羅詩力說》材源考論〉，《文學評論》2023 年第 5 期，頁 89—97。

12 同註 11。其中土井的日譯由崔文東譯成中文。

13 重點號系本書作者所加。下同。

14 同註 11。

15 坪內鋭雄：〈文學與人生〉，道登曾於《文學之解釋》中說：「世間文學美術上之傑作中，有些往往看似對觀之者、讀之者幾乎毫無裨益，然而吾人開心觀看或閱讀此等之作，恰與游泳者開心地躍入淼茫大海、在來來往往的波間盡情嬉笑之樂趣相同，於游泳完畢之時，感覺神經甚爽，體力增強，那大海只是亙古不變地鞺鞳鳴響，白波只是無意味地起伏，雖未曾給予一格言、一教訓，游泳者卻因此而增強體力增進健康，實則所得甚人。」魯迅：〈摩羅詩力說〉，「英人道覃有言曰，美術文章之桀出於世者，觀誦而後，似無裨於人間者，往往有之。然吾人樂於觀誦，如游巨浸，前臨渺茫，浮游波際，游泳既已，神質悉移。而彼之大海，實僅波起濤飛，絕無情愫，未始以一教訓一格言相授。顧游者之元氣體力，則為之陡增也。」

16 崔文東考證魯迅所引約翰穆勒文，來自坪內銳雄翻譯的英國政治家約翰・莫萊（John Morley，1838—1923）的著作 *Studies in Literature*。人民文學出版社 2005 版《魯迅全集》第一卷則註「約翰・穆勒」為約翰・穆黎（J.S.Mill，1806—1873），英國哲學家、經濟學家，著有《邏輯體系》《政治經濟原理》《功利主義》等。存疑。

附錄：《中國小說史略》中的「娛心」與「勸善」[1]

《中國小說史略》是魯迅在北京大學授課時的講義，後經修訂增補，於 1923 年由北京大學新潮社以《中國小說史略》為題分上下冊出版。

「小說史略」第十二篇「宋之話本」，說「在市井間，則別有藝文興起。即以俚語著書，敘述故事，謂之『平話』，即今所謂『白話小說』者是也。」[2]

魯迅繼續說，「然用白話做書者，實不始於宋。清光緒中，敦煌千佛洞之藏經始顯露，大抵運入英法，中國亦拾其餘藏京師圖書館；書為宋初所藏，多佛經，而內有俗文體之故事數種，蓋唐末五代人鈔，如《唐太宗入冥記》《孝子董永傳》《秋胡小說》則在倫敦博物館，《伍員入吳故事》則在中國某氏，惜未能目睹，無以知其與後來小說之關係。以意度之，則俗文之興，當由二端，一謂娛心，一為勸善，而尤以勸善為大宗，⋯⋯」[3]

魯迅不僅回顧白話小說之起源，更重要是強調了「娛心」和「勸善」這兩個概念。此處所謂「娛心」，當不同於現代文學追求娛樂的「禮拜六派」等，事實上大部分鴛鴦蝴蝶派作品皆以「勸善」為框架。情色愛慾故事最後定有「有詩為證，美色從來藏殺機⋯⋯」等勸誡格言。「娛心」「勸善」大致呼應中國文學史論述中的「言志」「載道」兩派。「尤以勸善為大宗」，意思「文以載道」是主流。在《中國小說史略》第十七篇「明之神魔小說」一章，魯迅概括陳士斌《西遊真詮》、張書紳《西遊正旨》與劉一明《西遊原旨》等人的《西遊記》評說：「或云勸學，或云談禪，或云講道，皆闡明理法，文辭甚繁。然作者（指吳承恩）雖儒生，此書則實出於遊戲，亦非語道。」[4] 顯然魯迅更欣賞吳承恩《西遊記》「實出於遊戲，並非語道」，更強調小說的「娛心」而非「勸善」；欣賞小說的「言志」而非「載道」。

魯迅的「小說史」，尤其前半部，材源考據多價值褒貶少。關於「三國」「水滸」大都是回顧成書過程，辨查不同版本，考證羅貫中、施耐庵生平，罕有直接評論。反而是在《金瓶梅》一章，魯迅說：「作者之於世情，蓋誠及洞達，凡所形容，或條暢，或曲折，或刻露而盡相，或幽伏而含譏，或一時並寫兩面，使之相形，變幻之情，隨在顯見，同時說部，無以上之。」[5] 顯然，魯迅這一大段對《金瓶梅》的讚賞也不是讚其「載道」「勸善」，而是欣賞其藝術技巧文學成就。「無以上之」，用辭很重。在研究「明之擬宋市人小說及後來選本」時，魯迅有更清晰的價值觀表述：「宋市人小說，雖亦間參訓喻，然主意則在述市井同事，用於娛心；及明人擬作末流，乃造誠連篇，喧賓奪主，而多豔稱榮遇，回護士人，故形式僅存而精神與宋迴異矣。」[6] 意思是「娛心」才是文藝應有正宗，造誡連篇的勸善載道，是「喧賓奪主」(文藝的「獨立性」「主體性」呼之欲出)。所以後來魯迅批評《閱微草堂筆記》的不足，「蓋不安於僅為小說，更欲有益人心，即與晉宋志怪精神，自然違隔；且末流加厲，易墮為報應因果之說也。」清清楚楚，魯迅指出「更欲有益人心」是寫小說不安本分。這很容易解釋同一時期他也在〈藥〉的結尾加上鮮花，自知這樣「更欲有益人心」的光明尾巴，使他的作品與藝術有了距離。

評《野叟曝言》，魯迅說：「意既誇誕，文復無味，殊不足以稱藝文」，「藝文」成了魯迅筆下極重要的評論標準。讚《儒林外史》，「雖非巨幅，而時見珍異，固亦娛心，使人刮目矣」。批《彭公案》，不僅主題無新意，而且「字句拙劣，幾不成文」。顯然，縱觀魯迅的中國小說研究，「娛心」「藝文」都是正面贊辭，「勸善」「訓喻」「載道」都是小說家不守本分。如果說魯迅文藝觀的基礎有「本分」這個概念，那首先是「娛心」，而不是「勸善」。

也就是魯迅這種「本分」的文藝觀，與他同樣熱誠的「精神界戰士」的使命感，構成了影響其一生的基本矛盾與動力。

---

1 《中國小說史略》在北京大學新潮社上下冊版本基礎上，1925 年由北京北新書局出版合訂本，1931 年有修訂本初版，1935 年印制第十版時又有改訂。

2 魯迅：《中國小說史略》，《魯迅全集》第九卷，北京：人民文學出版社，1981 年，頁 110。

3 同上。

4 同註 2，頁 166。

5 同註 2，頁 180。

6 同註 2，頁 202。

二

在傳統中反抗傳統：〈我之節烈觀〉

〈我之節烈觀〉最早發表在 1918 年 8 月《新青年》月刊第五卷第二號，署名唐俟。在時間上略晚於短篇小說〈狂人日記〉(發表於 1918 年 5 月《新青年》第四卷第五號)。在《魯迅全集》第一卷的排序中，〈我之節烈觀〉是〈摩羅詩力說〉等四篇文章之後的第一篇白話散文(論說文)。[1]

《新青年》是當時最重要的文化期刊，為甚麼魯迅的第一篇散文，竟然是討論女性身體管理(或被管理)？

原因有二，一是作家為了救國，二是作家為了自己。

「節烈這兩個字，從前也算是男子的美德，所以有過節士、烈士的名稱。然而現在的表彰節烈，卻是專指女子，並無男子在內。」[2] 南宋洪邁《夷堅丙志》卷一四曰：「吾今為忠孝節義判官，所主人間忠臣、孝子、義夫、節婦事也。」可見忠孝節義，向來有特定對象。按現今「百度百科成語」的解釋是「對國家盡忠，對父母盡孝，對丈夫守節，對朋友盡義」。節與烈是專門規範表揚和管控女性精神及身體的道德規範。魯迅引用「時下道德家的意見，來定界說，大約節是丈夫死了，決不再嫁，也不私奔，丈夫死的越早，家裏越窮，他便節得越好。烈士可是有兩種，一種是無論已嫁未嫁，只要丈夫死了，他也跟着自盡；一種是有強暴來污辱他的時候，設法自戕，或者抗拒被殺，都無不可。

這也是死得越慘越苦，他便烈得越好。倘若不僅抵禦，竟受了污辱，然後自戕，便免不了議論。萬一幸而遇着寬厚的道德家，有時也可以略跡原情，許他一個烈士……總而言之：女子死了丈夫，便守着，或者死掉；遇了強暴，便死掉；將這類人物稱讚一通，世道人心變好，中國便得救了。」

其實，當代漢語中「節烈」並非只是女德，男人也可能要有「氣節」，也會「失節」，或者「晚節不保」。區別是，男人的「節」是思想行為、政治立場，女人的「節」只專職身體管理，兩性關係。「烈士」是男人的專屬話語，女人成了英雄，也是女烈士（而非烈女）。「烈女」則專指魯迅所說的女的「遇了強暴，便死掉」。早在「五四」初期，魯迅不需要套用複雜的性別理論，便解析了「節烈」等話語的男性中心主義屬性，對禮教的道德批判也比後來的作家更徹底。巴金《家》中抗拒做妾投湖自盡的丫環鳴鳳，後來還被覺民稱讚：「看不出鳴鳳倒是一個烈性的女子。」孫犁《荷花淀》裏民兵隊長上戰場前臨別囑咐妻子，除了「要不斷進步，識字，生產」以外，最後最重要一點是「不要叫敵人漢奸捉活的。捉住了要和他拼命」。整隊青年婦女被敵人追趕時，小說也議論，「假如敵人追上了，就跳到水裏去死吧！」[3]

僅僅在「節烈」的定義部分，魯迅已經層次分明邏輯推理花了很大篇幅，這種文章結構在他後來的散文裏很少出現。

魯迅對「節烈救國論」提出了三層疑問。

> 首先的疑問是，不節烈……的女子如何害了國家？喪盡良心的事故層出不窮；刀兵盜賊水旱饑荒又接連而起……政界軍艦學界商界等等裏面，全是男人，並無不節烈的女子夾雜在內……只有刀兵盜賊往往造出許多不節烈的婦女。但也是兵盜在先，不

節烈在後，並非因為他們不節烈了，才將刀兵盜賊招來。

其次的疑問是，何以救世的責任權在女子？照着舊派說起來，女子是「陰類」，是男子的附屬品。然則志士救國，正須責成陽類，……絕不能將一個絕大題目，都閣在陰類肩上。倘依新說，則男女平等，義務略同。縱令該擔責任，也只得分擔……不能專靠懲勸女子，便算盡了天職。

魯迅貌似公平，舊派新說都推理，說明是對「多數國民」發言。

其次的疑問是：表彰之後，有何效果？據節烈為本，將所有活着的女子分類起來，大約不外三種：一種是已經守節，應該表彰的人（烈者非死不可，所以除出）；一種是不節烈的人；一種是尚未出嫁，或丈夫還在，又為未見強暴，節烈與否未可知的人。

聽上去作者像在製定表彰節烈的具體方法。

第一種已經很好，正蒙表彰，不必說了，第二種已經不好，中國從來不許懺悔，女人做事一錯，補過無及，只好任其羞殺，也不值得說了。最要緊的，只在第三種，現在一經感化，他們便都打定主意道：「倘若將來丈夫死了，絕不再嫁；遇着強暴，趕緊自裁！」……附帶的疑問是：節烈的人既經表彰，自是品格最高。但聖賢雖人人可學，此事卻有所不能。假如第三種人，雖然立志極高，萬一丈夫長壽，天下太平，他便只好飲恨吞聲，做一世次等的人物。[4]

魯迅運用了兩種不同的論辯策略，前一種是疑問一和疑問二，反駁「節烈救國論」（不節烈女子如何害了國家？救世責任如何全在女方？）後一種是疑問三，假裝站在「節烈表彰派」的立場，順其邏輯推演出其中的荒誕。對所有女人做了三種分類，節烈的很好，不節烈的沒辦法了，關鍵是有待節烈的怎麼辦？最後一個附帶的疑問是最強有力的想像：假如人們很想做節女，丈夫卻一直很健康；又或者有人立志做烈女，卻無人來強暴，怎麼辦呢？就文章寫法而言，前面的批判好像排炮條理分明論說有利，但效果卻不如最後一句匕首式的「附帶疑問」。魯迅後來的文風如郁達夫所言：「簡練的像一把匕首，能以寸鐵殺人，一刀見血。」[5] 當然最後的諷刺也是從前面的邏輯逐步推出來的。〈我之節烈觀〉前面略帶調侃諷刺，之後才展開核心觀點：「單依舊日的常識，略加研究，便已發現了很多矛盾。若略帶二十世紀氣息，便又有兩層：一問節烈是否道德？道德這事，必須普遍，人人應做，人人能行，又於自他兩利」。

少年時初讀這段文字，社會上正提倡「一不怕苦、二不怕死」「毫不利己、專門利人」，使我對道德標準是否「人人應做、人人能行」產生了懷疑和羞愧。所謂節烈，男人不必，女人也未必人人有資格，「所以絕不能認為道德，當作法式」。魯迅對被辱的「烈者」，來不及死或沒有死，卻還要受到譴責，尤其憤怒：「只要平心一想，便覺不像人間應有的事情，何況說是道德。」接下去，「二問多妻主義的男子，有無表彰節烈的資格……？社會國家，又非但是男子造成……既然平等，男女便都有一律應守的契約。男子絕不能將自己不守的事，向女子特別要求。」簡而言之：男所不欲，勿施於女。

先是三層疑問，再分三類女人，再追加兩個追問，到此為止，〈我之節烈觀〉像是論說文。下半部分，作家還要進一步思考深究「節烈這事，何以發生，何以通行，何以不生改革」。

魯迅認為，節烈乃古代殉葬的遺風。「古代的社會，女子多當作男人的用品，或殺或吃，都無不可。」漢唐時期並不嚴格主張一女不事二夫，「餓死事小失節事大」是宋以後的禮教。「皇帝要臣子盡忠，男人便愈要女人守節。」這裏的家與國同一結構。魯迅特別注意「節烈」與「國民被征服」的關係，「自己是被征服的國民，沒有力量保護，沒有勇氣反抗了，只好別出心裁，鼓吹女人自殺……亂離時刻，只得救了自己，請別人都做烈女，事定之後，慢慢回來，稱讚幾句。」——百年以前魯迅已預知張藝謀電影《金陵十三釵》的大概劇情，一羣秦淮河妓女代替純潔的女學生，持剪刀去做烈女，觀眾唏噓感慨……

魯迅的總結是精闢的，「只有自己不顧別人的民情，又是女應守節男可多妻的社會，造出如此畸形道德，而且日漸精密苛酷……主張的是男子，上當的是女子。女子本身，何以毫無異言呢？原來『婦者，服也』（《說文解字》卷十四）理應服事於人……」

抄書至此，想起前面說過，魯迅寫〈我之節烈觀〉有兩個目的：一是救中國（諷刺批判分析表彰節烈的以德救國論），二是救自己（作者寫作時必須面對自己在某種意義上也在堅守「節烈」的妻子朱安）。

1906 年夏天，二十五歲的魯迅奉母命回鄉與朱安成婚。兩家的婚事早已說定，魯迅曾提兩個條件，一要放足，二要進學堂，但都沒有做到。[6] 周作人後來回憶說，「新人極為矮小，頗有發育不全的樣子」。[7] 魯迅後來對許壽裳說，「這是母親給我的一件禮物，我只能好好的供奉他，愛情是我所不知道的」。[8] 王曉明《無法直面的人生》是國內學界較早討論魯迅與朱安婚姻的一本魯迅傳記：「魯迅接受了，他如期出席婚禮，頭上還裝着一根假辮子；婚後第二天，也按着習俗，隨朱安在娘家回門，似乎是願意儘量的符合禮教。但是，這並不表明他真願意屈服，婚後第三天，他就搬到母親房中去睡，再過一天，更乾脆離家遠行，回日本去了。……他自己做過多次解釋。一是說不願意違背母親的願望，為了盡孝道，他甘願放棄個人的幸福。二是說不忍讓朱安作犧牲，在紹興，訂了婚又被退回娘家的女人，一輩子要受恥辱，三是說他當時有一個錯覺，以為在酷烈的反清鬥爭中，他大概活不多久，和誰結婚都無所謂了。」[9]

魯迅回鄉結婚，然後迅速離開，之後他很少再回鄉，後來在北京八道灣、西三條等寓所也大都是分房居住。魯迅寫了幾十年的日記，只有一處提及朱安：「下午得婦來書，22 日從丁家弄朱家發，頗謬。」（1914 年 11 月 26 日）孫伏園在《魯迅先生二三事》中說魯迅形容自己「是一個獨身的生活」[10]。其實，「五四」作家中像魯迅這樣的應父母之命的舊式婚姻並不少見，但很多人是一面在留學進城以後尋找新的愛情，同時也會回鄉看望自己的髮妻甚至撫養小孩，而魯迅在 1906 年以後近二十年間去堅持「一個獨身的生活」，怎麼正視自己的人道需求？有沒有像郁達夫那樣接近日本女人？學術界對魯迅日記中有關「濯足」等記載也沒有更詳細的研究結論。他回鄉成婚的心情，我們或許可以從〈孤獨者〉中魏連殳回家鄉參加家長葬禮時的克制忍耐以及之後像狼一樣的嚎叫聲中想像，但是更多的時候，他在燈下漫筆時，如何面對他的妻子朱安呢？魯迅一生有幾個基本矛盾，其中之一就是「在傳統之中反抗傳統」，直面朱安而要起草像〈我之節烈觀〉這樣的文章，這不正是「在傳統中反抗傳統」嗎？後來〈隨感錄・四十〉有段文字，「但在女性一方面，本來也沒有罪，現在做了舊習慣的犧牲。我們既然自覺着人類的道德，良心上不肯犯他們少的老的罪，又不能責備異性，也只好陪着做一世的犧牲，完結了四千年的舊賬。」[11]

想像一下魯迅二十年來每天的生態心情，我們才能理解為甚麼在

「五四」大時代大浪潮中，魯迅給《新青年》的第一篇散文，竟然專門討論女人身體管理問題——與此同時，這又何嘗不是男人的身體管理問題？我們之後還會討論周氏兄弟決裂的種種可能性，對這個問題會有更複雜的推理和想像——「節烈」的實質，就是名不符實。丈夫沒有了，卻還要堅守妻子的名分、義務和職責。烈女身體消滅了，還要堅持維繫道德美名。魯迅自己面對的「名不符實」的婚姻，是否也是另一種意義上的「節烈」傳統？

魯迅繼續提問：「節烈難嗎？答道很難。……節烈苦嗎？答道很苦。……不節烈便不苦麼？答道，也很苦。不節烈的女人既然是下品，他在這社會裏，是容不住的。社會上多數古人模模糊糊傳下來的道理，實在無理可講；……女子自己願意節烈嗎？答道，不願。人類總有一種理想，一種希望。雖然高下不同，必須有個意義。」

結論：「我根據以上的事實和理由，要斷定節烈這事是，極難，極苦，不願身受，然而不利自他，無益社會國家，與人生將來又毫無意義的行為，現在已經失了存在的生命和價值。」，但魯迅此文，仍有一光明尾巴：「節烈這事，……有哀悼的價值，我們追悼了過去的人，還要發願；要自己和別人，都純潔聰明勇猛向上，要除去虛偽的臉譜，要除去世上害己害人的昏迷和強暴。」

最後的光明，大概是為了《新青年》的革命基調而特別添加的。但也可以說是為了作家自己和他的妻子而表達的希望（或絕望）？

由此可見好的文章，尤其在現代中國文學中，總是一來寫國家，二來寫自己，兩者缺一不可，且不可分割。〈我之節烈觀〉〈狂人日記〉如此，郁達夫《沉淪》，茅盾《創造》，丁玲《莎菲女士日記》也是如此。

1 同時期魯迅也以唐俟為筆名，在《新青年》上發表一系列隨感，其中最早一篇是〈隨感錄・二十五〉，發表於《新青年》1918 年 9 月 15 日第五卷第 3 號。後收入《熱風》，北京：北新書局，1925 年。

2 魯迅：〈我之節烈觀〉，《魯迅全集》第一卷，北京：人民文學出版社，2005 年，頁 121—130。本文中的魯迅引文，如無特別注明，均引自〈我之節烈觀〉。

3 可參見許子東：《重讀二十世紀中國小說・上卷》，上海：三聯書店，2021 年，頁 212—213；頁 349。

4 重點號系引者所加。

5 郁達夫：《郁達夫文集》第六卷，廣州：花城出版社，1983 年，頁 272。

6 周冠五：《魯迅家庭和當年紹興民俗・魯迅堂叔周冠五回憶魯迅全編》，上海：上海文化出版社，2006 年，頁 245。

7 魯迅：《知堂回想錄・六四・家裏的改變》，南京：江蘇人民出版社，2018 年。

8 轉引自朱正：《亡友魯迅印象記》，《魯迅傳》，北京：三聯書店，2008 年，頁 61。

9 王曉明：《無法直面的人生——魯迅傳》，上海：文藝出版社，1993 年，頁 35。另據魯迅對日本朋友鹿地恆說，他在婚禮後一周啟程赴日。見蒙樹宏：《魯迅史實研究・魯迅舊式婚姻探微》，昆明：雲南教育出版社，1989 年。

10 轉引自朱正：《魯迅傳》，北京：三聯書店，2008 年，頁 63。

11 魯迅：《魯迅全集》第一卷，北京：人民文學出版社，2005 年，頁 338。

三

新青年想像：〈我們現在怎樣做父親〉

魯迅收在《墳》裏的早期白話文章，第一篇討論女性貞潔問題（〈我之節烈觀〉），第二篇討論男人家庭責任，〈我們現在怎樣做父親〉（1919年11月《新青年》第六卷第六號），署名也是唐俟。這一時期魯迅在《新青年》的「隨感錄」欄目也陸續發表短文，文體不同，關注的焦點卻都是中國的家庭倫理道德規則。按照費正清的概括，中國古代文明「是以精耕細作的農業、嚴密組織的家庭生活和官僚化的行政機構為其特徵。」[1] 三個基本特點，其中第二點，儒家禮教向上維護皇權，向下管理百姓，用道德包裝掩蓋權力關係，這是魯迅與《新青年》同人當初最主要的挑戰對象。魯迅對〈我們現在怎樣做父親〉這個題目有兩點解說，「第一，中國的『聖人之徒』，最恨人動搖他的兩個東西。一樣不必說，也與我輩絕不相干；一樣便是的倫常。」[2]（插一句，不必說的是甚麼呢？——引者註）第二樣倫常，君臣、父子、夫婦、兄弟、朋友是五倫，其中君臣關係魯迅較少提及。《說文解字》定義「婦者，服也」。其實今天看來「夫者」也是「服也」，「服」是中國傳統文化的核心關鍵 。臣服君，子服父，妻服夫，三者同一結構。現代漢語進化為「服從」，或「信服」，甚至「信念」、「信仰」。魯迅從進化論角度，質疑「父對於子，有絕對的權利和威嚴」，說「祖父子孫，本來各各都只是生命的橋樑的一級，……現在的子便是將來的父。」考慮《新青年》的讀者羣當時多數是「子」輩，但提前思考一下，「新」的「青年」們日後怎麼做「父親」—— 後來果然是二十世紀中國的一個關鍵問題。

〈我之節烈觀〉，講男人以禮教壓迫女人（當然男人也受苦）；〈我們現在怎樣做父親〉，講父輩可能怎麼壓迫子女。在各種社會現象中，魯迅最關注的人倫道德後面的權力關係。一方面他相信進化論，以為一代會比一代好，但另一方面，他看到新的「父親」，可能製造輪迴循環。進化理論與循環現實，這對矛盾背後是現代性的困境。魯迅看到，政治革命、官員換人、制度變遷、時代進步，但因為國民性不變，很多問題仍然又會陷入輪迴循環。他初期的散文較多宣傳進化論觀念，稍後的小說較多刻畫輪迴循環的現實。所以他既相信又懷疑啟蒙主義：新青年後來做了「父親」以後，父親還總是父親。

魯迅的釋題第二點，被研究者夏濟安用來概括魯迅的一生：「自己背着因襲的重擔，肩住了黑暗的閘門，放他們到寬闊光明的地方去；此後幸福的度日，合理的做人。」[3] 需要討論的是，第一肩住的「黑暗的閘門」究竟是甚麼？第二是否真有「寬闊光明的地方」？

父子關係是道德秩序，其實更是生命現象。魯迅從科學立論講人倫：「一，要保存生命；二，要延續着生命；三，要發展這生命（就是進化）。」達爾文影響十分明顯。「……食慾是保存自己，保存現在生命的事；性慾是保存後裔，保存永久生命的事……飲食的結果，養活了自己，對於自己沒有恩；性交的結果，生出子女，對於子女當然也算不上恩。」百年之後，仍有人主張必須向父母及父母官感恩。魯迅學醫在前，賽先生在當時對抗傳統禮教，佔有基本知識的優勢。

「父子間沒有甚麼恩，實是招致『聖人之徒』面紅耳赤的一大原因（這裏的『聖人之徒』，據人民文學出版社的註解，是指比較堅持傳統文化立場的林琴南）。他們的論點，便在長者本位與利己思想，權力思想很重，義務思想和責任心卻很輕。」魯迅認為，長幼之道並不是「恩」，而是「愛」。「所以我現在心以為然的，便只是『愛』。」早期魯迅比較浪漫，多次強調「愛」；後期魯迅比較現實，反覆強調「恨」。

魯迅強調的愛，其實也充滿矛盾。一方面承認「愛己」是一件應當的事，「凡是不愛已的人，實欠缺做父親的資格，」另一方面又主張「覺醒的人，此後應將這天性的愛，更加擴張，更加醇化；用無我的愛，自己犧牲於後期新人。」已經過了十多年「獨身生活」的中年已婚男人，並不知道以後會碰到甚麼女人，卻開始替「五四」新青年們設計怎樣做父親：「開宗第一，便是理解。……一切設施，都應該以孩子為本位。……第二，便是指導，時勢既有改變，生活也必須進化；所以後起的人物，一定優異於前，……長者便是指導者協商者，卻不該使命令者。……第三，便是解放。子女是即我非我的人，但既已分立，也便是人類中的人。」

魯迅這些比較理想化的兒童教育觀念，後來也果然身體力行——上海大陸新村魯迅最後的故居，三層新式里弄裏最好的一個房間，不是他的書房和臥室，而是海嬰的房間。

「中國相傳的成法，謬誤很多；一種是錮閉，以為可以與社會隔離，不受影響。一種是交給他惡本領，以為如此才能在社會生活。」魯迅否定這些不合理的傳統，尤其不可教惡本領。結論是，「根本方法，只有改良社會。」

魯迅講父子關係（其實與君臣關係、夫妻關係同構），實際崩潰了，又依然如故，因為種種惡鬥傳統，可以美其名曰為「革命」。魯迅當時對二十世紀的中國革命，充滿懷疑。

「總而言之，覺醒的父母，完全應該是義務的，利他的，犧牲的，很不易做；而在中國尤不易做。中國覺醒的人，為想隨順長者解放幼者，便需一面清潔舊賬，一面開闢新路。就是開首所說的『自己背着因襲的重擔，肩住了黑暗的閘門，放他們到寬闊光明的地方去；此後幸福的度日，合理的做人』。這是一件極偉大的要緊的事，也是一件極困苦艱難的事。」

《說唐》第四十一回記載隋煬帝時有一位大力豪俠，用身體擋住了城門口的千斤大閘，保護了十八家造反頭領與眾多好漢，但豪俠自己卻被壓城下。夏濟安在他的論文〈魯迅作品的黑暗面〉中引用了這個出典，一方面讚揚魯迅自我犧牲的精神界戰士形象，一方面也想探究壓住魯迅的黑暗大閘究竟是甚麼力量。夏濟安的觀點：「對魯迅來說，黑暗閘門的重壓大致有兩個來源，一是傳統中國文學與文化，二是他自身不安的內心。」[4]

至於第二個問題，「放他們到寬闊光明的地方去」，我們現在要思考，是否真有這樣的地方？

---

1 費正清、劉廣京編：《劍橋中國晚清史・上》，北京：中國社會科學出版社，1985 年，頁 9。

2 魯迅：〈我們現在怎樣做父親〉，《魯迅全集》第一卷，北京：人民文學出版社，2005 年，頁 134－164。除非特別注明，本文中的魯迅引文皆同此註。

3 夏濟安：〈魯迅作品的黑暗面〉，見《黑暗的閘門》，香港：香港中文大學出版社，2016 年。

4 夏濟安：《黑暗的閘門——中國左翼文學運動研究》，香港：香港中文大學，2016 年，頁 129。

四

〈娜拉走後怎樣〉：時間與地點

依照《墳》的排序，在〈我們現在怎樣做父親〉之後，是一篇學術文章，〈宋民間之所謂小說及其後來〉，原載 1923 年 12 月 1 號《北京城報》五週年紀念增刊。這一時期魯迅在北京大學講「中國小說史」，講義在 1924 年成書，即 1925 年北京北新書局出版的《中國小說史略》。在《墳・題記》裏作者特別說明，他是將這些體裁上截然不同的東西集成一書。我們可以看到魯迅那一時期各種文學學術活動的不同側面，不僅議論，而且抒情，還有考證。

排在討論宋小說的文章之後，就是著名的〈娜拉走後怎樣〉，這是一篇在中國現代女性文學史上產生重要影響的作品，特別需要注意的是此文的發表時間和寫作。《娜拉走後怎樣》是魯迅 1923 年 12 月 26 日在北京女子高等師範學校文藝會上的講演。還是關注女性身體問題，關注女性身體被男性管理之前因後果，這篇演講距離〈我之節烈觀〉已經過去了五年。從 1918 年 8 月到 1923 年 12 月，在文學史上，這是周樹人變成魯迅的最關鍵的五年。作家在此期間發表了〈狂人日記〉〈阿 Q 正傳〉等大部分小說，也在《新青年》上發表了大量短文（諸多「隨感錄」編成散文集《熱風》），作家看到「五四」新文化已從「吶喊」發展到「彷徨」。雖然還是討論男權社會中女性的生理心理困境，魯迅的觀點和態度已有微妙變化。在 1918 年的〈我之節烈觀〉文章結尾處，作家大聲疾呼：「要自己和別人都純潔聰明，勇猛向上，要人類都受着正當的幸福。」[1] 但是在 1923 年，魯迅卻給女子師範的眾多年輕女學生潑了一盆冷水：娜拉走後會怎樣，「從事理上推想起來，娜拉或者也實在只有兩條路，不是墮落，就是回來。」[2]

娜拉是易卜生一部話劇的主要人物（又譯《傀儡家庭》），女主角不願意在富裕的家中做庸俗市儈丈夫的花瓶，離家出走一幕是全劇高潮，演出時獲得全體起立的掌聲。胡適等一代「五四」文人，都很推薦這部戲，娜拉的形象遂成為「五四」女性解放的一個符號（百年之後的中國，卻有「寧在寶馬裏哭，不在自行車上笑」的說法）。想像在北京女子師範大學聽魯迅演講的同學們，有的可能家庭並不贊成她們讀書（女子無才便是德），有的為了讀書學生也許離家出走，甚至是為了愛情在私奔，像丁玲的小說人物，或者早年蕭紅……

可是魯迅說：「出來只有兩條路，不是墮落，就是回來。」

為甚麼呢？魯迅用童話語言做現實推理：「如果是一批小鳥，在籠子裏固然是不自由，而溢出籠子外面便又有鷹，有貓，以及別的甚麼東西之類；倘若已經關的麻痹的翅子，忘卻了飛翔，也誠然是無路可以走。還有一條，是餓死了……」

魯迅後來一再重申這個邏輯推理，人之所以甘心於困境，是為了避免更壞可能。魯迅認為，在籠中幻想飛出去自由，是做夢。「人生最苦痛的正是夢醒了無路可以走。」這句話放大來說，魯迅或者也在反省自己：喚醒沉睡的大眾，拯救節婦烈女，乃至改造國民性，是否也都只是夢？魯迅的矛盾與深刻在於，既看到娜拉等人是在做夢，又指出夢的價值。「所以我想，假使尋不出路，我們所要的倒是夢。但是，萬不可以做將來的夢。……魯迅把這句繞口又費解的話重複了一遍：「假使尋不出路，我們所要的就是夢，但不要將來的夢，只要目前的夢。」

這番話很值得北師大女學生（以及現在的我們）深思，甚麼是將來的夢，社會願景？偉大理想？犧牲當下？甚麼是目前的夢，文學幻想？愛情療傷？活在當下？

魯迅的邏輯一層遞進一層：第一，娜拉只是做夢；第二，夢也有價值；第三，「夢是好的，否則，錢是要緊的。」「五四」是一個浪漫的時代，娜拉是浪漫潮流中的一朵水花。魯迅是「五四」的旗手，卻不僅告訴人們水花美麗，而且水花易碎，下面是巖石。「為準備不做傀儡起見，在目下的社會裏，經濟權就見得最要緊了。第一，在家應該先獲得男女平均的分配；第二，在社會應該獲得男女平等的勢力……要求經濟權固然是很平凡的事，然而也許比要求高尚的參政權以及博大的女子解放之類更煩難。」

我們要注意準備這篇演講稿的地點與環境。在〈娜拉走後怎樣〉起草或改稿之前不久，1923 年 8 月 2 號魯迅搬出八道灣的大宅，暫居相對狹小的磚塔胡同六十一號。魯迅 1906 年成婚後，據說一直沒有和朱安真正同房生活。在因兄弟反目事件（以後詳論）搬出八道灣後，魯迅的母親和朱安其實仍然可以住在八道灣大宅，但朱安選擇和魯迅同住。之後九個月近三百天中，有一百三十天左右魯迅的母親會回去八道灣，這些時間是魯迅和朱安很少有的真正同室面對面相聚時間。正是在這段時間內，魯迅起草 / 修改了他的〈娜拉走後怎樣〉，如果說之前十多年的夫妻分居狀態，催促魯迅比較客觀理性地討論「節烈觀」等女性道德標準，那麼磚塔胡同的特殊寫作環境，也使作家更加現實地感受到女性婚姻的困境和解放道路之艱難。「在現代的社會裏，不但女人常做男人的傀儡，就是男人也常做女人的傀儡。」講的是普遍的社會現象，但這又何嘗不是作家夫子自道？

前面說過，好的藝術，永遠是民族的，國家的，同時也是作家私人的。比起最初在《新青年》寫文章，魯迅早期對女性解放的關注一如既往，但態度多少有些悲觀：「羣眾，——尤其是中國的，——永遠是戲劇的看客，……中國太難改變了，即使撼動一張桌子，改裝一個火爐幾乎也要血，而且即使有了血，也未必一定能搬動，能改裝。不是很大的鞭子打在背上，中國自己是不肯動彈的。」從娜拉出走講起，這個結尾是否有點遠了？

其實也不遠，從〈娜拉走後怎樣〉的狹窄寫作環境看，有兩點魯迅是身臨其境，刻骨銘心：一是男女其實互為傀儡，互相迫害；二是在中國，任何改動都很艱難。

1 魯迅：〈我之節烈觀〉，《魯迅全集》第一卷，北京：人民文學出版社，2005 年，頁 130。

2 魯迅：〈娜拉走後怎樣〉，《魯迅全集》第一卷，北京：人民文學出版社，2005 年，頁 166。原載北京女子高等師範學校《文藝會刊》1924 年第 6 期。本文中的引文，除特別注明，均出自〈娜拉走後怎樣〉。

五

天才、鬍鬚、雷鋒塔

在散文集《墳》裏，《娜拉走後怎樣》後面也是一篇演講，是 1924 年 1 月 17 號魯迅在北師大附中的演講，題為《未有天才之前》。大意是回應當時文藝界教育界和民眾，在「五四」文藝復興時代氣氛下希望中國出現天才的一種期盼和呼聲。

記得自己初讀此文，心想那時的人們真是有眼無珠：魯迅就站在你們前面，你們還在抱怨中國怎麼沒有天才！哪像今天，遍地都是大師，叫的人、聽的人都不難為情。

魯迅卻沒有直接回答甚麼是天才，以及中國當時有沒有天才，或者誰是天才這樣的問題。而是把話題巧妙一轉：「天才並不是自生自長在深山野林裏的怪物，它是由可以使天才生長的民眾產生，在那裏長育出來的，所以沒有這種民眾就沒有天才」。[1] 魯迅要求在天才產生之前，應該先要求可以使天才生長的民眾。在今天旁觀者聽來，好像魯迅在委婉地對聽眾說：是不是你們不認識天才？當然這是誤解。魯迅原意不是責怪羣眾，他真心不以天才自居（以後有人提名魯迅獲諾貝爾文學獎，魯迅推卻了）。魯迅關於民眾與天才的議論，其實隱含着另一個嚴肅的政治問題：在呼喚和崇拜偉大人物之時，中國有沒有可以使偉大人物生長的民眾？也就是民眾與偉人的關係問題。

面對北師大附中學生的演講，魯迅沒有點破天才和民眾關係的複雜性，而是借題發揮批評了當時的一些文藝潮流。他覺得這些文藝潮流在扼殺天才、損壞土壤。他的批評對象，一是整理國故，二是崇拜創作。前者是批評胡適派，後者是諷刺創造社。今天看來，胡適等人提出「整理國故」也有道理，創造社早期創作也有成績，而魯迅的話也是對的。

魯迅說文藝批評，像「惡意的批評家在嫩苗的地上馳馬，奔馳的馬，當然是十分快意的事情，然而遭殃的都是嫩苗。」[2] 平常的苗和天才的苗一起遭殃。魯迅對青年人說，「我想，天才大半是天賦的；都有這培養天才的土壤，似乎大家都可以做。」[3] 一百年後，還是北京師範大學，現在有莫言、余華等人來兼職授課，培養未來的天才或現在的土壤。

魯迅的話對青年學生講，主要是為了鼓勵，給了一點希望。以後我們在別處會看到魯迅自己承認，他沒有完全講出他的真話。魯迅關於天才和民眾關係的說法，完全可以有一種負面的推理：如果某地老是出現獨裁者，和當地民眾有沒有關係？或者更進一步說，到底是民眾的麻木愚昧需要專制還是專制訓練了民眾的麻木愚昧？在 1924 年軍閥時期，魯迅很快就忍不住會討論這個問題。

在《墳》這部散文集裏，有兩組文章非常重要，一是〈摩羅詩力說〉等四篇文言文章，顯示了早期魯迅對文藝、政治、歷史以及西方價值觀的很多獨特思考。二是之後我們要讀的〈春末閒談〉〈燈下漫筆〉等魯迅中期散文，在某種意義上也是魯迅全部散文的精華。但是在這兩組文章之外，被作者鄭重其事埋進《墳》裏的，還有一些不同體裁不同話題的散文。其中有兩個話題很有意思，一個話題就是鬍鬚，魯迅自己以及別人的鬍鬚；第二個話題是杭州的雷峰塔，一論二論。魯迅連續地分別為這兩個話題寫兩篇文章，看上去只是身邊的小事，或者說是跟自己也不大相關的事情。

關於鬍鬚。第一篇題目就是〈說鬍鬚〉，鄭重其事。魯迅講他自己的鬍子常常要剪，尋出鏡子剪刀動手就剪，其目的在使它和上脣的上緣平齊成一個隸書的一字，就是說把鬍子在上脣剪成平的一字。現在可以看一下魯迅的標準像。鬍子很濃，頭髮很硬，鬍子是平的。這已經成為魯迅的人設形象。不能想像魯迅有別的樣子的鬍子或髮型。

但原來，魯迅青少年時也留過向上翹起的鬍子，要用一些特別的膠油修飾。那時魯迅就被人批評，怎麼學日本人的樣子？身體又矮小，鬍子又這樣，據說這是一位國粹家兼愛國者的指責。少年魯迅覺得很冤枉，說身體本來就這麼高，也不是我人為選擇的。鬍子雖然跟很多日本人相同，可日本人也是學了德國人，並非日本的國粹（想想德國的威廉皇帝，鬍子往上翹）。但是辯解也沒有用。而且的確修飾鬍子的膠油在中國很難買。魯迅後來就放棄了鬍子上翹。

鬍子一不上翹，稍微長長一點，他就會下垂。這個下垂最開始就在兩邊下垂。當然有些人修齊的好，上脣的鬍子不去剪，下面的鬍子往下那就形成了像齊白石、豐子愷這樣的風度了。結果呢又招來改革家的責難，所以最後魯迅就放棄了，他就剪平。就是既不上翹，也不拖下，如「一個隸書的一字」。

鬍鬚的樣子值得寫文章嗎？還和〈摩羅詩力說〉〈燈下漫筆〉收在同一本書裏。原來鬍子一上翹，就被指責成假裝日本人。魯迅後來發現中國古代其實有很多這樣的石刻畫像，有北魏到唐的佛教的照相，鬍子也都上翹。有人說，這是日本人偽造的。魯迅嘲笑說，日本人為了自己的鬍子上翹，還在中國的深山老林裏去買很多偽造的佛像，也太辛苦了吧。所以，鬍子上翹，中國古代也歷來有之，不完全是日本文化。而拖下來，魯迅考證是蒙古人帶來的樣式。

因為上翹的鬍子，從日本回國途中，路上有人就稱讚魯迅，說你這個日本人中文說得真好！魯迅辯解都沒有用，我是中國人。顯然人們對鬍鬚的樣式，有很多「愛國主義」的聯想。這些聯想傷害了魯迅的民族自尊心。因此魯迅說，「凡對於以真話為笑話的，以笑話為真話的，以笑話為笑話的，只有一個方法：就是不說話。因此他說我也不說話。」[4]

因為鬍鬚樣式的刺激，魯迅自省說，我實在比先前似乎油滑得多了。

可是沒想到隔了一年，1925 年 10 月，魯迅又寫了一篇〈從鬍鬚說到牙齒〉。因為有一個北大教授說，魯迅從鬍鬚說起，一直說下去，將來就要說到屁股。

這時魯迅的文風，已經非常曲折又刻薄了。他說照此邏輯，土耳其革命以後失去了女人的面紗，那是多麼下等的事！嗚呼啊！他們已將嘴巴露出，將來一定要光着屁股走路了！魯迅接下來說，雖然有人數我為無病呻吟黨之一，但我以為自家有病自家知，旁人大概不是很能夠明白底細的。倘沒有病，誰來呻吟？如果竟要呻吟，那就已經有了呻吟病了！

這段話非常詭辯，也巧妙，一方面定義「無病呻吟」之不可能。另一方面，咬文嚼字，的確把問題講深了一層。還是和身體的零部件有關，魯迅藉機就辟謠，報上說他參加遊行被打落了兩顆門牙，其實這個牙齒是在別的情況下掉的。最後魯迅又回到了鬍鬚，沒完沒了，魯迅說，「連鬍鬚樣式都不自由，也是我平生的一件感憤，要時時想到的。鬍鬚的有無、樣式、長短，我以為除了直接受着影響的人以外，是毫無容喙的權利跟義務的。而有些人們偏要越俎代謀，說些無聊的廢話，真是和女人非梳頭不可的教育，『奇裝異服』者要抓進警廳來辦罪的政治一樣離奇。」[5]

魯迅這時，太天真了，奇裝異服被抓一點都不離奇。上世紀六十年代中期，我親眼見到上海最熱鬧的南京路市中心，一羣激憤愛國的中學生，測量路人（尤其是女人）的褲腳管的尺寸，如果尺寸不合，規格太小了，馬上當場眾目睽睽拿剪刀「唰」地由下往上剪。

多年以後，杭州的警察，將幾位穿和服的女子抓了起來。網上評論說女人的着裝傷害了國人的民族感情，應該立法禁止。說遠一點，當年俄國彼得大帝也曾經要貴族不留鬍鬚，貴族們不肯，最後怎麼辦？好吧，你們留鬍鬚，需另交鬍鬚稅。

雖然我非常同意魯迅在這兩篇文章裏，批判一個人的怎麼處置自己身體或着裝，會引起「愛國」「賣國」的不必要聯想。魯迅的批判今天看也很有遠見。但是反過來平心想想，今天要是看到照片上的魯迅，他的鬍子是往上卷翹的，或者他的鬍子兩邊往下垂的，像張佩綸——張愛玲的祖父的照片，鬍子兩邊往下垂的，我們能習慣嗎？

原來這「隸書的一字」，現在是魯迅形象（「新文化方向」）的標誌。歷史有很多偶然性，魯迅的鬍子也是其中之一。

還有一個話題也有連續兩篇文章。〈論雷峰塔的倒掉〉，發表於1924年11月17號《語絲》第1期，這是《語絲》週刊創刊的第一期。《語絲》當時政治立場不鮮明，文化姿態也比較中立。魯迅在首期上發表〈論雷峰塔的倒掉〉，真的好像沒有甚麼政治社會批判，主要是對「白蛇傳」的傳說有些議論，說法海多管閒事，人家白蛇自迷許仙，許仙自娶妖怪，與別人有何相干？其實這篇文章，風花雪月，還把至今還在的保俶塔和當年倒掉的雷峰塔混為一談。

但是幾個月後，發表在《語絲》第15期上的〈再論雷峰塔的倒掉〉，話題就嚴肅了。這就顯示了《語絲》至少在魯迅那裏，從沖淡閒適起，漸入憤世嫉俗。第二篇關於雷峰塔的文章，起因是胡也頻，化名在《京報》副刊的一個通信。胡也頻引輪船乘客的話，「說是杭州雷峰塔之所以倒掉，是因為鄉下人迷信那塔磚放在自己的家中，凡事都必平安，如意，逢凶化吉，於是這個也挖，那個也挖，挖之久久，便倒了。」[6]

魯迅於是有了聯想。魯迅先順手批一下中國人的「十景病」。有人感慨雷峰塔倒了以後，西湖十景就少了一景。魯迅說為甚麼一定要十景呢？隨後魯迅一句議論，給悲劇、喜劇下了定義：「悲劇，將人生有價值的東西毀滅給人看，喜劇將那無價值的撕破給人看。」[7]短短兩句話，概括了很多學術論文裏的概念八股；再接着聯想到外寇入侵，破壞中國的這些風景，中國人就在瓦礫上修補老例，修補老例怎麼辦？翻縣誌，看每一次兵災之後，添上了很多烈婦、烈女的名字，看近來的兵禍，怕又要大舉表彰節烈。許多男人們都哪裏去了？

原來魯迅這是一貫的想法，國破山河，名勝被毀。男人們做甚麼？重建一個塔，畫一些烈婦烈女的名字。從〈我之節烈觀〉所諷刺的，到電影《金陵十三釵》所歌頌的。

文章最後終於又回到了雷峰塔。魯迅要講的最重要的話，說像雷峰塔倒掉或者龍門石窟被拆，其毀壞的原因，非如革除者的志在掃除，也非如寇盜的志在掠奪或單是破壞，僅因目前極小的自利，也肯對於完整的大物暗暗的加一個創傷。魯迅稱之為這是一種「奴才式的破壞」，結果也只能留下一片瓦礫，與建設無關。

魯迅這段話概括了中國的文物，祖宗的遺產（何止是文物和遺產）通常被三種力量所破壞，第一是革命，第二是侵略，第三最普遍的是老百姓自家貪小利自盜。但第三種破壞力量（「奴才式的破壞」）長期被忽視。聽說現在古長城的磚，被很多人偷走賣錢，這個偷磚比雷峰塔石供在家裏更壞。因為供在家裏還是出於信仰，賣錢牟利，是「與時俱進」，非常糟糕。難怪中華大地，山西、河南等地，地面上可見的實物古跡那麼少。

在象徵層面上，魯迅說：「豈但鄉下人之於雷峰塔，日日偷挖中華民國的柱石的奴才們，現在正不知有多少！」[8] 魯迅特別在文章最後說明，「含着藉此據為己有朕兆的是盜寇，含着藉此佔些目前小便宜的朕兆的是奴才。無論在前面打的怎樣鮮明好看的旗幟。」

早在〈摩羅詩力說〉，魯迅就開始注意使用「奴隸」這個關鍵詞，到這篇論雷鋒塔，魯迅痛斥「偷挖中華民國柱石的奴才們」，魯迅真正梳理「奴隸」和「奴才」的關係，是在三十年代。前面講天才與羣眾，現在講偷磚的奴才，魯迅的思考的還是專制與羣眾的弔詭關係。魯迅一生都會被一些重大的矛盾關係困住（或迷住），我們《重讀魯迅》將繼續觀察：一，在傳統中反傳統，二，理論進化與現實輪迴，三，專制製造民眾還是相反，四，……

順便插一句，雷峰塔最近已經修復了。去杭州看西湖十景，金光燦燦，煥然一新，香火通明，遊客眾多。相比之下，叫人感慨的是，六和隋塔（始建於北宋）倒沒有多少人去。不知道魯迅看到了會不會再寫一篇三論雷峰塔。

1 魯迅：〈未有天才之前〉，最初發表於北京師範大學附屬中學《校友會刊》1924 年第 1 期。《魯迅全集》第一卷，北京：人民文學出版社，2005 年，頁 174。

2 同註 1，頁 176。

3 同註 1，頁 177。

4 魯迅：〈說鬍鬚〉，《語絲》1924 年 12 月 15 日第 5 期，收入《魯迅全集》第一卷，北京：人民文學出版社，2005 年，頁 185。

5 魯迅：〈從鬍鬚說到牙齒〉，原載《語絲》1925 年 11 月 9 日第 52 期，收入《魯迅全集》第一卷，北京：人民文學出版社，2005 年，頁 261。

6 魯迅：〈再論雷峰塔的倒掉〉，發表於《語絲》1925 年 2 月 23 日第 15 期，收入《魯迅全集》第一卷，北京：人民文學出版社，2005 年，頁 201。

7 同註 6，頁 203。

8 同註 6，頁 204。

六

〈春末閒談〉

在我心目當中，這是魯迅最好的散文之一，也是中國現代文學史上最出色的散文之一。而且，這篇散文還不是太有名，很多人可能都不知道有這麼一篇文章。

散文，可以談自然風景，可以講科學道理，可以引經據典談古論今，或者暢想科幻未來世界。當然，散文還可以聯繫歷史、批判現實，或者不僅批判現實，還可以上升到哲學層面，討論人性的變化、人類的古今，所有這些不同層面的內容，大自然、科學、古典文學、歷史、現實、哲學，散文都可以涉及。

但有沒有讀過一篇散文：這麼多不同層面，這麼多複雜內容，通通貫穿在一篇散文裏，在一篇一兩千字的散文裏。這可能嗎？這可行嗎？而且這篇散文的題目還非常輕鬆恬靜，叫〈春末閒談〉[1]。

文章第一句：北京正是春末，也許「我」（在散文中，敍事主人公我，很多時候接近作者本人）——

> 也許我過於性急之故罷，覺着夏意了，於是突然記起故鄉的細腰蜂。那時候大約是盛夏，青蠅密集在涼棚索子上，鐵黑色的細腰蜂就在桑樹間或牆角的蛛網左近往來飛行，有時銜一支小青蟲去了，有時拉一個蜘蛛。青蟲或蜘蛛先是抵抗着不肯去，但終

於乏力，被銜着騰空而去了，坐了飛機似的。

第一段文字講的是一個小小自然景觀，一種細腰蜂。細腰蜂在昆蟲學上屬於膜翅目，泥蜂科。這種青蜂會無緣無故把人家小青蟲或者蜘蛛拉走。拉去幹甚麼，難道是免費坐飛機？原來是為了繁殖後代。魯迅據此很有詩意地告訴我們，《詩經》當中有一句叫「螟蛉有子，蜾蠃負之」。美好的傳說是細腰蜂把坐直升飛機來的小青蟲放進她的窠裏，封起來，然後自己在外面日日夜夜地敲打，好像嘴裏還念念有詞，說「像我像我」。經過大概七七四十九天，打開窠，那青蟲就變成了一隻細腰蜂了。

這個描寫自然界物種轉化的美麗故事，還不僅是出於《詩經》。漢代鄭玄註：「青蜂取桑蟲之子，負持而去，煦嫗養之。」「煦」是溫暖恩惠的意思，「嫗」是古代對婦女的一個通稱，「煦嫗」加在一起當然就是母親對兒女的態度。後來揚雄《漢書》(《漢書・揚雄傳》)在《法言》當中，好像還聽到了細腰蜂說甚麼，「『類我，類我』，久則肖之矣。」不是謊話千遍重複就是真理，而是祝願重複千遍就有了小細腰蜂浪漫溫馨的故事。所以魯迅說他小時候見到樹林裏兩個蟲子一拉一拒，他就好像看到了這個慈母教女，滿懷好意。

寫到這裏，好像真是一個奇特自然景觀，加上一個美麗文學典故，很符合〈春末閒談〉這麼一個篇名。現代文學中這樣冰心風格的文字，也是一個流派。

但作家筆鋒一轉：「但究竟是夷人可惡，偏要講甚麼科學。科學雖然給我們許多驚奇，但也攪壞了我們許多好夢。自從法國的昆蟲學大家發勃耳（Fabre）仔細觀察之後，給幼蜂做食料的事可就證實了。原來這個小青蟲跑去那裏，不是變成小蜜蜂，而是給小蜜蜂繁殖做養料。而且，這細腰蜂不但是普通的兇手，還是一種很殘忍的兇手，又是一個學識技術都極高明的解剖學家。她知道青蟲的神經構造和作用，用了神奇的毒針，向那運動神經球上只一螫，它便痲痹為不死不活狀態，這才在它身上生下蜂卵，封入窠中。青蟲因為不死不活，所以不動，但也因為不活不死，所以不爛，直到她的子女孵化出來的時候，這食料還和被捕當日一樣的新鮮。」

忽然之間自然界的慈母變成了殘忍的兇手。美麗的傳說變成了物競天擇進化論的冷酷案例。家庭溫情劇瞬間變成恐怖片。

其實關於細腰蜂和小青蟲的故事，中國古人也早有科學解釋，比方六朝人陶弘景在註《本草》「蠮螉一名土蜂」條下說：「今一種黑色細腰，銜泥於壁及器物邊作房，生子如粟置其中；乃捕草上青蜘蛛十餘置其中，仍塞口，以俟其子大而為糧也。」後來宋代文人也有相似的觀察。簡單說，就是把青蟲放在窠裏，用來幫助他們繁殖下一代。有意思的是，魯迅明明也看到了這些中國古代科學：「我記得有幾個考據家曾經立過異說，以為她其實自能生卵；其捉青蟲，乃是填在窠裏，給孵化出來的幼蜂做食料的。」可是魯迅偏偏不引古人的考據，而要用法國科學家的最新研究。這裏大概也有「五四」時代強調外來賽先生的用意，或者殘忍兇手用神奇毒針這個說法更有戲劇性、更有畫面感——為了引申出自然、科學與文學以外的「春末閒談」。

春末閒談，談甚麼呢？魯迅說，幾年前碰到「神經過敏的俄國的E君」，即愛羅先珂，一個雙目失明的俄國詩人、童話作家，曾經在中國流亡，魯迅很喜歡並翻譯他的作品。有一天E君「突然發愁道，不知道將來的科學家，他們會不會發明一種奇特的藥物，把這個藥物注在誰的身上，這個人就甘願永遠做服役和戰爭的機器了。」魯迅雖然裝着跟愛羅先珂一起發愁的模樣，心裏卻在想：我國的聖君，賢臣，聖賢，聖賢之徒，卻早已有過這一種黃金世界的理想了。不是「唯辟作福，唯辟作威，唯辟玉食」麼？不是「君子勞心，小人勞力」麼？不是「治於人者食人，治人者食於人」麼？

隨口拈來三段儒家經典。作威作福今天是負面詞彙，在《尚書》裏卻是皇上和諸侯的本分職責，作福、作威、玉食。「君子勞心，小人勞力」在《左傳》裏是先王之志。《孟子・滕文公上》主張：「勞心者治人，勞力者治於人。」魯迅說，「可惜理論雖已卓然，而終於沒有發明十全的好方法。要服從作威就須不活，要貢獻玉食就須不死；要被治就須不活，要供養治人者又須不死。」人類升為萬物之靈，但就是沒有細腰蜂的毒針。怎麼辦呢？或者說為甚麼呢？

原來人類社會需要的毒針比細腰蜂的要難得多。「因為這個青蟲它只要不動，所以在運動神經上這麼一螫，即告成功。而我們的工作，卻求能運動、無知覺，要在知覺神經中樞加以完全的麻醉，知覺一失，運動也隨之失去主宰，不能貢獻玉食，恭請上自極峰下至特殊智識階級的賞收享用了。」「就現在而言（魯迅說的是一百年前，也還沒有AI），竊以為除了遺老的聖經賢傳說，學者的進研究室主義，文學家和茶攤老闆的莫談國事律，教育家的勿視勿聽勿言勿動論之外，委實還沒有更好，更完全，更無流弊的方法。」

與細腰蜂毒針相提並論的治民之術一共四種：傳統國學經典，新派整理國故，茶館莫談國是，學校教育規範。魯迅的閒談四面挑戰、刀鋒犀利，一段話分別抨擊了舊學聖賢，胡適主張、茶館禁令、教育封閉。

然後魯迅說，「禮失而求諸野」，軍閥統治沒方法，建議引進外國手段。外國手段第一是禁止集會（開會也是舶來品？）其次要防說話，「人能說話，已經是禍胎了，而況有時還要做文章。」禁集合、禁言論，

「雖有二大良法，而還缺其一，便是：無法禁止人們的思想。」

這才道出春末閑談的主題 —— 魯迅責怪造物主，「一恨其沒有永遠分清『治者』與『被治者』；二恨其不給治者生一枝細腰蜂那樣的毒針；三恨其不將被治者造得即使砍去了藏着的思想中樞的腦袋而還能動作。」有研究認為，魯迅的思想轉變是從進化論到階級論，發生在二十年代末三十年代初。但〈春末閑談〉中的「三恨」說明魯迅創作中期的焦點，就在於正視階級矛盾和人世不公。具體來說就是分析治者與被治者的關係，治者如何麻醉被治者，以及兩者的辯證轉化，奴隸如何成為奴才和主子？「三恨」之後，魯迅的散文進入了科幻層面：「假使沒有了頭顱，卻還能做服役和戰爭的機械，世上的情形就何等地醒目呵！這時不必用甚麼制帽勳章來表明闊人和窄人了，只要一看頭之有無，便知道主奴，官民，上下，貴賤的區別。」沒有了能想的頭卻還活着，馬上聯想到《山海經》裏刑天的「以乳為目，以臍為口」。陶潛說：「刑天舞干戚，猛志固常在。」沒了頭，卻仍有猛志。魯迅這篇文章的最後一筆是：闊人的天下一時總怕難得太平的了。

沒有頭還活着的現象，至今沒見過。但換頭術好像已經有人在實驗了，真的是科學大突破，真的有人可以繼續用別人的身體活下去。畢竟，比細腰蜂的針更厲害啊。

一篇看似閒談的散文，從大自然小昆蟲說起，從文學傳統到科學研究，再到社會批判、歷史研究，再到人類困境的哲學思考，這就是魯迅。

這只是一篇散文，這只是魯迅在 1925 年春末的某一天的閒談。

1　魯迅：〈春末閑談〉，原載北京《莽原》1925 年 4 月 24 日第 1 期，署名冥昭。收入《魯迅全集》第一卷，北京：人民文學出版社，2005 年，頁 214。除非特別注明，本文中其他魯迅引文，皆同一出處。

七

〈燈下漫筆〉

在〈春末閒談〉之後，我們要讀一篇同時期的散文，看上去題目也很輕鬆優美，實際上內容更沉重。〈燈下漫筆〉1925 年發表在《莽原》週刊上[1]，這是魯迅一生中最重要的散文之一。文章中有兩句話既膾炙人口也令人困惑。而且這篇文章前半部分裏有個故事更加重要，值得慢慢咀嚼、細細回味。

> 就是袁世凱想做皇帝的那一年，蔡松坡先生溜出北京，到雲南去起義。這邊所受的影響之一，是中國和交通銀行停止兌現。（注意商店「不歡迎中交票」與「袁世凱想做皇帝」之間看似偶然的關係。）
>
> 我還記得那時我懷中還有三四十的中交票，可是忽然變了一個窮人，幾乎要絕食，很有些恐慌。我只得探聽，鈔票可能折價換到現金呢？說是沒有行市。幸而終於，暗暗地有了行市了：六折幾。我非常高興，趕緊去賣了一半。後來又漲到七折了，我更非常高興，全去換了現銀，沉墊墊地墜在懷中，似乎，這就是我的性命的斤兩。倘在平時，錢鋪子如果少給我一個銅元，我是絕不答應的。
>
> 但當我一包現銀塞在懷中，沉墊墊地覺得安心，喜歡的時候，

卻忽然起了另一思想，就是：我們極容易變成奴隸，而且變了以後，還萬分喜歡。[2]

這段話之所以要打重點號，不僅因為魯迅作品的關鍵字「隆重登場」，而且還有對關鍵詞的具體個案分析 —— 本來有些錢，突然不能用了，只能折扣兌現，損失財產，之後還「十分歡喜」，這是魯迅對「奴隸」的基本定義。概括起來是第一，你擁有的（或者你以為你擁有的）一些東西（勞動報酬、社會身份、政治地位、言論空間、家庭道德等等）可以突然消失，而你無力、無從、無法反抗。第二，被剝奪的東西，如果能拿回一些，你會十分喜歡。前者說明「奴隸」的生態，後者代表「奴隸」的心態（開始向「奴才」轉化）。

其實中國在各個古代文明社會中，奴隸佔全社會生產力的比重是比較少的，奴隸社會的歷史也相對比較短。為甚麼魯迅特別強調中國社會中的奴隸生態與心態？因為在魯迅看來，奴隸不只是（或主要不是）一個特定的階級階層，也不只是一個歷史現象，而是中國國民的一種相當普遍生態和心態。屬於你的東西，可以隨時被剝奪，不僅底層民眾被侮辱被損害，就是富人或官員，也必須擔心他們的財富權利可以隨時被剝奪。問題是，在他們的權利財富地位健康被剝奪時，他們為甚麼不反抗，甚至在部分剝奪後還是十分歡喜，魯迅指出的第一個原因是：因為有更壞的可能性。

假如有一種暴力，「將人不當人」，不但不當人，甚至還不及牛馬，不算甚麼東西；待到人們羨慕牛馬，發生「亂離人，不及太平犬」的歎息的時候，然後給與他略等於牛馬的價格，有如元朝定律，打死別人的奴隸，賠一頭牛，則人們便要心悅誠服，恭頌太平的盛世。為甚麼呢？因為他雖不算人，究竟已等於牛馬了。

「寧為太平犬，莫作亂離人」是元代施慧《幽閨記》裏的詩句。打死奴隸賠頭牛，也確實依據成吉思汗的法令，《多桑蒙古史》裏有引證。魯迅引經據典概念轉換，結論是「實際上中國人向來就沒有爭到過人的價格，至多不過是奴隸。到現在還如此，然而下於奴隸的時候卻是數見不鮮的。」比如曾被抄家，損失財物尊嚴甚至生命，運動後期「落實政策」也會慶幸感恩。成為「亂離人」多因戰爭和動亂。在古代戰爭中，「中國的百姓是中立的，暫時連自己也不知道屬於哪一面，但又屬於無論哪一面。強盜來了，就屬於官，當然該被殺略官兵即到，該是自己人了吧，但仍然要被殺，彷彿又屬於強盜似的，這時候百姓就希望有一個一定的主子，拿他們做百姓。」後來在動亂和「革命」中，百姓有時可能以為自己在造反或官府的一方，因此主動或被動投身到其中一方，但魯迅從更長遠的歷史看，強調百姓實際上「連自己也不知道屬於哪一面」。魯迅舉了五胡十六國，黃巢，五代，張獻忠等等亂世的例子，有時「將奴隸規則毀得粉碎。這時候，百姓就希望來一個另外的主子，較為顧忌他們的努力規則的，無論仍舊，或者新頒，總之是有一種規則，使他們可上努力的軌道。」

做奴隸 / 牛馬是可悲的，但做不上奴隸 / 牛馬則更慘。所以，有更壞的可能，是國人安於奴隸處境而不自覺的首要原因。

任憑你愛排場的學者們怎樣鋪張，修史時候設些甚麼「漢族發祥時代」「漢族發達時代」「漢族中興時代」的好題目，好意誠然是可感的，但措辭太繞灣子了。有更其直捷了當的說法在這裏——

一，想做奴隸而不得的時代；

二，暫時做穩了奴隸的時代。[3]

這是〈燈下漫筆〉中最膾炙人口的兩句話，是對幾千年中國歷史非常形象也非常極端的一個概括。少年時候初讀魯迅這兩句話，十分震驚。後來也常常懷疑、反思，是不是魯迅太過激了。當然現在重讀，我可以在這裏加兩個註解。

第一，魯迅這段話的重點，與其說在學術層面在史學意義上討論「奴隸」概念，不如說是在比喻 / 象徵等文學意義上使用「奴隸」這個話語。

第二，「奴隸」這個話語當時被普遍使用，陳獨秀在著名的《青年雜誌》發刊詞〈敬告青年〉中提出對青年的六點期望，第一條便是：「自主的而非奴隸的；……」[4]。瞿秋白等人翻譯《國際歌》歌詞第一句：「起來，飢寒交迫的奴隸」，《義勇軍進行曲》首句也是「起來，不願做奴隸的人們」。在使用奴隸這個話語時，人們的態度有所變化，從純粹貶斥批判，到中性描述，甚至後來還具有一定正面意義，如三十年代《奴隸叢書》「奴隸社」等等。

在世界歷史研究的範疇裏面，奴隸是平民和貴族的財產，沒有自己的自由和權利，可以被買賣，要無報酬工作，甚至缺乏生命保障。人類歷史上，很多文明古國都建立在奴隸制度的基石上，古希臘、古埃及、古羅馬、古巴比倫，一直到南北戰爭之前的美國南部，以及十八、十九世紀英、法等國在各地的殖民地，都有合法的奴隸存在。近代奴隸很多是債奴，不像古代的奴隸，很多是打敗的軍人或罪犯。現代的奴隸，很多是因為欠債、逼婚、人口販賣等等。

顯然這些奴隸與魯迅講的，原來有一百塊，因為銀行停止兌換，現在變成了七十塊了，不是一回事情。

不是一回事情？兩者裏面沒有相通的地方？

中國歷史上有沒有馬克思所說的奴隸社會，史學界一直有爭論。奴隸社會、封建社會、資本主義社會，人類歷史發展三階段，被稱為唯物史觀。一般認為中國在戰國前是奴隸制，奴隸來自戰俘。但史學界也有無奴學派，認為這些戰俘被殺是人祭人，不是殺奴隸。從殷墟墓葬的結構來看，奴隸人口也只佔當時的百分之三，平民有百分之八十幾，這個跟古希臘、羅馬情況都不一樣。當然有奴學派就研究更詳細，細分官奴、私屬等。漢代法令是奴隸和良民打架，把良民打傷，奴隸就要處死。古巴比倫有法律，如果良民幫助奴隸逃跑，也要被處死。

宋代一度禁絕私屬奴隸，元代又恢復了。明朝到了中後期，蓄奴成風。有趣的是到了滿清的時候，八旗子弟都認為自己是愛新覺羅家的家奴，所以自稱奴才是一種光榮，一種資格。香港 1923 年才通過《家庭女役則例》，正式地廢除家庭裏面的女奴。家裏幫工，必須是受薪女傭。

不管怎麼樣，魯迅說的身上原來一百塊錢，分明還有去黑市兌換現銀的自由，顯然不是歷史學上講的奴隸。但有一點是相似的，就是你擁有的東西沒有保障，可以無緣無故地被剝奪。不是因為炒股、借貸或者在路上遺失不見，而是因為毫不相關的法令政策，你的東西就沒了。這和奴隸沒有自己的人格自由權利，有沒有相通的地方？

我們花這些篇幅來討論奴隸的定義，因為「奴隸」和「奴才」這兩個概念的區別是魯迅思想和魯迅創作的一個核心。魯迅為甚麼要努力批判阿 Q 精神和國民性？這個課題，我們以後還會多次碰到。

簡而言之，歷史學、社會學意義上的奴隸，是沒有人身自由，必須無報酬勞動。可是在文學、心理學意義上的奴隸，就是已獲得的東西，勞動報酬、金錢房子、說話權利等等，都可以，隨時被剝奪。

但魯迅關心的還不只是「我們極容易變成奴隸」(這只是專制社會的問題)。魯迅的要點，是「變了以後，還萬分喜歡」。1925 年，魯迅已經寫了〈阿 Q 正傳〉，主題就是不僅極容易被欺負，而且在被欺負以後，還可以怎樣覺得安慰和歡喜。

魯迅對這個問題的關注是持續的，而且是有發展的。提前說一下，到了三十年代的《南腔北調集》，他發展了他的觀點，他說：

> 一個活人，當然是總想活下去的。就是真正老牌的奴隸，也還在打熬着要活下去。然而自己明知道是奴隸，打熬着，而且不平着，掙扎着，一面「意圖」掙扎以至實行掙扎的，即使暫時失敗，還是套上了手銬，但卻不過是單單的奴隸。如果從奴隸生活中尋出美來，讚歎、撫摸、陶醉，那可簡直是萬劫不復的奴才了！他使自己和別人永遠安住於這生活。[5]

在與「奴才」的比較中，魯迅筆下的「奴隸」的形象也在上升。奴才，奴隸，英文都是 Slave。魯迅要討論的，正是中文裏邊兩個概念差別之大，差別之微，差別之重要。

在清朝，有些漢人官員對着皇上也自稱奴才，這是一種套近乎，表忠心，奴才是一種資格，一種身分，一種榮譽，一種地位。古人有「任人唯親」與「任人唯賢」之別，今又有特朗普式「任人唯忠」。乾隆後來不滿意，就命令滿漢官員一律稱臣。奴才也不是想做就有的做的。很多時侯，奴才是奴隸中的精英，是奴隸中的 VIP。

1925 年，魯迅分析國人想「做奴隸而不得」或「暫時做穩了奴隸」，原因有三。第一原因是還有更壞的選項(好死不如賴活，否則是戰亂、刑罰和牛馬）；第二原因是「暫時做穩了奴隸」身心得到安慰和慶幸。但還有第三個原因，就是在社會等級秩序中的趨利避害的人性掙扎。這一點尤其重要，卻常常被人們，尤其是專家學者們忽視。

羅馬的奴隸時代，奴隸和平民是兩個不同的階級，奴隸與一般平民百姓（更不論貴族等）之間有明確的界線。可是魯迅討論的中國的情況很不一樣。上下左右所有人倫人際關係中，隨時可為奴或可為主。打個一定不準確的比方，歷史學中奴隸與平民之間的階級區別，像普通的電器開關（on or off），〈燈下漫筆〉中討論的奴隸與常人之間的區別更接近多級（甚至無級）調節開關。常人亦隨時可以是「奴隸」——

> 但我們自己是早已佈置妥帖了，有貴賤，有大小，有上下。自己被人凌虐，但也可以凌虐別人；自己被人吃，但也可以吃別人。一級一級的制馭着，不能動彈，也不想動彈了。因為倘一動彈，雖或有利，然而也有弊。我們且看古人的良法美意罷——[6]
>
> 「天有十日，人有十等。下所以事上，上所以共神也。故王臣公，公臣大夫，大夫臣士，士臣皂，皂臣輿，輿臣隸，隸臣僚，僚臣僕，僕臣台。」（《左傳》昭公七年）

人民文學出版社的《魯迅全集》在這段《左傳》引文下加了一個重要註解：「王、公、大夫、士、皂、輿、隸、僚、僕、台是奴隸社會等級的名稱。前四種是統治者的等級，後六種是被奴役者的等級。」這條註釋真是加得十分必要又十分多餘。必要是證實1980年代以前對魯迅著作的「官方」理解，將十個等級簡化成統治者與被奴役者兩個階級。多餘是簡化的階級鬥爭視野恰恰忽視甚至曲解了魯迅一再使用「奴隸」話語的深意。魯迅筆下因暫時做了「奴隸」而慶幸或想做而不得的「奴隸」，不是以前歷代社會的一個特定階級，而是可以存在於社會各個等級、各個層級、各個階級中間的一種狀態。這種狀態就是，「有貴賤，有大小，有上下。自己被人凌虐，但也可以凌虐別人；自己被人吃，但也可以吃別人。一級一級的制馭着，不能動彈，也不想動彈了。」所以，奴隸的基本定義不只是一個統治階級壓迫被統治階級，還有一層層官階等級窮富秩序導致大部分人（如果不是全部人）被欺亦欺人。

《左傳》中的十個等級，基本上都屬於「體制內」範圍。魯迅說，排在最底的台，下面沒有臣了，「不是太苦了嗎？無需擔心的，有比他更卑的妻，更弱的子在。而且其實也很有希望，他日長大，生兒為台，便又有更悲更弱的妻子，共他驅使了。如此連環，各得其所，有感非議者，其罪名：不安分！」魯迅這段話，既說明他批判的「奴隸」心態如何向下延伸，被奴役者也可以壓迫他人。又說明男女世代鬥爭如何也是這種「奴隸」社會景象的一個重要組成部分。

將主奴關係理解成層層級級的秩序紀律，而不只是黑白分明的統治者與被奴役者，這也增加了奴隸們「天天向上」的可能性，即使降低一級也不一定有生命風險。於是，「奴隸」生態也可是一種趨利避害的集體無意識的理性選擇。

總而言之，〈燈下漫筆〉從「換錢損失卻十分歡喜」的常人心態，分析到我們怎麼很容易變成奴隸。進爾將整個中國歷史概括成「想做奴隸而不得」和「暫時做穩了奴隸」兩種時代的循環。魯迅認為出現這種「奴隸」心態的原因，一是不做「奴隸」，其他選項更壞；二是做「奴隸」（甚至進化成「奴才」）也可以幸福快樂；三是「奴隸」不只是一個特定階級，而是存在於各個社會等級中的一種生態和心態。專制社會的分級秩序導致「奴隸生態」與「奴才心態」的普遍存在，而這種「奴隸生態」與「奴才心態」的普遍存在，又是專制社會等級秩序持久穩固的主要原因。

但是這種一怕更壞二也幸福三較穩定的「奴隸」心態，究竟是中國人當時特有的「國民性」，還是在世界各國其實都有的趨利避害的普遍人性弱點？魯迅在 1925 年沒有明確說明，但在他前後的小說和散文裏，一直有持續的思考。

1 魯迅：〈燈下漫筆〉，《莽原》1925 年 5 月 1 日、22 日第 2 期、第 5 期，收入《魯迅全集》第一卷，北京：人民文學出版社，2005 年，頁 222—229。除非特別注明，本文中其他魯迅引文，皆同一出處。

2 重點號系引者所加，下同。

3 魯迅：〈燈下漫筆〉，《魯迅全集》第一卷，北京：人民文學出版社，2005 年，頁 225。

4 陳獨秀：《青年雜誌》(《新青年》前身)「發刊詞」，1915 年 9 月 15 日。

5 魯迅：〈漫與〉，《南腔北調集》，見《魯迅全集》第四卷，北京：人民文學出版社，2005 年。

6 重點號系引者所加。

八

寫在《墳》後面

在魯迅逝世之前，大約 1935 年，評論家李長之寫了一本《魯迅批判》，1936 年 1 月由北新書局發行的。這是最早的系統研究魯迅的專著。在書中，李長之將魯迅的精神進展分為六個時期。日本漢學家竹內好，後來詳細介紹李長之的分期。[1]

第一個時期是魯迅一歲到三十七歲，1881 年到 1917 年。這個階段清末民初，政治波瀾很多，李長之說這是魯迅的成長和準備時期。書香門第、家道中落、留學東洋、棄醫從文、回國教書、教育部僉事，然後埋頭抄古書等等。

第二個時期是三十八歲到四十四歲，也就是 1918 到 1924 年，這個時期，李長之稱魯迅是「精神界的戰士」。之前我們讀的散文，大部分都寫於這個時期。

第三個時期，很精彩，就是魯迅的四十五歲到四十六歲，即 1925 到 1926 年。近年有評論家張旭東、閻晶明等也都認為 1925 年是魯迅一生創作最重要的年份。這時魯迅受了北京「三一八事件」的刺激，和許廣平有來往。據說北洋軍閥當時列了一個五十個過激教授的名單，魯迅也在這個名單上。李長之問魯迅怎麼辦？魯迅當時就說，裝死。實際上魯迅也沒裝死，很快他就去了廈門，然後去了廣州等等。

第四個時期，四十六歲到四十七歲。後面的分期都很短，說明李長之認為魯迅在 1924 年以後，每隔一兩年，他的生活狀況和精神狀態，包括他作品的形態都會有重大變化。魯迅到廈門大學、中山大學，「鼻來我走」（顧頡剛一來魯迅就要離開）。這是魯迅生活十分飄泊動盪心情相當悲哀憤怒的一個時期，卻也是他和許廣平正式同居的時期。

第五個時期是四十七歲到五十一歲，1927 年到 1931 年。這個時期魯迅是同時和幾個方面論戰。李長之的說法是魯迅的精神進展達到頂點，是魯迅思想最健康的時期。

第六個時期就是 1931 年到 1935 年，到李長之寫書時，當時魯迅還健在。李長之說魯迅這個階段是精神睏乏時期，「不知道是衰歇，還是更新的醞釀」。這個眼光其實非常準 —— 這個時期魯迅和左聯關係密切而且複雜。

研究魯迅生平的人很多，但李長之這本書比較早，很有意思。

照這個分期，我們讀的前幾篇散文 ——〈春末閒談〉〈燈下漫筆〉等等，都是精神界戰士「裝死不成」的作品。把這些散文收集起來出書，魯迅起的書名叫《墳》，還特地寫了〈寫在《墳》後面〉。這是一篇很動感情、坦露真心的文章。是將自己一部分生命埋入土裏又不捨得告別的心情。

> 不知怎地忽有淡淡的哀愁來襲擊我的心，我似乎有些後悔印行我的雜文了。……
>
> 這也不過是我的生活中的一點陳跡。如果我的過往，也可以算作生活，那麼，也就可以說，我也曾工作過了。但我並無噴泉一般的思想，偉大華美的文章，既沒有主義要宣傳，也不想發起一種甚麼運動。[2]

關於主義、宣傳、運動，我們之後有很多討論，魯迅當時都否認。

> 不過我曾經嘗得，失望無論大小，是一種苦味。……人生多苦辛，而人們有時卻極容易得到安慰，又何必惜一點筆墨，給多嘗些孤獨的悲哀呢？

魯迅覺得，人生苦味，文字也是一種補償。我們今天再讀魯迅，恐怕也是為了逃避這種孤獨的悲哀。虧得魯迅把這些雜文收集起來。

> 其間自然也有為賣錢而作的。這回就都混在一處。我的生命的一部分，就這樣地用去了，也就是做了這樣的工作。然而我至今終於不明白我一向是在做甚麼。比方作土工的罷，做着做着，而不明白是築台還是在掘坑。所知道的是即使是築台，也無非要將自己從那上面跌下來或者老死；倘是掘坑，當然不過是埋掉自己。總之：逝去，逝去，一切一切，和光陰一同早逝去，在逝去，要逝去了。——不過如此，但也為我所十分甘願的。

讀到這裏，不禁有點感慨，我們到他的《墳》裏，其實也是某種「精神盜墓」。

我現在也有很多事情要做（或者可以不做），為甚麼執意要讀魯迅想埋掉的舊文呢？為甚麼？好像也是在做土工、築台或者挖坑，生命光陰有限，就消逝在這樣的閱讀當中。而自己又是十分甘願的。

把生命的一部分掩起來，叫《墳》，對自己，是珍惜；對別人，魯迅說：「願使偏愛我的文字的主顧得到一點歡喜；憎惡我的文字的東西得到一點嘔吐。」

剛一抒情，馬上露出刀鋒。魯迅很自信，相信他的敵人，也會讀他的文字。他晚年也說過，活着，既為他所愛的人，更為他所恨的人。

在《墳》裏面他特別推薦的是最早的〈摩羅詩力說〉和後面的〈論「費厄潑賴」應該緩行〉，他說：「這雖然不是我的血所寫，卻是濺了我的同輩和我年幼的青年們的血所寫」。「死亡」在魯迅的小說裏，是一個不朽的意象。魯迅後來兩篇最動感情的散文，〈記念劉和珍君〉和〈為了忘卻的記念〉，都是濺了年輕人的鮮血而寫成。〈藥〉的結尾也是民眾與戰士的兩個墳，夏志清稱之為「中國現代小說創作的一個高峰。」[3]

記得李長之的分期，這時的魯迅既是精神界的戰士、輿論界的領袖，又是十分脆弱、敏感，乃至時時被悲觀黑影環繞的藝術家。按照夏濟安的說法，他嚴厲的外表下掩蓋着敏感的神經，最硬的骨頭裏跳動着一顆溫柔的心。[4]

接下去我們會讀到一段罕見的，魯迅直接對他的讀者說的心裏話：

> 偏愛我的作品的讀者，有時批評說，我的文字是說真話的。這其實是過譽，那原因就因為他偏愛。我自然不想太欺騙人，但也未嘗將心裏的話照樣說盡，大約只要看得可以交卷就算完。我的確時時解剖別人，然而更多的是更無情面地解剖我自己，發表一點，酷愛溫暖的人物已經覺得冷酷了，如果全露出我的血肉來，末路還不知要到怎樣。

這樣對讀者說話，有幾層意思。首先是，我沒有對你們全說我心裏的話。作家其實各有自己的方式顯示他們的真誠。巴金的真誠就是坦露心扉，我要寫我真實的血和淚；郁達夫的真誠就是不避醜惡，我在寫我真實的墮落、性苦悶。魯迅的真實就是告訴讀者，我沒有完全說出我心裏的話，我並不完全真誠。

魯迅的解釋是自己心理太黑暗，想全露出自已的血肉，周圍人一定全嚇跑了，留下來這個牛鬼蛇神才算我的真朋友。他說他曾經這樣想過，但他現在，不。魯迅說，我還想生活在這社會裏，我就怕我未熟的果實偏偏毒死了偏愛我果實的人，怕於讀者有害。

魯迅有哪些「太黑暗」的「自己的血肉」，會把我們全嚇跑了呢？是對這個世界的幻滅？是對國民劣根性的悲觀主義看法？還是某些無法言說的個人心理經歷？

下面這段話也是很多人引用的：

> 有人以為我信筆寫來，直抒胸臆，其實是不儘然的，我的顧忌並不少。我自己早知道畢竟不是甚麼戰士了，而且也不能算前驅，就有這麼多的顧慮和回憶。還記得三四年前，有一個學生來買我的書，從衣袋裏掏出錢來放在我手裏，那錢上還帶着體温。那體温便烙印了我的心，至今要寫文字時，還常使我怕毒害了這類的青年，遲疑不敢下筆。我毫無顧忌地說話的日子，恐怕要未必有了罷。

在給許廣平的一封信裏，魯迅表達過相同的心聲：

> 我所說的話，常與所想的不同。至於何以如此，則我已在《吶喊》的序中說過，不願將自己的思想傳染給別人。何以不願？這因為我的思想太黑暗，而自己終不能確知，是否正確之故。[5]

《兩地書》裏的情書對研究魯迅思想非常重要，比文章表達了多一層意思。前面說了兩層意思：一，我沒有完全說心裏話；二，因為心理太黑暗，怕影響讀者。但是還有三，就是自己終不能確知是否正確。

預想哪些話青年人該聽（或不該聽），預想哪些思想對他們來說太黑暗，其實都有點「超人」的立場，是一種啟蒙的姿態，甚至有點大人對小孩或精英對大眾的顧忌，哪些東西不該和你們說，哪些東西你們不該知道。但更深的問題是，這個「超人」，這個「大人」，這個世人皆醉我獨醒的人，他也無法確信自己心中的黑暗是否確實是黑暗。

夏濟安說魯迅，想扛起黑暗的閘門，放孩子們去光明之處。這個閘門，在夏濟安的理解就是中國傳統文學和文化，以及他自身不安的內心。悲劇就在於魯迅自認為背負這麼重的苦魂，內心卻不能肯定！不能肯定甚麼？不能肯定，絕望之為虛妄，正與希望相同。

所以緊接着上面與讀者交心，魯迅又說：「但也偶爾想，其實倒還是毫無顧忌地說話，對得起這樣的青年。但至今也還沒有決心這樣做。」

我不知道魯迅終其一生有沒有這樣做，有沒有過毫無顧忌地說話。似乎他後來作為戰士的責任重，為了讓敵人不舒服，他說：「我毫無顧忌地說話的日子，恐怕要未必有了罷。」

所以竹內好說，魯迅本質上是個矛盾。正如革命家孫文被認為是混沌體一樣。文學家魯迅也是一個混沌體。[6] 給自己前半生的生命做了一個「墳」，再寫上這麼一篇墓誌銘，自己卻正苦於，一方面以要使所謂正人君子之流多不舒服幾天作為戰鬥目標，來為自己的論戰性文字尋找理由；但另一方面又不得不承認自己正苦於背着這些古老的鬼魂，擺脫不開，時常感到一種使人氣悶的沉重。

李澤厚八十多歲時，在美國還寫了一篇長文，叫〈關於「倫理學總覽表」的說明〉(2018),對中國文化的一些核心概念有非常精到的讀解。李澤厚特別欣賞魯迅的自我矛盾,他說:「魯迅一直在提倡啟蒙中超越啟蒙,質詢生存的意義,又仍然在超越啟蒙中提倡啟蒙,奮力與黑暗抗爭,亦狂亦狷,此即中道,這才是現代中國人的修身。」

在這個意義上,《墳》也是一座紀念碑,上面刻着這樣的字:

我的真誠,就在於我承認,我不夠真誠。

---

1 見竹內好著,李心峰譯:《魯迅》,杭州:浙江文藝出版社, 1986 年,頁 31—34。

2 魯迅:〈寫在《墳》後面〉,最初發表於北京《語絲》1926 年 12 月 4 日 108 期,收入《魯迅全集》第一卷,北京:人民文學出版社,2005 年,頁 298—303。除非特別注明,其他引文同。

3 夏志清:《中國現代小說》,台北:傳記文學出版社, 1979 年,頁 69。

4 夏濟安:《黑暗的閘門—中國左翼文學運動研究》,香港:香港中文大學出版社, 2016 年。

5 魯迅在 1925 年 3 月 18 日致許廣平的信中寫道:「我的作品太黑暗了,因為我常覺得惟『黑暗與虛無』乃是實有」。這段話出自《兩地書》第一集第二四封信(按《魯迅全集》書信卷編號為 1925 年 3 月 18 日)。

6 竹內好著,李心峰譯:《魯迅》,杭州:浙江文藝出版社, 1986 年,頁 9—10。

九

〈隨感錄・三十五〉：論國粹

讀《墳》之後，我們要回頭去讀魯迅早期的另一本散文集《熱風》。

這個閱讀次序，是依照《魯迅全集》的編排，因為《墳》當中有魯迅在 1907 年的幾篇文言文章，所以排在最前面。〈春末閒談〉〈燈下漫筆〉等等，其實都是 1925 年才寫的，這是魯迅散文創作的一個高峰期。《熱風》收集的則是魯迅早期的散文，1918 年到 1924 年，一共四十一篇，〈題記〉卻也是 1925 年底寫的。

所以，《熱風》與《墳》中的文章，寫作時間上有些重疊，且大都發表在《新青年》上。兩個集子的區別，一在文體，《墳》包括各種文類，有文言，有論說文，也有學術筆記。《熱風》主要是「隨感錄」，比較短。另一區別是我的觀感：《墳》多側重禮教「內政」—— 男女節烈觀、怎麼做父親、甚麼是奴隸性等等。而《熱風》更偏重「中外關係」—— 國人如何看待洋人，怎樣才是愛國……

我自己最早讀魯迅就是《熱風》。

首先不能錯過的是這個集子的「題記」，很短，但不容錯過。在「題記」裏，魯迅簡略交代了當年在《新青年》上做短評的背景。他說，「記得當時的《新青年》是在四面受敵之中，我所對付的不過一小部分」。

隨着「五四」陷入低潮，時過境遷，新文化運動已分化，魯迅說：「所以我的應時的淺薄的文字也應該置之不顧，一任其消滅的。但有幾個朋友呢卻以為現狀和那時並沒有大兩樣，也還可以留存，給我編輯起來了。這正是我所悲哀的。」

為甚麼悲哀？「我以為凡對於時弊的攻擊，文字須與時弊同時滅亡。因為這正如白血輪之釀成瘡癤一般，倘非自身也被排除，則當它的生命的存留中，也即證明着病菌尚在。」[1]

批判的東西要是沒了，文章也就不用保留了。反過來說這個批判文章要是還有價值保留，就說明所批判的東西還在。這段話叫人非常感觸，我們馬上想到今天為甚麼「重讀魯迅」。

〈春末閒談〉講細腰蜂毒針，叫小青蟲不死不活，現在看「娛樂致死」的節目，清廷宮鬥整天跪下自稱奴才，霸道總裁還要愛上保姆等等，久而久之會不會也導致大腦的「不死不活」？還有〈燈下漫筆〉魯迅說自己換錢，成了奴隸而十分歡喜，今天辛辛苦苦做了房奴、車奴，好像也十分快樂；又或者魯迅早就劇透了《金陵十三釵》，為甚麼今天千百萬同胞要重新謳歌一羣秦淮河的烈女……

這當然說明魯迅文字偉大，有洞察力，有穿越感；但同時是不是也說明這些時弊、病菌、劣根性也都還在？一方面是進步、進化、前進；一方面處處見到循環，時時目睹輪迴，每天看到復興。這時，卻依然有人，絕不僅僅是個別人，對魯迅一個世紀之前的絕望的抗爭發生強烈興趣，甚至願意引他為同道和先驅，魯迅今日有知，「又會作何感想呢？」

不管魯迅有何感想，我們還是要重讀他發表在 1918 年「五四」之前的〈隨感錄〉，看看早年的魯迅。他當時已經不那麼年輕，但是在文學史上，這是早期的魯迅，十分可愛。

〈隨感錄・三十五〉講的是保存國粹。

在前清末年，講保存國粹有不同含義：革命志士說保存國粹，就是要反清復明；官員老爺說要保存國粹，就是叫留學生不要剪辮子。民國了，上面的兩個問題都沒有了。那甚麼叫國粹？魯迅說照字面看來，必是一國獨有、他國所無的事物。換句話說便是特別的東西，但特別未必一定好，何以應該保存？接下去魯迅打了一個非常刻薄的比方：「比方一個人，臉上長了一個瘤，額上腫出一塊瘡，的確是與眾不同，顯出特別的樣子，可以算他的『粹』。然而據我看來，還不如將這『粹』割去了，和別人一樣的好。」[2]

把國粹比作臉上額頭的瘤和瘡，魯迅列了幾個理由：

一，倘說中國的國粹特別而且好，那為甚麼現在國家糟到如此情況，新派搖頭舊派也歎氣。這裏說的「現在」是1918年，當時中國的國情，所有的人都不滿意，詛咒現狀。因為詛咒現狀，所以對傳統也不滿。第二，「倘說：這便是不能保有國粹的緣故，開了海禁的緣故。所以必須保存。但海禁未開之前，全國都是國粹，理應好了，何以春秋戰國、五胡十六國鬧個不休，古人也都歎氣」。

還有第三，「倘說這是不學成湯文武周公的緣故，何以文武周公時代也有紂王暴虐，後來也弄出個春秋戰國、五胡十六國鬧不休。古人也都歎氣。」

這裏三段批評國粹的理由，一是現狀很壞可見祖宗未必那麼好，二是不能全怪「外來勢力」，三是古代也有災難。這裏第三段魯迅有點偏激。民國初年的社會混亂，當然不全是外國人侵略，清廷專制腐敗是主要內因。但是推罪到春秋戰國或者南北朝鬧不休，有些誇張。當然中國歷史數千年，改朝換代有很多黑暗，但是同樣的歷史時期，羅馬帝國、歐洲中世紀、蒙古帝國，還有奧斯曼，各有各的悲慘。魯迅抄了這麼多古書，用文言寫成《中國小說史略》，當然知道中國傳統文化的價值。所以一再重複「春秋戰國五胡十六國鬧個不休」的句式，顯然是突顯《新青年・隨感錄》的激進文風。按王富仁的說法，「五四」激烈反傳統，是「因果溯因」。[3] 因為清末國情現實混亂，所以整體否定歷史上的禮教傳統。有點矯枉過正。

問題是，在後人看來，這個矯枉必須過正？還是矯枉也不應該過正？

肯定「五四」的人們認為中國歷來有皇帝、有專制、有順民，從來如此。「五四」就突破在「從來如此，便對嗎？喊出這一聲「便對嗎？」石破天驚。從此中國有希望重生。所以矯枉必須過正，過正也值得。

而懷疑「五四」的人們卻認為世界上鮮有一個民族要以否定自己的文化傳統為光榮。「五四」激進主義打破了中國傳統的社會倫理秩序，導致了後來一系列的不斷革命，教訓慘重，所以矯枉也不該過正。持這種觀點的人，在政治光譜上，既有海外極右的反對派，也有國內很左的國學派，有一個很奇特的統一戰線。

魯迅價值觀的底線是生命和生存。他引一個朋友的說法，要我們保存國粹，也須國粹能保存我們。〈隨感錄・三十五〉的結論是，保存我們的確是第一義，只要問它有無保存我們的力量，不管它是否國粹。意思是只要對我們今天、我們的社會、我們的民眾、我們的國家有好處的，那不管它是國粹或者是外來的，它都是好的，否則……

2018 年，我偶然看到一個書榜，頭名獲獎的書就叫《國粹》。南有余秋雨，北有王充閭。書我也沒看，不敢亂評。只是聯想到魯迅當年「是不是矯枉過正」這個問題，覺得魯迅把國粹比作人臉上長個瘤，額頭長個瘡 ——《新青年》挑戰中國傳統，太勇敢，也有點不自量力了。

國粹，不管它是正面肯定還是負面的批判，它哪裏是瘤，哪裏是瘡啊？國粹是肌肉，是頸椎，是血液，是基因。1918 年的魯迅是激進，但也天真，天真得可愛。到了 1925 年，魯迅就不那麼天真了，要是魯迅，活到現在，他也許會對國粹的持久生命力刮目相看。

我們都知道魯迅對京劇、武術、中醫都有很多偏見。雖然魯迅對男人扮女人這種審美傳統有精到分析。後來的學者陳平原，對武俠英雄崇拜如何顯示民眾怯懦心理，也有研究。[4] 但這都是學術界的看法，於民眾於市場影響不大。

哈佛教授韓南，曾經寫文章討論過 1895 年上海《申報》的一次小說徵文比賽。[5] 徵文由英國傳教士傅蘭雅發起，被稱為「史上最早的中國現代小說」，有二十幾篇，後來被傳教士帶回美國，很晚才在圖書館被發現。但是實行小說競賽的題目很有意思，主題要批判中國三個東西：鴉片、纏足和科舉。

鴉片原產小亞細亞，從唐到明，在中國都是貢品。清代才普及到民間，禁也禁不了。這算不算「國粹」？纏足，北宋原來就是纏個「纖直」，並不彎的；從元代開始，往小處發展；明代，更要求要纏到彎弓，「足形弓彎」「三寸金蓮」，這真是「國粹」。至於科舉制從唐代到清代，其實是世界歷史上罕見的一種官員選拔制度和社會上升階梯。把鴉片、纏足、科舉三者都並列為國粹，恰恰說明了這個問題的複雜性。

另外還有些更深層次的國粹。從來都有，便對嗎？疑問「便對嗎？」是否妄議？還有魯迅一直要辨析的「奴隸」與「奴才」的異同等等，這些「國粹」，可能再過若干年我們還得再讀魯迅。

在國外學者看來，魯迅對「國粹」的嘲諷，其實也是「中國式」的，出於愛國的批判中國。竹內好說：「魯迅一般被看作中國式的文學家。所謂『中國式』，我認為具有『傳統的』意義。不過若是把反傳統的否定中國的東西，也包括在『中國式』意義之中，我對這種說法也沒有異議。」[6]

1 魯迅：《熱風・題記》1925 年 11 月 3 日，見《魯迅全集》第一卷，北京：人民文學出版社，2005 年，頁 308。

2 魯迅：〈隨感錄・三十五〉，《魯迅全集》第一卷，北京：人民文學出版社，2005 年，頁 321。

3 王富仁：《對古老文化傳統的現代化調整》，轉引自汪暉《反抗絕望—魯迅及其文學世界》北京：三聯書店，2023 年，頁 90。

4 陳平原：《千古文人俠客夢》，北京：北京大學出版社，2010 年。

5 韓南 Patrick Hanan 撰，季劍青譯：〈新小說前的新小說〉，見《哈佛新編中國現代文學史》，王德威主編，成都：四川人民出版社，2022 年，頁 167—171。

6 竹內好著，李心峰譯：《魯迅》，杭州：浙江文藝出版社，1986 年，頁 6。

十

〈隨感錄・三十八〉：「個人的自大」與「愛國的自大」

在我剛開始讀書的時候，可以不受限制閱讀的，一個是毛澤東的書，一個是魯迅的書。而我最早讀的魯迅著作就是《熱風》，最早迷上魯迅就是因為讀了〈隨感錄・三十八〉（1918年11月15日《新青年》第五卷第五號）。

文章第一句：「中國人向來有點自大。——只可惜沒有『個人的自大』，都是『合羣的愛國的自大』。這便是文化競爭失敗之後，不能再見振拔改進的原因。」[1] 這段開宗明義的立論，令我當時感到衝擊三觀的疑惑。

在過去幾十年的生活經驗裏，我至少已經看到了兩次國人的「合羣的愛國的自大」。一次是在上世紀六十到七十年代，我在江西插隊，生產隊裏的人們（不管是貧農還是中農或鄉村幹部）都認為中國是世界上最強大的國家。聊天當中，我說起蘇聯的地方比中國大，美國的經濟比中國強，他們都驚訝憤怒地看着我，幸虧有個下放幹部拿出世界地圖才把我「救」出來。

不久以後，改革開放，中國人不那麼盲目自大了，甚至一度很氣餒，面對現實很激憤。八十年代和晚清至「五四」的情況很相似，人們看到差距於是奮力改革進入「新時期」。

近年來情況似乎又變了，網上很多青年為東升西降而自豪。前幾年票房最高的電影是《長津湖》《戰狼 2》。這沒辦法，國力強盛。借用魯迅的話，又看到很多「合羣的愛國的自大」。

魯迅定義的「個人的自大」，「就是獨異，是對庸眾宣戰。除精神病學上的誇大狂外，這種自大的人，大抵有幾分天才，——照 Nordau[2] 等說，也可說就是幾分狂氣，他們必定自己覺得思想見識高出庸眾之上，又為庸眾所不懂，所以憤世疾俗，漸漸變成厭世家，或『國民之敵』。但一切新思想，多從他們出來，政治上宗教上道德上的改革，也從他們發端。所以多有這『個人的自大』的國民，真是多福氣！多幸運！」

這是魯迅早期的文章。「庸眾」「自大」「幸運」，都不像他後來的散文裏邊那樣帶諷刺意味。在 1918 年的《新青年》上，這些都是正面的概念，而且加上了感歎號。

我至今還記得，讀了先生這段話，當年所受到的衝擊和震撼。在我從小受的教育，「個人」是一個比較負面的詞，個人如果說要有甚麼價值，那就必須把個人投入集體、讓個人服從組織、將個人融入羣眾。在「個人」與「羣眾」這一對概念當中，當然是「羣眾」正確。「個人」如果再加上「主義」那就更慘了，像是一個罪名。就像「自由」單獨看，已經有點可疑，加上「主義」那問題更大了。

怎麼魯迅居然說個人是「獨異」？再仔細想想，「獨異」也有問題，「獨」就是孤獨；「異」呢，就是與眾不同，馬上想到奇裝異服。可魯迅說一切新思想多從這些個人而來，政治、宗教、道德、改革也由他們推動。這是我從小到大聽到的對「個人」兩個字的最大程度的讚美。

我一直認為讀書和認識人一樣，第一面的印象很重要。如果有能讓你一接觸、一見面就震動、就振奮、就難忘、就感動的文字、畫面、聲音，那都是不應該被輕易否定或者忘卻的。你和那個作者可能完全不在一個理論層面，不在一個歷史場景，但一句話、一個印象就會使你和你周圍的現實世界脫離，你周圍擁擠的人羣突然退開去……當然，以後閱歷多了，看書多了，當初那一瞬間的印象、那一剎那的感動，也許慢慢就會被自己懷疑、反思。這種懷疑、反思也跟當初的震動、印象一樣重要，但是千萬不要輕易否定自己的，哪怕是幼稚的最初印象。

對人如此，對書亦然。

人的發現、個性的解放原是「五四」的時代聲音，不僅是魯迅，同時代的陳獨秀、胡適、周作人、甚至郁達夫都有過更清晰的表達。而且魯迅所謂「個人的自大」還不只是「五四」的「德先生」，其中既有法國啟蒙主義的個性解放觀念，還有受叔本華、尼采、施蒂納等人影響的對個人意志的特別強調。在早期〈破惡聲論〉中也有對資本主義制度的懷疑，魯迅自已認為他的思想「或者是人道主義與個人的無治主義的兩種思想的消長起伏」。[3] 當我們讀到魯迅〈隨感錄〉時，「五四」的人道主義早就被二十世紀中國革命思潮所批判，「五四」的個人主義已經被集體主義觀念取代，於是就出現了我初讀〈隨感錄〉的那種令人難忘的震撼。

百年後回頭想，才明白魯迅為甚麼在「五四」前夕會說「多有這個人的『自大的國民』，真是多福氣！多幸運！」連用兩個感歎號。魯迅後來是不會這樣用感歎號寫文章的，除非偶然有人代筆。

除了「個人」之外，還有一個概念「庸眾」，也讓我驚訝。

個人與羣眾，當然羣眾正確，「羣眾是真正的英雄，而我們自己則往往是幼稚可笑的」。面對羣眾連領袖都這麼謙虛，那何況我們這些普通的人。能夠成為羣眾的一分子，已是天大的榮幸。可是魯迅寫的華老栓、孔乙己、〈示眾〉裏邊的看客、阿 Q 、小 D 和他的鄉親們……

這些人放在一起看，不就是庸眾嗎？

我們以後會讀《吶喊・自序》，知道魯迅創作的出發點，是假定很多人在一間黑房子裏面睡死過去，沒有門可以離開，但只有他醒着，還在猶豫要不要開個窗叫醒大家。這個時候那些睡着的眾人不就是庸眾嗎？但是後來「庸眾」這個概念，也很少使用了，被另一個概念叫「大眾」代替。

「大眾」原是日語漢字，輸入中國時本來是中性詞，並不具有天然的正面意義。在文化意義上，「大眾」與「精英」相對，也是被教育、被喚醒的對象。但在政治概念上「大眾」有多數的意思，漸漸就變成羣眾，羣眾這個概念又悄悄地，又和領導官員相對而言。真正使得羣眾這個詞變成了天然正義的，是把羣眾和人民結合起來，變成了「民眾」。

所以，個人與民眾，語境完全不同。領導人民的官員自然也是人民的一部分，從「庸眾」到「大眾」「羣眾」再到「民眾」，這個「四眾」演化史，貫穿世紀革命路。我在別的文章裏，對「三眾四民」(大眾、羣眾、民眾；國民、公民、人民、網民)，有過一些梳理。[4]

回到魯迅的〈隨感錄〉，魯迅後來寫小說，〈狂人日記〉〈示眾〉〈阿Q正傳〉等，都有一個「個人對眾人」的基本模式。〈狂人日記〉以個人為中心，被很多的人包圍、觀看。〈示眾〉以眾人為焦點，眾人怎麼去看一個人；〈阿Q正傳〉是兩者兼顧。

〈隨感錄・三十八〉雖然開宗明義稱讚「個人的自大」，但文中大部分的篇幅，卻是在批判「合羣的自大」以及所謂「愛國的自大」，這些概念魯迅都打了引號。甚麼是「合羣的自大」「愛國的自大」？魯迅說，就是「黨同伐異，是對少數的天才宣戰」[5]。魯迅對他讚揚的「個人的自大」其實解釋並不多，對他反感的「合羣的愛國的自大」，卻批判的非常犀利十分具體。今天我們在中國的現實中尋找「個人的自大」也相當困難，但是魯迅所評論的「合羣的愛國的自大」卻隨處可見很有生命力——

這些人，他們自己毫無特別才能，可以誇示於人，於是把這國拿做一個影子；他們把國裏的習慣制度抬得很高，讚美的不得了；他們的國粹，既然這樣有榮光，他們自然也有榮光了。倘若遇見攻擊，他們也不必自去應戰，因為這種蹲在影子裏張目搖舌的人，數目極多，只須用 Mob 的長技，一陣亂噪，便可制勝。

蹲在影子裏，張目搖舌，是預言今天網絡上的情況嗎？

勝了，我是一羣中的人，自然也勝了；若敗了時，一羣中有許多人，未必是我受虧：大凡聚眾滋事時，多具這種心理，也就是他們的心理。他們舉動，看似猛烈，其實卻很卑怯。所以多有這「合羣的愛國的自大」的國民，真是可悲，真是不幸！

魯迅一百年前的批判是一面鏡子，就在「大眾」「羣眾」「民眾」的概念演變歷史當中，魯迅對中國的影響潛移默化。現在為甚麼不說朝陽人民，而說吃瓜羣眾？

魯迅更進一步將這些「愛國的自大家」的意見，總結成了若干條規則。不能說「放之四海而皆準」，但至少「放之五湖而皆準」，可以持久地做參考。不僅是輿情指引，甚至也可作為外交辭典。

甲云：「中國地大物博，開化最早；道德天下第一」；

乙云：「外國物質文明雖高，中國精神文明更好」；

丙云：「外國的東西，中國都已有過啦……」吧啦吧啦吧啦；

丁云：「外國也有叫化子，也有草房（草舍）、娼妓、臭蟲」。

我初讀魯迅這篇文章，那是七十年代中期。正好身邊有一張當時的省報，一看報紙上的標題、言論、態度、語氣，基本上和魯迅概括的差不多。

「中國地大物博」「精神文明更好」「外國的東西我早有了」「外國也有叫花子、茅房、娼妓、臭蟲」。

魯迅的文章，好像是昨天寫的。讀了〈隨感錄・三十八〉以後，我對自己說，我要讀《魯迅全集》。

---

1 魯迅：《魯迅全集》第一卷，北京：人民文學出版社，2005 年，頁 327。

2 Max Simon Nordau，馬克斯・諾道，1849—1923，出生於匈牙利的德國醫生，政論家，作家。

3 魯迅：《兩地書手稿》，《魯迅手稿全集・書信（第一冊）》，頁 77。

4 見許子東：〈1949 和網絡時代的意識形態〉，《許子東講稿第三卷：越界言論》，北京：人民文學出版社，2011 年，頁 1—22。

5 魯迅：《魯迅全集》第一卷，北京：人民文學出版社，2005 年，頁 327。

十一

〈隨感錄・四十〉：題為「愛情」的少年詩

《熱風》中的二十七篇短文，開始就是編號，比方說〈隨感錄・三十八〉。但從第五十六篇開始，每篇都有一個小標題。〈隨感錄・四十〉中提及「有一首詩，從一位不相識的少年寄來，卻對於我有意義」。魯迅全文抄錄了這首散文詩，詩的標題是《愛情》。

> 我是一個可憐的中國人。愛情，我不知道你是甚麼。
>
> 我有父母教我育我，待我很好，我待他們也還不差。我有兄弟姐妹，幼時共我玩耍，常來同我切磋，待我很好，我待他們也還不差。但是沒有人曾經「愛」過我，我也不曾「愛」過他。
>
> 我年十九，父母給我討老婆，一經數年，我們兩個也還和睦。可是這婚姻是全憑別人主張，別人撮合，把他們一日戲言，當我們百年的盟約。
>
> 彷彿兩個牲口，聽着主人的命令：「咄，你們好好的住在一塊兒罷！」
>
> 愛情，可憐我不知道你是甚麼。

抄錄完這首詩以後，魯迅說：「詩的好歹，意思的深淺，姑且勿論；但我說，這是血的蒸氣，醒過來的人的真聲音。」[1]

魯迅並沒有因為他喜歡，就說這首詩怎麼了不得。關於詩的藝術價值，魯迅「姑且勿論」。但「血的蒸氣，人的真聲音」，都是魯迅很少使用的稱讚。魯迅的評論一向比較偏於嚴苛，看來這首詩觸動了魯迅自己的神經。

1919 年 1 月，〈我之節烈觀〉發表以後不久，魯迅還獨自住在北京紹興會館。從 1906 年回鄉結婚以後，魯迅在日本、在杭州、在紹興、在北京的會館獨身生活已經十三年了。這一年的夏天，他要和周作人一起買八道灣較大的四合院，接母親和朱安來同住。

「愛情是甚麼東西？我也不知道。」魯迅說，「中國的男女大抵一對或一羣，(一羣是指一男多女）的住着，不知道有誰知道。但從前沒有聽刻苦悶的叫聲。即使苦悶，一叫便錯；少的老的，一齊搖頭，一齊痛罵。」

的確，現代文學史，一直只分析郁達夫在「五四」時期描寫性苦悶和愛情的苦悶，卻很少談及魯迅所書寫的愛情苦悶。「然而無愛情結婚的惡結果，卻連續不斷的進行。形式上的夫婦，既然都全不相關，少的另去姘人宿娼，老的再來買妾：麻痹了良心，各有妙法。所以直到現在不成問題。」

魯迅注意到傳統社會中，在愛情於婚姻中缺席時，妻妾制度及性工業的彌補作用。「直到現在不成問題」？在妻妾制度被取消性工業不合法的情況下，今天也有很多人，也包括商人官員明星，為顧及公眾形象社會影響，扮演幸福家庭美滿愛情。某種程度上也是麻痹了良心，麻痹了身體，也是各有妙法，而且也不能有苦悶的叫聲。所以現實情況，直到現在還有問題。

回到「五四」，魯迅說：「可是東方發白，人類向各民族所要的是『人』，——自然也是「人之子」——我們所有的是單是人之子，是兒媳婦與兒媳之夫，不能獻出於人類之前。」魯迅這裏所謂的「人」，強調的是個人的尊嚴，愛情的權利。人之子呢？就是盡倫理責任，遵從傳統孝道。魯迅在寫〈隨感錄〉的此時此刻，就在自己家裏，眼前的朱安是他母親的兒媳婦，魯迅成了「兒媳之夫」，所以「不能獻出於人類之前」。意思是這個「兒媳之夫」的身份，不能光明正大地來面對現代人類的道德秩序。

> 魔鬼手上，終有漏光的處所，掩不住光明：人之子醒了；他知道了人類間應有愛情；知道了從前一班少的老的所犯的罪惡；於是起了苦悶，張口發出這叫聲。

雖然國人一直有解決辦法，靈肉分離、麻痹良心、安撫身體，老的少的各有妙法。可偏偏魯迅，在婚姻問題上十分麻木，在愛情問題上特別較勁，在道德觀念上非常認真，於是就有了他難言的苦悶。難言的苦悶（可能有些事情至今難言），要借這麼一封讀者的小詩來發泄。

我們說過，魯迅從 1912 年開始記日記，一直到晚年去世，中間只有一次，只有一次提及朱安，那是 1914 年 11 月 28 號。「下午得婦來書，二十二日從丁家弄朱宅發，頗謬。」不知道這個「頗謬」是指來信內容還是來信方式。幾十年夫妻日記只有一次記載，這才是頗謬。我們知道魯迅後來和許廣平，包括和許欽文的妹妹她們都有很多通信。

周作人後來在《知堂回想錄》（六十四）裏，說魯迅是新婚時才發現新人極為矮小，頗有發育不全的樣子，周作人怪做媒的親戚成心欺騙。但外貌恐非唯一障礙。魯迅終生好友許壽裳記載魯迅對他說，這是母親給我的一件禮物，我只能好好地供養它。愛情，是我所不知道的。

這禮物是一個人，魯迅不會不知道。他所面臨、他所承擔的道德困境，在〈隨感錄・四十〉裏，他十分清醒。「在女性一方面，本來也沒有罪，現在是做了舊習慣的犧牲。我們既然自覺着人類的道德，良心上不肯犯他們少的老的的罪，又不能責備異性，也只好陪着做一世犧牲，完結了四千年的舊賬。」

把自己這一生的憋屈、犧牲，都算在「四千年文明」的賬上，難怪這個時期〈狂人日記〉只能喊出了「禮教吃人」的控訴。人在傳統中反傳統，所以抗議同時也在懺悔。

「重讀魯迅」幾次提到魯迅和朱安的關係，不是對作家私生活特別感興趣，而是看到魯迅，一個思想精神上的「超人」，的確與一個身軀肉體上的「超人」緊密相關，這是以前很多嚴肅的魯迅研究的有意無意所迴避的。

容我把〈隨感錄・四十〉讀完：

> 做一世犧牲，是萬分可怕的事；但血液究竟乾淨，聲音究竟醒而且真。
>
> 我們能夠大叫，是黃鶯便黃鶯般叫；是鴟鴞便鴟鴞般叫。我們不必學那才從私窩子裏跨出腳，便說「中國道德第一」的人的聲音。我們還要叫出沒有愛的悲哀，叫出無所可愛的悲哀。……我們要叫到舊賬勾消的時候。
>
> 舊賬如何勾消？我說，「完全解放了我們的孩子！」

「隨感錄」時期的魯迅，文風比較激昂，屬於他創作的青春期。魯迅在自己身上診斷出中國社會的病，極其精準。但是他的藥方，只寄託於進化論，有些空泛，而且說到底他最終也沒有做一世的犧牲。朱安在魯迅1926年南下以後，就一直陪着魯迅的母親住在北平西三條。魯迅去世的時候還在家裏設了靈堂，並且將魯迅全部的版權，授權給許廣平處理。據說朱安的遺願是葬在魯迅的墓旁，當然沒有實現，最後是葬在魯迅母親的墓旁。「禮物」最後還給了送「禮」的人。

其實這就是我們以後要讀的〈狂人日記〉的全部的內容——第一，禮教吃人；第二，家裏人也吃人；第三，男人吃女人；第四，女人幫助男人們吃人；第五，我，主人公自己，也在吃人。

這樣一位在身體上極度壓抑，精神上尋求宣泄的超人，當時對中國社會的批判自然犀利刻薄，甚至是偏激過火。〈隨感錄・四十二〉講到有英國教會醫生稱中國人為「土人」。魯迅說，「以『土人』稱中國人，原不免有侮辱的意思，但我們現在卻除承受這個名號以外，實在別無辦法，因為，試看中國的社會，吃人、劫掠、殘殺、人身買賣、生殖崇拜、靈學、一夫多妻，凡有所謂國粹，沒一件不與蠻人的文化（？）恰合。」[2] 還有拖大辮、吸鴉片、纏足。講到纏足，魯迅憤慨地說，世上有如此不知肉體上的苦痛的女人，以及如此以殘酷為樂，醜惡為美的男子，真是奇事怪事。

魯迅這種將國粹劣俗作為蠻人文化批判的姿態，是否有以西方文明尺度衡量部分國情（自我東方主義）的嫌疑？

〈隨感錄・五十四〉說，中國社會上的狀態，簡直是將幾十世紀縮在一時：「自油松片以至電燈，自獨輪車以至飛機，自鏢槍以至機關炮，自不許『妄談法理』以至護法，自『食肉寢皮』的吃人思想以至人道主義，自迎屍拜蛇以至美育代宗教，都摩肩挨背的存在。」

這又是一段極精準、極形象、也極有遠見的中國國情報告。

這裏所謂的「妄談法理」，指袁世凱稱帝以後，當時的革命黨以《中華民國臨時約法》為根據，試圖從憲法的角度約束袁世凱獨裁專制，袁世凱就不許他們「妄談法理」。這個「妄談」，不是說內容好不好，就是你們的位置根本就不該談。後來袁世凱索性下令廢除這個《臨時約法》，解散國會。直到了 1916 年 6 月 6 號袁世凱去世，局勢才有所改變。《新青年》是年 9 月出版，當時叫《青年雜誌》，蔡元培後來又回到北大當校長。如果袁世凱身體好多活幾年，「五四」運動也不知道要推遲幾年？

當然，換個角度，幾個世紀的現象壓縮在一個時期，也說明中國進步快，有後勁優勢，彎道超越。今天照樣可以看到煤油燈和 LED 在一起，馬車跟高鐵衞星，菜刀和航母，404 和 Deepseek，拜蛇迎神和莫內畫展……等等，各種各樣的文化並置，也是「摩肩挨背」。傳統文化、資本市場、數碼社會主義，甚麼主義都在；前現代、現代、後現代，甚麼代都在同一代，怎麼辦呢？引用魯迅在〈隨感錄・五十七〉中的話，千萬不要做「現在的屠殺者」。「做了人類想成仙；生在地上要上天，明明是現代人，吸着現在的空氣，卻偏要勒派朽腐的名教，僵死的語言，侮蔑盡現在，這都是『現在的屠殺者』，殺了『現在』，也便殺了『將來』。——將來是子孫的時代。」[3]

《熱風・隨感錄》裏進化論思想最明顯，時時要將中國與外國做比較，要把中國放進世界。

1　魯迅：《魯迅全集》第一卷，北京：人民文學出版社，2005 年，頁 327—329。以下引文同。

2　魯迅：《魯迅全集》第一卷，北京：人民文學出版社，2005 年，頁 343。

3　魯迅：〈隨感錄・五十七「現在的屠殺者」〉，《魯迅全集》第一卷，北京：人民文學出版社，2005 年，頁 366。

十二

〈隨感錄・四十八〉：禽獸，或聖上

收集到在《墳》裏的散文，主要探究禮教道德等「內政」難題，《熱風》裏的隨感錄，較多關注國人如何面對異族等「外事」危機。

〈隨感錄・四十八〉說：

> 中國人對於異族，歷來只有兩樣稱呼：一樣是禽獸，一樣是聖上。從沒有稱他朋友，說他也同我們一樣的。

短短一句話，便觸及政治、外交、社會心理及集體無意識等多個層面的問題。詳細解釋探究，恐怕整本《重讀魯迅》都不夠。歷史上的天朝「外交」，或者要對方臣服，進貢珍寶，跪見皇上，或者被南蠻西戎東夷北狄所辱所欺。在社會心理上，或者照相是妖術，能攝去我們的魂[1]，或者鬼子膝蓋無法彎曲，看見「紅燈照」處女隊伍立即崩潰。非我族類，其心必異，其身體也不同。集體無意識中，或者「爸爸爸」，或者「草泥馬」（見韓少功小說《爸爸爸》），總之不是鄙視異族，便是（覺得）被異族鄙視。不是害怕被欺負霸凌，就是準備再打天下，重坐江山，「解救天下三分之二受苦民眾」……

在〈隨感錄・三十八〉一節，已經回顧筆者短短幾十年間，親眼目睹國人情緒從害怕被開除球籍到準備解放全人類的兩次戲劇性轉變。六十和七十年代，「境外勢力」(不代指外國人民)大都是禽獸鬼子，亡我之心不死。八十至九十年代，外商投資必須優待，先進文化應該學習。三十年河西三十年河東，又有一天，百年未有之變局將至……「從沒有稱他朋友，說他也同我們一樣的」，關鍵是或高或低，沒有平視，總之骨子裏不同。究竟是自卑？還是驕傲？

為甚麼除了叫「禽獸」就要叫「聖上」？部分原因在於魯迅一直耿耿於懷，以為中國過去千年，大半的歷史是被異族統治。這是不是造成中國民族性的一個重要原因？魯迅去世前幾個月，寫給一個朋友的信中還在反省，他說：「日本國民性的確很好，但最大的天惠是未受蒙古之侵入」[2]。日本國民性好不好是另外一回事，但顯然魯迅是將異族統治作為中國國民劣根性的重要成因之一。身為人民一分子，眼看身邊左右鄰里眾人，明明都知道事情對錯是非，卻因為害怕恐懼，或顧慮衣食平安，便服從一個從心底裏瞧不上的個人或團體或種族，而且表面上大家都沒有怨言。時間久了，人怎麼活下去？必須要有某種羣體精神傳統和大眾心理習慣的調節。

當然世界各民族，弱者服從強權的情況到處存在，人類歷史上專制帝國多於民主憲政。但是，大面積的、超大規模人口的長時期地服從異族統治，近代印度和中國是比較突出的現象。俄羅斯被蒙古統治也是一例。在一種集體壓抑下，容易產生「見狼顯羊相，見羊顯狼相」的奴性國民性。這個問題，以後還有很多機會來詳細的討論。

在一浪接一浪的西方思潮衝擊下，不是禽獸便是崇拜，魯迅就預料到了下一步了，便是學了外國本領，保存中國舊習。本領要新，思想要舊。

〈隨感錄・五十六〉，題目是「來了」。「來了」是一個非常重要的概括。甚麼叫「來了」呢？魯迅說：「近來時常聽得人說，『過激主義來了』；報紙上也時常寫着，『過激主義來了』」。

人民文學出版社的《魯迅全集》，對「過激主義」的註解，是「日本媒體對『布爾什維克主義』的貶性譯稱」。當時國人卻並不知道甚麼是「過激主義」。所以在魯迅看來，怕的其實是打了引號的「來了」，而並非甚麼「主義」。「我們中國人，決不能被洋貨的甚麼主義引動，有抹殺他撲滅他的力量。軍國民主義麼，我們何嘗會同別人打仗；無抵抗主義麼？我們卻是主張參戰的；自由主義麼？我們連發表思想都要犯罪，講幾句話也為難；人道主義麼，我們人身還可以買賣呢。……所以無論甚麼主義，全擾亂不了中國；從古到今的擾亂，也不聽說因為甚麼主義。」[3]

我們比魯迅有機會多觀察了中國一百年，從上世紀二十年代到現在，中國後來發生的事情，是因為引進了「主義」，還是因為中國本身的傳統和命運？值得思考。

在另一篇文章〈論照相之類〉，魯迅回憶他兒時（十九世紀末），紹興城裏的老百姓傳說洋鬼子喜歡挖人眼睛，說有個洋人家的女傭，還見過一壇鹽水浸泡的眼珠，小鯽魚似的層層疊起，做法像中國人醃白菜一樣；還有說法，說洋鬼子喜歡挖人的心肝熬油來點燈等等；這些清末時人們對外來事物的恐懼，導致當時國人害怕照相，說是閃光燈一亮一照相，人的「威光」元氣就會被拿走。

現在全球風行的智慧型手機，很大部分在中國生產。Deepseek、抖音、AI 算法在中國也正在崛起。但是，百年河東百年河西，國人對外國事物來了的恐懼或者戒心，卻始終存在。否則為甚麼要統稱「外來勢力」呢？外「來」勢力，就是魯迅說的「來了」。

在另一篇〈五十九「聖武」〉[4] 裏，魯迅認為「甚麼外來的主義都與中國無干」。「我想我們中國本不是發生新主義的地方，也沒有容納新主義的處所，即使偶然有些外來思想，也立刻變得顏色，而且很多論者反要以此自豪。」魯迅覺得中國人害怕的，其實是「刀與火，『來了』，便是他的總名。」魯迅認為，「現在的外來思想，無論如何，總不免有些自由平等的氣息，互助共存的氣息，……看看別國，抗拒這『來了』的便是有主義的人民，他們因為所信的主義，犧牲了別的一切，用骨肉碰鈍的鋒刃，血液澆滅了煙焰，在刀光火色衰微中，看出一種薄明的天色，便是新世紀的曙光。」

《熱風》時期，魯迅對歐洲近代文明頗有一些美好的幻想。同時對自己的國家、民族和民眾有諸多不滿。魯迅在〈六十一「不滿」〉中解釋：「多有不自滿的人的種族，永遠前進，永遠有希望。多有只知責人不知反省的人的種族，禍哉禍哉！」

在最後一篇隨感錄〈六十六「生命的路」〉裏，魯迅像戰士一樣發出自己的聲音：「生命的路是進步的，總是沿着無限的精神三角形的斜面向上走，甚麼都阻止他不得。甚麼是路？就是從沒路的地方踐踏出來的，從只有荊棘的地方開闢出來的。以前早有路了，以後也該永遠有路。」

「我想，他的話也不錯。」最後這句話，也是魯迅說的。

1 魯迅：〈論照相之類〉，《魯迅全集》第一卷，北京：人民文學出版社，2005 年，頁 190—192。

2 一九三六年三月四日魯迅致尤炳圻的信中說：「日本國民性，的確很好，但最大的天惠，是未受蒙古人之侵入；我們生於大陸，早營農業，遂歷受遊牧民族之害，歷史上滿是血痕，卻竟支撐以至今日，其實是偉大的。但我們還要揭發自己的缺點，這是意在復興，在改善。」見一九三六年八月開明書店出版收件人譯《一個日本人的中國觀・譯者附記》。《一個日本人的中國觀》，即內山完造著《活中國的姿態》。

3 魯迅：〈隨感錄・五十六「來了」〉，《魯迅全集》第一卷，北京：人民文學出版社，2005 年，頁 336。

4 魯迅：〈隨感錄・五十六「聖武」〉，《魯迅全集》第一卷，北京：人民文學出版社，2005 年，頁 371—373。

第二輯

吶喊與彷徨

十三

《吶喊・自序》

《吶喊》收集作者 1918 年至 1922 年所作小說十四篇。1923 年 8 月，由北京新潮社出版。1924 年 5 月，改由北京北新書局出版。在讀《吶喊》之前，我們先要讀一篇非常重要的文章。幾乎所有研究魯迅的學者都會引用的一篇文章：《吶喊・自序》。

> 我在年青時候也曾經做過許多夢，後來大半忘卻了，但自己也並不以為可惜。所謂回憶者，雖說可以使人歡欣，有時也不免使人寂寞，使精神的絲縷還牽着已逝的寂寞的時光，又有甚麼意味呢，而我偏苦於不能全忘卻，這不能全忘的一部分，到現在便成了《吶喊》的來由。[1]

「自序」開始的這一小段文字，已經出現了幾個重讀魯迅的關鍵詞。

首先是「夢」，他從文藝理論角度闡釋了夢和創作的關係。魯迅後來譯過廚川白村《苦悶的象徵》，有些佛洛德文藝觀的影響，以為文藝是壓抑在人們無意識當中的白日夢之象徵與宣泄。所以魯迅說他沒有完全忘卻的夢，積壓到潛意識中的夢，成了他的小說。

第二，就是「忘卻」「回憶」和「記憶」。這是一組互相關聯的概念，也說明創作跟個人精神歷程的曲折關係。

第三個關鍵詞就是「寂寞」。感慨時光的消逝，很有一點消沉的意味。編選小說集《吶喊》時已經是 1923 年，「五四」已經過了高潮期，作者已不像幾年前發表一系列〈隨感錄〉，及發表〈狂人日記〉等小說時那麼激憤，而是多了一些失望、傷感和反思。當然強調已經消失的時光不能全忘等等，也說明作家很清楚這些作品的歷史價值。

有幾段文字，作家從自己兒時講起。其實就是回顧他在自己的少年、青年時代曾經做過一些甚麼樣的夢，這些夢與現實的關係，這些夢怎麼樣變成了他的創作。

> 我有四年多，曾經常常，——幾乎是每天，出入於質鋪和藥店裏，藥店的櫃枱正和我一樣高，質鋪的是比我高一倍，我從一倍高的櫃枱外送上衣服或首飾去，在侮蔑裏接了錢，再到一樣高的櫃枱上給我久病的父親去買藥。……開方的醫生是最有名的，以此所用的藥引也奇特：冬天的蘆根，經霜三年的甘蔗，蟋蟀要原對的……然而我的父親終於日重一日的亡故了。

在這段文字裏，魯迅用了最簡潔、最形象的意象和細節，櫃枱的高度、侮辱中接錢、奇特的藥引、原對的蟋蟀等等，概括他的童年家境，以及背後的國家命運。這些正是他小說的大背景。《重讀魯迅》第二、第三篇講過一些魯迅早年生平，主要是為了探討他和朱安的婚姻，對他「超人」性格和早期論文的關係。在《吶喊・自序》裏，我們可以看到作家自己怎麼理解他的家庭童年背景對他創作的影響。這種影響簡而言之，就是個人的屈辱感，怎麼轉化為民族和文學的悲憤。

根據周樹人祖父周福清的家訓《恆訓》，周家其實從明萬曆年間（大概 1573 年到 1619 年）以來的兩三百年已是「合有田萬餘畝，當鋪十餘所」的望族大戶。大概 1861 年，李秀成佔領紹興，間接導致了周家家道中落。但魯迅兒時，聽人說家裏還有四、五十畝水田，很不愁生計。要是那時候土改劃成分，大概率是地主。周家是十九世紀中期開始沒落，家運、國運，基本合拍。

祖父周福清是進士，正七品朝廷命官。他的官運一般，曾經在江西金溪縣做過三年縣官，後來得罪了上司，丟了官，改任內閣中書。周作人說，他祖父在京裏做官，雖然不用家裏的錢，但也沒有甚麼錢寄回來。1893 年魯迅的曾祖父去世，祖父回浙江奔喪，之後就閒住，無所事事。那年光緒為了慈禧六十歲壽辰多開一次考試。浙江正主考殷如璋，和周福清是同科進士。這時有親友託周福清去行賄，希望買通關節，讓家裏的年輕人考個舉人。具體的過程很戲劇化：考官坐船，周福清差人送去一封信，裏面有考生五個人的名單，還有銀票一萬兩。手法是比較粗糙。殷考官拆信以後，就把送信人扣下，連信和銀票一起交蘇州府。清廷雖已腐敗，科舉仍然講究秩序。此案一路上報，內閣中書周福清即行革職。

周作人在《魯迅的青年時代》裏邊有這樣的描繪，說當時的一個知府想要含糊了事，就說犯人素有神經病，照例可以免罪。可是這個介孚公，就是他的祖父，本人卻不答應，在公堂上振振有詞說他並不是精神病，還說某科某人，他們都通了關節中了舉人，這不算甚麼事情。

《魯迅傳》的作者朱正查證，說周作人雖然把知府的名字搞錯，但是他祖父這樣的申辯確有其事。這個人真是神經病，神經病不承認自己有神經病。最後層層上報，一路都有官員有心減刑，光緒帝卻親自判秋後處斬，以嚴法紀，「斬監候」。後來沒有在秋後被劃到名字，等於死緩變無期。

魯迅的父親周鳳儀，也是個讀書人，只考了個秀才。祖父一出事，他就也生病了。有一個非常有意思的細節，也是周作人的回憶。他在

「魯迅的故事」裏面，說他父親這麼沒有用，這麼一個生病的秀才，三十多歲就去世了。沒想到在家裏還跟親人一起，面有憂色，談論國事。大約是甲午冬秋之交，左寶貴戰死之後，他說我現在有四個兒子，將來可以一個派到西洋去，一個派到東洋去做學問。唉，父親已經是斬監侯的命，兒子還操着太和殿的心。他不知道，因為他的病，兩位現代文豪，當時就一直在百草園裏為他抓蟋蟀。因為要「原對」，要原配，翻開石頭，蟋蟀也是夫妻同林鳥，大難臨頭各奔東西，一出來兩隻蟋蟀就左右都分頭逃，周氏兄弟就分頭去抓。大家想想看，兩個文豪小時候分頭抓蟋蟀。當然，我們的疑問是，當時石頭下面兩隻在一起，怎麼知道就是原配？怎麼知道不是小三或者一夜情？魯迅在《吶喊・自序》裏特別強調藥鋪當鋪的櫃枱高度，特別強調藥引的節烈貞節，同時也是難忘他少年心裏刻下的屈辱感。

「有誰從小康人家而墜入困頓的麼，我以為在這途路中，大概可以看見世人的真面目。」其實大部分中國現代作家都有類似的家庭背景，胡適、郁達夫、茅盾……如果不是小康人家，子女根本讀不起書，也無從寫作；如果在亂世還可以發達，子女當然也看不到世故冷暖，也無從寫作。是甚麼讓小康人家家數中落的？那就是父親早逝。在象徵意義上，中國當時不也正是從小康社會走向衰落困頓嗎？在這途中，我們也看見了世界各國的真面目。

在家鄉走投無路，帶着屈辱感，魯迅才進了洋學堂學生物化學，之後考了公費到日本弘文學院，然後就是出現了這個有名的仙台棄醫從文的幻燈片事件。魯迅在《吶喊・自序》裏這樣回憶：

> 有一回，我竟在畫片上忽然會見我久違的許多中國人了，一個綁在中間，許多站在左右，一樣是強壯的體格，而顯出麻木的神

情。據解說，則綁着的是替俄國做了軍事上的偵探，正要被日軍砍下頭顱來示眾，而圍着的便是來賞鑒這示眾的盛舉的人們。

後來好像有日本學者考證，找不到當年這個仙台學校裏的幻燈片。其實重要的不是魯迅當年看到甚麼，而是他從此覺得醫學並非一件緊要事，「凡是愚弱的國民，即使體格如何健全，如何茁壯，也只能做毫無意義的示眾的材料和看客，病死多少是不必以為不幸的。所以我們的第一要著，是在改變他們的精神，而善於改變精神的是，我那時以為當然要推文藝。」

魯迅最後那句「我那時以為」，顯然留點餘地。世界各國從古代走向現代，中間多有一些大思想家，講哲學、攻法律、談經濟。從文學入手，用文化來解決社會政治問題，按林毓生的說法，貌似反傳統，其實還是儒家精神。

在《吶喊・自序》裏，魯迅簡略回顧了他棄醫從文後最初階段，和周作人、許壽裳一起編《域外小說集》，只賣出二十本；編了一本雜誌叫《新生》，還沒有成功。那個階段的魯迅其實是個熱血憤青，他還專門去聽章太炎的課，不是為了「小學」，而是崇拜章太炎革命。

但是，這些文學努力都失敗了。回國以後，魯迅曾經在杭州師範教生理衞生課，對學生講生殖器系統；他目睹辛亥革命成果如煙似雲；因為他好朋友許壽裳的介紹認識了蔡元培，到了教育部任職；在袁世凱稱帝的時候，為了裝作不問政治，就埋頭鈔古碑，古代的碑，碑文。所以那時的魯迅深感寂寞，他自己概括說：

只是我自己的寂寞是不可不驅除的，因為這於我太痛苦。我於是用了種種法，來麻醉自己的靈魂，使我沉入於國民中，使我回到古代去……再沒有青年時候的慷慨激昂的意思了。

但是有一天來了個朋友叫錢玄同，到紹興會館找他，看到他的那些鈔的古碑，說：

> 「你鈔了這些有甚麼用？」有一夜，他翻着我那古碑的鈔本，發了研究的質問了。
>
> 「沒有甚麼用。」
>
> 「那麼，你鈔他是甚麼意思呢？」
>
> 「沒有甚麼意思。」

在這麼短的一篇自序裏，使用小說裏才用的帶引號的直接對話，這很不尋常。而且講的就是「沒有甚麼用」「沒有甚麼意思」。不知道這個「沒有用」是指為了「學術」還是為了「國家」。假如為了「學術」一直鈔下去，也許要「鈔」出王國維、陳寅恪，但是要是為「國家」這樣鈔下去，真沒甚麼用。

所以錢玄同勸他：「我想，你可以做點文章……」這就是點題。

可是魯迅又有疑問了：

> 假如一間鐵屋子，是絕無窗户而萬難破毀的，裏面有許多熟睡的人們，不久都要悶死了，然而是從昏睡入死滅，並不感到就死的悲哀。現在你大嚷起來，驚起了較為清醒的幾個人，使這不幸的少數者來受無可挽救的臨終的苦楚，你倒以為對得起他們麼？

錢玄同的回答就是後來魯迅從事創作的基本理由：「然而幾個人既然起來，你不能說決沒有毀壞這鐵屋的希望。」這便是最初的一篇〈狂人日記〉。從此以後，便一發而不可收了。

李歐梵教授寫了整本英文書，是海外比較最重要的魯迅研究專著之一，書名是《鐵屋中的吶喊》。在鐵屋中企圖喚醒沉睡者，這個意象後來貫穿了魯迅全部創作，也影響了整個二十世紀中國文學的創作。今天再回頭看這個故事，至少會有四種不同的讀法：

第一，民國識字人口最多兩成，讀新文學的更加只有總人口的百分之幾，可是就是在百分之幾的新文學人口，通過文學教育革命，後來改變了中國。可以說魯迅開了窗，後來毛澤東、鄧小平開了門。中國和百年前比，經濟體量世界第二，大不相同。

第二，看看現在大部分的人在家裏看甚麼電視，在手機看哪種直播，在微博上關心甚麼話題？滿腦子都是魯迅鄙視的「物質的閃光」，是不是大部分人仍然只是換一個姿勢繼續睡覺？不僅在文化的意義上，甚至在政治的層面上，魯迅的工作遠遠沒有完成，啟蒙尚未成功，同志仍需努力。

第三，為甚麼眾人皆醉只有你醒啊，你有甚麼權利來判斷誰在昏睡誰在清醒？你以為你是誰呀？你是孔子先知嗎？內聖外王、頂層設計嗎？還是選出來的民意代表？康德說，人與人在智力、財產、體能等各方面的差別再大，也不能大到一個人決定另一個人命運的地步，這是一人一票制的哲學基礎。人們怎麼知道只有你是清醒的？夏志清後來概括「五四」一代，Obsession with China，為國痴迷，誰知道你這為國痴迷是不是另外一種昏迷呢？

還有第四種讀法。如果大家都這麼清醒地昏睡，這麼自覺地被操控，這麼快樂地娛樂至死，這麼幸福地沉浸夢鄉，這不應了另一句犬儒的金句：你永遠叫不醒一個裝睡的人。

---

1 魯迅：《吶喊・自序》，《魯迅全集》第一卷，北京：人民文學出版社，2005 年，頁 437—442。以下引文同。

十四

〈狂人日記〉：中國現代文學的提綱

終於開始讀魯迅的小說了。

在大學裏講現代文學課，總要閱讀〈狂人日記〉。一般討論的要點是：第一，敘事方法和文體的革命。第二，寫實與象徵的關係，關鍵詞：狂人，吃人。由技巧實驗推動的理念突破。三，為甚麼〈狂人日記〉要寫這麼多動物？四，狂人的結局意味甚麼？

如果認為白話文文學是從〈狂人日記〉開始，那至少是一種誤解。晚清四大譴責小說，甚至梁啟超 1902 年的《新中國未來記》都已經使用了狹義的白話文（廣義的白話文則可以上溯到《水滸》《金瓶梅》等古典小說）。但是〈狂人日記〉的「第一人稱日記體」的確在敘事語言和小說文體上有重大突破。吳趼人的《二十年目睹之怪現狀》中雖然也出現了第一人稱「我道」，但那個「我」只是為了表明對「怪現狀」的批判姿態。那個頗接近隱型作者態度的「我」，並不是一個獨立的重要人物。而在〈狂人日記〉中狂人是小說主角，是有局限視野的第一人稱，而且這個視野局限正是主人公的「精神病」，是小說的關鍵所在。

魯迅的創作，小說主要靠象徵和寫實，散文更多諷刺和抒情。

象徵與寫實時有偏重。有時偏重寫實，非常注重細節、人物和故事。但是情節背後可以讀出一些象徵的意義，比方說〈孔乙己〉〈祝福〉〈肥皂〉等等。有時是以象徵為主，通篇都是意象、符號跟隱喻。比方說〈狂人日記〉〈示眾〉和〈藥〉（當然〈藥〉結尾還有抒情）。〈狂人日記〉是象徵加寫實的典型。因為後來的評論，諸多教學參考材料，都只關心小說的象徵，直奔狂人反禮教，所以我們要更多分析象徵主題的寫實零件，分析作品中一個精神病例的具體病徵。

好的文學意象，應該是高度的寫實，同時又隱約的象徵。〈狂人日記〉裏的幾組關鍵詞，瘋子與狂人，個人與羣體，吃人與動物……都可以從寫實及象徵的意義結構上解析。

比如第一個意義結構，疾病與正常，把十三行日記連貫起來，就是一個精神病人（被迫害狂患者）的病情實錄：語無倫次，邏輯混亂，充滿了幻想，幻覺，包括小孩也要害他，醫生、家人都要害他，時時恐懼。

魯迅學過醫，他在〈我怎麼做起小說來〉裏說：「我寫小說，大約所仰仗的全是先前看過的百來篇外國作品和一點醫學知識。」[1] 據說有個統計，最多成為作家的人，並不是文學系學生，而是記者和醫生。

在寫實意義上，主人公真的病了，在故事層面上，村裏的人、家人、醫生等等，他們都是好人，都是正常人。只有突出了那些要害我的人是好人，是正常人，他們都是遵照了傳統禮教來關心愛護生病的我，這才構成了象徵意義上整個社會的病情，這個病情是常人看不出來。

我有時在課堂上問同學，有甚麼事情是大家都在做，而你覺得不對的，你不想做的。他們先是沉默，想不起來，不敢想。後來有的說不在乎拿 A，有的說不想買房子，有的說是不想結婚……其實很多大家都在做的事情，可能也是病。說輕一點，房奴、車奴、娛樂至死；說重一點，放棄獨立思想、自主人生。但可惜，還真是要有「神經病」的人才能夠點穿，才能夠揭露。

一般教材和評論，略過了「狂人」精神病的寫實，直呼他是戰士，踹了古舊先生帳簿，看出幾千年歷史吃人……這樣直奔主題，小說就變成了〈隨感錄〉了。〈隨感錄〉裏是直接批判節烈觀，直接批判暴君暴民等等。那些也是魯迅的意思，但就不是小說藝術了。

在寫實層面上，「狂人」是病人，是弱者，應該等待解救。在象徵層面的「狂人」當然就是英雄，是個強者，要解救大眾，救救孩子。英文裏都同一個字，「Madman」。可是「Madman」在中文裏面可以譯成「瘋子」，也可以變成「狂人」。中文裏的「瘋子」和「狂人」有非常重要的差別。古詩都有「我本楚狂人，鳳歌笑孔丘」。說人有點「狂」，和說他是「瘋子」，完全是不同的意思。就是這個「瘋」與「狂」的差別構成了小說主題上的張力。

在「疾病與正常」以外，〈狂人日記〉的第二個情節結構，也是後來在魯迅小說裏反覆出現的意義結構，個人與羣體。在〈隨感錄・三十八〉，魯迅稱頌個人的自大，「就是獨異，是對庸眾宣戰」，「一切新思想多從他們出來，政治上宗教上道德上的改革，也從他們發端」。在〈狂人日記〉裏，魯迅突出生病的狂人，周圍的大哥、家人、醫生、鄰居等都是反襯。評論家錢理羣等後來在《中國現代文學三十年》裏總結說，「看與被看」，是一種情節結構模式。簡單地說，就是一羣人圍着一個人。如果魯迅的小說改成連環畫，最基本的畫面總是一羣人，中間是一個人。小說〈示眾〉就是一羣人圍着，一個犯人是甚麼樣的人也不重要。〈祝福〉裏祥林嫂就是那「一個人」。她整天跟人家講她的悲慘故事，「我真傻，我真傻」。最後聽的人也漸漸麻木了，變成了一種消遣。聽的人就是一圈人，甚至包括小說的敍述者「我」。〈藥〉裏邊有兩個圓圈，無論是被殺掉的烈士，還是後來吃人血饅頭的生病的華小栓，他們都是被周圍的很多人或者仇恨或者關照。需要指出，這種個人和羣體對立的模式，在開始階段，在〈狂人日記〉的時候，魯迅是讓個人佔據主角位置的，在先驅者和羣眾之間，焦點放在獨異的個人上。但是到後來，魯迅就越來越多地傾向於分析吃瓜羣眾了，中間這個人反而不那麼重要了。換言之，魯迅之前更關心英雄與先驅，後來更注意麻木的羣眾。

魯迅說，「我的來做小說，也並非自以為有做小說的才能，只因為那時是住在北京的會館裏，要做論文罷，沒有參考書，要翻譯罷，沒有底本，就只好做一點小說模樣的東西塞責，這就是〈狂人日記〉。」[2]這裏當然有自謙成分，收在《熱風》和《墳》裏的文章，的確也與《吶喊》觀念相通。但由於敍事文體的突破（中國小說在形式上受到了西方文學的影響），〈狂人日記〉的歷史影響更加深遠。

除了疾病與正常，個人與羣體，〈狂人日記〉中還貫穿另一個更重要的情節與意義結構：「吃人」與「被吃」。

關於「吃人」和「被吃」，寫實細節比象徵意義寫得更精彩。

——「那趙家的狗，何以看我兩眼呢？」狗眼看人。

——「昨天街上那個女人眼看着我，打他兒子，嘴裏說道，『……我要咬你幾口才出氣！』」這是人咬人。

—— 狼子村一個大惡人被打死了，幾個人就挖出他的心肝來，用油煎烤着吃。

—— 李時珍編的《本草綱目》上，明明人肉都可以煎吃。引經據典。

—— 大哥對「我」講書時親口說過，可以「易子而食」。還要「食肉寢皮」。歷史典故。

——「趙家的狗又叫起來了。獅子似的兇心，兔子的怯弱，狐狸的狡猾，……」

——主人公懷疑吃他的人，是要他自殺，然後他們會吃死肉。所以他們像「海乙那」一樣。吃死肉。

——「我」問一個二十多歲的人：吃人的事情對嗎？那個人笑着說：不是荒年怎麼會吃人呢。意思就是，假如是荒年，吃人是難免的。

——「從來如此，便對麼？」

——「自己想吃人，又怕被別人吃了，都用着疑心極深的眼光，面面相覷。」互相提防。

——「易牙蒸了他兒子」給暴君吃，「一直吃到徐錫林」。

詳細統計。整個短篇一共十三段，提到九次「吃人」實例，說明「吃人」在這部小說裏，不只是一個象徵。被吃的幻想，史上的紀錄，人與動物的並置，是這篇小說的三條主線，絞在一起。

漢學家葛浩文，翻譯莫言的作品很出名，曾經到香港嶺南大學做過一個關於「吃人」文化的講座。他歸納人類文明史上的吃人，有那麼四、五種。第一種為了生存。世界各國文獻都有記載，一個人快餓死時，會吃已經死掉的人。不要說遠古「荒年吃人」。就是當代，七十年代，有飛機在南美迫降，死了不少人，但有些人活着，他們可不可以吃旁邊死掉的其他的乘客來維持生存？此事當時及事後都有涉及人道主義的爭論。第二種吃人就是泄憤。吃敵人身體的一部分。小說中的例子，關於徐錫林，或在戰場上吃敵人身體的一部分。編入教材的散文《誰是最可愛的人》，裏面有一個細節，就是把美軍的耳朵都咬下來……第三種，據說中國比較多，道德上被稱讚的「吃人」。比方晉文公重耳，逃難時介子推割了自己的腿肉做湯，忠君愛國。史書上很多記載，為了孝敬父母，把自己的孩子給煮了。最荒唐的是第四種，就是為了養身，為了美味，甚至為了整容。胎盤、人奶……吳組緗的小說《官官的補品》、李碧華的小說《餃子》，都有描寫。情節可能虛構。

但是真實的報導，一些人奶的生產鏈，甚至包含色情內容。總之是為了美味、為了營養，也吃人的一部分，更不要講胎盤，悠久傳統。夏志清在評《三國演義》的時候也注意到，有個細節是劉備到一個人家那裏去，主人因為沒東西好招待，就把家裏的老婆，煮來給他吃。這樣直面慘淡人生，也沒有影響三國的文學史地位。

1918 年 8 月 20 號，也就是〈狂人日記〉發表以後不久，魯迅在給好友許壽裳的信裏說：「〈狂人日記〉實為拙作，又有白話詩署『唐俟』者，亦僕所為。前曾言中國根柢全在道教，此說近頗廣行。以此讀史，有多種問題可以迎刃而解。後以偶閱《通鑒》，乃悟中國人尚是食人民族，因成此篇。此種發見，關係亦甚大，而知者尚寥寥也。」所以有兩種可能，一種是魯迅深感中國傳統禮教（包括節烈觀，三從四德等等），弊大於利，害人不淺。於是將禮教的弊端比喻為「人吃人」。另一種可能，是魯迅在古書中發現確實有「人吃人」的記載，於是引發了〈狂人日記〉的靈感，喊出了「禮教吃人」的時代聲音。

真正提出「禮教吃人」口號的是吳虞，吳虞在〈吃人與禮教〉（《新青年》第六卷第六號）一文上，也舉出了不少中國史上記載的真實吃人例子。比方《後漢書・臧洪傳》裏邊說他（臧洪）打仗守城，也是「殺其愛妾，以食兵將」。《新唐書・忠義傳》裏邊說張巡守睢陽，也是殺妻來獎勵軍士，據說是吃完了圍城中的婦人，接着吃男婦老少，人家幼兒、婦幼……名句「唯女子與小人難養也」，據說現在有人解讀成「關心婦女兒童」，沒想到張巡先從婦女兒童吃起，一共吃了兩三萬人。但願史書只是誇張。

〈狂人日記〉發表以後，並沒有像我們以為的馬上引起甚麼轟動，沈雁冰曾經在 1923 年〈讀《吶喊》〉這篇文章裏回憶：「那時《新青年》方在提倡『文學革命』，方在無情地猛攻中國的傳統思想，在一般社會看來，那一百多面的一本《新青年》幾乎是無句不狂，有字皆怪的，所以可怪的〈狂人日記〉夾在裏面，便也不見得怎樣怪，而曾未能邀國粹家之一斥（也沒有保守的人來罵）。前無古人的文藝作品〈狂人日記〉於是遂悄悄地閃了過去，不曾在「文壇」上掀起了顯著的風波。」[3]

〈狂人日記〉最多被人引用的一段話是：「凡事總需研究，才會明白。古來時常吃人，我也還記得，可是不甚清楚。我翻開歷史一查，這歷史沒有年代，歪歪斜斜的每頁上都寫着『仁義道德』幾個字。我橫豎睡不着，仔細看了半夜，才從字縫裏看出字來，滿本都寫着兩個字是『吃人』」。但我現在「重讀魯迅」，更注意小說中的另一段話——

> 他們也有給知縣打枷過的，也有給紳士掌過嘴的，也有衙役佔了他妻子的，也有老子娘被債主逼死的，他們那時候的臉色全沒有昨天這麼怕，也沒有那麼兇……

這段話的重要性在於，他是二十世紀中國文學中比較早，將官府和士紳並列在欺壓迫害民眾的勢力中。欺負狂人鄰居的有知縣、衙役，也有紳士和債主。

晚清四大名著裏的中國社會，主要矛盾是官員欺壓民眾，士大夫在一旁看不下去。有時只將官場現形，要用小說教育官員（李伯元），有的鄙視官府怪現狀（吳研人）。《老殘遊記》則是「士見官欺民」：江湖郎中路見不平去阻止官員造成冤案害慘民眾，「貪官不好，清官更壞」，可是這裏受冤枉的民眾，其實包括當地財主。在大部分晚清小說裏，社會主要矛盾在於官府與民眾，士紳階級基本屬於民眾範疇。到了〈狂人日記〉，欺負狂人鄰居（應該也是普通民眾）的有縣官衙役，也有債主和紳士。中國傳統社會的三個階級，是官員、士紳與民眾。

從〈狂人日記〉之後，現代文學描寫的中國社會的主要矛盾，轉為官府與士紳聯手壓迫剝削大多數弱勢的民眾。

「他們也有給知縣打枷過的……他們那時候的臉色全沒有昨天這麼怕，也沒有那麼兇……」魯迅這段話不只是描寫官紳聯手（後來〈阿Q正傳〉有更多細節），而特別強調被官紳欺負的弱勢民眾，非但不感謝狂人的同情啟蒙，反而為自保而害怕躲避甚至迫害狂人，成為殺害烈士的間接幫兇。這個故事，後來在〈藥〉裏有進一步發展。

日記還有一段不應該被忽視的文字是篇首的文言，交代狂人「然已早愈，赴某地候補」。於是「狂人日記」只是一份病情記錄。悖論是主人公只有在「病情」發作（脫離仕途）時，才能真正清醒地意識到知識分子憂國憂慮民的使命。中國古代的科舉，從上往下看，是中央皇權政府選拔收集天才精英的政治制度；從下往上看，則是百姓民眾，「吃得苦中苦方為人上人」的相對平等的上升階梯。科舉制度是中國歷朝歷代傳統社會的堅實支柱，據張仲禮《中國紳士——關於其在十九世紀中國社會中作用的研究》的統計[4]，上億民眾中有百萬生員考出兩萬官吏，這是兩個層次的「百裏挑一」。正如〈狂人日記〉所預言，中國讀書人在一度發病（發昏發熱）之後會不會依然回到候補？回歸「正途」（買來的官缺稱為「異途」），在體制裏獲得地位利益和名聲？傳統的力量是否無可避免？

所以，〈狂人日記〉的結局放在小說集的卷首，說明魯迅對「五四」的吶喊，其實有些悲觀。呼喚救救孩子的啟蒙者，自己也要懺悔是否無意之間也吃過人。在《吶喊・自序》中，他說自己「未能忘懷於當日自己寂寞的悲哀……所以有時候仍不免吶喊幾聲，聊以慰籍那在寂寞中賓士的勇士，使他不憚於前驅……既然是吶喊，則當然須聽將令了，所以我便不惜用的曲筆，在〈藥〉的瑜兒的墳上憑空添上一個花環……」

這個「憑空添上」的花環，我們以後還要討論。簡而言之，〈狂人日記〉這一篇小說寫了兩個狂人，一是生病的反叛的士大夫，二是病癒後候補做官的士大夫。後來，哪種狂人比較多呢？

1 魯迅：〈我怎麼做起小說來〉，《南腔北調集》，《魯迅全集》第四卷，北京：人民文學出版社，2005 年，頁 526。

2 魯迅：〈我怎麼做起小說來〉，《南腔北調集》，《魯迅全集》第四卷，北京：人民文學出版社，2005 年，頁 526。

3 沈雁冰：〈讀《吶喊》〉，原載《文學》1923 年 10 月 8 日第 91 期，署名雁冰。

4 張仲禮著，李榮昌譯：《中國紳士 —— 關於其在十九世紀中國社會中作用的研究》，上海：社會科學院出版社，1991 年。

十五

孔乙己的長衫

在《吶喊》集中，〈狂人日記〉後面便是〈孔乙己〉—— 無意中象徵了中國知識分子晚清以後的三條基本出路：要麼狂人般革命反抗，要麼「病癒」候補做官，要麼成為終身潦倒的秀才。小說是 1918 年冬天寫的，發表在 1919 年 4 月《新青年》第六卷第四號。這是一篇廣為人知的教材小說，長時間來都是中國國內高中或初中語文教材的課文，也曾在 1993 年至 2006 年度納入香港中學會考中文科的讀本教材。魯迅在台灣一度被禁。1999 年後，台灣亦將〈孔乙己〉列入高中語文教材中。語文學界，已有無數解讀分析。我們的「重讀」，只想簡單強調三點。

第一還是形式上的突破。據孫伏園回憶說，魯迅覺得孔乙己是自己「最喜歡」的短篇小說，且自譯為日文，交由日文雜誌發表。[1]〈狂人日記〉的突破有點猛，腦洞大開才能讀，〈孔乙己〉卻是典型的受西方文學影響的現代短篇小說模式。還是有局限的第一人稱，但不像狂人般有點作家「詩言志」。〈孔乙己〉的第一人稱是酒店小夥計，是個相對無知的旁觀者，記錄他並不理解的人和事（背後也代表着社會大眾的偏見和看法）。後來很多當代小說也都採用這種寫法。比方許地山〈商人婦〉由一個男的讀書人在旅途船上觀察傾聽商人婦傾訴半生遭遇。余華《活着》也由一個文青來傾聽由地主變農民的老頭半世紀怎麼「活着」。後來很多這種有局限的第一人稱觀察，多數是讀書人視角，比底層人物更明白其遭遇的社會歷史背景。〈孔乙己〉則相反，「我」是單純無知少年，並不懂得孔乙己淪落秀才的悲劇歷史意義。蕭紅後來在《牛車上》，也用這種寫法，以一個年幼女孩半睡半醒間聽大人對話來寫戰亂逃兵的困境。

第二是科舉的失敗，這是很多評論歸納的主題，卻對這個主題重視不夠。中國傳統社會應該如何劃分階級？一個方法是分為統治階級和被統治階級，如〈燈下漫筆〉中人民文學出版社的對《左傳》中「天有十日，人分十等」的註解。好處是有利於宣傳革命和階級鬥爭，缺陷是紳士階級是否等於地主階級？上萬官員怎樣在技術上管理統治上億民眾？第二個方法是參考張仲禮《中國紳士》一書[2]，主張分為官府、士紳和民眾三個階級。在十九世紀大致人數是兩萬，兩百萬和兩三億。童生經過縣考初試，府考複試和學政主持的院考（道考），叫進學（俗稱秀才）。這些讀書人以及支持他們的家人族人，便成為官府與民眾之間的一個終身而不世襲的階級。其中也有地主 / 商人，但是士紳階級並不等於地主階級。地主商人不需要經過考試取得認可，生員則必須。阿 Q 突然宣佈自己也姓趙，就是因為趙太爺兒子考取秀才光宗耀祖。趙太爺只是靠錢財土地發財，兒子考了秀才有了文憑。生員之後有兩條出路，能夠繼續在三年一次鄉試（省級考試）裏中舉，之後便走上仕途；如屢次考不上，至少也可在鄉鎮祠堂裏有地位，有責任辦學、修路、救濟災民、調解衝突等（長篇小說《白鹿原》，後來對這種狀況有過於理想化的描繪）。史學界有爭論的說法是「皇權不下縣」（「皇權不下縣，縣下惟宗族，宗族皆自治、自治靠倫理，倫理造鄉紳」[3]）。「三個階級論」即便未必一定能概括唐以後的中國社會，但至少一直有意無意地存在於歷代讀書人的情懷夢想中。直到「千古文人士紳夢」的末期，孔乙己穿着破長衫（士紳標誌）但只能站在外面和窮人一起喝酒。空有「第二階級」身分，但活得比「第三階級」還困苦。近年中國大學生失業待業劇增，故有官方媒體號召畢業生脫下孔乙己「長衫」，意思是不能假定讀書人一定會有好工作，讀書人不再是個高於大眾（但低於官員）的穩定階級。

第三，晚清科舉廢了，孔乙己也「大概的確是死了」，為甚麼他的「長衫」至今還在，他的形象仍然活着？如果我們把孔乙己形象簡單概括為悲慘生態和讀書人心態的戲劇性並置：一面窮困潦倒偷書被打爬在地上，一面仍然炫耀學問「回字有四種寫法」。之後二十世紀的中國小說一直有這樣的人物形象。

王蒙《活動變人形》在八十年代回首審父，發現倪吾誠其實是喝洋墨水的「孔乙己」—— 自己陷於亂世，沒法修身，更難齊家，被家中女人潑了一身的綠豆湯，卻還念念不忘歐洲先進文明的種種習慣，像咒語一樣，但沒有人欣賞。五十年代以後的知識分子輪流「洗澡」，都要在被改造和接受再教育過程中，艱難保留士大夫基因。身在底層卻精神優越的「孔乙己精神」，於是漸漸轉化演變為一種人們今天說的「地命海心」—— 喝地溝油的命，操中南海的心。勞改犯章永璘餓得跟狼一樣，還讀《資本論》，最後要到大會堂裏去感謝綠化樹。《古船》中的地主兒子抱樸，終年躲在小屋裏研究《共產黨宣言》。知青們年紀輕輕陷入沼澤地，說是為神奇的土地獻身。秦書田低聲下氣要求從右派改為壞分子。孫少平和其他搬運工的不同，就因為累極了也要在工地點油燈讀西方小說。當年孔乙己只是一個科舉制度中斷以後的可憐讀書人，因為小夥計的敘述角度，人人可見科舉後果可憐可笑。假如孔乙己自己也從第一人稱表達心志呢？會不會獲得人們更多同情和共鳴？後來無論右派平反或知青下鄉，共通點都是生態心態互相嘲諷，

「身處低賤心比天高」，在勞動改造中憂國憂民，確是二十世紀小說中的一個知識分子「傳統」。

1 伏園：《魯迅先生二三事・孔乙己》，《魯迅回憶錄（上）》，北京：北京出版社，1997 年，頁 83。

2 張仲禮著，李榮昌譯：《中國紳士 —— 關於其在十九世紀中國社會中作用的研究》，上海：社會科學院出版社，1991 年。

3 參見胡恒：《皇權不下縣？——清代縣轄政區與基層社會治理》，北京：北京師範大學出版社，2015 年。

十六

〈藥〉中的十二個人物

魯迅小說的題目很有意思，大概分類：一種是內容點題，比方說〈狂人日記〉〈肥皂〉〈示眾〉〈傷逝〉〈孔乙己〉等等；另一類是反諷，比方說〈祝福〉〈藥〉。其實〈藥〉這個題目，又點題又反諷。小說裏的「藥」，既是故事情節的中心，關鍵的道具，又是象徵意義的核心，關鍵的符號；而且〈藥〉的結尾還有一點抒情，確實是魯迅小說裏技巧比較複雜的一部作品。

〈藥〉很短，卻有十二個人物。晚清小說的基本結構是「士見官欺民」，〈藥〉中的十二個人物也可分成士 / 官 / 民三類。

「士」比較簡單，只有夏瑜一人（名字影射秋瑾），他的革命事跡在小說裏很少直寫，比較突出的是被捕後，在牢中，還向管牢的紅眼睛阿義宣傳「大清的天下就是我們大家的」。被衙役打後，還感慨阿義「可憐」，可憐敵人愚蠢。最後一章出場的夏四奶奶是烈士的母親。「瑜兒，他們都冤枉你了」。看到魯迅特意放在兒子墳上的花圈，便認為是兒子顯靈：「瑜兒，可憐他們坑了你，他們將來總有報應，天都知道，……」在這篇小說裏，「士」只是一個符號，憂國救民但不成功。

「官」沒有直接出場，這是現代文學的一大特點。與晚清譴責小說以官府官員為反派以官民矛盾為主題相反，「五四」以後，直到1942年延安，民國文學很少正面描寫官員形象（茅盾的《蝕》和張天翼的《華威先生》是罕見的例外）。探究原因，或者因為民國政府審查比晚清更嚴，也許由於士紳、地主加官員，反派形象比較複雜，可能魯迅等人發現政治制度、文化秩序的變化，都不能真正改變中國社會，所以改造國民性比打倒官本位更為重要……現代文學為甚麼不寫「官」？這個問題，我在不同文章裏都有提及，深入討論則需要專文專書。眼前的〈藥〉提供了一個明顯例證。夏瑜當時被清廷殺害，但具體兇手隱隱綽綽面目不清。「喂！一手交錢，一手交貨！」一個渾身黑色的人，站在老栓面前，眼光正像兩把刀，刺得老栓縮小了一半。那人一隻大手，向他攤着；一隻手卻撮着一個鮮紅的饅頭，那紅的還是一點一點的往下滴。老栓慌忙摸出洋錢，抖抖的想交給他，卻又不敢去接他的東西。那人便焦急起來，嚷道，「怕甚麼？怎的不拿！」老栓還躊躇着；黑的人便搶過燈籠，一把扯下紙罩，裹了饅頭，塞與老栓；一手抓過洋錢，捏一捏，轉身去了。嘴裏哼着說，「這老東西……」[1]

「渾身黑色」的劊子手有模糊形象，勉強可以列入十二個人物之中，雖然他沒有姓名。小說裏明顯的反派是康大叔，他給華老栓信息，可買人血饅頭救命，但他實際上也只是官府爪牙。現代文學中官員形象很少，主要反派多是他們的幫兇爪牙，比如《駱駝祥子》裏的孫偵探等等。〈藥〉裏還有兩個角色，一是告密的夏三，出賣侄子自保。另一個是看牢的紅眼睛阿義。和夏瑜交談套情報未成，便拳腳迫害。總之反派四人，皆為官府爪牙幫兇。

小說裏人數最多也最重要的一類人，是「士見官欺民」中的「民」。華老栓、華小栓和華大媽，一家三人在鎮上開茶館。茶館小老闆本也不算真正窮人，但在〈藥〉裏華家三口卻代表受騙的悲劇的民眾（買人血饅頭的也不能赤貧）。「華大媽在枕頭下面掏了半天，掏出一包洋錢，交給老栓，老栓接了，抖抖的裝入衣袋，又在外面按了兩下。」

戰戰兢兢，老栓到刑場，最後時刻還在猶豫。買人血饅頭，一半是受騙，一半也是被迫。吃人血饅頭的段落寫得非常詳細——

> 撮起這些東西，看了一會兒，似乎拿着自己的性命一般，心裏說不出的奇怪。十分小心的拗開了，焦皮裏面竄出一道白氣，白氣散了，是兩半個白麪的饅頭，——不多功夫，已經全在肚裏了，卻全忘了甚麼味，面前只剩下一張空盤它的旁邊，一面立着他的父親，一面立着他的母親……

小說第三章是茶館裏許多人的對話，其中又出現了三個人物，都是看客。一個花白鬍子的人，先是問候老栓身體，又低聲下氣問康大叔「聽說今天結果的一個犯人便是夏家的孩子，那是誰的孩子？究竟是怎麼回事？究竟是甚麼事？」坐在後排的一個二十多歲的人，聽說夏瑜勸阿義造反，很現出氣憤模樣。第三個是壁角的駝背，聽說阿義打了夏瑜，「忽然高興起來」，稱讚「義哥是一手好拳棒。」

這三個人的身份有點模糊。駝背是傷殘人士，伍少爺的稱呼說明家裏有點錢。花白鬍子年紀大了，應該有點世故，對康大叔態度低下。二十多歲的人則好像應該是受過教育的青年，卻對拳腳暴力特別興奮。這些人在茶館基本上貌似關心老栓父子，其實為康大叔捧場。或者是清廷的「自乾五」，或者必須要在康大叔面前顯示良民忠心。熱鬧議論中有個冷場的小高潮，當康大叔說阿義在牢中打夏瑜——

> 「他這賤骨頭打不怕，還要說可憐可憐哩。」
>
> 花白鬍子的人說，「打了這種東西，有甚麼可憐呢？」
>
> 康大叔顯出看他不上的樣子，冷笑着說，「你沒有聽清我的

話；看他神氣，是說阿義可憐哩！」

聽着的人的眼光，忽然有些板滯；話也停頓了。……

戰士被奴才打，他說奴才可憐（因為奴才不知自己在做甚麼），周圍一班奴隸在拍手，聽到這句話，眼光卻也呆滯下來了。說明即便是奴隸般的看客，潛意識裏也會心虛，也會害怕……不不不，不會害怕，他們只是停頓了一瞬間，馬上又哈哈大笑，彌補剛才的瞬間「板滯」，一起斷定夏家孩子發瘋了。

花白鬍子、駝背五少爺、二十多歲的人，這三個人物總體上，沒有參與打人抓人殺人，也還關心華家茶館，在士 / 官 / 民三角關係中，他們應該和華老栓一家接近，大致屬於民眾看客範圍。但從另一角度看，他們的態度又有點靠近「官」，嘲笑「士」。

總而言之，〈藥〉中一共十二個人物，合在一起是「民看官殺士」。魯迅寫的「士」與晚清小說中的讀書人比較，更勇敢，更浪漫，大方向一致。魯迅所寫的「官」和晚清小說中的反派官員相比，依然欺壓民眾，面目可憎，但直接出場的只有幫兇爪牙。最大的變化是小說中的民眾，與晚清小說中民眾完全善良還受苦受害相比，魯迅小說中的民眾也受苦但麻木，也受害但愚昧，尤其作為看客，客觀上甚至也害人。在魯迅之前和之後，中國小說中的民眾形象大都是正面的，魯迅是比較特別的批評者。

---

1 魯迅：〈藥〉，最初發表於《新青年》1919 年 5 月第六卷第 5 號，收入《魯迅全集》第一卷，北京：人民文學出版社，2005 年，頁 463—472。以下引文同。

十七

〈一件小事〉：是否一件小事？

〈一件小事〉是《吶喊》中，或者魯迅全部小說中最短的短篇小說。這篇作品在文學史上，恐怕真的是「一件小事」。但是如果放在中國現代社會史、革命史上，卻可能是一件很大的事，需要仔細閱讀。

小說的第一人稱主人公很接近作家或者隱形作者的視角。「我從鄉下跑到京城裏，一轉眼已經六年了。其間耳聞目睹的所謂國家大事，算起來也很不少；但在我心裏，卻不留甚麼痕跡，倘要我尋出這些事的影響來說，便只是增長了我的壞脾氣，——老實說，便是教我一天比一天看不起人。」[1]

現實中，民國初年「五四」之前在北京教育部任職又埋頭抄古書的周樹人，看世事人心越來越灰心，的確有點消極憤世、怨天尤人。

「但有一件小事卻與我有意義，將我從壞脾氣裏拖開，使我至今忘記不得。」

甚麼事能使對社會又激憤又犬儒、對人性又害怕又失望的「我」產生這麼大的影響呢？

「這是民國六年的冬天，」——即 1917 年，正是俄國十月革命的時候。從實際的文獻中看，魯迅對十月革命的消息當時也沒甚麼特別反應。「大北風刮得正猛，我因為生計關係，不得不一大早在路上走。一路幾乎遇不見人，好容易才僱定了一輛人力車，教他拉到 S 門去。

不一會，北風小了，路上浮塵早已刮淨，剩下一條潔白的大道來，車夫也跑得更快。剛近 S 門，忽而車把上帶着一個人，慢慢地倒了。」

很多中國現代作家，喜歡寫人力車夫，因為作家相信人道主義，看不得別人受苦，但是交通工具無法避免。車夫就在眼前跑得渾身是汗，看不下去又沒辦法。所以胡適、郁達夫、老舍都專門有作品寫人力車夫。胡適雖然同情車夫，但是最後還是要叫人家拉到內務部西。在他看來，車夫辛苦，如果你不坐車，就更加對不起人家，這是一種理性的經濟學概念的同情。郁達夫的《薄奠》，沒有去喚醒車夫革命造反，只在車夫死後送一輛紙的黃包車，因為車夫生前最大的理想，就是擁有自己的黃包車。《駱駝祥子》寫的是車夫自強自立，但是個人主義奮鬥的理想，最終被社會壓垮。

現在魯迅小說裏的人力車，在路邊帶倒一個人，跌倒的是一個女人，花白頭髮，衣服都很破爛。「伊從馬路上突然向車前橫截過來；車夫已經讓開了道，但伊的破棉背心沒有上扣，微風吹着，向外展開，所以終於兜到車把。幸而車夫早有點停步，否則伊定要栽一個大筋斗，跌到頭破血流。」

乘客旁觀，細節清楚，小小意外，不是車夫的錯，也不大像現在流行的「碰瓷兒」。「伊伏在地上，車夫便也立住腳。我料定這老女人並沒有傷，又沒有別人看見，便很怪他多事，要自己惹出是非，也誤了我的路。我便對他說，『沒有甚麼的。走你的罷。』車夫毫不理會，或者並沒有聽到，卻放下車子，扶那老女人慢慢起來，攙着臂膊立定，問伊說：『您怎麼啦？』；『我摔壞了。』」

這時，小說中的主人公想：「我眼見你慢慢倒地，怎麼會摔壞呢？裝腔作勢罷了，真是可惡。車夫多事，這也正是自討苦吃，現在你自己想法去。」

但是，「車夫聽了那老女人的話，卻毫不躊躇，仍然攙着伊的臂膊，便一步一步的向前走。我有些詫異，忙看前面，哦，是一所巡警分駐所，大風之後，外面也不見人。車夫扶着那老女人，便正是向那大門走去。」

接下來的一段，就是小說的文眼：

> 我突然感到一種異樣的感覺，覺得他滿身灰塵的後影，剎時高大，而且愈走愈大，須仰視才見。而且他對於我，漸漸的又幾乎變成一種威壓，甚而至於要榨出皮袍下面藏着的「小」來。

這是一個發生在「舊社會」的故事，現在我們也熟悉。今天不坐人力車，但會騎自行車、開小汽車，甚至快步走路，一旦碰到（撞到、帶到）路邊老人，他也是慢慢倒下去，我們的反應大概也和魯迅小說中的「我」一樣，料他沒有傷，旁邊又無人，繼續趕路吧。摔壞了？怎麼可能？

假如也像車夫一樣，先不問誰的對錯，你可能傷了，那我先送你到醫院或者派出所去，結果大概就像南京著名的彭宇一樣。據 2007 年 9 月 7 號《成都日報》報道 —— 當時全中國的媒體都在報道這同一個消息 —— 騎自行車的青年彭宇，因為他攙扶一位摔倒的老太去醫院，最後被告上法庭。南京市鼓樓區法院一審判決，說彭宇自稱是第一個下車的人，從常理分析，他與老太太相撞的可能性比較大，因此裁定彭宇賠償原告百分之四十的損失，要十日內付 4,5876 元。判決書說，如果不是彭宇撞的，他完全不用送老太去醫院，可以自行離開，而他沒有自行離開，行為顯然與情理相悖。

於是，我們再一次見證魯迅作品的當代性。魯迅可能是虛構的一個故事，完整再現在一百年之後的新時代當中。亞里士多德曾經有一個非常重要的理論：歷史，就是記載已經發生的事，詩是描寫可能發生的事，因此詩比歷史更有哲理。[2]

按照南京鼓樓法院的判決的邏輯，那〈一件小事〉中，如果說老太太她不是被人力車撞倒的，而且也可能沒有大傷，車夫的行為顯然與情理相悖。因此，如果要有甚麼罰款損失，車夫賠償百分之四十。

為甚麼魯迅的主人公要突然向這位車夫表示欽佩甚至仰視呢？而且：「隨後巡警過來跟我說，『你換一輛車吧。』我沒有思考地，就從外套袋裏掏出一大把銅元交給刑警，說：『請你給他。』」這是自願賠償百分之四十的損失，或者是來彌補車夫的損失。

不久以後，魯迅在《晨報》副刊發表一篇雜文叫〈無題〉。魯迅說他去一家店裏買巧克力三明治，「我買八盒黃枚朱古律三文治，付過錢，將它們裝入衣袋裏。不幸而我的眼光忽然橫溢了，於是看見那公司的夥計正岔開五個手指，罩住了我所未買的別的一切黃枚朱古律三文治，這明明是給我一個侮辱。」

在香港汽車加油時，油站員工有時在車前放一根鐵桿，意思是沒付錢就不能開走。我每次看到，都覺得鐵桿是一個侮辱。魯迅接着說：「然而，其實，我可不應該以為這是一個侮辱，因為我不能保證他如果不罩住，也可以在紛亂中永遠不被偷，也不能證明我絕不是一個偷兒，也不能自己保證，我在過去現在以至未來決沒有偷竊的事。

「但我在那時不高興，裝出虛偽的笑容，拍着那夥計的肩頭說，『不必的，我不至於多拿一個的……』他說：『哪裏哪裏……』趕緊掣回手去，於是他慚愧了。這很出我意外，——我預料他一定會強辯，——於是我也慚愧了。」

散文最後一段：「夜間獨坐在一間屋子裏，離開人們至少也有一丈多遠了。吃着分剩的黃枚朱古律三文治，看幾頁托爾斯泰的書，漸漸覺得我的周圍，又遠遠地包着人類的希望。」

魯迅晚年的時候說過一句非常有名的話：「我向來是不憚以最壞的惡意來推測中國人的。」所以，他對慢慢倒地的老女人充滿懷疑。店員伸出五個手指罩住沒賣的巧克力，他也覺得是侮辱。可是在〈一件小事〉裏，車夫的樸實使他看到自己的渺小。在〈無題〉中，店員的慚愧也使他慚愧起來，進而還能感到人類的希望。

所以〈一件小事〉可以有兩種讀法，一是勞工崇拜，二是人道主義。車夫代表勞工階級，是普羅大眾的象徵。研究魯迅世界觀轉變的學者們可以從裏邊看到魯迅一貫同情社會底層和勞工階級，甚至由同情而仰視。這種樸素的勞工崇拜後來發展到三十年代的左翼文學，就變成進步作家覺得要替無產階級代言……如果不能解救大眾，知識分子就覺得有種原罪。當然這裏也有十二月黨人貴族革命的影響。再進一步，既然有責任要救大眾，如果沒有盡到責任，那「我」就有錯甚至有罪，「我」就要仰視大眾。到四十年代，必須為大眾服務。到六十年代，必須向勞工請罪，請求寬恕。再到八十年代，知識分子又重新想啟蒙；同時，知識分子的原罪或者勞工崇拜卻始終存在。

這中間有一個非常複雜的，歷時一個世紀的思想史的變化。

魯迅承認，他沒有說出全部的真話，因為怕影響青年。他激烈批判所有中國人，但是除了青年人和勞工階級。夏志清有一段評論：「魯迅違背自己的良知，故意希望下等階級跟年輕的一代會更好，更不自私，他自己造成的溫情主義，使他不夠資格躋身於世界名諷刺家之列……這些名諷刺家，他們對於老幼貧富一視同仁，對所有的罪惡均予攻擊。魯迅特別注意顯而易見的傳統惡習，卻縱容甚至後來還鼓勵某些粗暴和非理性的勢力。」[3]

我不完全同意夏志清的評論，但也可以思考，魯迅是不是對青年人和勞工階級特別多一些溫情主義？對老弱貧婦是否一視同仁，對所有的罪惡均予以攻擊？而這種有目的的溫情主義是否會影響作品的藝術性？

但也可能，我們想多了。在感受到朱古力公司夥計的侮辱當晚，魯迅「看幾頁托爾斯泰的書，漸漸覺得我的周圍，又遠遠地包着人類的希望。」在中國現代文學中，「托爾斯泰」是個很重要的符號。魯迅說他的思想，總在人道主義與個人的無治主義之間起伏消長。托爾斯泰應該是偏向人道主義的。也許〈一件小事〉只是證明「創作總根於愛」，而不應該執着於階級歧視。

是勞工崇拜，還是人道主義，〈一件小事〉都不是一件小事。

---

1 魯迅：〈一件小事〉，最初發表於北京《晨報一週年紀念增刊》1919 年 12 月 1 日，收入《吶喊》，見《魯迅全集》第一卷，北京：人民文學出版社，2005 年，頁 481—483。以下引文同。

2 見朱光潛：《西方美學史》上冊，北京：人民文學出版社，1979 年，頁 73。

3 李歐梵譯：〈魯迅〉，收入夏志清：《中國現代小說史》，香港：香港中文大學出版社，2001 年，頁 40。

十八

〈故鄉〉中的兩個階級

魯迅早期小說，幾乎每篇都在文體形式上有新的嘗試。〈狂人日記〉是第一人稱日記體，〈孔乙己〉是有局限的旁觀角度，〈藥〉通過對話交代故事，四場戲三類十二人。以後要讀的〈阿 Q 正傳〉則是典型的以人物性格為軸心的中長篇結構，主人公性格一有明顯特徵二有複雜性三有變化發展。〈故鄉〉和〈一件小事〉是抒情體小說，最接近於散文。散文與小說之區別，當然在於虛構成分多少及敘事者與作者距離。〈故鄉〉及〈一件小事〉裏的敘事者「我」，比較接近魯迅本人。通篇結構，情緒比情節更重要。

〈故鄉〉第一句，「我冒了嚴寒，回到相隔二千餘里，別了二十餘年的故鄉去」[1]，兩千餘里是空間，從北京到紹興。二十多年是時間，十幾歲到將近四十。講的基本就是魯迅自己。「時候既然是深冬，漸近故鄉時，天色又陰晦了，冷風吹進船艙中，嗚嗚的響，從蓬隙向外一望，蒼黃的天底下，遠近橫着幾個蕭索的荒村，沒有一些活氣。我的心禁不住悲涼起來了。啊，這不是我二十年來時時記得的故鄉。」

簡單敘事之中，主要是寫心情。「啊」也出現了，在魯迅小說裏罕見。大概，主人公二十年來在城裏國外，時時牽掛他的故鄉；當然，心中想的是故鄉的美麗。「我這次是專為了別他而來的。永別了熟識的老屋，而且遠離了熟識的故鄉，搬家到我在謀食的異地去了。」

魯迅自己這時的確是在北京八道灣買了房子。教育部僉事，收入穩定，付了主要的錢款，又借了一部分。錢不夠，所以就把紹興的祖宅賣了。祖宅大家有份，理論上八道灣的四合院，周作人也有投入。後來兄弟反目，四合院主要是兩個弟弟和日本姐妹 —— 羽太信子和她妹妹 —— 在住。不管怎麼樣，到紹興把老家的房子賣掉，把母親和一班家裏人全部接到北京，心情並不好。他母親當時很高興，但是也藏着很多淒涼的神情。

交代了搬家的事情以後，又說起有一個家裏以前的傭工 —— 閏土要來看他。

「一講到閏土，我的腦裏忽然閃出一幅奇異的圖畫來。深藍的天空中掛着一輪金黃的圓月，下面是海邊的沙地，都種着一望無際的碧綠的西瓜。其間有一個十一二歲的少年，項帶銀圈手捏一柄鋼叉，向一匹猹盡力的刺去。那猹卻反身，將身一扭，反從他的胯下逃走了。」這個神異的畫面，不僅主人公「我」不會忘卻，魯迅小說的無數讀者也都不會忘卻。因為畫面跟小說裏邊的鄉村現實反差太大了。原來，這才是主人公二十年來心心念念記掛的故鄉。當年，閏土跟他的父親來幫工一個月，這兩個十來歲的少年就成了好朋友，一起到雪地捕鳥，海邊守西瓜，刺動物，找貝殼，還有看到魚會跳等等。

一講起閏土，「我這時兒時的記憶，忽而全都閃電似的蘇生過來了，似乎看到了我的美麗的故鄉了」，這只是「似乎」，眼前他實際看到的是甚麼？「見一個凸顴骨，薄嘴唇，五十歲上下的女人站在我面前，兩手搭在髀間，沒有系裙，張着兩腳，正像一個畫圖儀器裏細腳伶仃的圓規。」這是兒時家斜對面豆腐店裏邊的楊二嫂，人稱豆腐西施。當年曾經有些顏值，也帶動生意，現在可是面目全非了。而且她還以為「我」是在外面做官，很闊，她說：「你有三房姨太太了，進出八抬大轎……」所以就拼命想在「我」的住宅搬遷之際，來佔些便宜，找些東西。

這就是「我」的故鄉嗎？主人公是有點暈的。但是，更大的反差和失望是再次看到閏土的時候。

「他身材增加了一倍；先前的紫色的圓臉，已經變作灰黃，而且加上了很深的皺紋。他頭上是一頂破氈帽，身上只一件極薄的棉衣，渾身瑟索着；手裏提着一個紙包和一枝長煙管，那手也不是我所記得的紅活圓實的手，卻又粗又笨而且開裂，像是松樹皮了。」不用說，主人公當然知道，在這個渾身瑟縮的中年男人的外表後面是他的艱辛生活:「多子，饑荒，苛稅，兵，匪，官，紳，都苦得他像一個木偶人了。」這是小說裏最簡單的一句概括，但比木偶人外表更讓主人公震動的是閏土「看到他臉上現出歡喜和淒涼的神情，動着嘴唇，卻沒有作聲。他的態度終於恭敬起來了，分明地叫道，『老爺』，我似乎打了一個寒噤，我就知道，我們之間已經隔了一層可悲的厚障壁了，我也說不出話。」這是中國現代文學當中極為重要的一幕。客觀上這是在描寫無可奈何的階級分化隔膜，主觀上卻是知識分子主人公再也回不到他心中的故鄉，再也回不到他朝思暮想的鄉土中國。

中國現代文學中最出色最重要的文學形象，一是知識分子，二是農民。他們在一起最有代表性最有歷史意義的一次「同框」，就是魯迅的〈故鄉〉。

沈雁冰在 1921 年就指出，「這篇〈故鄉〉的中心思想是悲哀人與人之間的不了解，隔膜，造成這不了解的原因是歷史遺留的階級觀念」[2]。這裏的階級觀念並不是區別勞動人民與統治階級，而是劃分在農民階級與士紳階級之間，後者也就是當時的知識分子。晚清小說「士見官欺民」，「士」自以為站在「民」一邊。閏土一聲「老爺」讓知識分子主人公「打了一個寒噤」，因為這時他才看見自己和民眾之間的界線。這條界線在〈一件小事〉裏被溫情浸泡，但在之後的大部分現當代作品卻一直複雜糾纏，比如《春風沉醉的晚上》，比如《我在霞村的時候》，比如《男人的一半是女人》……

1990 年代有評論家評選十部最佳當代小說，除了王安憶的《長恨歌》和賈平凹《廢都》，其他大部分的作品，張承志、余華、韓少功、張煒、莫言等等，都在寫農村。雖然大部分作家都生活在城裏，可是鄉土、故鄉，好像一直是中國文學的基本主題與基調。

從社會角度來看，最近半個世紀中國經濟起飛，重要推動力就是農民工進城。在大城市打拼的人們，不管是剛來北漂，或者準備安家立業，甚至也像小說裏的主人公一樣，到故鄉去把根挖掉。可是人們的心裏，內心深處卻總有一個故鄉。每個人都可能有自己的閏土似的朋友，都在深藍天空、金黃圓月下，有一個神奇的童年。

後來很多城裏人以故鄉為夢，夢醒了以後無路可走。很多作家就重複這樣的故事。張承志的短篇《綠夜》，講北京知青回城後覺得城裏生活枯燥，所以懷念曾經下鄉的草原生活，特別是其中一個美麗少女。終於有一天抽空回到內蒙草原，卻看見那個少女早已嫁人，而且生活在一個非常粗糙的環境裏，主人公夢醒了，尋找鄉土的夢破了。

魯迅重見閏土，也是故鄉夢的破碎。但這篇散文體小說，卻開始了中國現當代文學的一個潮流，就叫「鄉土文學」。

文學史上討論的「鄉土文學」其實有三種，第一種就以〈故鄉〉為代表的，另外還有比方說許欽文、蹇先艾等作家的作品，大部分都是寫在城裏的文人回想他的家鄉，回去以後又失望。有一點懷舊，又有一點批判。

第二種「鄉土文學」以沈從文為代表，美化歌頌鄉村，批判城市文明。在沈從文的筆下，鄉下的妓女也可能比城裏的太太要道德。《柏子》寫鄉下的人的性交易非常美好。小說《丈夫》講述男主角從精神麻木（把妻子送到城裏當船妓）到人的尊嚴的初步覺醒（把妻子解救回去）。但不知道妻子回去以後會不會一直待在鄉村。

第三種「鄉土文學」一方面在賈平凹、莫言、劉震雲、魏思孝等人筆下持續發展土地情結，另一方面也轉化成邊地的「本土文學」，比如香港作家舒巷城《鯉魚門的霧》《太陽下山了》，見到曾經生活的地方心中無限的惆悵；台灣王禎和的《嫁妝一牛車》、陳映真的《夜行貨車》、黃春明的《莎喲娜啦，再見》，都是寫男人守護不了家鄉以及女人，所以眼看着自己的家鄉、自己的女人被人搶走，既惋惜故鄉沉淪，又強調本土要自強。這種「鄉土文學」和魯迅的〈故鄉〉當然不一樣，但失去了精神上的故鄉，失去了家園的主題，確實也有相通之處。

〈故鄉〉中的「我」回去一次，知道故鄉是回不去了，無論現實層面還是精神上，但最後還是給自己、也給《新青年》讀者留了一點希望。

> 我在朦朧中，眼前展開一片海邊碧綠的沙地來，上面深藍的天空中掛着一輪金黃的圓月。我想：希望本是無所謂有，無所謂無的。這正如地上的路，其實地上本沒有路，走的人多了，也便成了路。

1　魯迅：〈故鄉〉，最初發表於《新青年》1921 年 5 月第九卷第 1 號，載《魯迅全集》第一卷，北京：人民文學出版社，2005 年，頁 501—510。以下引文同。

2　郎損（字雁冰，即茅盾）：〈評四五六月的創作〉，《小說月報》1921 年 8 月第十二卷第 4 期，頁 4。

十九

〈阿 Q 正傳〉：精神勝利法的三個層次

如果從世紀初梁啟超《新中國未來記》和晚清四大譴責小說開始討論二十世紀中國文學，那麼〈狂人日記〉標誌着從晚清到「五四」的關鍵轉折，其意義表現在四個方面：第一，晚清小說以官民對立結構為主線。「五四」以後小說加入窮富階級矛盾。在《老殘遊記》裏，官判冤案和黃河決堤的受害人也可以是地主士紳，〈狂人日記〉裏迫害民眾的有縣官衙役，也有紳士債主。後來的現代小說，大都淡化官員形象，反派屬於「趙家人」。第二，晚清小說「怪現狀」中的底線是違背傳統禮教，李伯元和吳趼人都把將女兒媳婦獻給上司作為最無恥的官員行為。而〈狂人日記〉則寫「禮教吃人」。對中國傳統道德的看法是晚清文學與「五四」的重要分界線。第三，晚清小說基本模式是「士見官欺民」。「士」或許暴露官場或者鄙視「怪現狀」，或是考官好過買官或是獨立向官府抗爭，總之都是英雄，是啟蒙救世的人，可〈狂人日記〉主角只是生病才反禮教，病癒便去做官。而且自己也曾參與吃人需要懺悔。後來，魯迅給科舉廢除後的中國讀書人設計了多種不同出路：比如窮極潦倒的孔乙己，因無力救援祥林嫂而內疚的「我」，或者批判阿 Q 奴隸性卻又協助判刑的「穿長衫的人」等等。第四，整個二十世紀中國小說，直至今日，在「士官民」三角關係中，只有民眾，大都被讀者同情被作家歌頌。直至今日，小說裏的民眾總是好的，唯有「五四」時期，民眾也會被批判被拷問，何以冷漠麻木？為甚麼參與迫害？怎麼會被欺又欺人？最能突出這方面的代表作，當然是〈阿Q正傳〉。

〈阿Q正傳〉自1921年12月4號至1922年2月12號，在北京《晨報》副刊（《晨報副刊》）上連載，是魯迅的學生、朋友孫伏園的約稿。開始發表在「開心話專欄」，顧名思義，這是一個諷刺幽默的專欄。「優勝記略」，「續優勝記略」，是比較好笑。但是寫着寫着，就不大好笑了。孫伏園看了，立刻明白小說的分量，所以就轉去了文藝版。

後來一般的小說在報刊連載，是邊發表邊創作，參考讀者反應，然後發展劇情，慢慢決定人物和故事發展。像張恨水《啼笑因緣》的連載模式，其實是作家、編者、讀者的共創模式。在文化工業生產的鏈條上，是文學的「生產關係」影響文學的「生產力」。但〈阿Q正傳〉的連載經過十分特別，是報紙為作家讓路，版面為作品服務。

阿Q這個名字有幾個解釋，應該叫阿Qui。不知是否中秋出生，不能寫成「桂」；也不知哥哥叫阿富，所以也不能叫「貴」。現在只好用Qui第一個字母Q……這些話應該是為了「開心話」這個欄目訂制。周作人另有解釋，說魯迅用這個Q寫國民性，畫出麻木的，被人殺了頭也沒表情的「吃瓜羣眾」臉。沒有五官，只有辮子，當年漢人的恥辱。

魯迅作品中最容易普及也最難研究的就是精神勝利法，基本的生理/心理基礎是「情理不分」。今天很多人覺得要拋棄精神勝利法棄，但也有人覺得它有好處：「好死不如賴活」，「小不忍則亂大謀」等等。甚至有人說，因為有精神勝利法，所以我們民族自殺率低。被異族侵略了，中華文化照樣可以發展。

精神勝利法至少有三個層次。

第一個層次，就是變換思考的角度，以獲得心理感情的快樂。經典例子，「這裏只有半瓶水了。」或者，「這裏還有半瓶水！」同一事實，不同角度。前者要求高、壓力大，後者安慰自己、比較開心。前者「直面慘淡人生」，後者陶醉自己心靈。前者像魯迅散文中的批判視角，後者像魯迅小說中的人物心理。

在一個「有貴賤，有大小，有上下」的社會等級秩序中，往上看，正視失敗，努力上進。往下看，更容易有幸福感——這是精神勝利法的入門和基礎。

但阿 Q 一出場，就已經進入了精神勝利法的第二層次：要點是虛構事實，再轉換角度，以求心理快感。小說裏有幾個例子，阿 Q 沒有家、只做短工、介乎於傭農和無產者之間。割麥便割麥，舂米便舂米，撐船便撐船。旁人說，阿 Q 真能做。按照《毛選》第一卷《中國社會各階級分析》的說法，阿 Q 就屬於農村中的革命的力量，最應該依靠的羣眾。可是當時阿 Q 並不知道自己的身份光榮，和別人吵架，就瞪起眼睛：「我們先前比你闊多了！」如果阿 Q 祖上真的是很闊，那麼這就是精神勝利法的第一層次，強調「還有半瓶水」。但如果，「先前很闊」只是幻想，就是精神勝利法的第二層次了，就是虛構事實、轉換角度、心理安慰。

小說裏的精神勝利法的最常見模式是：在形式上被打敗了，被人揪住了黃辮子，在壁上碰了四、五個響頭，閒人心滿意足得勝走了，阿 Q 站了一會心裏想：我總算被兒子打了，現在的世界真不像樣，於是也心滿意足的得勝走了。

需要第二層次的精神勝利法（虛構事實、轉換角度、心理安慰），一般已經或正在蒙受屈辱且無法訴說。據說人類與動物的關鍵區別之一便是能相信虛構的故事。可見不拘手法消解恥辱的精神勝利法第二層次也是人性表現。阿 Q 的過人之處只是假想幻覺的速度快，技術熟練，每每省略了「假如」「幻想」的過程。久而久之，先前真的很闊，真是兒子打老子，不像話。

精神勝利法的第三層次，也是虛構事實，也是變換思考角度，求心理快感與安慰。但不同之處在於，這個虛構要以自虐的方式產生，這是一個難度比較高的層次。

小說裏寫阿 Q 心滿意足，覺得自己是第一個能夠自輕自賤的人，愉快地喝酒、賭錢，居然還贏了一回。但是贏錢以後糊裏糊塗又跟人打架，打完以後發現自己的錢不見了。很白、很亮的一堆銀錢，而且是他的，現在不見了。說是算被兒子拿去吧，總還是忽忽不樂；說自己是蟲子，也還是忽忽不樂。他這回才有些感到失敗的苦痛了，這在小說裏是第一次。但他立刻轉敗為勝了 ——

> 他擎起右手，用力在自己臉上啪啪連打自己兩個嘴巴，熱剌剌的有些痛，打完以後便心平氣和起來，似乎打的是自己，被打的是別一個自己，不久也就彷彿是自己打了別人一般。雖然還有點熱剌剌的，心滿意足的得勝的躺下了。

這就是精神勝利法的第三境界。

有個猴年的段子，說猴在樹上，抬頭看都是屁股，低頭看都是笑臉，左右看都是耳目。精神勝利法的第一層次就是少往上看屁股，多往下看笑臉，於是自我感覺良好。第二層次就是把左右耳目都假想成「兒子」的笑臉，虛構事實，求心理安慰。第三層次就是自虐，把上面的屁股當作可以親吻的笑臉，然後感到無往而不勝。

對精神勝利法不同的定義就是對於〈阿 Q 正傳〉主題的不同解說。一說是階級固化當中的弱者生存策略；第二種說法是我們民族的集體無意識；還有第三種說法，這是普遍的人性弱點。

按第一種說法，精神勝利法主要是弱者的生存工具。只要階級分化嚴重，階級矛盾突出，社會缺乏必要的上升階梯和減壓器閥，「阿Q們」的屈辱感始終會存在。魯迅自己在〈阿Q正傳〉俄文版的序裏面提出來，「我們古代的聰明人，即所謂聖賢，將人們分為十等，說是高下各不相同。連一個人的身體也有了等差，使手對於足也不免視為下等的異類。……百姓，卻就默默的生長，萎黃，枯死了，像壓在大石底下的草一樣，已經有四千年！」[1] 總之，階級壓迫是精神勝利法的土壤。

第二種說法，這是中國的國民性。不只限於弱勢羣體，有錢人、當官的，權力在握的人，也需要阿Q精神，才能生存下去。國人過去數千年，大部分時代在異族統治下生活，容易產生「欺軟怕硬」，「自欺欺人」的國民劣根性。

第三種說法，這不僅僅是中國人的問題，世界各國的人，面對強權，都有可能需要精神勝利法之類的心理調節機制。羅曼・羅蘭認為諷刺寫實作品是世界性的，法國大革命的時候也有阿Q：「我永遠忘不了阿Q那副苦惱的面孔」。[2] 在某種意義上，阿Q精神，也是專制政權的羣眾基礎。

我最近重讀，深深感到「屈辱感」是〈阿Q正傳〉的核心。

回顧魯迅的童年，回顧他的身世，其實從小被迫要和屈辱感打交道。跟少年周樹人一樣高的藥鋪櫃台，比他身體高一倍的當鋪櫃台，都銘刻着他少年的屈辱感。據說他當初去讀洋學校，也是因為鄉間有人造謠，傳他偷竊家中財物，辟謠都沒法辟[3]。所以他也忍辱賭氣，離開家鄉。後來在仙台學醫，成績中等，一百六十幾個人裏邊六十幾名，但即便是這樣，日本學生還歧視他，說是老師照顧他等等。

棄醫從文以後，兄弟倆編書，當初才賣出二十本。之後做教育部小官員鈔鈔古碑。可是，「我以我血薦軒轅」志氣不能得到施展。把夫人叫做「禮物」，作為丈夫都是屈辱。魯迅立志畫出這樣沉默的國民的靈魂來。「我們究竟還是未經革新的古國的人民，所以還是各不相通，連自己的手都幾乎不懂自己的腳，所以我極力想摸索人們的靈魂，常常總自汗有些隔膜」[4]。

受盡種種侮辱，但總有一個方法可以挽回自尊，那就是「摸小尼姑的臉」。這是整部小說也是主角一生的轉折點。也是奴隸走向奴才的關鍵轉變。

〈阿 Q 正傳〉除了寫階級秩序、寫國民性、寫專制羣眾基礎外，同時還是一個有關二十世紀中國革命的預言。小尼姑罵阿 Q「斷子絕孫」，無意中喚醒了男主角的性意識，但是向吳媽求愛失敗，不僅被下了隔離令，在村裏生計都成了問題。於是進城，幫小偷們站崗放哨。可惜轉行不成，走投無路之際，革命來了，舉人（士紳為官）下鄉避難……「革命也好罷，」阿 Q 想，「革這伙媽媽的命，太可惡！太可恨！……便是我，也要投降革命黨了。」

可見阿 Q 革命的第一個理由是泄憤，屈辱感的宣泄。果然，他一自命造反，連趙老爺也怯怯地叫他「老 Q」了。接下來，就是阿 Q 的革命想像了：

> 造反？有趣，……來了一陣白盔白甲的革命黨，都拿着板刀，鋼鞭，炸彈，洋炮，三尖兩刃刀，鈎鐮槍（這甚麼都混在一起），走過土穀祠，叫道，「阿 Q！同去同去！」於是一同去。
>
> 這時未莊的一夥鳥男女才好笑哩，跪下叫道，「阿 Q，饒命！」誰聽他！第一個該死的是小 D 和趙太爺，還有秀才，還有假洋鬼

子，……留幾條麼？王胡本來還可留，但也不要了。……

我們注意到，他第一個要報仇的，是比他地位更低的弱者，其次是這個壓迫他的老爺。其間原因，可以專門寫論文研究。

東西，……直走進去打開箱子來：元寶，洋錢，洋紗衫，……秀才娘子的一張寧式牀先搬到土穀祠，此外便擺了錢家的桌椅，——或者也就用趙家的罷。自己是不動手的了，叫小 D 來搬，要搬得快，搬得不快打嘴巴。……

已經在想着怎麼指揮下面的奴隸了，想做主人了。

趙司晨的妹子真醜。鄒七嫂的女兒過幾年再說。假洋鬼子的老婆會和沒有辮子的男人睡覺，嚇，不是好東西！秀才的老婆是眼胞上有疤的。……吳媽長久不見了，不知道在哪裏，——可惜腳太大。

這篇小說寫於 1921 年。

後來衝進書記、教授、專家、明星家裏抄家的紅衛兵小將們，如果讀到了魯迅四十五年前寫的這些阿 Q 的夢，他們會怎麼想？也有革命大軍的召喚「同去同去」，那時有多少戰鬥兵團、野戰軍、司令部（其實就是幾個、幾十個的學生湊起來）。想像自己首先要打的是誰？同班同學小 D 和校長領導趙太爺。打哪個饒哪個？想想都過癮。這不就是平時屈辱感給憋的？再想像一下財寶。說實在話，紅衛兵抄家最初階段貪財的還不多，以後要是再來一次，那真是……「一定要小 D 來搬」，草根迫害屌絲就更厲害。當然重要的還有女人，誰真醜、誰要等幾年、誰跟沒辮子的男人睡覺不行、誰臉上有疤、誰的腳太大……

革命有兩種，平民革命，美麗動人的口號是法國大革命的「自由、平等、博愛」，個人慾望的解放。貧民革命，實事求是打土豪、搶東西，睡地主女人，也是個人慾望的解決。五十年代陳湧強調阿 Q 的革命性，近些年汪暉也細細分析阿 Q 的本能和潛意識。[5]

陳丹燕曾經採訪過上海外灘的老黃包車夫，說那時被外國人欺負，坐在上面，要左轉右轉也都不講話，就把那個手杖，往拉車的人的左肩或者右肩敲敲。拉車的人心裏也很不開心。陳丹燕問車夫，那當時你怎麼想，是不是將來要打倒他們，或者是要追求平等？老車夫講，我當時想的，就是一定要改變命運，我以後一定要坐在車上，我可以敲敲別人。

有關二十世紀中國革命的預言，梁啟超在 1902 年寫過《新中國未來記》，詳細描述兩個主人公爭論君主立憲或者革命道路，沒寫完。沒法想像中國的未來的事情。魯迅沒有梁啟超的政治遠景，他只是虛構一個鄉下的僱農，睡在土穀祠裏做夢，無意當中，也描繪了今後大半個世紀的中國故事。所以王富仁說，《吶喊》是中國革命的一面鏡子。

〈阿 Q 正傳〉故事簡單，思想複雜，不同的評論者都可以找到自己的意識形態切入口。石一歌強調：「阿 Q 終於被掛着『革命黨』牌子的『長衫人物』平白無故地當作強盜拉去槍斃了，阿 Q 至死也沒有明白這是怎麼回事。這是多麼深刻的歷史悲劇，這是多麼沉重的歷史教訓。」[6]

小說裏，阿 Q 被捕後見到大堂上面的人都是一臉橫肉，怒目而視，阿 Q「膝關節立刻自然而然的寬鬆，便跪了下去了。『站着說！不要跪！』長衫人物都吆喝說，阿 Q 雖然似乎懂得，但總覺得站不住，身不由己地蹲的下去，而且終於趁勢改為跪下了。『奴隸性！……長衫人物又鄙夷似的說，……」

這些長衫人物是魯迅筆下在狂人發病、狂人病癒後、孔乙己和〈祝福〉中的我之外的第五類知識分子，也就是明知百姓被欺，卻也要做幫兇的「聰明人」。在石一歌看來，對長衫人物的批判，「揭示出一個歷史的結論，資產階級再也不能領導中國了。」[7]

汪暉也很關注〈阿Q正傳〉的結尾，在遊街途中，在唱戲不成又沒看到吳媽之後，「阿Q於是再看那些喝彩的人們。這剎那中，他的思想又彷彿旋風似的在腦裏一迴旋了。四年之前，他曾在山腳下遇見一隻餓狼，永是不近不遠的跟定他，要吃他的肉。他那時嚇得幾乎要死，幸而手裏有一柄斫柴刀，才得仗這壯了膽，支持到了未莊；可是永遠記得那狼眼睛，又兇又怯，閃閃的像兩粒鬼火，似乎遠遠的來穿透他的皮肉，……這些眼睛似乎連成一氣，已經在那裏咬他的靈魂。『救命……』」[8]汪暉說：「阿Q的覺悟在於他臨刑前的瞬間，當他把喝采的人們同四年之前要吃他的肉的餓狼的眼睛聯結起來時阿Q第一次體會到了『人』的恐懼，喊出『救命』，從而打破了『精神勝利法』之圈。」[9]

最後這段「狼眼睛」「鬼火穿透皮肉」「咬靈魂」等等心理描寫，實在不大像阿Q的身心反應（即刻便是臨死瞬間），而更接近《野草》意象附身。也許作家在最後瞬間忍不住降到阿Q身上，猶如夏瑜墳上的花，強調「阿Q精神」在特定歷史時空下也可以是農民革命的土壤，但實際上整部小說寫的是，在普遍人性意義上，「阿Q精神」如何構成專制的羣眾基礎。

1 魯迅：〈俄文譯本《阿 Q 正傳》序及著者自敘傳略〉，寫於 1934 年，收入《集外集拾遺補編》，見《魯迅全集》第八卷，北京：人民文學出版社，2005 年。

2 參見陳漱渝：《倦眼矇朧集：陳漱渝學朮隨筆自選集》，福州：福建教育出版社，2000 年，頁 198。

3 參見陳光中：《走讀魯迅》，北京：中國文史出版社，2015 年，頁 26。

4 魯迅：〈俄文譯本《阿 Q 正傳》序及著者自敘傳略〉，寫於 1934 年，收入《集外集拾遺補編》，見《魯迅全集》第八卷，北京：人民文學出版社，2005 年。

5 參見本卷說明：〈「起來，不願做奴隸的人們」—《重讀魯迅》代序〉。

6 石一歌：《魯迅傳》第一版，上海：上海人民出版社，1976 年，頁 69—70。

7 同上。

8 魯迅：〈阿 Q 正傳〉，《吶喊》，北京：人民文學出版社，1973 年，頁 120—121。

9 汪暉：《反抗絕望》，北京：三聯書店，2003 年，頁 179。

二十

〈祝福〉中的「四條繩索」

小說集《彷徨》的第一篇〈祝福〉，給當時兩個重要的理論做了形象的註解。理論之一便是魯迅〈狂人日記〉裏提出的象徵性的說法「禮教吃人」，理論之二是毛澤東在 1926 年《湖南農民運動考察報告》中提出的「四條繩索」論。

〈狂人日記〉寫「禮教吃人」只是文學象徵，寫肉體被吃是追溯歷史紀錄。禮教道德真的「殺人」，祥林嫂是一個典型案例。

祥林嫂半生遇到七件事：

一是丈夫祥林早逝；

二是寡婦打工，被婆家抓回強行再嫁賀老六；

三是兒子阿毛不幸被狼叼走；

四是賀老六又患傷寒去世；

五是因為先後兩個男人，被視為道德敗壞；

六是聽柳媽勸告捐門檻卻仍然受歧視；

七是問我（城裏來的讀書人）關於人 / 鬼和生 / 死問題不果，新年雪地窮死。

七個不幸事件，從一到四，均為天災。五和六以及某種程度上第七則是人禍。最關鍵的轉折是五，柳媽給她的一女二夫的罪名。

以前初讀〈祝福〉，記得柳媽提建議好像是出於好心，小說裏有那麼一句話：「柳媽是個善女人，吃素，不殺生的，只肯洗器皿。」[1] 洗器皿這個事情事關祝福、祭祀，有道德責任，後來魯家不讓祥林嫂做。祥林嫂在旁邊歎氣：

> 「唉，我真傻！」「祥林嫂，你又來了！」柳媽不耐煩地看着她的臉，說，「我問你：你額角上的傷痕，不就是那時撞壞的麼？」
>
> 因為祥林嫂的罪名就是兩次嫁人，所以怎麼會接受第二個男人便是她一生的關鍵時刻，柳媽所以仔細盤問——
>
> 「唔唔。」她（祥林嫂）含糊地回答。
>
> 「我問你啊：你那時怎麼後來竟依了呢？」
>
> 「我麼？……」
>
> 「你呀。我想：這總是你自己願意了，不然……」
>
> 「啊，你不知道他力氣多麼大呀。」
>
> 「我不信。我不信你這麼大的力氣，真會拗他不過。你後來一定是自己肯了，倒推說他力氣大。」
>
> 「啊，你……你倒自己試試看。」
>
> 祥林嫂笑了，柳媽打皺的臉也笑起來，使她蹙縮得像一個核桃，乾枯的小眼睛一看祥林嫂的額角，又釘住她的眼。祥林嫂似乎很局促了，立刻掩了笑容。

重讀魯迅，這一段，現在看得非常清楚了。柳媽這個所謂「善女人」，信佛的女人，其實是很有興趣去探聽好奇別人的性生活！潛意識裏當然是她對自己生活慾望壓抑的補償。祥林嫂講到她和賀老六的同房，開始她還笑着感慨對方力氣大，還說「你倒自己試試看」。其實這話就給柳媽一個腦補的機會，柳媽也笑了。但之後她「乾枯的小眼睛」

一直盯着祥林嫂，接下來所謂到陰間去，兩個死鬼的男人還要爭，閻羅大王只能把你鋸開來之類的恐怖警告，還有去土地廟裏捐門檻的建議，便直接導致了祥林嫂後來的悲劇。

柳媽探聽他人私生活，這段探聽的八卦又成了街談巷議，轉化成了一種輿論道德壓力。信佛的女人，不一定就是善女人，和《金鎖記》的七巧一樣，自己性壓抑，還要害別人。有誰不清楚中國傳統道德對女性的具體壓迫過程，除了參考魯迅的〈我之節烈觀〉等文章，更簡單的辦法，是閱讀〈祝福〉。

小說〈祝福〉，不僅詮釋「禮教吃人」的說法，也為四條繩索的政治理論提供了形象註解。毛澤東在 1926 年的《湖南農民運動考察報告》中說：

> 中國的男子，普通要受三種有系統的權力的支配，即：(一) 由一國、一省、一縣以至一鄉的國家系統 (政權)；(二) 由宗祠、支祠以至家長的家族系統 (族權)；(三) 由閻羅天子、城隍廟王以至土地菩薩的陰間系統以及由玉皇上帝以至各種神怪的神仙系統——總稱之為鬼神系統 (神權)。至於女子，除受上述三種權力的支配以外，還受男子的支配 (夫權)。[2]

1949 年以後的〈祝福〉評論，大都認為祥林嫂就是被這四種權力（簡稱四條繩索）所合力害死的。小說裏其實沒有太多關於「政權」的描寫，除個別地方提到魯四老爺罵康有為之外，好像從魯鎮看，的確「皇權不下縣」？「族權」和「神權」，結合在「講理學的老監生」身上，每次見到祥林嫂都皺眉頭，最後還禁止祥林嫂觸碰祝福的祭品。為了討論魯四老爺對祥林嫂之死要負多大責任，普實克（Jaroslav Průšek，

1906—1980）和夏志清，在六十年代曾經有長篇論文爭論，發表在英文的《通報》上。普實克認為，〈祝福〉中罪魁禍首是女主角的僱主，他是孔教道德倫理的保守擁護者。而夏志清認為祥林嫂第二次來魯鎮的時候，整天念念不斷的是兒子的死，而不是第二個丈夫的死。如果魯迅真是要批判魯四老爺，他為甚麼要讓一隻狼來咬死孩子，而不是讓他直接死於地主老爺的壓迫。根據普實克的說法，正是魯四老爺剝削她，使她成為被社會遺棄的人，在她心靈中注入那種荒謬的罪惡感，而把她逼至瘋狂，剝奪了她的生計，並把她趕上街頭，使她飢餓而死，還挖苦地對她的死發表議論。而夏志清認為，根本不能說魯四老爺剝削了祥林嫂。如果不是被婆婆、婆家強行賣掉，魯家的工作其實是不錯的。真正的打擊，是第二次來了以後，主人不讓她祭祀做幫手。夏志清說，以傳統的標準來看，魯四嬸相當慈善，魯四叔嬸都很迷信，但四叔比他太太更迷信。

魯家叔嬸，其實有分工。魯四老爺管道德、管政治，所以一開始就不贊成僱傭寡婦；可魯四嬸是管經濟、管民生的，首先考慮這個女工能不能做，有沒有效率。所以祥林嫂第二次來的時候，四叔因為找不到女工，所以道德就對經濟有點讓步。但是他有底線，有基本原則，就是說平常幹活可以，祭祀不能碰。最後的關鍵，除了這個宗教的壓力，還有一條是生產力逐漸喪失，最後四嬸也覺得「倒不如那時不留她」。

普實克和夏志清為了〈祝福〉中的細節而長篇爭論，因為此事可以關乎中國社會「族權」與「神權」的複雜關係。認為魯四老爺壓迫欺負祥林嫂，強調的是族權階級威勢，欺壓民眾；認為魯四老爺只是保守迷信，他注意的是「神權」是害死祥林嫂的文化主因。族權（宗族祠堂）與神權（信仰教育）的複雜關係，是後來中國當代文學的一個重要主題，在諸如《白鹿原》等小說裏有很大發展空間。至於第四條繩索「夫權」，其實〈祝福〉中的兩個丈夫都不是迫害祥林嫂的人，但他們的名字和存在，也合力成為壓迫祥林嫂的符號力量。

現代文學中，有不少作品也寫底層女子，不自願地有了不止一個男人，然後她們要活下去。許地山的〈商人婦〉，丈夫年輕時到南洋謀生，一去十年沒消息。婦人追到南洋，發現老公已有另外的女人，而且還不容她發火生氣，就設計把她賣到印度，做了一個印度商人的第六個老婆。雖然說是「商人婦」，命運也比祥林嫂好不了多少。都是身不由己前後兩個男人，且都有了一個孩子。但以後的命運就不同了，商人婦等到老公死後，千辛萬苦帶着小孩獨立生活，信教、上學、有了文化，居然後來還能教書。小說結尾是商人婦又回新加坡，想回去看看自己當初的丈夫，到底要做甚麼。

小說裏邊也有個知識分子敍事者「我」，聽了那個女人的故事，說：「哎呀你的命運真是苦！」女人反而笑了，她說：「先生啊，人間一切的事情本來沒有甚麼苦樂的分別，你造作時是苦，希望時是樂，臨事時是苦，回想時是樂！」[3]

祥林嫂前半生和商人婦一樣，死了兩個丈夫，但之後祥林嫂的阿毛被狼叼走了，做工也不如以前了。她也信了教，就是柳媽說的在地獄裏，有兩個男人要搶她。一個儒家的貞潔倫理，和某種佛教的地獄輪迴。商人婦則信了基督教，帶大了孩子，命運完全不同。

還有沈從文的〈蕭蕭〉，童養媳嫁給幾歲的男孩，結果在野地裏被男工花狗誘姦。丈夫很小，但也算男人。所以蕭蕭也是不情願地有了兩個男人。在湘西的鄉俗裏，她或者沉潭，或者被賣出去。如果賣出去，可能有第三個男人。可是，在沈從文筆下，鄉下族權也不可怕，家長也少讀四書五經。一時沒賣出去，生了兒子，留下來了。後來還跟小丈夫完婚。

帶着被魯迅訓練出來的閱讀期待，沒想到沈從文寫的結局有點溫馨。當然，仔細想想，假如當時有買主呢？假如生的不是兒子呢？而且蕭蕭後來居然還為自己的兒子再去找童養媳。這貌似溫馨的結局啊，其實也是悲劇的底色。

將〈祝福〉〈商人婦〉〈蕭蕭〉放在一起讀，香港大學生的反應：「作為讀者，我寧可讀〈蕭蕭〉；作為主人公，那我寧可做商人婦；但作為作家，我大概就會寫〈祝福〉。」

很難說哪個版本更真實，每個作家的寫作目的都不一樣。從人物的命運看，祥林嫂慘就慘在第一，她失了兒子，對女人而言，失去兒子是一件大的事情；第二，她比另外兩個女人更有信仰。本來兒子被狼吃了是一個非常罕見的意外，文藝小說一般很少描寫這種非常罕見的偶然情節。

叔本華的悲劇理論，第一種悲劇是有壞人；第二種悲劇是出了意外，車禍、癌症之類；第三種悲劇最難寫，就是不同人物在不同位置上的必然衝突。[4] 在〈祝福〉裏邊，狼叼走阿毛這麼一個很煽情的情節，完全沒有實寫。反過來寫得比較詳細的是祥林嫂對這件事情的反覆哭訴。小說裏甚至不惜篇幅，在不同的地方，讓祥林嫂全文講述她的故事，後來又一再地重複。這就是把第二種意外悲劇，寫成了第三種更普遍、更深刻的，日常的悲劇。

最後值得討論的是，小說裏的「我」對祥林嫂的死，有沒有責任？如果說魯迅小說世界裏有「批判主題」和「自知主題」，〈祝福〉裏的「批判主題」是由「自知主題」而敍述。一個短暫回鄉的知識分子，不過僅是整個故事的旁觀者，而且也在祥林嫂人生命運的最後時刻起到了一個他人起不到的作用，扮演了一個他人無法扮演的角色。不恰當的比方，有點像走投無路的信徒，碰到了一個牧師。

祥林嫂有自己的三觀，不僅有，而且頗堅定、頗執着。她的三觀第一，一女不侍二夫，所以捆綁在賀老六家，曾拼命掙扎，之後便自卑，覺得自己不乾淨。後來她這麼在意魯家讓不讓她祭祀，就是為了擺脫或者證實她自己的「罪人」的身份。沒想到捐門檻贖罪也沒有用。失節事大，餓死事小，宋儒的影響。

「三觀」第二條，她作為母親，本能的責任，沒有保護好阿毛——不用說母愛等普世價值，連動物都會保護下一代，所以她一直在懺悔的罪過。祥林嫂自己知道作為母親沒有盡到婦德，其實潛意識裏還有儒家基因：人的生命要靠子孫後代血脈延續。唯一的兒子被狼叼走，無後為大。中國人臨終前，不需要神父、牧師，卻要子孫在面前——到另外一個世界的時候，是要有自己的血脈延續下去。

三觀之三，死了以後那是一個甚麼世界呢？閻羅大王要鋸她當然可怕，但其實祥林嫂更害怕的是：「那麼，死掉的一家的人，都能見面的？」

我以為這「一家人」指的是那兩個男人，但實際上再想想，還有那被狼叼走的阿毛。對那兩個男人，祥林嫂沒有愧疚，任他們責怪宰割。但是阿毛被狼叼走以後，會變成甚麼樣？在另外一個世界是一個甚麼樣的死魂靈？怎麼見面呢？所以祥林嫂聽到她認為最有權威、能解答她死後問題的知識分子，給出模棱兩可、含糊不清的答話之後，第二天祥林嫂就死了，帶着生前的屈辱，帶着對另一個世界的恐懼。

主人公能說甚麼呢？即使是一個「五四」新派的知識分子，仔細想想，祥林嫂的信仰危機，正是魯迅所面對的「黑暗的閘門」。

第一，「宋儒」吃人應該打倒；

第二，母愛神聖，只有服從，必須懺悔；

第三，未知生，焉知死，未來的世界是甚麼？說不清。絕望之為虛妄，正與希望同。

面對祥林嫂的提問，魯迅就像面對他自己心中的深刻的矛盾，就像面對黑暗閘門，又要反抗，又要承擔，所以魯迅說「我也說不清」，這不也是大實話嗎？

---

1 魯迅：〈祝福〉，最初發表於上海《東方雜誌》半月刊 1924 年 3 月 25 日第二十卷第 6 號，收入《魯迅全集》第二卷，北京：人民文學出版社，2005 年，頁 5—20。以下引文同。

2 毛澤東：《湖南農民運動考察報告》，《毛澤東選集》，北京：人民出版社，1951 年，頁 33—34。

3 許地山：〈商人婦〉，1921 年 4 月發表於《小說月報》第十二卷第 4 號。

4 叔本華：《作為意志和表象的世界》，參見石沖白譯：《許子東現代文學課》，上海：三聯書店，2018 年，頁 367—368。

二十一

關於〈肥皂〉的爭議

魯迅在 1935 年寫的《中國新文學大系・小說二集》的「導言」中評論自己在《彷徨》時期的作品,「雖然脫離了外國作家的影響,技巧稍微圓熟,刻畫也稍加深刻,如〈肥皂〉〈離婚〉等,但一面也減少了熱情⋯⋯,」日本漢學家竹內好,在引用了魯迅以上評論後說,「在我看來〈肥皂〉是笨拙製作」,他把〈肥皂〉歸作是有諷刺,但完全失敗的一類作品。[1]

美國的漢學家夏志清,在他的《中國現代小說史》裏卻稱讚〈肥皂〉「是一篇非常精彩的諷刺小說,完全揚棄了傷感和疑慮,⋯⋯就寫作技巧來看,〈肥皂〉是魯迅最成功的作品,因為它比其他作品更能充分地表現魯迅敏銳的諷刺感」。[2]

現在一般的文學史集體寫作,通常不大會使用「笨拙製作」「最成功」之類的個性化表述。夏志清的小說史,除了在學術觀點上有不少突破(在魯迅、茅盾、老舍、巴金之外,特別推崇沈從文、張愛玲、錢鍾書,還有張天翼、師陀等),他的文風也非常特別,敢用很苛刻的話來評論名家。比方說,「魯迅的《故事新編》淺薄、凌亂,顯示了一個傑出但是路子狹小的小說家可悲的沒落。」[3]「民國以來所有公認為頭號作家之間,郭沫若作品傳世的希望最微。到後來大家記得,他不過是一個在他那個時代多姿多彩的人物,領導過許多文學跟政治的活動而已。」[4] 最刻薄的批評是，「丁玲屬於黃廬隱這一類的早期女作家羣，她們連一段規矩的中文也寫不出來」。夏志清緊接着還要補刀一句：「我對丁玲的譏笑並不是出於惡意。」[5] 除了尖刻批評，還有大膽稱讚，尤其敢於使用「最」字。評茅盾，「他是現代中國最偉大的共產主義家」；「《駱駝祥子》是中日戰爭前夕寫的，可以說是到那時為止的最佳現代中國長篇小說」；沈從文「是中國現代文學中最傑出，想像力最豐富的作家」；張愛玲「可能是『五四』運動以來最有才華的中國作家，尤其是《金鎖記》」，夏志清說，「據我看來，這是中國從古以來最偉大的中篇小說。」從古以來，乍聽嚇一跳，後來仔細一想，古代沒甚麼中篇小說。還有《圍城》，夏志清說：「是中國近代文學中最有趣最用心經營的小說，可能也是最偉大的一部。」[6]

夏志清究竟依據甚麼理由來斷言〈肥皂〉從寫作技巧來看是魯迅最成功的作品？

甚麼叫故事。故事就是一堆不相干的事情，用一個因果的關係聯繫起來。有人在地上扔一塊香蕉皮，這不是故事；另外一個人滑倒了，這也不是故事；但是把這兩件事情連起來，就是故事。

〈肥皂〉的故事，就是一個舊派鄉紳，在街上看到一個少女陪祖母討飯。這個紳士買了塊肥皂，回家送給老婆。這是兩件不同的事情，但這兩件事情當中有沒有因果關係？這便是小說的關鍵。小說的敘述次序不是按照時序來講，小說是先講男人回家送肥皂給老婆，之後男人就要兒子去查一句英文，他買肥皂時被人罵了。然後他在家裏一直在罵新文化女學生，好半天才斷斷續續地說出之前的事情，「之前在街上見到女乞丐，有人議論說別看這乞丐髒，咯吱咯吱洗一洗，好的哩」。後來男人的一些道學朋友跑來，大家又一次笑談、腦補女乞丐洗澡。四銘太太雖然很憤怒，但是第二天她還是用了老公的肥皂。

小說開篇有關於肥皂的描寫：

> 他好容易曲曲折折的匯出手來，手裏就有一個小小的長方包，葵綠色的，一徑遞給四太太。她剛接到手，就聞到一陣似橄欖非橄欖的説不清的香味，還看見葵綠色的紙包上有一個金光燦爛的印子和許多細簇簇的花紋。秀兒即刻跳過來要搶着看，四太太趕忙推開她。
>
> 「上了街？……」她一面看，一面問。
>
> 「唔唔。」他看着她手裏的紙包，説。
>
> 於是這葵綠色的紙包被打開了，裏面還有一層很薄的紙，也是葵綠色，揭開薄紙，才露出那東西的本身來，光滑堅致，也是葵綠色，上面還有細簇簇的花紋，而薄紙原來卻是米色的，似橄欖非橄欖的説不清的香味也來得更濃了。[7]

讀這段文字，有三點特別要注意。

第一，字數之多在魯迅筆下非常罕見。這一段打開包裝描寫肥皂的文字有二百多字。相比之下，魯迅寫阿 Q 兒子打老子只有上百字，連同精神勝利法升級版自打嘴巴那一段，一共也不過幾百字，好像還不如一塊肥皂詳細。

第二，「於是這葵綠色的紙包被打開了，揭開薄紙，才露出那東西的本身來，光滑堅致，香味也來得更濃了。」是誰的手在慢慢地一層又一層地打開紙包？

第三，打開紙包這些文字來自哪個人物的視覺感官？是四銘先生？是秀兒？是四銘太太？還是小說敘事者？或者隱形作者？甚至是作家自己的感官視覺？

小說的敘述和四銘先生繞了很多圈子，我們讀者、評論者在一旁看得非常清楚。這篇小說的最關鍵，就是當四銘先生花錢買香皂時，他知不知道自己實際上是受了女乞丐「咯吱咯吱」的刺激。

假如四銘先生的「超我」（理性），知道他的「本我」（慾望）被壓抑在潛意識層面，於是腦補女乞丐洗澡，骯髒與白淨形成反差，孝女的身份又增加禁忌的快感，甚至髒衣服也是另類「制服誘惑」。那麼接下來就有兩個可能。A 就是像郁達夫那樣，相信天理之中便有人欲，相信人的慾望是自然的，是人性的一部分。所以雖然苦痛羞恥，仍然聽人野合，去風月場寫詩。還是買了肥皂，回家心虛大概不好意思拿出來。B 就是像魯迅在〈隨感錄・四十〉裏所描寫的那樣，講那些人才從私窩子裏跨出腳，便說：「中國道德第一。」也就是說，一面堅持缺乏愛情的禮教婚姻，一面「少的另去姘人宿娼，老的再來買妾」。這叫傳統，靈肉二元，互不否定。

A 是用天理證實人欲——「五四」新潮，B 是用天理包容人欲——傳統方法。

但是，假如買肥皂時，四銘先生並沒有想到這事跟女乞丐的關係，也就是說他的理性「超我」，並不知道他自己的潛意識和無意識，他完全不知道所謂洗澡的想像、禁忌的快感或制服誘惑等等。這時他買肥皂回家，確實對自己說「我是真心愛護太太」。這時他的罵女學生、罵新文化，會不會都是在講真話呢？或者至少是出於他既有的觀念，他沒有發現他的這些觀念、脾氣、態度，其實是跟「咯吱咯吱」有關係的。簡而言之，C 是「超我」不認識自己的「本我」。

從這個角度來閱讀〈肥皂〉，竹內好和夏志清其實講得都有道理。

竹內好說的是「有諷刺，但歸於失敗」。如果這個小說只是為了揭露道學家虛偽，就像剛才沙盤推演中的 B，四銘先生買肥皂時就已經知道自己在意淫女乞丐洗澡，那麼最真實、最可能的現實情況是大概他根本就不買肥皂了，一樣花錢直接去「私窩子」了，然後問心無愧地痛罵新文化，欣賞舊禮教，也不虧心。如果作品只是這樣來諷刺四銘先生道家虛偽，那這個諷刺的確不是很深刻。一個知道自己的偽君子，不是戰士，就是壞人。魯迅寫的只能是後者，所以諷刺壞人意義不大。

但如果是剛才推演的 C，一個不知道自己的偽君子，男主角的道學「超我」，不知道他自己的性幻想，所以還要用肥皂來轉移，表面上體現夫婦之愛，還要用社會議論來掩蓋自己內心的羞恥，掩蓋都不知道自己在掩蓋。這樣，就如夏志清所說的：「這麼一個滿口仁義道德的現代道學家，在魯迅筆下，他變成了一個世界性的偽君子。」換言之，四銘先生他既是特例，更是普通人。如同小說中的肥皂一樣，它既是西洋文明新潮的象徵，也就是一塊，不僅令男人，也令女人，也令作家在無意識當中動心的葵綠色。

唉，無意識當中的葵綠色，我忍不住要把這段再讀一遍，因為這在魯迅筆下是太罕見了：

> 於是這葵綠色的紙包被打開了，裏面還有一層很薄的紙，也是葵綠色，揭開薄紙，才露出那東西的本身來，光滑堅致，也是葵綠色，上面還有細簇簇的花紋，而薄紙原來卻是米色的，似橄欖非橄欖的說不清的香味也來得更濃了。

1 竹內好著，李心峰譯：《魯迅》，杭州：浙江文藝出版社，1986 年，頁 79、88。

2 夏志清著，劉紹銘等譯：《中國現代小說史》，香港：香港中文大學出版社，2001 年，頁 32、34。

3 同註 2，頁 35。

4 同註 2，頁 73。

5 同註 2，頁 208。

6 以上引文，均引自夏志清著，劉紹銘等譯：《中國現代小說史》，香港：香港中文大學出版社，2001 年。

7 魯迅：〈肥皂〉，最初發表於北京《晨報副刊》1924 年 3 月 27—28 日，收入《魯迅全集》第二卷，北京：人民文學出版社，2005 年，頁 45—56。以下引文同。

二十二

〈傷逝〉與「五四」愛情小說模式

二十世紀六、七十年代，也是人類歷史上史無前例的特殊年代。〈傷逝〉幾乎是那個年代中國年輕人可以讀到的唯一一篇戀愛小說。物以稀為貴，所以這篇小說就成了戀愛教科書。今天再回首，這篇小說不僅在宏觀意義上影響了年輕人對文學的趣味和看法，不僅影響了人們對社會、對世界、對人生的看法，而且在微觀層面還直接影響到一代人談戀愛追女生的具體行為方式。

〈傷逝〉裏邊的男女戀愛方式，有甚麼基本特點？

男主角涓生，在會館裏租一間偏僻的破屋。他的工作是一個文員。「子君不在我這破屋時，我甚麼也看不見。在百無聊賴中」——「無聊」是那個時期魯迅非常喜歡用的一個詞。在〈在酒樓上〉〈孤獨者〉裏邊重複了很多次——「在百無聊賴中，隨手抓過一本書，科學也好，文學也好，橫豎甚麼都一樣；看下去，看下去，忽而自己覺得，已經翻了十多頁了，但是毫不記得書上所說的事情。」[1]

郁達夫《春風沉醉的晚上》，男主角和涓生一樣，窮極潦倒，租了一個沒窗的閣樓，整天看書，不知道在看甚麼。沒想到就是因為整天看書的樣子，使得鄰屋的女工對他有了好感，開始交談。「書中自有顏如玉」，重要的不是看甚麼書，是看書這個行為。

涓生書看不進去，耳朵卻分外地靈。他在聽有沒有子君的腳步聲，「驀然，她的鞋聲近來了，一步響於一步，迎出去時，卻已經走過紫藤棚下，臉上帶着微笑的酒窩。」小說並沒有交代兩個人最初怎麼認識，也沒有記載兩個人「拍拖」時有沒有散步、看電影、吃飯之類，所有的戀愛過程好像都在涓生的破屋裏。「默默地相視片時之後，破屋裏便漸漸充滿了我的語聲，談家庭專制，談打破舊習慣，談男女平等，談伊孛生，談泰戈爾，談雪萊，她總是微笑點頭，兩眼裏瀰漫着稚氣的好奇的光澤。」

這就是〈傷逝〉教給我們這一代人的最基本的戀愛模式。這個模式有兩個特點，第一，男的說，女的聽；第二，男的主要講文學、談文化，伊孛生、泰戈爾、雪萊，基本上是外國文學課。

有朋友曾經很「刻薄」地總結過，當今社會男追女三大武器。一是曬身體，小鮮肉，秀肌肉等等；二是用錢砸，LV，TIFFANY，再進一步是名車，房票簿等等。當然，大學生、文學青年一般身體也弱，也沒有錢可砸，就靠第三樣兵器，所謂高尚文雅的兵器——文化洗腦。

我們年輕時代沒想那麼多，也沒有那麼開闊靈活的愛情觀，好像本能地知道拍拖開始要談文化。莫札特、海明威、莫奈、屠格涅夫，都是必備武器。現在想起來這些都是〈傷逝〉教的。

「我是我自己的，他們誰也沒有干涉我的權利！」

這是我們交際了半年，又講起了在這裏她的胞叔和在家的父親時，她默想了一會，分明地，堅決地，沉靜地說了出來的話。……她這幾句話很震動了我的靈魂。此後許多天還在耳中發響，而且說不出的狂喜，知道中國女性，並不如厭世家所說那樣的無法可施，在不遠的將來，便要看見輝煌的曙色。

這就有點奇怪了——假如我們和一個北京人或香港人或美國人戀愛，成功了，kiss 了，你會說北京人有救，香港人有希望，美國女性看見輝煌的曙光嗎？

顯然，涓生在這個破屋裏啊，不只是在談戀愛。作家安排男主角同時在做三件事情：

第一，一個男青年追求一個女青年；

第二，一個男老師在給女學生上課；

第三，一個男性文人試圖喚醒被禮教束縛的中國女性。或者更廣義的象徵，由男人代表的知識分子，試圖喚醒女性代表的沉睡的弱勢的大眾。

這就是「五四」愛情小說的一個基本模式。二、三十年代很多愛情小說，幾乎都貫穿這個模式。郁達夫的《春風沉醉的晚上》、葉聖陶的《倪煥之》、柔石的《二月》、巴金的《家》（特別是覺慧跟鳴鳳的那一段）……男的都是才子，女的文化 / 經濟弱勢。戀愛像講課，目的在拯救。當然女的必須玉潔冰清。玉潔，就是使得她相貌好看，值得被救（男凝角度）；冰清，當然就是可以救，內心善良（士紳傳統）。當然，這樣的男愛女、男教女及男救女的愛情故事，結果常常不順利，甚至導致悲劇。

所以，在文學史上看，〈傷逝〉類小說，既是愛情小說，又是教育小說，也是啟蒙小說。大部分時候，男的做啟蒙者，女的被啟蒙，直到後來女作家丁玲、張愛玲她們出現，才挑戰、顛覆了這麼一個愛情教育啟蒙的小說模式。

子君說自己決定命運，離家出走，和涓生同居。一百年前還敢同居，五十年前想都別想。但是，鄰居窺探，閒言碎語，轉成社會壓力。涓生子君在吉兆胡同找到了簡單住所，不久涓生就被局裏辭退了。這對愛情當中的男女，沒有馬上退怯。經濟成了問題，涓生就準備寫作，他準備登廣告，自己翻譯、賣文為生。小說裏這樣寫：

「説做，就做罷！來開一條新的路！」

我立刻轉身在書案上，推開盛香油的瓶子和醋碟……

「在書案上，推開盛香油的瓶子和醋碟」這個動作極有象徵性，說明「五四」青年當時覺得追求愛情理想，必須推開象徵日常生活的油瓶醋碟。這是「五四」的奢侈，「五四」的幼稚。幾十年後，愛情常常更多與速泡面與饃饃結合在一起（如王安憶《小城之戀》，如張賢亮《綠化樹》）。

同居以後的子君，一直在操心油鹽醬醋、油雞小狗。兩個人的關係在生活壓力下漸漸冷卻下來了。涓生常常跑到通俗圖書館，一邊看書一邊反省，「覺得只為了愛，——盲目的愛，——而將別的人生的要義全盤疏忽了，是一個錯誤。第一，便是生活。人必生活着，愛才有所附麗。」雖然不說，女人很快就感覺到了。男人後來也承認了：「我已經不愛你了！」

記得當年讀到這裏，自己也陷入深深的困惑。假如面對類似情境，你到底應該堅持你曾經的諾言，言必信，行必果，諾必誠（司馬遷《史記》寫俠客的文字，同時也是千百年來古今中外男子漢的道德標準）？還是說，應該直面慘淡的自己的人生，真實表達自己的看法？但這樣一表達，你就把難題丟給了你所愛的人。

Keep your promise or tell the truth? That is the question.

直到現在我還想不出答案，人生最好不要面對這樣的選擇。

接下去是小說中最感人的一幕。某日，涓生回家，房東說子君的父親今天把她接回去——

> 我不信，但是屋子裏是異樣的寂寞和空虛。我遍看各處，尋覓子君；只見幾件破舊而黯淡的傢具，都顯得極其清疏，在證明着它們毫無隱匿一人一物的能力。
>
> 我轉念尋信或她留下的字跡，也沒有；只是鹽和乾辣椒，麪粉，半株白菜，卻聚集在一處了，旁邊還有幾十枚銅元。這是我們兩人生活材料的全部，現在她就鄭重地將這留給我一個人，在不言中，教我藉此去維持較久的生活。

讀完小說這個場面，久久難忘，好像一切盡在不言中。

子君回家以後，不知道甚麼原因後來就死了，涓生當然空虛、內疚、自責、後悔——

> 只坐臥在廣大的空虛裏，一任這死的寂靜侵蝕着我的靈魂……我將在孽風和毒焰中擁抱子君，乞她寬容……我要將真實深深地藏在心的創傷中，默默地前行，用遺忘和說謊做我的前導……

怎麼讀這篇小說呢？究竟有誰應該對涓生、子君的愛情悲劇負責呢？至少有四種不同的讀法。

第一種，兩個人都有錯。年輕人不夠成熟，單純戀愛至上，當然不可能成功。說實話，人生在世大部分時候都在走現實主義路線，如果人想留一點空間，哪怕百分之一、二來追求浪漫，在最重要的事情上任性一點，有時候都很難。小說的結局其實是娜拉出走後的第一種，回家，悲劇。當然我們知道，寫小說時魯迅和朱安困在磚塔胡同斗室中。但在差不多時候，魯迅和許廣平的真實故事卻是浪漫而且成功的，在經過很多波折之後。

第二種，兩個人都沒錯，只是社會壓力太大，這一對青年男女無法抵抗。所以引申下去的結論就是單獨的個性解放不可能。按馬克思的說法就是只有解放全人類，才能最後解放自己。所以涓生大概以後就要參加革命了，這是內地教科書的主流解讀方法。單純的愛情的個性解放的道路，此路不通。

第三，主要是女的錯。你看，同居以後就變庸俗了，雙方就缺乏共同語言，好像之前的歐洲文學課白上了。這說明婦女解放道路漫長，非常困難。這是第三種解讀法。

還有第四，主要是男人的錯。這個男人的錯，還不單是所謂負心漢的問題。而是你把人喚醒，許諾自由，可是一遇困難就承受不了。如果按照前面講的愛情教育啟蒙的思路來看，這就是開了窗，但是找不到門！叫醒了你愛的人，但是你救不了她，這是一個「鐵屋」。所以在某種意義上，〈傷逝〉也這是魯迅對「五四」啟蒙思潮的嚴厲反省。

如果說「五四」是一場革命，魯迅對這場革命貢獻最大，但他也最早懷疑這場革命能不能成功。

1　魯迅：〈傷逝〉，收入小說集《彷徨》，《魯迅全集》第二卷，北京：人民文學出版社，2005 年，頁 113—133。以下引文同。

二十三

最有魯迅情調的小說：〈在酒樓上〉、〈孤獨者〉

到現在為止，除了「病情紀錄」〈狂人日記〉以外，其他小說，我們看到的都是作家在俯視不幸的底層的人們。我們看到阿 Q、祥林嫂、華老栓、孔乙己，還有涓生、子君等等。我們還沒有讀到一篇小說是作家主要描寫自己。

郁達夫曾經引用法國作家法朗士的說法，說：「一切文學（作品）都是作家的自敍傳。」當然，廣義上、象徵意義上，〈阿 Q 正傳〉裏邊也有作家自我解剖，〈祝福〉中間還有一個「我」作為旁證，涓生裏有沒有「我」的自省呢？甚至當四銘先生打開葵綠色香皂的過程……

弗洛伊德厲害的地方，是告訴我們：決定我們生活中最重要的力量，可能是我們自己不知道的；文學作品厲害的地方，是可能知道作品主人公自己不知道的東西；而文學評論厲害的地方，就是可能知道作家自己不知道的東西。

問題是，作家能不能知道自己？

〈在酒樓上〉有兩個人物，一個是偶然回鄉，又對家鄉不大滿意的「我」，百無聊賴，到以前常來的酒樓「一石居」坐坐。來去酒樓的路上、到了酒樓，周圍的氣氛都非常淒涼，當然窗外也可以看見幾株老梅和山茶樹開花，「赫赫的在雪中明得如火，憤怒而且傲慢。」主人公說：「北方固不是我的舊鄉，但南來又只能算一個客子，無論那邊的乾雪怎樣紛飛，這裏的柔雪又怎樣的依戀，於我都沒有甚麼關係了。」[1]

在酒樓上，孤獨清靜喝酒的時候，咯吱咯吱在樓梯上來一個人，碰巧是昔日同窗同事呂緯甫。「亂蓬蓬的鬚髮；蒼白的長方臉，然而衰瘦了。精神很沉靜，或者卻是頹唐。「沉靜」和「頹唐」通常有不同意義，可是在呂緯甫的外貌上，兩者同時存在。「又濃又黑的眉毛底下的眼睛也失了精采，」總之失去了往日學生時代的銳氣。呂緯甫形容自己的一句話很有名，他說自己像一個小蟲，像一個蠅子，「飛了一個小圈子，便又回來停在原地點，便以為這實在很可笑，也可憐。」——飛了一圈，回到原地，不知道為甚麼。一個進化論者看到世事輪迴。

記得少年時，我初讀〈在酒樓上〉，覺得兩個人中，「我」是一個比較進步的主人公，在批判已經退步了的昔日同學。很多評論材料都會告訴我們，這是「五四」退潮期，魯迅看到很多人不前進了，退步了，等等。

一方面是我們都習慣了魯迅其他小說裏，「我」的視角常常是俯視、批評其他人物。另一方面，也因為作品裏明寫呂緯甫外貌頹唐，無精打采，而且還重新去教那些「之乎者也」的舊學。所以，最常見的評論就是說這是寫革命屢遭挫折以後，萎靡不振的現象。

可是不知道為甚麼，現在我重新讀，卻有不同感受。我發現小說裏的「我」固然是魯迅，那呂緯甫好像也是魯迅。所以〈在酒樓上〉，是最有魯迅情調的小說，是「魯迅碰到魯迅」。

呂緯甫回鄉，不像「我」那樣的憤怒、傲慢，來了以後就想走。他遵照母親的吩咐，為多年前死的小弟弟遷墳。有水快要進到弟弟的墳地，挖出來棺木裏面其實已經沒有遺體了。呂緯甫「還是用棉花裹了些先前身體所在的地方的泥土，包起來，裝在新棺材裏」，遷到他父親墳邊埋好。遷墳，只是遷一些故土。

另一件事情，母親託他要送兩朵剪絨花，給原來鄉下鄰居的女兒——阿順。一番兒時的記憶，大概也是魯迅和閏土一般的語境。結果回鄉一看，阿順已死，剪絨花只能送給了阿順的妹妹。阿順的妹妹長得很不像姐姐，小說描寫她長得像鬼似的。

在酒樓上老友重聚，講這些最近做的瑣事，聽上去確實百無聊賴。有評論說，阿順代表新思潮，加很多糖，蕎麥不大好吃，說明青年接受新思想，不消化。花送給她妹妹，體現了當時青年人放棄新思潮。所以……這些評論，呂緯甫聽了也會大吃一驚。

酒樓上這兩個久別重逢的昔日戰友，「我」憤世嫉俗回鄉，回鄉覺得死氣沉沉，固然是一個革命的姿態；呂緯甫為弟弟遷墳給鄰居送花，雖是日常瑣事，但是，也在盡一種道義責任。到底誰能批判誰，誰能否定誰？

夏志清說：「魯迅的意圖顯然是把他的朋友描寫成一個失去意志的沒落者，與舊社會妥協。然而，在實際的故事裏，呂緯甫雖然很落魄，他的仁孝也代表了傳統人生的一些優點。魯迅雖然在理智上反對傳統，在心理上對於這種古老生活仍然很眷戀。對魯迅來說，〈在酒樓上〉是他自己彷徨無着的衷心自白。」[2]

錢理羣也認為「我」與呂緯甫是魯迅靈魂中的兩個自我。他的書名就是《與魯迅相遇》。在我看來，在酒樓上，魯迅遇到了魯迅。

這種作家把自己一分為二，互相解剖、互相審判的情況，在另外一篇小說〈孤獨者〉裏走到了更深的藝術和哲理的層面。

也是一個「我」，描寫和他的朋友魏連殳前後交往的經過。魏連殳的相貌基本上就像魯迅對着鏡子一樣：「他是一個短小瘦削的人，長方臉，蓬鬆的頭髮和濃黑的鬚眉佔了一臉的小半，只見兩眼在黑氣裏發光。」[3]魏連殳是那個小地方唯一的讀書人。和「我」相識是因為一次喪禮。祖母過世了，族裏有很多這種下葬的禮節規矩。當時大家都怕讀了洋書的魏連殳回來不肯照傳統禮節，事先想了很多計策來對付他。結果魏連殳回來神色不動，答應都可以的，都可以的。於是一切照舊禮進行，大家又是拜又是哭，魏連殳一點眼淚都沒流，只是到了喪禮完了，大家要散了，「忽然，他流下淚來了，接着就失聲，立刻又變成長嚎，像一匹受傷的狼，當深夜在曠野中嗥叫，慘傷裏夾雜着憤怒和悲哀。」

這場喪禮的前半部分，使我想起魯迅當年從日本回來參加他自己的婚禮。大概也是大家怕他不從，他回來以後卻「都可以的」。只是很快就搬出了新居，以後再也沒有同房。魯迅沒有哭，但他的壓抑卻轉到了〈孤獨者〉裏。隔了十幾二十年以後，他才讓魏連殳替他發出了這種慘叫。

錢理羣在北大給研究生講課，跟同學一起分析「我」和魏連殳前後三次論爭[4]：第一次是關於人的天性。魏連殳認為孩子本性是好的，後天裏的環境才使他變壞；可是小說裏的「我」認為人的本性，根苗就是壞的，無法改造。在日本的時候，魯迅思考的三個問題，首先是理想的人性，後面才是中國的國民性缺少甚麼，甚麼原因。人性到底是怎麼樣的，這是魯迅所有創作的一個最基本的問號和出發點。

第二次爭論是關於孤獨。小說裏的「我」覺得魏連殳的孤獨是自己造成的，是可以改變的，魏連殳卻覺得這是他繼承了祖母的命運。

第三次爭論就更大了，就是關於活着的理由。為甚麼活着呢？魏連殳先是為了信仰，次是為了親人，最後竟為了他的敵人。

這裏面也有魯迅自己的自白。他在《墳》的後記說過，「願使偏愛我的文字的主顧得到一點喜歡，憎惡我的文字的東西得到一點嘔吐。」[5] 直到 1936 年去世前，他還在重複這個人生觀。

〈孤獨者〉裏面有一個情節是最讓人驚訝的，就是魏連殳最後居然做了軍閥杜師長的顧問，變成了一個大家前呼後擁，手裏很有權力的魏大人了。據鄰人後來描述：「魏大人自從交運之後，人就和先前兩樣了，臉也抬高起來，氣昂昂的對人也不在先前那麼迂，……要是你早來一個月，還趕得上看這裏的熱鬧，三日兩頭的猜拳行令，說的說，笑的笑，唱的唱，作詩的作詩，打牌的打牌……」

「士官民」三種形象，魯迅寫得最多最用力的，是民眾弱者，哀其不幸，怒其不爭（或也責其欺人）。魯迅也寫了知識分子的幾種出路：狂人，孔乙己，〈祝福〉中的「我」。魯迅寫的最少的是官員，除了爪牙康大叔、紅眼睛阿義等，病癒候補的狂人和做師長顧問的魏連殳都代表做官是知識分子的一種墮落結局，一種對共和政體下讀書人可能出路的提前否定。當「我」最後去參加魏連殳的葬禮的時候，「我」精細地描寫，棺木裏的死者：「一條土黃的軍褲穿上了，嵌着很寬的紅條，其次穿上去的是軍衣，金閃閃的肩章……連殳很不妥帖地躺着，腳邊放一雙黃皮鞋，腰邊放一柄紙糊的指揮刀，骨瘦如柴的灰黑的臉旁，是一頂金邊的軍帽。」

寫〈孤獨者〉的時代，新文學作家郭沫若擔任北伐軍總政治部副主任，沈雁冰也當過國民黨中宣部秘書。魏連殳確是魯迅自我解剖的一部分，但是借了魏連殳之身，師長的顧問很快就死了。

兩篇魯迅遇見自己的小說，結尾有一個相似之處，都是告別一部分自己，堅持另一部分自己。〈在酒樓上〉，兩個人一同走出了店門，「他所住的旅館和我的方向正相反，就在門口分別了。我獨自向着自己的旅館走，寒風和雪片撲在臉上，倒覺得很爽快。見天色已是黃昏，和屋宇和街道都織在密雪的純白而不定的羅網裏。」

這是離開酒樓時「我」看到的雪景。

在魏連殳的葬禮以後，〈孤獨者〉這樣寫：

我快步走着，彷彿要從一種沉重的東西中衝出，但是不能夠。耳朵中有甚麼掙扎着，久之，久之，終於掙扎出來了，隱約像是長嗥，像一匹受傷的狼，當深夜在曠野中嗥叫，慘傷裏夾雜着憤怒和悲哀。

我的心地就輕鬆起來，坦然地在潮濕的石路上走，月光底下。

1 魯迅：〈在酒樓上〉，最初發表於上海《小說月報》1924 年 5 月 10 日第十五卷第 5 號，《魯迅全集》第二卷，北京：人民文學出版社，2005 年，頁 24—34。以下引文同。

2 夏志清著，劉紹銘等譯：《中國現代小說史》，香港；香港中文大學出版社，2001 年，頁 32。

3 魯迅：〈孤獨者〉，收入小說集《彷徨》，1926 年 8 月初版，北京：北新書局，《魯迅全集》第二卷，北京：人民文學出版社，2005 年。以下引文同。

4 錢理羣：《與魯迅相遇》，北京：三聯書店，2003 年，頁 134。

5 魯迅：〈寫在《墳》後面〉，收入《魯迅全集》第一卷，北京：人民文學出版社，2005 年，頁 299。

第三輯

野草與朝花夕拾

二十四

還是「魯迅碰到魯迅」：《野草・影的告別》

從早期的〈摩羅詩力說〉開始，魯迅的非功利文學觀與他試圖表現民族精神的使命感之間一直不無矛盾，在他後來全部創作中，對藝術的精細講究和對自身使命感的嚴肅拷問結合最成功的作品，便是散文詩集《野草》。

《野草》一共收錄魯迅 1924 年到 1926 年的散文詩，共二十三篇。同一個時期，魯迅也寫了《彷徨》中的幾篇小說，寫了一些最經典的散文〈春末閒談〉〈燈下漫筆〉等等。這其實魯迅創作的一個非常痛苦的黃金時期，是他思想上比較絕望悲觀，卻又是藝術上最有深度的一個時期。外在環境是捲入了北京女師大學潮、和「現代評論派」論戰、目睹「三一八」慘案，還有後來的「四一二」「清黨」。而他自己的個人的生活，是離開北京到南方，終於和許廣平在一起。可以說，國家環境和個人生活都產生了一個巨變。[1]

在文學史上常有這樣的現象，作家最痛苦絕望之際，可能就是他最有藝術成就之時。在小說中，作家努力與呂緯甫、魏連殳說再見。在散文詩集《野草》裏，告別就沒那麼容易。《野草》是需要細讀的作品，而且文學本身是多義性的，可以有多種不同的解讀空間。

比方散文詩《影的告別》，在講甚麼？

人睡到不知道時候的時候，就會有影來告別，說出那些話——

有我所不樂意的在天堂裏，我不願去；

有我所不樂意的在地獄裏，我不願去；

有我所不樂意的在你們將來的黃金世界裏，我不願去。

然而你就是我所不樂意的。

朋友，我不想跟隨你了，我不願住。

我不願意！

嗚呼嗚呼，我不願意，我不如彷徨於無地。

這就是《影的告別》的第一段，全篇作品貫穿着「我」（影子）和「你」（影子的實體）之間的對話。對話的寫實背景就是成語「形影不離」。可是魯迅偏偏要影子要離開形體。

首先我們要假定，影子是甚麼？「你」又是甚麼？他們之間的關係怎麼會從「不離」走到要告別。錢理羣說：我認為這裏講的「形」有兩個特點：一是羣體的存在，二是按照社會規範的常規、常態去生活的。常態、常規作為羣體存在。而「影」也有兩個特點：一是個體的存在，二是現行社會規範的反叛者，是異端，因此這樣一個個體的、現行規範的反叛者必然要向按照常規常理生活的羣體的「形」要告別。

簡而言之，「形」是羣體，是社會規範。「影」是個體，是反規範。

從這個假定出發，個體就對羣體說，「我」有四個不樂意。一是天堂，二是地獄，三是你們將來的黃金世界（羣體的共同理想，集體的夢）。第四就是你們本身羣體，「我」也不喜歡。看來這個影子個體要脫離羣體，「異端」想反抗常規，「戰士」在挑戰世俗，「獨異」欲抵抗庸眾。

這種讀法，當然也符合魯迅小說中常有的模式。關鍵是其中有一句「在你們將來的黃金世界」，這個「你們」證明形體是複數。

和錢理羣教授的解釋不一樣，一般的教學參考書（比方「百度百科」），說影子是一個「新我」，人（形體）是一個「舊我」。換句話說，「新我」要向「舊我」告別。這些條目建立在很多研究者的論文基礎上，董小玉、賈煥亭，張潔宇等，她們都傾向用「新我」、「舊我」來解釋，「新我」有四個不樂意，「新我」反抗「舊我」，要離開、要告別。

我第一次讀是很多年前，記得初次印象，影和形都是魯迅，。「影」是魯迅的思想，某種精神傾向、心理幽靈；「你」就是人形，就是生活、實踐、戰鬥當中的魯迅。所以「影」和「形」猶如思想對着肉身。是魯迅對自己的現狀的批判。

這個影子有三個特點。第一個就是他非常有原則，自視甚高，看得很透。所以，天堂、地獄他都不屑，重要的是，他還不屑「你們將來的黃金世界」，就是「你」現實當中所參與的這些政治運動、所追求的社會理想，魯迅的思想不在乎甚至也不完全相信「你們」共同奮鬥的美好未來。這裏的「黃金世界」不帶諷刺意味，不是專指胡適派的「指點江山」。本文和讀者，都強調影子和形的同構關係。所以又是「魯迅碰到魯迅」。

魯迅自己也參與在建設「黃金世界」的工程當中，所以，第一段就是魯迅對自己所處的世界及未來想像及工作目標的懷疑和批判，是魯迅的思想不樂意他自己的工作。這工作包括「聽從將令的吶喊」；包括「給鐵屋子開窗」，明明知道沒有門，還要開窗；包括對青年的溫情，不全部講真話；包括激烈批判禮教，而自己卻堅守着舊式婚姻；包括自己支持女學生們造反，而同時他又在北洋官僚制度裏做僉事。簡而言之，這是一個悲觀懷疑、虛無絕望的魯迅，在拷問同一個熱情吶喊、既奮鬥也妥協的魯迅。

但是這個悲觀、懷疑的魯迅，也不能肯定「黑暗與虛無」乃是「實有」。魯迅在 1925 年 3 月 18 日給許廣平的信中說：

> 我的作品，太黑暗了，因為我常覺得惟「黑暗與虛無」乃是「實有」，卻偏要向這些作絕望的抗戰，所以很多著偏激的聲音。其實這或者是年齡和經歷的關係，也許未必一定的確的，因為我終於不能證實：惟黑暗與虛無乃是實有。

這段話是理解魯迅思想和藝術的鑰匙。你們講的那些光明的、奮鬥的、可能的、希望的、正能量的……我不相信，我懷疑。但是你說世界一定是黑暗的，一定是虛無的話，我也沒法證明。

因此就有了第二段：

> 我不過一個影，要別你而沉沒在黑暗裏了。

儘管「影子」盡情批判形體（不管是個體批判羣體，還是新的批判老的，或者精神批判肉身），但結果是影子在退卻，「沉沒在黑暗裏」。這裏的黑暗，其象徵意義應該和魯迅信裏所說的「黑暗與虛無」，在其他散文裏叫「肩住黑暗的閘門」，是同一個意思。

夏濟安高度讚揚魯迅肩住黑暗閘門的一生，「魯迅的黑暗的閘門的重量，有兩個來源：一是傳統的中國文學與文化，一是作者本身不安的心靈。」[2]

所以《影的告別》雖然像是夢話，卻是悲觀主義，是一種自行告別，或者說魯迅啟動了某種自我驅鬼的儀式。這個影子（個體，新我，精神……），雖然理直氣壯，雖然睿智深刻，雖然像內心的幽靈，可是他能夠真的離開現實形體嗎？如果和魯迅的身體、工作、生活分開，「影子」還能存在嗎？

散文詩裏一連用了四個「然而」：

> 然而黑暗又會吞併我，然而光明又會使我消失。
>
> 然而我不願彷徨於明暗之間，我不如在黑暗裏沉沒。
>
> 然而我終於彷徨於明暗之間，我不知道是黃昏還是黎明。

這段文字值得咀嚼，太精彩了！

好的意象必須是又寫實又象徵。越寫實越能象徵。張愛玲《第一爐香》裏女主角聽到一個花花公子和她說，我只能給你快樂，不能跟你結婚。她抓住男人的衣服，想看這個男人的眼睛——不是說眼睛是心靈的窗戶嗎——可是當時男人戴着墨鏡，所以女主角看不見男人的眼睛，只看見墨鏡裏自己縮小的身影。這就是一個寫實的細節，又充滿了象徵。

魯迅關於影子的描寫，手法相同，內涵更為深廣。想想黑夜裏，黑蒙蒙的，影子當然就沒了，被併吞了。中午陽光太亮，大白天，誰還看到甚麼影子呢？

回顧二十世紀，是否也有時候周圍黑蒙蒙，我們看不到自己的影子（個體、新我、精神）。也有時候周圍太亮了，陽光燦爛，影子也不見了。在魯迅這裏，如果影子是悲觀主義，一旦和魯迅入世吶喊的肉身分離，便可能被「黑暗閘門」打倒，吞沒，犧牲，或者一直抄古書，像王國維那樣殉葬。但是「光明又會使我消失」。魯迅真的厲害，光明的前景（將來的黃金世界）當然也容不得悲觀主義。魯迅早就對他在革命以後的命運有過預言。1934 年給曹聚仁的信裏說，「倘當（舊社會——引者註）崩潰之際，竟尚幸存當乞紅背心掃上海馬路耳。」[3] 魯迅太清楚了，像他這樣一個骨子裏崇尚個人「獨異」的精神界戰士，在偉大羣眾運動勝利以後，會有一個甚麼樣的待遇和處境。所以後來在左聯成立大會上致辭，他特別提醒革命家，說你們為工農勞苦大眾，但你不要期望勞苦大眾將來會怎麼感謝及回報你。「現在為勞動大眾革命，將來革命成功，勞動階級一定從豐報酬，特別優待，請他坐特等車，吃特等飯，或者勞動者捧着牛油麪包來獻他，說：『我們的詩人，請用吧！』這也是不正確的；因為實際上決不會有這種事，恐怕那時比現在還要苦，不但沒有牛油麪包，連黑麪包都沒有也說不定，俄國革命後一二年的情形便是例子。如果不明白這情形，也容易變成『右翼』。事實上，勞動者大眾，只要不是梁實秋所說『有出息』者，也決不會特別看重知識階級者的，如我所譯的《潰滅》中的美諦克（知識階級出身），反而常被礦工等所嘲笑。不待說，知識階級有知識階級的事要做，不應特別看輕，然而勞動階級決無特別例外地優待詩人或文學家的義務。」[4]

所以後來，到了 1957 年 7 月 7 號，傳說羅稷南曾當面問毛澤東，「假如魯迅今天還活着會怎樣？」毛澤東回答說：「要麼是關在牢裏還是要寫，要麼他識大體不做聲。」周海嬰的《魯迅與我七十年》轉述過這段對話，但近年也有專家寫文章置疑。即便只是傳聞誤傳，大概也頗符合後來人們的心理預期。

也許，這就是魯迅自己預言的「光明又會使我消失」。但明知如此，魯迅後來並沒有停止為了這樣可能吞沒他的光明而奮鬥。

文中四個「然而」，也是四個選擇：一，被黑暗吞沒；二，在光明中消失；三，彷徨於明暗之間，還不如被黑暗消失；四，終於仍然彷徨在明暗之間。

影子決定離你而去，獨自遠行。但彷彿在不知黃昏還是黎明。

「嗚乎嗚乎，倘若黃昏，黑夜自然會來沉沒我」，就像王國維一樣。

「否則我要被白天消失，如果現是黎明」，大概就像陳寅恪那樣。

「朋友，時候近了。我將向黑暗裏彷徨於無地。」

問這幽靈 / 影子有甚麼預言、建議，有甚麼錦囊妙計將來 —— 穿紅背心掃馬路的時候 —— 可以用，影子卻說：

> 無已，則仍是黑暗和虛空而已。但是，我願意只是黑暗，或者會消失於你的白天；我願意只是虛空，決不佔你的心地。

就是說，影子希望「我」這種悲觀主義將來不會影響「你」，我願意這樣，朋友 —— 我獨自遠行，不但沒有你，並且再沒有別的影在黑暗裏。只有我被黑暗沉沒，那世界全屬於我自己。

再一次準備做犧牲品，還是「黑暗的閘門」的意思。告別禮物雖然高尚，驅鬼儀式雖然虔誠，但事實上，影子後來一直伴隨着魯迅。影子，第一，代表原則，代表自尊；第二，代表處境困難；第三，怎麼也趕不走。魯迅沒辦法，只好把痛苦的自己審判自己的夢寫出來，同時又提醒青年人不要看，「青年不宜」。

歸根到底，人，擺脫不了自己的影子。

1 魯迅在 1932 年回顧：「後來新青年的團體散掉了，有的高昇，有的退隱，有的前進，我又經驗了一回同一戰陣中的夥伴還是會這麼變化，並且落得一個作家的頭銜，依然在沙漠中走來走去，不過已經逃不出在散漫的刊物上做文章，叫做隨便談談。有了小感觸，就寫些短文，誇大點說就是散文詩。以後印成一本，謂之《野草》。」見《南腔北調集・〈自選集〉自序》，《魯迅全集》第四卷，北京：人民文學出版社，2005 年。

2 夏濟安：〈魯迅作品的黑暗面〉，《黑暗的閘門——中國左翼文學運動研究》，香港：香港中文大學出版社，2016 年。

3 魯迅：〈致曹聚仁〉，《魯迅全集》第十三卷，1934 年，頁 397。

4 魯迅：《對於左翼作家聯盟的意見》，最初發表於《萌芽月刊》1930 年 4 月 1 日第一卷第 4 期，收入《魯迅全集》第三卷，頁 238—243。

二十五

希望是甚麼？是娼妓

《希望》原發表在 1925 年 1 月 19 號《語絲》週刊。魯迅在《野草》英文譯本的〈序〉當中說，「因為驚異於青年之消沉，作《希望》。」換句話說，他想勸勸青年不要那麼消沉。這是魯迅鼓勵青年人的正能量作品。按照一般文學概論的定義，文學有三大功能：認識功能、教育功能、審美功能，《希望》應該以教育功能為主。可是魯迅還是沒有能寫成一篇說教的教育文章。

開頭第一句：

> 我的心分外地寂寞。然而我的心很平安；沒有愛憎，沒有哀樂，也沒有顏色和聲音。

在魯迅的筆下，一個青年人或者任何年齡段的人，心裏平安卻不是個好事。

> 我大概老了。我的頭髮已經蒼白……我的手顫抖着……那麼我的靈魂的手一定也顫抖着……

但是回首過去——

我的心也曾充滿過血腥的歌聲：血和鐵，火焰和毒，恢復和報仇。

忽而這些都空虛了，但有時故意地填上沒奈何的自欺的希望。

希望，希望，用這希望的盾，抗拒那空虛中的暗夜的襲來，雖然盾後面也依然依然是空虛中的暗夜。

然而就是如此，陸續地耗盡了我的青春。[1]

魯迅真正對自己、對世界充滿希望的是他在日本的時期。早期在日本，希望「我以我血薦軒轅」。離開仙台以後，他寫了非常重要的〈摩羅詩力說〉，既覺得「文章……與個人暨邦國之存，無所系屬，實利離盡，究理弗存」[2]，同時又相信文藝事關「國民精神之發揚」。[3]「苟奴隸利於錢，必衷悲而疾視，衷悲所以哀其不幸，疾視所以怒其不爭。」[4]魯迅在那個時期確立了個人本位的救國使命。

日本學者增田涉說：「在魯迅的著作和日常生活中有一個中心詞，就是「奴隸」。魯迅的人生觀，他就是主張人不要做奴隸。魯迅的人生觀，就像他後來和許廣平所說：「其實，我的意見原也不容易了然，因為其中本有着許多矛盾，教我自己說，或者是『人道主義』與『個人的無治主義』的兩種思想的消長起伏罷。」[5]

似乎對人，對社會，主張人道主義；對自己，是「個人的無治主義」，接近「五四」流行的理想的無政府主義。「所以我忽而愛人，忽而憎人；做事的時候，有時確為別人，有時卻為自己玩玩……」因為充滿了自我矛盾，魯迅毫不諱言地說他是「用這希望的盾，抗拒那空虛中的暗夜的襲來」。

他從日本回國以後十年，抄抄古碑，消耗青春。等到寫《野草》時，他問自己：「然而現在何以如此寂寞？難道連身外的青春也都逝去，世上的青年也多衰老了麼？」《野草》中魯迅的失望空虛，是他已經成為文藝界主將以後感到的空虛，這和之前抄抄古碑的精神狀態，當然很不一樣。但是共通點都是憧憬希望又懷疑他希望。

希望是甚麼？明天會更好？魯迅不是這麼看的。他引用了匈牙利詩人裴多菲的一首詩：

希望是甚麼？是娼妓：
她對誰都蠱惑，將一切都獻給；
待你犧牲了極多的寶貝——
你的青春——她就棄掉你。

希望和性工作者有甚麼聯繫？

如果說「五四」的青年把當時熱情引入的種種西方學說直接當作中國的希望，那魯迅引用的裴多菲詩歌就提醒我們：她們也許美麗，性感，誘惑，或者也可以溫柔，多情，但最重要的是 what you want what you get，你想要甚麼就給你甚麼，但都不是真心的。任何「希望」進入中國，都會進入染缸發生質變。魯迅及時看到了這一點，這是他的深刻，也是他的不幸。如果說胡適、陳獨秀、或者郭沫若等等，都覺得「五四」是勝利了，而在這勝利中有巨大貢獻的魯迅，本人卻是充滿了疑慮。他說：「桀驁英勇如裴多菲，也終於對了暗夜止步，回顧茫茫的東方了。他說：絕望之為虛妄，正與希望相同。」

「絕望之為虛妄，正與希望相同。」這句話出處是裴多菲 1847 年 7 月 17 號給友人的一封信。說是在旅途當中看到一匹樣子很怪的馬，覺得害怕，結果它倒跑得很好。所以他就說，你看你，你對世界沒有希望吧，但是你絕望吧，但是你對希望覺得它騙人，但絕望也不一定就可靠。

這句話後來被看作是魯迅《野草》的核心概念。沒辦法證明希望不是虛妄，希望很可能是性工作者的嬌柔性感，但我也沒辦法證明絕望不是一個虛妄。這句話魯迅重複了兩遍，算是他在《野草》中給青年人最大的正能量的鼓勵了。

《野草》中的其他很多意象，也都充滿了這種看上去很美的悲觀。比方說《雪》，寫南方、江南和北國的雪景千姿百態，孩子們堆砌的雪人很漂亮，不過兩天以後，雪人終於獨自坐着了，「晴天又來消釋他的皮膚，寒夜又使他結一層冰，化作不透明的模樣；連續的晴天又使他成為不知道算甚麼，而嘴上的胭脂也褪盡了。」孩子們也不找他玩了。這可以是魯迅在寫自己，作為一個「偶像」被年輕人冷淡拋棄。也可以是在寫其他美好的東西，時過境遷，被人冷落。更可以是寫某種政治理想，被追捧一時又很快「獨自坐着了」。《野草》作為散文詩，比別的散文或小說有更多不同解讀的可能性，有些可能超出魯迅在一時一地的所感所思。

《死火》也是很奇異的矛盾體——「我」在夢中進了冰山，冰谷中找到了死火。死火當然是一個悖論，如果把它留在冰谷，它就會被寒冷凍死；如果帶它出冰谷，它就要燒完，怎麼辦？

《狗的駁詰》是另外一篇更短的文章，寫一條狗罵人。

> 愧不如人呢。
>
> 我終於還不知道分別銅和銀；還不知道分別布和綢；還不知道分別官和民；還不知道分別主和奴；還不知道……

狗的罵人有遞進邏輯，銅和銀是經濟，布和綢是階級，官和民是政治，主和奴是根本。狗的尖刻，令主人公「我」羞愧逃走。原來人類優於動物，就是因為會分別官和民，主和奴。人類在這方面有沒有與時俱進？

《頹敗線的顫動》，更是一篇奇文，使我立刻想到了很多親眼見到的人和事。

> 我夢見自己在做夢。……在破榻上，在初不相識的披毛的強悍的肉塊底下，有瘦弱渺小的身軀，為飢餓，苦痛，驚異，羞辱，歡欣而顫動。

很含蓄地描寫了一個妓女的工作環境。

天亮後，有兩個女孩喊媽，叫肚餓，媽媽就說我們今天有吃的啦。注意「今天」這兩個字。

還是「我」的夢，隔了一段，隔了很多年了，一對年輕夫婦還有他們的小孩，在責罵驅趕一個老婦人：

「我們沒有臉見人，就只因為你，」男人氣忿地說。「你還以為養大了她，」這個「她」指的老婦人的女兒了，「其實正是害苦了她，倒不如小時候餓死的好！」

女的也說：「使我委屈一世的就是你！」

然後還有一連串的責罵，還有小孩用樹葉揮舞，像鋼刀一樣。

> 那垂老的女人口角正在痙攣，登時一怔，接着便都平靜，不多時候，她冷靜地，骨立的石像似的站起來了。她開開板門，邁步在深夜中走出，遺棄了背後一切的冷罵和毒笑。
>
> 她在深夜中盡走，一直走到無邊的荒野……她赤身露體地，

石像似的站在荒野的中央，於一剎那間照見過往的一切：飢餓，苦痛，驚異，羞辱，歡欣，於是發抖；害苦，委屈，帶累，於是痙攣；殺，於是平靜。……又於一剎那間將一切並合：眷念與決絕，愛撫與復仇，養育與殲除，祝福與咒詛。……她於是舉兩手儘量向天，口脣間漏出人與獸的，非人間所有，所以無詞的言語。

當她說出無詞的言語時，她那偉大如石像，然而已經荒廢的，頹敗的身軀的全面都顫動了。

這段文字的視覺效果，不在羅丹雕塑《老婦人》之下。老婦人是一個衰老的、半裸的老妓女的形象：胸部下垂乾癟，低着頭。假如《日出》中有着金子般的心的翠喜，日後被她的兒女唾棄，大概也是這種場面。但是，這些都不能跟魯迅筆下《頹敗線的顫動》相比。

她於是抬起眼睛向着天空，並無詞的言語也沉默盡絕，惟有顫動，輻射若太陽光，使空中的波濤立刻迴旋，如遭颶風，洶湧奔騰於無邊的荒野。

在這畫面中，凝聚了魯迅自己多深的委屈和憤怒！現實理解，多少他曾經幫過的人，他曾經經歷過的事情，他曾經相信的希望，最後把他唾棄、把他欺騙、把他責罵。詩的理解，輻射若太陽光，空中的波濤，如遭颶風，無邊的荒野……最後我們發現那只是一個夢。

我夢中還用盡平生之力，要將這十分沉重的手移開。

這個夢境驚人，一個男人或者女人，辛苦委屈，培養帶大他的學生、子女、年輕人，最後被他們下一代口誅筆伐。

這樣的事情我也見過。

有個教授四十年代在上海做醫院院長，花錢把弟妹親戚送到解放區，而不是送出國。若干年後，弟妹成了高幹，填表都害怕填大哥。運動當中，馬路上遇見都不敢打招呼。院長當然就不會像《頹敗線的顫動》女主角這樣那麼激憤，他只會駝背彎腰的說：「唉，我對不起我的弟妹，我連累他們了。」不是無詞的言語，而是真心的懺悔。雖然當年也是飢餓，苦痛，歡欣，也是害苦，委屈，帶累。

想想很多作家，胡風、巴金、馮雪峰、老舍，後來不都是被自己的學生、下屬，或者親人、同志唾罵。郭沫若也阻止不了他兩個兒子自殺。胡適的兒子在五十年代不出國，寫文章批判父親，最後也是自殺。這些都不是夢，是歷史當中的真人真事。被下一代子孫責罵的父母們，他們也不會那麼激動，他們只是重複他們的後悔，「對不起對不起，我的親人們，我的學生。」

相比之下，魯迅這篇文章裏的委屈憤怒太超前了，太敏感了。

---

1 魯迅：《希望》，《魯迅全集》第二卷，北京：人民文學出版社，2005 年，頁 181—182。以下引文同。

2 魯迅：〈摩羅詩力說〉，《魯迅全集》第一卷，北京：人民文學出版社，2005 年，頁 73。

3 同註 2，頁 67。

4 同註 2，頁 82。

5 魯迅：《魯迅手稿全集・書信（第一冊）》，頁 77。

二十六

《野草・風箏》：無法懺悔的悲哀

《野草》裏有兩篇《復仇》，一篇講兩個裸男立於荒原，有很多路人圍觀。兩個男人不動、不擁抱、也不互相殺戮，密密層層的路人們終於失了興趣，漸漸散去。顯然是魯迅小說常見的主題 —— 羣眾與看客。

《復仇・其二》，魯迅重寫了《馬太福音》中耶穌被釘上十字架、眾人圍觀的基督教故事。但文章重點卻從悲憫「人之子」轉到玩味、釘殺了「人之子」的眾人的身上。重點不是一個人，而是眾人。同樣是眾人圍觀個人，魯迅認為：「釘殺了『人之子』的人們的身上，比釘殺了『神之子』的尤其血污，血腥。」[1] 所以，也是寫羣眾與看客。

魯迅的一生，明知大眾無法喚醒，可是卻宿命般地要在自己深深懷疑的道路上前行，同樣有點被釘十字架的味道，同樣有點耶穌情結 —— 犧牲自我，拯救大眾。

《求乞者》，講的是「我」在一條剝落的高牆下的灰土路上行走，前後有兩個孩子來求乞，樣子都不是很悲戚。所以「我」拒絕佈施，並「給與煩膩，疑心，憎惡。」然後「我」想着，假如「我」也要求乞，該用甚麼樣的聲調跟手勢？想來想去，「我」覺得我將用無所為和沉默來求乞：不做甚麼，不發聲音。當然，這樣不發聲音的求乞，最後得到的只有虛無。所以：「灰土……灰土……」[2]

《風箏》是篇很重要的文章。

「北京的冬季，地上還有積雪，灰黑色的禿樹枝丫叉於晴朗的天空中，而遠處有一二風箏浮動，在我是一種驚異和悲哀。」文中第一人稱的「我」馬上回想到故鄉早春風箏季節的景象：「倘聽到沙沙的風輪聲，仰頭便能看見一個淡墨色的蟹風箏或嫩藍色的蜈蚣風箏……但此時地上的楊柳已經發芽，早的山桃也多吐蕾，和孩子們的天上的點綴照應，打成一片春日的溫和。」

「但我是向來不愛放風箏的，不但不愛，並且嫌惡他，因為我以為這是沒出息孩子所做的玩藝。」[3]

「我」不喜歡放風箏，但「我」的弟弟「十歲內外罷，多病，瘦得不堪，然而最喜歡風箏，自己買不起，我又不許放，他只得張着小嘴，呆看着空中出神，有時至於小半日。」

有一天「我」發現多日不見弟弟，便找到後園，在一個塵封的什物堆裏發現了他，他「很驚惶地站了起來，失了色瑟縮着。大方凳旁靠着一個蝴蝶風箏的竹骨，還沒有糊上紙，凳上是一對做眼睛用的小風輪，正用紅紙條裝飾着，將要完工了。我在破獲秘密的滿足中，又很憤怒他的瞞了我的眼睛，這樣苦心孤詣地來偷做沒出息孩子的玩藝。我即刻伸手折斷了蝴蝶的一支翅骨，又將風輪擲在地下，踏扁了。論長幼，論力氣，他是都敵不過我的，我當然得到完全的勝利，於是傲然走出，留他絕望地站在小屋裏。後來他怎樣，我不知道，也沒有留心。」

這段往事的回首方式，其實已經包括了多年事後懺悔的角度，任何對過去的敍述都是現在式的，能這樣懺悔式敍述是因為：「我已經是中年，我不幸偶而看了一本外國的講論兒童的書，才知道遊戲是兒童最正當的行為，玩具是兒童的天使。於是二十年來毫不憶及的幼小時候對於精神的虐殺的這一幕，忽地在眼前展開，而我的心也彷彿同時變了鉛塊，很重很重的墮下去了。」

主張兒童遊戲的理論大都來自外國書，哥哥管教弟弟的方法，就是不許玩物喪志，比較傳統儒家的思想。但無論如何，《風箏》裏的哥哥是知道自己錯了，怎麼辦呢？

> 我也知道還有一個補過的方法的：去討他的寬恕，等他說，「我可是毫不怪你呵。」那麼，我的心一定就輕鬆了，這確是一個可行的方法。
>
> 有一回，我們會面的時候，是臉上都已添刻了許多「生」的辛苦的條紋，而我的心很沉重。我們漸漸談起幾時的舊事來，我便敍述到這一節，自說少年時代的胡塗。
>
> 「我可是毫不怪你呵。」我想，他要說了，我即刻便受了寬恕，我的心從此也寬鬆了罷。
>
> 「有過這樣的事麼？」他驚異地笑着說，就像旁聽着別人的故事一樣。他甚麼也不記得了。
>
> 全然忘卻，毫無怨恨，又有甚麼寬恕之可言呢？無怨的恕，說謊罷了。
>
> 我還能希求甚麼呢？我的心只得沉重着。

所以《風箏》這篇文章，大部分的篇幅是在講青少年的故事，但結局卻穿越了成人的艱辛，點破了政治的困局。前面是彩色的破碎的風箏，結尾是沉重的墜落。

> 四面又明明是嚴冬，正給我非常的寒威和冷氣。

讀《風箏》我想到甚麼？

第一，是人，都可能犯錯的。有的錯，做了就無法改變，還是得錯下去，繼續騙人騙已；有的錯，事後平心靜氣想想，確實是錯。

第二，有了錯就應該承認，應該懺悔。承認與懺悔不只是為了當初的受害人，也是、更是為了犯錯誤的自己。一個人如此，一個集團、組織、國家亦然。

第三，有些錯不敢承認，不願懺悔。其實心裏也念念不忘、耿耿於懷，只是假裝忘而已。同時希望時間久了，當初的受害者也能像《風箏》裏的弟弟一樣，驚訝地笑着說，「有過這樣的事情嗎？」

先不說這是否可能，即使弟弟真的忘了，哥哥就能放下心裏的石頭，再沒有懺悔的責任了嗎？可能會有兩種情況：一直耐心等着受害人忘卻，就不用道歉了。這是一種政治謀略。如果真的等到受害人忘卻了，再也無從懺悔了。其實是更深的良心上的痛苦。更長久更深刻地留在個人的記憶裏，或刻在民族的記憶中。

1 魯迅：《復仇・其二》，曾發表於《語絲》1924 年 12 月 29 日第 7 期，收入《魯迅全集》第二卷，北京：人民文學出版社，2005 年，頁 178—179。

2 魯迅：《求乞者》，發表於《語絲》1924 年 12 月 8 日第 4 期，收入《魯迅全集》第二卷，北京：人民文學出版社，2005 年，頁 171—172。

3 魯迅：《風箏》，發表於《語絲》1925 年 2 月 2 日第 12 期，收入《魯迅全集》第二卷，北京：人民文學出版社，2005 年，頁 187—189。

二十七

《過客》：魯迅唯一的劇本

再次引用日本漢學家竹內好的話：「在魯迅的作品中，我看重《野草》。我認為註釋魯迅的參考資料，沒有比這更適當的了。它集約的表現着魯迅，而且充當着作品與雜文之間的橋樑。」

同意竹內好的說法，而且我認為讀《野草》，一定要讀《過客》。《過客》既不是散文詩，也不是雜文。它是魯迅筆下唯一的一個劇本，一個十分簡單而又相當複雜的獨幕劇。

> 時：或一日的黃昏
>
> 地：或一處
>
> 人：老翁——約七十歲，白頭發，黑長袍。
>
> 　　女孩——約十歲，紫發，烏眼珠，白地黑方格長衫。
>
> 　　過客——約三四十歲，狀態困頓倔強，眼光陰沉，黑鬚，亂髮，黑色短衣褲皆破碎，赤足着破鞋，脅下掛一個口袋，支着等身的竹杖。[1]

過客的外貌，又一次是魯迅的自畫像。而且，三個人都是黑衣服，只有女孩子穿着有點白格子。《過客》的佈景也不複雜。

東，是幾株雜樹和瓦礫；西，是荒涼破敗的叢葬；其間有一條似路非路的痕跡。一間小土屋向這痕跡開着一扇門；門側有一段枯樹根。

佈景簡單，象徵意義大過劇情。實際上，也沒甚麼劇情。這過客是個乞丐，過路討杯水，老翁就問了三個問題：

一、「你是怎麼稱呼？」

二、「你是從哪裏來的呢？」

三、「我可以問你到哪裏去麼？」

這當然是三個經典的哲學問題。起源就是「認識你自己」。「認識你自己」，相傳是古希臘七賢之一、斯巴達的喀隆（Chilon，多譯為「奇倫」），也有人說是蘇格拉底說的。魯迅很可能是在尼采的《道德的譜系》那裏得到大概相近的意思。尼采說過：「我們無可避免跟自己保持陌生，我們不明白自己，我們搞不清楚自己，我們的永恆判詞是：離每個人最遠的，就是他自己。」而過客對這三個問題，回答是同一個：

> 我不知道。從我還能記得的時候起，我就在這麼走，要走到一個地方去，這地方就在前面。

過客的這個回答十分重要。這個回答表達了支配作家一生的使命感，或者說他內在的絕對命令，那就是——走。可以形成對照的，就是幾十年以後貝克特更有名更經典的《等待戈多》，那是「等」。可魯迅是「走」，「走」的方向，目的地其實不清楚，但在前面。

時間的前面，很清晰，向着明天、向着未來。空間的前面，卻是不確定的。

過客問老翁和女孩，老翁說：前面？前面，是墳。

這又是寫實的，老翁年紀大了，他的前面就是墳，從空間暗暗地轉為時間概念。女孩卻說：不，不，不。那裏有許多許多野百合、野薔薇，我常常去玩。時間概念又悄悄轉回為空間的圖景。

過客同時看見了時間與空間。他明白野百合、野薔薇本身可以就是墳地，所以他繼續問墳地之後呢？這次老翁也不知道了，女孩也不知道了。

老翁說：「我單知道南邊；北邊；東邊，你的來路。那是我最熟悉的地方，也許倒是於你們最好的地方。」

中國人從來對西方(感覺)有點神秘，也有點恐懼。西方價值觀，總是有點搞不清楚。所以，老翁勸過客不妨走回頭路，「你莫怪我多嘴，據我看來，你已經這麼勞頓了，還不如回轉去，因為你前去也料不定可能走完。」(不知道是在講過客，還是講中國)。

「那不行，我只得走。回到那裏去，就沒一處沒有名目，沒一處沒有地主，沒一處沒有驅逐和牢籠，沒一處沒有皮面的笑容，沒一處沒有眶外的眼淚。我憎恨他們，我不會轉去。」

這裏概括了中國的很多東西，「名目」可以指各種話語的壓迫，「地主」造成經濟的鴻溝，「驅逐」和「牢籠」即暴力鎮壓，「皮面的笑容」當然是人情以及社會的虛偽，「眶外的眼淚」則是平民的痛苦。因為這些社會的不公平，過客說：「我怎麼也不回去。」

態度是堅決的，思路是線性的，沒有循環曲線或者繞彎的跡象，要麼前進，要麼回去。回去就是那充滿了欺騙、撕纏、暴力、虛偽和痛苦的地方，或者說時代。

客——但是，那前面的聲音叫我走。

翁——我知道。

客——你知道？你知道那聲音麼？

翁——是的。他似乎曾經也叫過我。

客——那也就是現在叫我的聲音麼？

這是獨幕劇中的一個轉折點。原來，老翁也曾聽到過前面的聲音，也曾想聽從時代的召喚。這樣一來，過客就不是獨一無二的了。他所走的道路原來也不只是單向線性發展，有可能是循環繞圈，就像呂緯甫說的小蟲飛了一圈又回到原點。老翁，可能就是以後的他，女孩，可能就是從前的他。從這個轉折處，本來和過客一樣感受的讀者觀眾，一下子超脫出來，同時看到了戲裏的三個人，以及他們的前世今生，以及他們的過去未來，以及他們的相互關係。

但魯迅畢竟是魯迅，他要切斷他和老翁和女孩的循環關係。過客仍要向前面走，不管是墳地，或者是野薔薇、野百合。過客流很多血，需要補充，又不願意去喝別人的血。這隱喻的就是不願別人和大眾為他犧牲，所以只能靠喝水補血。魯迅在別的地方說過的，吃的是草，擠的是奶。

他的腳受了傷，女孩給他一塊布包紮，這當然代表一種愛。但他也不敢隨便接受，他覺得愛了甚麼人，也會看到對方死才放心，這是一種很殘酷的愛。魯迅在給許廣平的信說：「同我有關的活着，我倒不放心，死了，我就安心了。這個意思也在《過客》中說過。」(《兩地書・二四》)。魯迅思想中的愛也很極端。

過客堅決要走，也不肯休息，最後答應要把那布帶走，要掛在野百合、野薔薇上。這是說，獲得的愛也要回報給青年人的夢。

多謝你們。祝你們平安。（徘徊，沉思，忽然吃驚，）然而我不能！我只得走。我還是走好罷……。（即刻昂了頭，奮然向西走去。）

徘徊與沉思代表某種猶豫，過客差點動搖不走了。「我只得走，我還是走好吧。」又好像無可奈何，使命在壓抑人性，天理在壓抑人欲，雖然這使命跟天理正是鼓吹人性、解放人欲的。

其實人生就是幾十年，很多東西都是轉瞬即逝的。回想起來，常常會懷疑，有意義嗎？也許就是需要一些使命感，驅動人生。至於走向哪裏，有甚麼目的，也不那麼重要，走的過程就是一切。

所以讀到這個地方，覺得魯迅都在講我們每個人自己的心情。當然後來，《等待戈多》不僅寫執着，也寫執着的荒誕。魯迅描寫了一個荒誕的世界，但是他在前行。這大概就是上世紀西方現代主義跟中國現代文學的關鍵區別。西方現代主義是強調人性和世界本質上的荒誕，而中國現代文學強調要戰勝這種世界的、人性的荒誕。

我們欽佩過客走的過程，但也懷疑他的前面。其實不是懷疑，墳地後面，我們看見了，那裏不是野百合、野薔薇。我們還是在走——我現在不是在講獨幕劇，我講的是我們——我們還在走，前面也是墳，上面也長着百合、薔薇。這百合、薔薇的意象，使我想起了《野草》的《題辭》[2]，那是魯迅在 1927 年 4 月 26 號所寫的，非常有名：

當我沉默的時候，我覺得充實；我將開口，同時感到空虛。

魯迅文章裏常常提及死亡。在《野草》裏影子會被黑暗吞沒或被白天消滅；《求乞者》裏只有虛無，自己要求乞的時候，甚麼都拿不到；《復仇・其二》是主人公被釘上十字架；《希望》當中的「我」要肉搏這空虛中的暗夜；《雪人》在晴天中慢慢融化；《死火》，無論是離開山谷或者（是留下），總歸它不是冰凍就是燒完；在夢中，連狗都振振有詞地看不起「我」；還有一篇文章叫《失掉的好地獄》；另外一篇叫

《墓碣文》，就是墓（碑）上面的文字，說有一遊魂化為長蛇，口有毒牙，不吃人就吃自己的身體，就是說自己吃自己；《頹敗線的顫動》還有《這樣的戰士》，主人公都在荒原上憤怒、老衰；《淡淡的血痕中》，又寫了幾片廢墟跟幾個荒魂；《過客》一直走過去，前面是墳地。

最精彩的是《野草》中的《死後》，想像「我」死了以後，還有知覺，任人擺布，身體死了，感覺還在，「我覺得在快意中要哭出來。這大概是我死後第一次的哭」，非常非常殘酷的一種想像。

把這一連串的文章題目和關鍵詞連貫起來，我們看到《野草》好像是二十年代中期，魯迅為自己的精神世界，辦了一場虛擬的葬禮。他大概想把種種悲觀、懷疑、矛盾、苦悶埋藏起來，點一把火，呼叫幾聲，從此告別影子，迎接新生命。

有些事後來真的是新的了，比如他跟許廣平的關係；有些鬥爭也是新的了，比方後來跟創造社和梁實秋以及左聯的關係。但是，《野草》中的苦悶是埋葬不了的，仍貫穿魯迅的一生。

---

1 魯迅：《過客》，最初發表於《語絲》1925 年 3 月 9 日第 17 期，收入《魯迅全集》第二卷，北京：人民文學出版社，2005 年，頁 193—199。

2 魯迅：《題辭》，寫於 1927 年 4 月 26 日，最初發表於 1927 年 7 月 2 日北京《語絲》週刊第 138 期。

二十八

《立論》：說好話還是說真話？

《野草》中的《立論》，這是我最喜歡的魯迅的散文之一。上課教「五四」時期的散文，只能選幾篇。周作人〈故鄉的野菜〉、梁遇春〈「春朝」一刻值千金〉、梁實秋〈男人〉〈女人〉等等。魯迅的我就只選《立論》。要是能多選幾篇，我還會選〈燈下漫筆〉〈論「人言可畏」〉〈死〉等等。但只選一篇，就選《立論》。不僅是為了文學，也是為了和同學們一起討論為人處事的一些最基本的原則。說實在話，其中涉及的關鍵問題，我自己到現在都還沒弄清楚。

《立論》是故事套故事。課堂上老師在回答學生的問題，老師講了一個故事：

> 一家人家生了一個男孩，闔家高興透頂了。滿月的時候，抱出來給客人看，大概自然是想得一點好兆頭。
>
> 一個說：「這孩子將來要發財的。」他於是得到一番感謝。
>
> 一個說：「這孩子將來要做官的。」他於是收回幾句恭維。
>
> 一個說：「這孩子將來是要死的。」他於是得到一頓大家合力的痛打。
>
> 老師的結論是：「說要死的必然，說富貴的許謊。但許謊的得好報，說必然的遭打。你……」

說真話的要被打，說謊話的得好處，這個現象的確到處存在，外國有，中國也不少；學校裏已經有了，社會上就更多；你的地位越高，碰到的處境……我不知道了。

其實，魯迅在這裏悄悄偷換概念，說「要死的必然」，是指以後必然會發生的事情，或者說是真實。但是，真實和真誠不完全是一回事情。說出事實和真理，有時需要真誠和勇氣，但真誠地說話並不必然表達事實和真理，真誠是主觀態度，真實是客觀存在。有時候是說話人很真誠，相信自己說的話。比方說祝願家人幸福、長壽，或者教徒在禱告，相信上帝，他很真誠。他未見得說出真理和真實，但這不妨礙這位教徒是在很真誠地說話。所以中文裏的「說真話」，有兩個意思，或者真心地說話，或者說出真實、真相、真理。兩者可以共存，也可以分開。

回到小孩滿月時，人們主要是一種祝願。這是一個禮節，禮節最主要就是真誠，而不一定是真實。說升官發財的人，如果他是真心祝願的話，那無可厚非。每年過年大家都是：「恭喜發財，新春快樂。」總不見得拜年拱手：「哎，你這一年總會有不快樂，你這一年不一定發財。」雖然說的也可能是事實，但是何苦呢？真誠就好了。說小孩會死，雖然必然是事實，但是人人知道，也是廢話，除非你是急症室醫生，人家來看病……

魯迅在〈新秋雜識（三）〉裏說，花其實也是植物的生殖器。仔細想想，花是植物的生殖器，這是科學常識。但是各位，情人節或者生日的時候送花給朋友戀人，千萬不要補一句說：「來來來，送你一個生殖器……」雖然說的是真實是真理，後果很糟糕。

魯迅在「雜感」中悄悄偷換概念，將世俗禮節上的真誠，與科學政治上的真實 / 真理混為一談，卻巧妙地帶出了三個極嚴肅的問題：

一、甚麼是真話？

二、人在甚麼情況下，應該或者不應該說真話？

三、為甚麼說真話的受罰，說謊的有獎？

「真話」首先代表真誠地說話，也代表說出事實和真理。一般說來，真誠是真實的基礎。但有些場合，對小孩來說，對教徒來說，對戀愛當中的人來說，對於世俗社交禮儀來說，真誠就好了。甚至對一些國家社會有重大影響的政治家來說，事後人家再評判他的歷史功過，他的思想理論違背事實，違反真理，後果很壞，但是他自己當時是否真誠、是否真的相信他所說的那些事後看來是荒謬的理論，這還是一個很重要的尺度。要是的話，他還是個理想主義者（也許是失敗的悲劇的理想主義者），依然有人表示尊敬；要不是的話，要是他當初連真誠都沒有的話，那麼，他從頭開始就是個權力玩家。

所以真話的兩個層面——真誠與真實，魯迅非常看重前者。他在〈破惡聲論〉當中說過：「偽士當去，迷信可存，今日之急也。」[1] 這個說法很有意思。魯迅後來一直批判「偽士」，就是那些虛假的人。「迷信」，在這裏倒是一個正面概念。不是講封建迷信，指的是痴迷信仰，「形上之需求」。所以，他認為，一個人，對一個觀念、信仰痴迷，這個可以有。偽士則是他一生憎恨，尤其是為官方說假話的知識分子，比一般的國民劣根性更壞。

魯迅一直認為中國國民性的毛病在於普遍的虛偽，由普遍虛偽帶出的問題就是前面講的第二個問題：甚麼時候說真話？比方說室友買了件新衣服，或者剪了個新髮型，你假如覺得好看，說真話無妨。既是事實，又是真誠。但如果你覺得不好看，你告訴她事實（你的感受），你很真誠，但她可能不開心（可能損害你們的關係）；你不告訴她你的感受，甚至騙她說好看，這就不真誠，她可能開心，但是違反了事實（你的真實感受），你成了「偽士」。怎麼辦呢？

這種事情，我們天天碰到，常常碰到。個人認為，有兩個標準，決定你會不會說真話：

第一，關係越好，越應該說真話。關係越淡，就越不容易說真話，通常只要順着那人，或者和你無關的人，頭髮如何，衣服怎麼，你的說話，其實有意無意尋找對你最有利的方式說話，最不會得罪人的方式。講深一層，就是從利益而不是從原則出發。說真話（真誠地說出事實）是道義原則，不講真話，常常是因為某種利害關係。古人總結得太精闢，總之是義和利。對友人親人要講真話，因為大部分情況下，既是義，也是利。在大部分的社會關係中，尤其是在政壇、商界或各種上下級關係中，趨利避害則是講不講真話的重要考量。

當然，關係再密切，即便親人之間，分寸底線也很重要。全說真話嗎？不妨試試看，最親密的人之間，子女和父母之間，男女夫妻之間，要是甚麼事情都按照「只要這是事實」的原則，他送你花，你就說「為甚麼送我生殖器？」看看會怎麼樣？

規律是，社會性的缺點可以談，生理性的問題要少說。同樣一個事情，可以說「哎呀，這條褲子啊，你穿太長了。」但千萬別說「你的腿太短了。」

普通人際關係中，關係越近，感情越好，越容易說真話。因此不說真話，不顧事實，只說好話，反過來證明說話雙方不是真的朋友。「利」的考慮越多，「義」的成分越少。親人朋友之間的是情義，牽涉職業倫理和政治倫理就是「道義」。魯迅這篇文章的要害，就是把說不說真話的問題，從日常生活上升到國家政治。但許謊的得好報，說必然的遭打。人性趨利避害，一般都喜歡聽好話。尤其是有錢有權的人，常常分不清好話與權錢之關係。特別在專業領域，人更應堅持道義說真話（因為不只是兩人之間的關係）。在社會層級秩序中，「任人唯賢」是歡迎真話（哪怕聽的時候不太舒服），「任人唯親」是愛聽好話（假定身邊都是親友），「任人唯忠」是不許說真話（不忠的人說的大都是假話）。殊不知只說好話假話者，本身已經「不忠」。既不忠於道義，也不忠於自己。為甚麼「說真話的受罰，說謊的有獎」，因為把「忠」的對象弄錯了，不是忠於人民，忠於國家，而是忠於某一個人。

人在甚麼情況下，應該或者不應該說真話？除了考慮關係親疏，專業性也是重要因素。比方有人問我廬山好看還是黃山美麗，我可以即興直言。或者看看語境看看對象，怎麼說話得體。但如果是學生問我魯迅和梁實秋的爭論，我應該說出我的學術看法，不用察言觀色。人對自己的專業尤其應該說真話。

回到魯迅散文語境，假如說客人當中有醫生，如果他看到小孩臉色不好，他就不應該只是恭喜發財了，而應該提出建議。從專業道德角度講，醫生、律師、教授，或者國家統計人員，因為利益的考量，不說出他看到的真實，也許一時可以使病人、客戶、學生、領導高興快樂，但長遠的後果，非常嚴重。

我聽過一個智慧體溫表的故事。說某人脾氣不好，量體溫一不合心意，就會把體溫表給摔掉。久而久之，AI 體溫表學聰明了，不僅測量體溫，也測量心情。你想蹺課的時候給你溫度升高，你想泡妞的時候給你溫度降低，主人非常喜歡。我們大家想想看，假如我們的同事、朋友、下屬也跟體溫表一樣，最終結果是怎麼樣呢？

但問題的複雜性就在於專業考量又不只是一個數據，醫生除了診斷病情，癌症第幾期，他有時還要兼顧病人心理健康，承受能力。

魯迅在《墳》的後記裏也說過，他不全部說出真話，怕影響青年。好像有點超越了文學家的天職，加入了政治家的考量。很多時候我們的智慧不夠、能力有限，看不到事實和真理。但有些時候大家其實是很清楚怎麼回事的，不是看不到，而是沒法說、沒人說。

我參加過一些會議，會上有些方案計劃，其實大家都不怎麼贊成。想說真話嗎？你看看旁邊前後左右，張博士劉教授平常都是多麼聰明的人，人家為甚麼不說，人家傻瓜嗎？總有道理吧，要你着甚麼急呀？

又回到了魯迅這篇文章提出的最尖銳的地方——為甚麼說真話明明對社會有好處要受罰；為甚麼說謊明明害了社會，反而有獎？假如這個聰明的體溫表這時候聽到，他就會說，「報告許老師我知道，因為我報了真實體溫，我就會被摔掉。」

我考華東師大研究生的時候，有一次去拜訪許傑先生，他是二十年代文學研究會的老作家，原來華東師大的中文系主任。那時他還住在一個平房裏，在他家門口，我看到裏面出來一個老人，六、七十歲，頭髮蓬亂，衣服破舊，而且不合身。更讓我印象深刻，是出門的時候，他「哧嚓」一聲往地上吐了很濃的一口痰，用腳把它擦掉，然後慢吞吞地走了。

我很奇怪，我想許傑教授、大作家，怎麼會有這樣的客人？進去就問起了剛才那人。許先生說那是五十年代一個舊學生，多年不見了。反右時他站出來為老師說話，說老師不是右派。後來，這個學生也被劃成了右派，流放青海勞改，中間又坐牢、結婚、離婚，折騰幾十年。現在——八十年代初——平反改正了，當時找許先生是想調回江浙，他其實才四、五十歲，已經老成這樣子。許先生說他看到後很難過。

前些年，華東師大中文系成立校友會，我和上海新聞出版局局長孫顒，被推為傑出校友發言。發言中我也講了許先生這位學生的事情，我說他才是我們中文系的傑出校友。

讀《立論》使我想起一句話：說真話是要付出代價的，然而一個懲罰說真話的社會，會付出更大的代價。

1 〈破惡聲論〉，是 1908 年 12 月魯迅以「迅行」為筆名發表於《河南》第 8 期的古文文章。

二十九

《聰明人和傻子和奴才》[1]：士官民三角關係縮影

我在本書和另一本《重讀二十世紀中國小說》裏一再討論現當代中國文學中的三種最重要的文學形象，即農民、知識分子和官員。現代文學中農民和知識分子形象的重要性，早已是學術界的定論（且看魯迅的〈故鄉〉）。我最關心的是官員、農民與知識分子的三角互動關係。「士見官欺民」小說模式從晚清以來逐步轉化，前面說過，官員形象在「五四」小說裏的突然淡化，前後二十多年，直到延安《小二黑結婚》等小說面世以後，才有官員 / 幹部形象復興。之後官民模式、忠奸模式等傳統文學模式逐步復興，一直到當代小說如何處理官員與民眾的複雜關係，這是一項繁重複雜的文本及歷史背景的梳理工程。《野草》中僅有一篇短文，具體涉及知識分子、官府和民眾的三角關係。雖然簡明扼要數百字，卻十分精準耐人尋味，堪稱經典。

奴才生活困苦勞累向人投訴，聰明人十分同情，「我想你總會好起來的」，但情況沒有改善。奴才又向傻子訴苦，傻子聽後卻大怒，立刻要砸牆開窗，被奴才們慌忙阻止。主人表揚奴才。奴才也感謝聰明人的預言。

這個故事有四個人物主人公，主人出場最少，正對應「五四」小說官員形象的淡化，可以另外討論。奴才代表某些民眾既要抱怨苦痛又無力反抗，也是社會常態。故事中最重要的角色是聰明人和傻子，都是同情支持受苦的民眾，傻子是生病的狂人，準備造反。聰明人是病癒後的狂人，派心靈雞湯。〈阿 Q 正傳〉中有幾位穿長衫人士，一方面十分清醒地批評阿 Q「奴隸性」，見到審判官不由自主就跪了下去，同時卻又幫助審判官判死刑，也都是「聰明人」。

魯迅到三十年代，寫了大量雜文，都在努力批判這類「聰明人」。但在二十世紀中國小說中，最出色的「聰明人」形象還是張愛玲五十年代寫的作家顧岡。下鄉體驗生活，住在農民金根家裏吃不飽飯，悄悄到鎮上買點心，躲在房間裏吃，卻被飢餓的農家小孩從門縫中看見。這個知識分子與農民的同框畫面，和閏土喊老爺一幕呼應，令人印象深刻。因為農村政策等問題，農民後來搶糧火燒倉庫，負責鎮壓的王同志深感失敗，因為沒有和農民搞好關係。作家顧岡看着眼前的戲劇衝突不寫，另編一個潛伏特務要炸農村水壩的劇本，作為他體驗生活、深入生活為民服務的工作成果，這是二十世紀中國小說裏最出色的「聰明人」形象。奴才向聰明人表示感謝，「你先前說我總會好起來，實在是有先見之明……。」「可不是麼……。聰明人也代為高興似的回答他。」

1　魯迅：《聰明人和傻子和奴才》，發表於《語絲》1926 年 1 月 4 日第 60 期。

三十

〈狗・貓・鼠〉：魯迅筆下的動物形象

按照《魯迅全集》的編排次序，我們先讀了《墳》和《熱風》中的散文和雜文，激奮熱血；又讀了《吶喊》《彷徨》裏的小說，深刻沉重；剛剛讀完散文詩集《野草》，憂鬱、壓抑。接下來要讀《朝花夕拾》，終於可以比較放鬆一點（也是相對而言，總體上，閱讀魯迅，是一種令人緊張痛苦的享受）。其實這些作品都大致寫在同一歷史時期，所以也是魯迅心情的不同側面。《朝花夕拾》確實是魯迅全部作品當中罕見的暖色。他自己在 1927 年所寫的〈小引〉中說：「我常想在紛擾中尋出一點閒靜來，然而委實不容易。」寫《朝花夕拾》這十來篇舊散文的時候，魯迅逃離多事的北京，在廈門大學又孤獨煩惱，到了廣州雖然和許廣平在一起，但他們和許壽裳，三個人租了三間房間，基本上是租給別人看的。很快，國民黨右派「四一二」在上海開始「清黨」，國共分裂。魯迅辭了廣州中山大學文學院院長的職務。有人說魯迅離開廣州中山大學，是因為顧頡剛來了，「鼻來我走」（魯迅當時很討厭顧頡剛，叫他「紅鼻」）。在此之前，魯迅因為北女師大的風潮，也跟楊絳的姑母楊蔭榆激烈對抗。同時，他和現代評論派的陳源（陳西瀅），常常筆戰。魯迅為甚麼那麼討厭顧頡剛？因為陳源在文章裏說魯迅《中國小說史略》抄襲鹽谷溫的《支那文學概論講話》，魯迅認為陳源根本不懂，可能就是聽顧頡剛說的。

我們在讀《立論》時說過，說話批評其實也有潛規則：社會因素可以指出；生理因素就少議論。文人學者間，爭論思想可以，貶低學術能力是忌諱。說一個文人抄襲，比批他錯誤更嚴重。當然，罵顧頡剛「紅鼻」，也有點過分。

總而言之，《朝花夕拾》這段時間，魯迅不斷搬家。國家局勢令人氣悶，身邊瑣事也非常煩惱。在這種內外交困的處境下，他居然還寫出了一連串的溫馨清新的懷舊散文，所以魯迅說「委實不容易」。

魯迅寫〈狗・貓・鼠〉的時候 —— 這是《朝花夕拾》的第一篇 —— 他還停留在和現代評論派吵架的惡劣心情當中。所以講動物的文章，「萬一不謹，甚而至於得罪了名人或名教授，或者更甚而至於得罪了『負有指導青年責任的前輩』之流，可就危險已極。」[1] 徐志摩在 1926 年 2 月 3 號，曾經試圖調停魯迅和陳源的筆戰，稱雙方都是「負有指導青年責任的前輩」。魯迅的刻薄是出了名的。他的一個重要戰法或者說技法，就是能把常人的正面詞彙「污名化」。比方說「負有指導青年責任的前輩」，本是推崇，正面概念，可是魯迅加一個引號，再加一個「之流」，再重複幾次，這個稱呼就給人負面印象，大家以後就不敢用了，用了以後就是罵人。

所以，有時候太重的稱讚，你以為是恭維，其實是罵人。我見過香港某大學，有位老師為了推薦另一教授，說他的學術功績「光芒四射」……也許本來是好意，可是旁人聽了以後覺得好像是在罵人。

在和現代評論派論戰當中，魯迅把一系列本來正面的概念標籤，變成了令人可疑或者是負面的符號。再比方「特殊知識階級」，胡適他們希望在 1925 年的國民會議能夠確立《中華民國憲法》，說留學生作為「特殊知識階級」應該為之盡力。本意是希望留學生回來，對中國的國家政治建設起特殊積極作用。現代史上，從孫中山到周恩來、鄧小平，到魯迅、胡適，留學生對中國的社會的變化貢獻巨大，所以說他們是「特殊知識階級」。可是魯迅一加引號，後來就變成一個諷刺的概念。

在二十年代，魯迅筆下「正人君子」「文人學士」，還有甚麼「公理」「公允」等等，都是給胡適一派戴的帽子。有很長一段時間，一直到解放後，這些詞彙都擺脫不了被嘲諷的意味。在文字技巧上，這是魯迅厲害之處；在意識形態上，這是魯迅偏激之處。

〈狗・貓・鼠〉是一篇議論動物、回憶童年的文章，但魯迅在文章的前半部分還一直沒有忘卻敵人，要含沙射影。「說起我仇貓的原因來，自己覺得是理由充足，而且光明正大的。一、它的性情就和別的猛獸不同，凡捕食雀、鼠，總不肯一口咬死，定要盡情玩弄，放走，又捉住，捉住，又放走，直待自己玩厭了，這才吃下去，頗與人們的幸災樂禍，慢慢地折磨弱者的壞脾氣相同。」

這顯然不僅是在講貓，而是在批判主人折磨奴隸的手段，包括奴才也會折磨奴隸。阿 Q 就念念不忘要折磨小 D 和尼姑。

「第二，它不是和獅虎同族的麼？可是有這麼一副媚態！……假使它的身材比現在大十倍，那就真不知道它所取的是怎麼一種態度。」

除了「折磨對手」和「一副媚態」以外，魯迅又說了他仇貓的第三個原因，「因為它們配合時候的嗥叫，手續竟有這麼繁重，鬧得別人心煩，尤其是夜間要看書，睡覺的時候。當這些時候，我便要用長竹竿去攻擊它們。」

各位，腦補一下，魯迅先生半夜拿着長竹竿，伸出窗外，驅趕屋頂或者陽台或者天井裏在做愛而且叫喚的家貓、野貓。這個形象，比老是筆戰、刻薄罵人的魯迅可愛多了。為甚麼魯迅夜間獨自看書，特別討厭貓的叫春呢？我們不必從多年已婚、獨居的超人似的私生活，或者是人之常情去猜想。魯迅三十年代寫了篇文章，批評當時年輕的張春橋，因為張春橋寫的《貓兒叫春》的詩歌（四十多年後被讚揚為早就識破「四人幫」嘴臉）。其實魯迅批評張春橋，也另有原因，因為張春橋當時寫文章苛刻地批評蕭軍的《八月的鄉村》。

但是魯迅在懷舊文章裏終於靜下心來，又發現：「我的仇貓卻遠在能夠說出這些理由之前。」原來他在十歲左右的時候，非常喜歡家裏的隱鼠。他說偷吃東西的是一般的老鼠，隱鼠是一種很小的老鼠，十分可愛。

現當代作家筆下的貓和老鼠大都十分可愛。冰心說：「我最怕小貓睡着呼吸的聲音了」；鄭振鐸說，因為家裏養的貓去世了，他自我懺悔；席慕蓉還寫了一篇文章叫《貓緣》，說文章裏邊的女孩，因為愛貓而愛人，婚前就向這，就跟為了結婚，她說我男朋友——或者老公——說：第一我愛聽你的聲音，你的標準國語。第二，因為你愛貓，這麼愛貓的男生一定有顆良善的心。當然，有愛貓的，也有愛老鼠的。最極端的冰心風格傳承者，是台灣散文家琦君，她有一篇散文，講半夜在酒店醒來，看到老鼠在偷吃巧克力，她不敢動，然後悄悄地對老鼠說：「哎，不用怕不用怕，慢慢吃啊，我們要互相相信對方。」[2]

魯迅喜歡隱鼠，卻是因為他一幅年畫《老鼠娶親》，上面畫的老鼠的新郎、新娘、陪客，嘉賓全都是尖腮細腿，但樣子像讀書人，還穿着紅衫綠褲。魯迅說他小時候想像隱鼠的婚禮，大概就是這樣的吧。魯迅說：「現在是粗俗了，在路上遇見人類的迎娶儀仗，也不過當作性交的廣告看，不甚留心；但那時的想看『老鼠成親』的儀式，卻極其神往，即使像海昌蔣氏似的連拜三夜，怕也未必會看得心煩。」

當然隱鼠的婚禮最後也沒看成，隱鼠被蛇追殺的血腥場面，倒是沒法避免。在〈狗・貓・鼠〉這篇文章的最後部分，魯迅童心大發，詳細描繪了他有隻隱鼠，怎麼和他做了朋友，整天會爬在他身上，也不害怕，吃菜渣、舔吃硯墨，變成了他兒時的寵物。但不久以後這只隱鼠不見了。長媽媽 —— 就是帶魯迅的那個女工 —— 說，隱鼠是被貓吃了。所以從此魯迅非常仇恨貓。不過故事的結尾有反轉：「但許多天之後，也許是已經經過了大半年，我竟偶然得到一個意外的消息：那隱鼠其實並非被貓所害，倒是它緣着長媽媽的腿要爬上去，被她一腳踏死了。」

錯怪了貓，然而和貓的感情卻終於沒有融和，這是魯迅的文章的結尾。

魯迅其實一生有不少這樣的實例，為了一個可能是小事或者誤會去仇恨一個人或者一班人，後來其實發現弄錯了，是誤會。比如「楊樹達」君，魯迅有文章《記「楊樹達」君的來襲》；還有以為高長虹要搶許廣平；認為顧頡剛說他剽竊，所以仇恨，「鼻來我走」……還有很多更大的論戰，與學衡派，與現代評論派，與梁實秋，後來與創造社、太陽社，與「第三種人」，與周揚、田漢等等。很多事情起因偶然，誤會很小，但是火氣很大。與人奮鬥，其樂無窮。一方面，魯迅也時常反省，發現誤會，馬上懺悔，如《風箏》，如〈狗・貓・鼠〉；另外一方面，他還是戰鬥，討厭陳西瀅，譏諷梁實秋，攻擊施蟄存。在〈狗・貓・鼠〉的片尾，魯迅說：「我大概也總可成為所謂『指導青年』的『前輩』的罷，但現下也還未決心實踐，正在研究而且推敲。」

1　魯迅：〈狗・貓・鼠〉，最早發表於《莽原》半月刊 1926 年 3 月 10 日第一卷第 5 期，收入《魯迅全集》第二卷，北京：人民文學出版社，2005 年，頁 238。

2　參見許子東：《當代華文散文中的動物意象》，《當代小說閱讀筆記》，上海：華東師範大學出版社，1997 年。

三十一

〈父親的病〉：弒父與憐父

《朝花夕拾》這本回憶童年、少年、青年往事的散文集，寫作時間是 1926 年。二十年代中期是魯迅一生創作最重要的一個時期，他同時使用了四套筆法——

第一是《彷徨》小說集，體現了「五四」低潮以後知識分子艱難地上下求索，尤其是〈傷逝〉〈在酒樓上〉〈孤獨者〉那幾篇；

第二，在散文集《墳》《熱風》，以及《華蓋集》，以筆為槍，批判現實，鋒芒畢露。百年後讀來，依然擊中中國人與事的頑症、病穴；

第三，在散文詩集《野草》裏，魯迅忍不住要宣泄與和解自己內心深處深刻的悲觀主義，隱約地顯示自己潛意識裏邊那些懷疑的幽靈；

第四，在《朝花夕拾》裏面，魯迅企圖回顧自己少年的純真、青澀和美夢。

這四種筆法，表現出至少有三個不同的魯迅——一個是戰鬥的、激憤的魯迅，一個是憂鬱、悲觀的魯迅，還有一個溫馨、純真的魯迅。在〈我之節烈觀〉〈燈下漫筆〉裏是魯迅的信念理想，在〈阿 Q 正傳〉和〈藥〉是魯迅看到的現實，在《野草》裏是魯迅解剖的自己。三個魯迅當然是統一的，但人們也要看到他們中間的差異。

初寫《朝花夕拾》時，魯迅還擺脫不了現實筆戰的煩躁和氣憤。

明明是寫〈狗・貓・鼠〉，前半段一直在罵陳西瀅他們「正人君子」「文人學士」。還有〈二十四孝圖〉，也是冷嘲熱諷。但等到真正靜下心來回憶往事的時候，文風筆法就開始轉變了，火氣漸退，童心復蘇。尤其是〈從百草園到三味書屋〉，膾炙人口。寫小孩教育，文風又非常純淨，所以多年來就是中學教材的首選。

我自己最喜歡的是〈父親的病〉和〈藤野先生〉。在我看來，〈父親的病〉不僅僅是篇散文，而且，也是一篇小說。不僅是個人的回憶錄，更可以看作是一個民族與國家的寓言。

題為〈父親的病〉，仔細去讀全篇，卻很少寫到父親到底生了甚麼病，以及病因、病源、生病的細節、症狀等，提到的就那麼兩三句。整篇文章前面大半部分，只有一句：「父親的水腫是逐日利害，將要不能起牀」。其他的篇幅在寫甚麼 —— 找醫生，開藥方，沒療效，再找醫生，再沒醫效，還找很多奇怪的藥引。另外一個地方提到病情，等他父親快病故時，「父親的喘氣頗長久，連我也聽得很吃力。」

文章題目叫〈父親的病〉，通篇幾乎不寫父親的病，而是講甚麼？講眾人怎麼醫治父親的病。眾人包括醫生，包括家人，包括文章的主人公自己。大家醫治父親的病，但是無效。這是一種點題方式，就是說父親其實不是死在他的病上，而是死在人們的錯誤的、無效的醫療過程當中。

這是一個甚麼象徵意義？

文章一開篇，整整一頁四百多字，講了一個醫生的故事。有名醫的出診很貴，特別情況下居然要一百銀元，但還是誤診。看過的病人第二天死了。病家不動聲色，次日又請醫生去。雖然不動聲色，但醫生知道這是怪他誤診，所以他用開藥方的紙寫了一張支票 —— 賠一百塊錢。那家死了親人的，也沒有明言，只說這藥方好像不大靈。

醫生再多寫一百塊，賠兩百塊——這倒是處理醫患矛盾的文明方法。故事非常傳奇，說明醫術出問題，醫療費又貴，但還是頗有手腕，維護尊嚴。

傳奇故事後，整整一兩頁，魯迅才切入正題。他父親的病也是這位名醫看的，周旋了兩年。診金也是那麼貴，藥也是那麼玄秘，玄藥。藥引，起碼是蘆根，要到河邊去挖，還有「經霜三年的甘蔗」。

魯迅說：「我雖然並不了然，但也十分佩服，知道凡有靈藥，一定是很不容易得到的，求仙的人，甚至於還要拼了性命，跑進深山裏去採呢。」[1]

當初人們越虔誠，後來的失望就越大。醫術如此，理論也是這樣。尋找稀奇古怪藥癮的過程，在當時正是晚輩顯示孝心誠意的過程。可兩年以後，父親的病越來越重。醫生非常誠懇地說：「我所有的學問都用盡了。這裏還有一位陳蓮河先生，本領比我高，我薦他來看一看，我可以寫一封信。」

這個態度，和前面傳奇醫生用藥方開支票類似，同時顯示了當時名醫的氣度與無恥。魯迅文章裏講這個醫生的態度「極其誠懇」，這真是「極其誠懇」的諷刺。

「這一天似乎大家都有些不歡，仍然由我恭敬地送他上轎。進來時（回到家裏），看見父親的臉色很異樣」。雖然剛才這個醫生還說：「病是不要緊的，不過經他的手（指另外一個醫生的手），可以格外好得快……」但父親顯然不大相信了。因為看了兩年的病，吃了兩年的藥，不就是水腫，可是現在牀都起不了，毫無效果。「毫無效驗，臉又太熟了，未免有些難以為情，所以等到危機時候，便薦一個生手自代，和自己完全脫了干係。」

魯迅自己最後的醫生是日本人須藤，也因為多年看病，可能也是臉太熟了，魯迅不好意思再換別的醫生，雖然別人勸他換西洋的醫生或者是出國去看病。幾十年以後，人們看了片子覺得當時是誤診，否則的話，魯迅至少不會在那個時候去世。

魯迅和他父親完全不同人生，竟在命運的某些地方有着莫名其妙的相似。

陳蓮河醫生的診金也貴，藥引更加奇特：「最平常的是『蟋蟀一對』，旁註小字道：『要原配』，即本在一窠中者。」魯迅的評論是：「似乎昆蟲也要貞節，續弦或再醮，連做藥資格也喪失了。」

我們讀過〈我之節烈觀〉，知道魯迅先生在這裏借題發揮，諷刺中醫之迂腐，也批判貞操禮教害人。既寫實又象徵，就像〈父親的病〉整篇文章的題目和結構一樣。

抓一對蟋蟀，這差使並不為難，魯迅說：「走進百草園，十對也容易得，將它們用線一縛，活活地擲入沸湯中完事。」這就是節烈殉葬的「下場」。又或者兩隻蟋蟀，可能是幸福夫妻，也可能苟且偷情……石頭搬起，各自東西逃命。周氏兄弟兩位未來的文豪分頭捉姦，「捉姦捉雙」。

魯迅非常詳細地記載藥引，還有平地木等罕見的藥用植物。最奇特的，是有一種藥叫敗鼓皮丸，是要用人家打破了的舊鼓皮來做。為甚麼舊鼓皮可以治水腫？原來是因為漢字名稱 —— 水腫的另外一個說法叫鼓脹。病在鼓脹，就用打破鼓皮就來克伏……魯迅馬上發揮：「清朝的剛毅，因為憎恨『洋鬼子』，預備打他們。練了些兵稱作『虎神營』，取虎能食羊，神能伏鬼的意思。」當然，舊鼓皮也沒有用。「『我這樣用藥還會不大見效，』有一回陳蓮河先生又說，『我想，可以請人看一看，可有甚麼冤愆……醫能醫病，不能醫命，對不對？自然，這也許是前世的事……。』」

如果我們把〈父親的病〉看作是關於晚清中國的一個寓言，那整個文章是不是在寫：第一，祖先曾經是闊氣的，可到了這個時候敗了，病了。第二，真正的病不在身體，而在於各種各樣的錯誤的、欺騙的、荒唐的藥方。換言之，病不在中國，不在傳統，而在名為拯救實為毀害的晚清以來的各種政治方案。第三，「我」作為父親的下一代，對於父親的病有沒有責任呢？這個問題有點複雜，我們看到父親臨死前很痛苦，「我」，少年魯迅，看到父親喘氣痛苦，「我有時竟至於電光一閃似的想道：『還是快一點喘完了罷⋯⋯。』」這是希望「天朝」安樂死嗎？但「我」又「立刻覺得這思想就不該，就是犯了罪；但同時又覺得這思想實在是正當的，我很愛我的父親。」

如果這個「父親」不僅是指他的父親，而是指傳統中國，那麼魯迅看見傳統禮教在那裏痛苦掙扎，想判他消亡然後更生，但心裏又充滿犯罪感（畢竟自己是「父親」的兒子，在傳統之中反傳統）；另一方面又覺得自己在文化上打倒這個加引號的「父親」，是一個正當的工作，甚至也是一種愛。

文章的結尾更加精彩。父親快斷氣了，少年魯迅等親人在牀邊大喊大叫，吵得父親沒法安靜去世，魯迅覺得是自己的錯。但是周作人後來在回憶錄裏說，他父親去世時，家裏人並沒有像魯迅描寫的那樣尖喊大叫。

我比較傾向於魯迅的回憶錄有些虛構，因為周作人晚年沒有必要再重新編造這個情節。但問題是，魯迅為甚麼要虛構這個情節？他要凸顯甚麼？他要凸顯我們中國的人倫禮節違反科學人道？還是說他在戲劇性地展現一個場面，就是「父親」在痛苦的死亡過程當中，「兒子」也有責任。

「父親！！！父親！！！」這是魯迅文章裏邊這樣喊叫的聲音，加了三個感歎號，而且用了「父親」，是書面語，我不知道紹興當地的話會不會用這樣文雅的話來叫父親，一般口語應該叫「爸爸」等等之類。

> 他已經平靜下去的臉，忽然緊張了，將眼微微一睜，彷彿有一些苦痛。
>
> 「父親！！！」

又是三個感歎號。

> 「甚麼呢？……不要嚷。……不……。」他低低地説，又較急地喘着氣。
>
> 「父親！！！」我還叫他，一直到他咽了氣。

在我看來，這是一個小說情節，這是一個文化上的「弒父者」。合理的說法，就是「殺掉」「父親」的兒子的內疚和懺悔。

顯然這個「父親」已經無法延續祖上的輝煌，現在已經這麼衰弱、病重，但是真正置他於死的，不是他的水腫鼓脹，而是各種各樣荒謬、錯誤，包括外國的欺負。那麼這些趁火打劫之人的欺負，導致他最後走向衰亡。

而在這個過程當中，「我」在做甚麼呢？「我」在吶喊，三個感歎號的吶喊，加速了他的衰亡，加重了他的痛苦。為此，「我」這個新時代的主將，「我」知道「我」做的事情是出於愛他，是正當的；但「我」又感受到自己和「父親」、與舊時代、與傳統中國的血肉聯繫，有意無意地為之自責，甚至是負罪。

我現在還聽到那時的自己的這聲音，每聽到時，就覺得這卻是我對於父親的最大的錯處。

1 魯迅：〈父親的病〉，最初發表於《莽原》半月刊 1926 年 11 月 10 日第一卷第 21 期，收入《魯迅全集》第二卷，北京：人民文學出版社，2005 年，頁 294—299。以下引文同。

三十二

〈藤野先生〉：為了國家和為了學術

《朝花夕拾》中，有不少美文，我最喜歡的是〈父親的病〉和〈藤野先生〉。寫實層面，前者講中醫如何誤人，從此學習西醫救國；後者講的是學醫也無法救國，所以要棄醫從文。但在象徵層面上，前者是告別國學，因為他們救病無方；後者講的是西洋科技，也救不了中國。

〈藤野先生〉這篇文章，觸及了一個非常重要的課題，不僅對我們重讀魯迅一生是關鍵課題，而且我們回顧「五四」百年，這也是一個核心課題。

〈藤野先生〉先寫東京上野櫻花燦爛，「清國留學生」太多（這個情況百年後照舊）。魯迅到仙台學醫，據說是第一個去仙台學醫的中國人。有一種說法是魯迅當時為了避開其他的中國留學生而選擇去仙台。不知是否確切。魯迅也承認，他到了仙台，叫「物以稀為貴」。當地華人少，學校不收學費，還兼管食宿。之後便是看見很多陌生的先生，聽到很多新鮮的講義，「最初是骨學。其時進來的是一個黑瘦的先生，八字須，戴着眼鏡，挾着一疊大大小小的書。一將書放在講台上，便用了緩慢而很有頓挫的聲調，向學生介紹自己道：『我就是叫作藤野嚴九郎的』……」[1]

藤野先生，日本福井縣人，1896 年愛知縣醫學專門學校畢業，留校任教；1901 年，轉到仙台醫專做講師，三年後升教授；後來回鄉自己開診所。魯迅逝世以後，他還寫過一篇文章，《謹憶周樹人君》。

藤野的課，是講解剖學在日本的歷史，據說參考書中還有一些中譯本，魯迅說：「他們的翻譯和研究新的醫學，並不比中國早。」有一天藤野把魯迅叫去，要看他上課做的筆記、抄的講義。兩三天後還給他，講義上有很多紅筆改動、添加。魯迅說他當時不太用功，也體會不了老師一片苦心，事後回憶當然有些後悔。

總之藤野對他很關心，也對中國文化裏邊有一些事情，比方說女人裹腳、怎麼敬重鬼神等等，很感興趣。不料，同級的日本學生，看到魯迅的講義裏邊有藤野先生的改動，就寫匿名信，指控藤野先生是泄題作弊。魯迅把此事告知藤野先生和一些較熟悉的朋友，後來流言是消滅了，但是魯迅感受到的屈辱是可以想像。

魯迅從小時候賣首飾、拿藥、離鄉出走，一系列忍受屈辱過程，也是人生的推動力，這一次也不例外。後來還有《中國小說史略》被人懷疑抄襲日本人著作等。其實，大概也不是魯迅這一生有特別多的被人冤枉的事情發生，而是魯迅對這類事情感受特別強烈，特別銘心刻骨。周作人在《魯迅的青年時代》一書中，詳細地列出了魯迅在仙台的成績單，藤野教的解剖是 59.3 分，比其他學科，比方說生理、德語、化學、組織、倫理、物理等等都真的低一點。魯迅的總分是一百四十二人當中第六十八名，魯迅最好成績最好的一門課是倫理課，83 分。

「中國是弱國，所以中國人當然是低能兒，分數在 60 分以上，便不是自己的能力了：也無怪他們疑惑。」魯迅這時甚至和郁達夫也有點像，一有個人委屈，馬上聯繫國家命運。也許這是當時中國人留日的特別現象。當然，郁達夫是因為日本女生不理他。魯迅是因為被人懷疑作弊。這大概也是魯迅後來一直忘不了藤野先生的一個原因。

接下去在文章裏，魯迅又講述了一遍著名的課堂看幻燈片的事情，日俄戰爭期間有華人替俄國做偵探被日本槍斃，旁邊很多華人麻木地觀看。不過加了一個細節，就是課堂上日本學生一邊看一邊喊，「BANZAI BANZAI」(「萬歲」「萬歲」)。這種歡呼，可能平時都有，但令魯迅聽得特別刺耳。接下來就是《吶喊》前言裏講過的棄醫從文的轉折。

當魯迅把他不學醫的決定告訴藤野先生時，「他的臉色彷彿有些悲哀，似乎想說話，但竟沒有說。」魯迅又講了幾句安慰的話，比方說將來再去學生物學等等，藤野只送了一張照片給魯迅。但後來他們也沒有再通信，魯迅覺得自己狀況無聊，沒有甚麼可以匯報。從藤野先生的角度看，這個學生是一去再無消息。他後來才知道這個半途而廢的學生成為了中國最有名的作家。

> 但不知怎地，我總還時時記得他，在我所認為我師的之中，他是最使我感激，給我鼓勵的一個。有時我常常想：他的對於我的熱心的希望，不倦的教誨，小而言之，是為中國，就是希望中國有新的醫學；大而言之，是為學術，就是希望新的醫學傳到中國去。他的性格，在我的眼裏和心裏是偉大的，雖然他的姓名並不為許多人所知道。

這一句「小而言之，是為中國；大而言之，是為學術」，就是我前面所說的觸及了我們重讀魯迅以及重讀現代文學史的關鍵課題。

小時候讀到這個地方，覺得藤野先生把次序弄反了。我當時覺得應該「小而言之，為學術；大而言之，為國家」。我想這位日本學者糊塗，他對中國學生的希望，竟是學術比國家更重要。魯迅對藤野先生的學問跟人生態度都十分欣賞、敬重，甚至認為是他的老師當中他最感謝的一位。魯迅對藤野先生希望他「小而言之，為國家；大而言之，為學術」，也沒有表示異議。甚至可不可以說，這也是當時甚至以後魯迅自己的價值觀？魯迅終其一生，是「小而言之，為國家；大而言之，為學術」呢，還是反過來「小而言之，為學術；大而言之，為國家」呢？

這個問題太重要了，絕對不是文字遊戲。

在很多時候，或者說大部分時候，魯迅寫文章既是為了中國、也是為了學術（藝術），兩者基本統一、方向一致。他的小說描寫國人，哀其不幸，怒其不爭，「所以我的取材，多采自病態社會的不幸的人們中，意思是在揭出病苦，引起療救的注意。」[2]

當然，既是為了文學，也是為了救國，貌似不必以「小而言之、大而言之」來做分別。但是，也總有一些時候，兩者是有差異、有矛盾的。比如在〈摩羅詩力說〉中，不涉功利的文學觀與維繫民族精神的使命感就存在着明顯的矛盾。回到《吶喊・自序》，再看那個著名的〈藥〉的結尾，魯迅說：

> 但既然是吶喊，則當然須聽將令的了，所以我往往不恤用了曲筆，在〈藥〉的瑜兒的墳上平空添上一個花環，因為那時的主將是不主張消極的。至於自己，卻也並不願將自以為苦的寂寞，再來傳染給也如我那年青時候似的正做着好夢的青年。這樣說來，我的小說和藝術的距離之遠，也就可想而知了。

這就是說，按照小說中的劇情邏輯，瑜兒的墳上應該不會有這麼一個紀念花環的。烈士為大眾奮鬥去世了，除非革命成功，否則的話，很少有人敢於紀念他。這個花環，這個光明尾巴是勉強加上去的。為甚麼？一是為了政治形勢需要，聽從「五四」的將令。二是不願將自己內心的寂寞去打破青年人的好夢。但魯迅承認：這麼兩個因素考慮以後，加了這個花環以後，小說就和藝術拉開了距離。也就是說，為了啟蒙救國這樣的民族國家的使命需要，就部分犧牲了藝術與學術的尊嚴和純潔。

所以，回到〈藤野先生〉的最後一段，「小而言之，為了中國；大而言之，為了學術」，人們完全可以從不同的角度來評論〈藥〉的這個結尾。

第一種說法，魯迅在這裏，恰恰就是「小而言之，為了藝術；大而言之，為了國家。」聽從將令，為了青年的好夢，隱藏自心的苦悶。這正是魯迅偉大的地方，所以他首先是思想家、革命家，然後才是文學家，或者說他從事文學的目的，就是為了中國的思想和社會革命，就是改造國民性。

第二種看法，〈藥〉的這種結尾，為了救亡效果而犧牲了藝術使命，至少部分犧牲。因此認為魯迅，包括他的同時代作家，不應該「小而言之為了文學，大而言之為了國家」。夏志清在《中國現代小說史》裏稱讚魯迅：「在他的最佳小說中，他只探病而不診治，這是由於他對小說藝術的極高崇敬，使他只把赤裸裸的現實表達出來而不摻雜己見。」[3] 但在另外一篇文章〈現代中國文學感時憂國的精神〉裏，夏志清將魯迅為救國責任而損傷藝術使命的情況，擴展成「五四」一代作家的普遍困境：「現代的中國作家，不像陀思妥耶夫斯基、康拉德、托爾斯泰，和托馬斯・曼一樣，熱切地去探索現代文明的病源，但他們非常關懷中國的問題，無情地刻畫國內的黑暗和腐敗……表面看來，他們同樣注視人的精神面貌。但英、美、法、德和部分蘇聯作家，把國家的病態，擬為現代世界的病態；而中國的作家，則視中國的困境為獨特的現象，不能和他國相提並論。他們與現代西方作家當然也有同一的感慨，不是失望的歎息，便是厭惡的流露，但中國作家的展望，從不逾越中國的範疇。」[4]

夏志清原文是 Obsession With China，後來劉紹銘他們把它翻譯成「感時憂國」，大大幫助了夏志清的觀點在中國內地得到認可。其實 Obsession 是有點批評的意思，就是「國家痴迷」。當然，夏志清的批評也是僅供參考，他這種直接把魯迅和陀思妥耶夫斯基他們相比的評論方法，多少有點簡單化。

還有第三種說法。是的，魯迅是給小說一個光明的尾巴，加上一個花環。魯迅自己的心目當中和藤野先生是一樣的，他其實在骨子裏相信，應該「小而言之，為國家；大而言之，為學術」。因為學術、藝術聯繫着全人類、人性。所以他反覆強調花環只是聽從將令，而不是他的藝術本能；花環只是照顧青年人的夢，而不是他《野草》中自己的內心。所以在心底裏、在骨子裏，魯迅確實對小說藝術有極高尊重，救亡、啟蒙、論戰、左傾等等，歸根結底是在「小而言之」的範圍內，否則為甚麼他在《吶喊・自序》中要特別強調他的小說和藝術的距離之遠呢？

當然，還有第四種看法：魯迅對小說藝術有極高尊重，他對救國使命也有極高責任感。他一生就在「小而言之」與「大而言之」的矛盾當中掙扎。在他去世以後，這個「艱難的選擇」（趙園語）又留給了無數魯迅的接班人。

1 魯迅：〈藤野先生〉，最初發表於《莽原》半月刊 1926 年 12 月 10 日第一卷第 23 期，收入《魯迅全集》第二卷，北京：人民文學出版社，2005 年，頁 313—319。以下引文同。

2 魯迅：〈我怎麼做起小說來〉，最初印入《創作的經驗》，上海：天馬書店，1933 年，見《南腔北調集》，上海：同文書店，1934 年初版，《魯迅全集》第四卷，北京：人民文學出版社，2005 年，頁 525—527。

3 夏志清：《中國現代小說史》，台北：傳記文學出版社，1979 年，頁 77—78。

4 夏志清：《中國現代小說史・附錄二：現代中國文學感時憂國的精神》，台北：傳記文學出版社，1979 年，頁 535—536。

三十三

周氏兄弟失和的原因

周氏兄弟的關係，是魯迅研究當中一個不能迴避的難題和懸案。

魯迅博物館前館長孫郁先生，寫過一本專著《魯迅與周作人》。孫先生認為在魯迅的私人生活當中，有兩件事情對他一生影響巨大，第一是和朱安的不幸的婚姻；第二是周氏兄弟的失和。

前者，在我們「重讀魯迅」中是一條重要的線索。本書一開始就強調魯迅作為精神界戰士的身體因素，作為文化超人的形而下處境。後者是令世人困惑疑慮好奇了將近一個世紀的周氏兄弟失和的懸案，魯迅研究界，其實一直有不同的處理方法。

錢理羣有兩本北大演講錄，第一本《話說周氏兄弟》（山東畫報出版社，1999），主要討論周氏兄弟的思想差異對中國現代文學、文化的深遠影響。第二本《與魯迅相遇》（北京三聯，2000），重點也是分析魯迅的思想發展、心路歷程。但兩本書都幾乎沒有專門討論周氏兄弟失和的細節、背景。

孫郁的專著，還有朱正的《魯迅傳略》，倒是都有專章或專節討論，1923 年 7 月的兄弟斷交。主要是引用當事人的簡短回憶，以及他們的不回憶，還有幾位親近朋友的說法。看得出孫郁的和朱正的書，避免做過多的猜想。看了他們的描述以後，知道事情嚴重，但原因不詳。

近年也有一些比較偏重史料的魯迅傳記，比如陳光中的《走讀魯迅》，對周氏兄弟斷交的細節有了更多的描繪、猜測，作者還專門去八道灣勘察地形並拍照。網絡上更有些流言、小報似的匿名文章，使得普通讀者，不知道是有越多機會接近真相，還是有越多可能掉進了謎團。總之，我們的「重讀魯迅」也無法避開這個話題。

孫郁的《魯迅與周作人》，先比較兩個人的外貌、長相，而且不僅是照片，還引用的魯迅好友許壽裳的描述：「魯迅的身材並不見高，額角開展，顴骨微高，雙目澄清如水精，其光炯炯而帶着幽鬱，一望而知為悲憫善感的人。兩臂矯健，時時屏氣曲舉，自己用手撫摩着；腳步輕快而有力，一望而知為神經質的人。他的觀察很銳敏而周到，彷彿快鏡似的使外物不能遁形。因之，他的機智也特別豐富，文章上固然隨處可見，談吐上尤其層出不窮。這種談鋒，真可謂一針見血，使聽者感到痛快，有一種澀而甘，辣而腴的味道……」[1]

魯迅原來，不僅文章犀利，談鋒也非常尖銳。這裏當然不只是寫真照片，還加入了許壽裳的情誼。在蕭南選編的《在家和尚——周作人》(四川文藝，1995)，也有這麼兩段對周作人的外貌描寫。「他戴着近視眼鏡，衣着講究，言語不多，但又好像有點『架子』似的」。還有另外一個人的看法：「我沒有想到，他是這樣清臒的一個人，戴着高度近視眼鏡，頭頂上的毛髮稀稀的，除了上脣一小撮髭須之外好像還有半臉的鬍子渣兒，臉色是蒼白的，說起話來有氣無力的，而且是紹興官話。」

我也聽說過周作人當年講課很悶，基本讀稿，大概和「說起話來有氣無力」有關。孫郁這樣概括兩人的文風形象：「魯迅給人的印象，抑鬱、沉靜、肅殺；周作人，沉穩、平和、散淡。」[2]

當然，重要的不是長相不同，而是他們在中國二十世紀文學、文化發展當中的地位。魯迅是「五四」新文學的主將，主要貢獻是創作，首先是小說，然後是散文；周作人也是「五四」新文學的主將，但他的貢獻主要是理論，其次是散文。

從〈狂人日記〉開始，魯迅代表了新文學創作的實績。同一時期周作人〈人的文學〉更多理論貢獻，在新文學史上的重要性不下於胡適的〈文學改良芻議〉。在教育部指定的教材《中國現代文學三十年》，充分肯定了周作人是「五四」時期最有影響力的理論先導者和批評家：「周作人最突出的貢獻，是以『人的文學』來概括新文學的內容。周作人要求新文學必須以人道主義為本，觀察、研究、分析社會『人生諸問題』，而在周作人這裏，新文學所本的人道主義具體指個人主義的「人間本位主義」。

周作人文論的一大特點，就是強調人性的靈肉兩面不可偏廢，不應該「存天理滅人欲」，也不能「縱人欲、滅天理」。周作人還提倡一個概念「平民文學」。另外，周作人還反對「為甚麼而甚麼」，反對文藝變成工具、變成說教。

如果說魯迅的書名《吶喊》，可以用來概括形容「五四」新文學戰鬥、入世、啟蒙、救亡的主線，那麼周作人的書名《自己的園地》，就可以用來形容「五四」新文學當中，堅持作家精神獨立、不肯做宣傳工具的另一條主線。在「五四」新文學當中，這兩條主線是攪合在一起，互相矛盾、但又互相融合。兩兄弟大概當時也沒意識到，他們的文學主張的異中之同、同中之異，後來一個世紀，引領着文壇潮流和思潮的變化。

開玩笑的說法，「兩條路線之爭」竟然來自於同一家庭的兩兄弟。

他們當年怎麼合作，怎麼並肩戰鬥，後來又怎麼突然決裂，老死不相往來，各自為文，這實在是一個令人着迷的懸案。

郁達夫在《中國新文學大系・散文二集導言》中，有一段對周氏兄弟的形容：「魯迅的文體簡練得像一把匕首，能以寸鐵殺人，一刀見血……與此相反，周作人的文體，又來得舒徐自在，信筆所至，初看似乎散漫支離，過於繁瑣，但仔細一讀，卻覺得他的漫談，句句含有分量，一篇之中，少一句就不對，一句之中，易一字也不可……近幾年來，格調又一變而為枯澀蒼老，爐火純青，歸入古雅遒勁的一途了。……兩人文章裏的幽默味，也各有不同的色彩：魯迅的辛辣乾脆，全近諷刺，周作人的是湛然和藹，出諸反語。」

這是郁達夫筆下罕見的條理清晰的評論文章。郁達夫進一步講到兩人的思想上的異同：

> 他們的篤信科學，贊成進化論，熱愛人類，有志改革社會，是弟兄一致的；然所主張的手段卻又各不相同。魯迅是一味急進，寧為玉碎的，周作人則酷愛和平，想以人類愛來推進社會，用不流血的革命來實現他的理想。周作人頭腦比魯迅冷靜，行為比魯迅夷猶，他知道空喊革命，多負犧牲，是無益的，所以就走進了十字街頭的塔，在那裏放散紅綠的燈光，悠閒地，但也不息地負起了他的使命；他以為思想上的改革，基本的工作當然還是要做的，紅的綠的燈光的放送，便是給路人的指示；可是到了夜半清閒，行人稀少的當兒，自己賞玩賞玩這燈光的色彩，玄想玄想那天上的星辰，裝聾作啞，喝一口苦茶以潤潤喉舌，倒也是於世無損，於己有益的玩意兒。

說的是周作人，其實也是郁達夫在退出左聯、隱居杭州、躲避鬥爭、醉心山水之後的夫子自道。放在歷史長河當中看，郁達夫最後倒是死在日本憲兵的刀下。而周作人的「苦茶」，很快也喝不成了，十字街頭馬上成了戰場。

郁達夫又說（說得太好，忍不住多抄幾句）：

> 魯迅的性喜疑人——這是他自己說的話——所看到的都是社會或人性的黑暗面，故而語多刻薄，發出來的盡是誅心之論；這與其說他的天性使然，還不如說是環境造成的來得恰對。

按郁達夫的說法，魯迅刻薄多疑、看人性黑暗，這不是他天性，這是環境造成。可是很多人和魯迅在同一環境、同一時代，為甚麼就只有一個魯迅？當然不全是天性使然，魯迅的父親、祖父，也沒有給他傳遞刻薄、憤世的 DNA 。眼前小四歲的弟弟，就完全是兩種性格。怎麼來理解這種現象——這也是我在讀丹納或勃蘭戴斯時，一直沒有解決的一個困惑。

回到郁達夫的評論。「因為他（魯迅），受青年受學者受社會的暗箭，實在受得太多了，傷弓之鳥驚曲木，豈不是當然的事情麼？在魯迅的刻薄的表皮上，人只見到他的一張冷冰冰的青臉，可是皮下一層，在那裏潮湧發酵的，卻正是一腔沸血，一股激情。」

郁達夫的《中國新文學大系・散文二集》導論寫於三十年代中期，這個時候周氏兄弟失和、斷交已經十幾年了。看來，兄弟失和也並沒有影響到他們各自在文壇、在歷史上的地位。

但實際上有沒有影響呢？如果周氏兄弟一直在文化戰線上並肩合作，就像他們早期一樣，魯迅後來會不會擔任左聯名義上的領袖，而且到了後來委屈不滿？周作人會不會堅持不離開北平，最後成為日本人的文化工具呢？

歷史真的很難假設。

不管怎麼樣，關於周氏兄弟吵架的事情，郁達夫倒也的確說過他很大膽的猜想。

魯迅大周作人四歲，兩位作家後來的童年回憶，沒有說兒時有甚麼特別不合，反而有很多溫馨的童趣故事。《風箏》中描寫過哥哥對弟弟放風箏的摧殘，可能是一種虛構。假如有事實的影子，更多還是懺悔和情誼。

1902 年魯迅到日本留學，四年以後，1906 年周作人也去了日本，當然是哥哥的關係。周作人到日本時，魯迅已經從仙台退學，棄醫從文，兩個人一起住在東京。如果說早期魯迅是個憤青，周作人在日本倒是生活愉快，他連續六年都沒有回國，後來寫回憶文章，對日本到處都是留戀。

周作人到日本來的那一年，魯迅正好回紹興結婚，第四天就逃走，以後據說再也沒有跟朱安同房。同一時期，周作人愛上了幫他們兄弟倆做飯的一個出身貧苦的日本女子羽太信子。三年以後，1909 年，周作人和羽太信子結婚。[3]

這個時期他們兄弟的文學事業，其實是比較失敗的。《域外小說集》賣出去很少，弟弟一結婚，經濟上有壓力。「正好許壽裳在 1909 年 4 月回國擔任浙江兩級師範學堂的教務長，魯迅就託他幫自己求一職業，許即向學堂新任監督沈鈞儒推薦，於是魯迅即於這年八月回國來了。」[4]

本來魯迅還打算在日本再做一段時間研究，他回國是為了弟弟，為了家庭，顯然是一個非常顧家的大哥。這裏的「家」也不僅僅是他和朱安兩個人，還包括他母親、包括周作人、包括周建人以及他們的弟媳、他們的子女。「大先生」就是那個時候這樣叫。

大先生這段時間和羽太信子的關係缺乏特別記載。有證據的就是魯迅回國教書，到教育部做官以後，常常給周作人寄信寄錢，有時候也寄給羽太信子的家人，他們兄弟間，兩三天就有書信來往。周作人回國以後到北大教書是 1917 年，兄弟又同住補樹書屋，艱苦奮鬥。直到 1919 年 7 月，魯迅花了幾千塊銀元買了八道灣十一號三進的四合院。這是魯迅一生擁有的最闊氣的房子，其中大部分是他教育部做僉事的儲蓄（僉事月薪好像有三百塊）。有一部分是賣了紹興老家房子的錢，餘下來是借來的錢。因為紹興老宅家裏誰都有份，所以周作人，講起來也是八道灣的業主之一。

「五四」初期，周氏兄弟是住在一起，事業在一起。有些文章署名是魯迅，可能是周作人寫的。北大馬裕藻教授，請周作人去講中國小說，周作人推薦他哥哥。教案後來便成了魯迅最重要的學術著作《中國小說史略》。在公眾領域，哥哥寫〈狂人日記〉，弟弟寫〈人的文學〉；在私人的世界裏面，魯迅把母親、朱安、周作人、周建人兩家以及他們的日本老婆、小孩都接來八道灣。周建人的夫人竟是羽太信子的妹妹，叫羽太芳子。這真是親上加親，其樂融融。

1923 年 7 月 14 號，魯迅日記記載：「是夜始改在自室吃飯，自具一肴，此可記也。」

原來他們一個大家庭，一起在後面的一個大房間吃飯。不知道那天下午發生了甚麼事情，晚上開始，魯迅就一個人在自己房間裏吃飯。好像是他一個人，還是和朱安和母親一起，不太清楚。從上下文看好像就是他一個人。

五天以後，1923 年 7 月 19 號上午，周作人把一封絕交信交給了魯迅，信是這樣寫的：

魯迅先生：

我昨天才知道，——但過去的事不必再說了。我不是基督徒，卻幸而尚能擔受得起，也不想責誰，——大家都是可憐的人間。我以前的薔薇的夢原來都是虛幻的，現在所見的或者才是真的人生。我想訂正我的思想，重新入新的生活。以後請不要再到後邊院子裏來，沒有別的話。願你安心，自重。

七月十八日，作人。

這封信裏我注意到幾點：

第一，「魯迅先生」，稱哥哥突然用了這麼正式的筆名，有點特別。

第二，事情可能是五天前發生的，也可能是很久以前，但五天前有了變化。

第三，這件事情對周作人有巨大的打擊，以至於要用宗教的境界來承受，而且打碎了他過去的夢，改變了他的思想跟人生道路。

第四，你不要再到後院來了。在八道灣，魯迅也是照顧家人，讓他們住在後面較好的房，魯迅他們反而住在前面。你不要再到後院來了，就是說我和我的家人不想都再看到你了。言下之意是你犯了錯，我們不追究了，也不想再見你了。

在猜測到底發生甚麼事情之前，我們先來看看當時的事態發展。

當天魯迅日記記載，「上午啟孟自持信來，後邀欲問之，不至。」

信是弟弟自己拿過來的。魯迅看信以後叫傭人請弟弟來問，弟弟也沒有來，哥哥也沒有再去找。朱正在《魯迅傳》裏說，「周作人的絕交書說了，他是『昨天才知道』的。也就是說在昨天之前他並不知道魯迅有甚麼不自重的、他無法容忍的事情。在魯迅這方面呢，就在收到這絕交書的時候也不明白是怎麼回事，想要問個清楚，假如他真做了甚麼不自重的事情，他還好意思邀作人來問嗎？」[5]

朱正有點傾向於魯迅的立場，推論只對了一半。但是不是還有另外一種可能：魯迅可能知道信中講的是甚麼事情，但是他恐怕其中有誤會、有誤解，或者是需要做一些解釋、澄清；甚至，有沒有可能是某種道歉，可是對方居然連解釋、問詢、更不要講道歉的機會，都不給。

這就說明要麼他不是誤會、誤解，要麼這個誤會、誤解是解不開的。所以魯迅之後再沒有試圖再叫弟弟來問了。

7 月 19 號以後，魯迅再沒有找他弟弟，他決定馬上搬出八道灣。

許欽文的妹妹許羨蘇幫忙找到了北京磚塔胡同六十一號，是比較小的房子，也是許羨蘇的同學俞芬帶着兩個小妹妹的住處。有幾間空房，讓魯迅暫住。因為魯迅急着要搬出來。魯迅問朱安：你是不是還住在八道灣？或者是回紹興老家？言下之意，周作人只是不要見到魯迅，但並沒有驅趕朱安或者別人。朱安表示，她不願意一個人住在八道灣，她還是要和魯迅住在一起，和母親住在一起。所以不到兩個禮拜，7 月 19 號做了決定，8 月 2 號他們就一起搬到磚塔胡同。

魯迅雖然結婚，但是大部分的時間都是獨居，或者和母親、弟弟等家人住在一起。磚塔胡同那一段，他母親常常回去八道灣，所以那是魯迅第一次單獨面對朱安。〈娜拉走後怎樣〉等稿子，「不但女人常做男人的傀儡，……男人也常做女人的傀儡」等等一系列鬱悶的文章，都是在磚塔胡同寫的。

當然磚塔胡同非久留之地，魯迅馬上到處找房子。八道灣大院本來絕大部分是他的錢，為甚麼現在突然就要歸弟弟？到了 10 月底，經過了兩個多月，他們找到了阜成門內西三條的房子，「我家後院有兩棵樹……」就是現在的魯迅博物館，八百塊成交。裝修以後，到了

1924 年 5 月，搬進新居。

搬進新居以後，魯迅曾經回八道灣取書，卻和周作人夫婦爆發了一場有詳細記載的面對面的肢體衝突。1924 年 6 月 11 號，魯迅日記記載，「下午往八道灣宅取書及什器，比進西廂，啟孟及其妻突出罵詈毆打，又以電話招重久及張鳳舉、徐耀辰來，其妻向之述我罪狀，多穢語，凡捏造未圓處，則啟孟救正之，然終取書、器而出。」

想像一下整個場面，魯迅回去拿書，周作人夫婦出來打罵，還打電話給周建人，還有兩位他們大概認為是知情的北大教授，向他們訴說魯迅的罪狀，羽太信子說不完整時，周作人再補充。那個時候兄弟斷交已經大半年了，可能也是這一時期兩兄弟的第一次見面，卻給我們理解兄弟失和的謎團，也多了一些不同的觀察。

僅就 7 月 19 號周作人交信，魯迅隨即搬走的情況看，好像兄弟間對這件「事」，有點默契。貌似魯迅這邊有甚麼錯？周作人無法承受，但也不追究，魯迅默默離開。這一離開，默默離開，好像默認了甚麼事情。你買的大宅，你支撐的大家庭，你創建的家業，為甚麼說走就走了呢？為甚麼，甚麼都不說呢？—— 這當然是常理的推斷。

可是，在大半年後的取書衝突當中，魯迅明言周作人夫婦是罵人，而且是他的羽太信子在那裏訴說「罪狀」，「罪狀」當然不是事實。最低限度，即便在講同一個事情，也是完全不同的表述。如果說上一次魯迅走是一記悶棍，這一次取書只是一通發泄，說明魯迅並沒有認錯，至少不會承認周作人夫妻所訴說的那些「罪狀」，加引號的「罪狀」。

這場取書打鬧，許壽裳後來有詳細的記載，「說起他的藏書室，我還記得作人和信子抗拒的一幕。這所小屋既成以後，他就獨自個回到八道灣大宅取書籍去了。據說作人和信子大起恐慌，信子急忙打電話，喚救兵，欲假借外力以抗拒；作人則用一本書遠遠地擲入，魯迅置之不理，專心檢書。一忽兒外賓來了，正欲開口說話，魯迅從容辭卻，說這是家裏的事，無煩外賓費心。到者也無話可說，只好退了。這是在取回書籍的翌日，魯迅說給我聽的。我問他：『你的書全部都已取出了嗎？』他答道：『未必。』我問他我所贈的《越縵堂日記》拿出了嗎？他答道：『不，被沒收了。』」

魯迅去世以後，許壽裳是第一個接觸魯迅日記的人。他看到魯迅在日記裏邊，從來沒講這件事情。周作人，他後來做汪偽文化官員，也曾因此坐牢，空下來就寫了很多關於魯迅的回憶錄。有些回憶很有價值，可是獨獨對「失和」這件事情一直避而不談。而且還特別標明，他的日記在 1923 年 7 月 17 號的這一天，也就是他知道那件事情的當天，用剪刀剪去了裏邊所寫的大概十個左右的字。

各位讀者不妨用猜密碼的方式填補一下這十個左右的方塊字，到底寫了甚麼字？這可比《金瓶梅》真刪節本、賈平凹的《廢都》假刪節本，都更有考證、想像的空間了。

周作人說別人怎麼評，我一概不管，只糾正許壽裳的說法，這兩位教授不是外賓，意思是他們知情。最後周作人同意許壽裳的一句話：魯迅本人在他生前沒有一個字發表，這是魯迅的偉大處。

魯迅再也沒提起，周作人也到死都沉默。究竟 1923 年 7 月 14 號或者之前發生了甚麼事情？一百年來，各種各樣的猜測。概括起來，一是經濟，二是窺浴（或聽窗），三是舊情……三種解釋猜測分別來自許廣平、周海嬰和周豐一（周作人之子）。

經濟說，就是怪羽太信子持家亂花錢。周建人有這樣的抱怨。許廣平的《魯迅回憶錄》《所謂兄弟》一節，基本判斷也認為兄弟失和根子在經濟。

據陳漱渝〈今夜「大雷雨」—— 周氏兄弟失和事件再議〉[6]，「那時周氏兄弟月薪約六百元左右（魯迅三百元，周作人二百四十元），由周作人之妻羽太信子當家，而信子是一個由『奴隸』（下女）演變為『奴隸主』（當家太太）的人物，日常生活揮霍無度。魯迅對許廣平感歎說：『我用黃包車運來，怎敵得過用汽車帶走的呢？』信子有癔病（歇斯底里），一裝死，周作人就成了軟骨頭，寧可犧牲與大哥友好來換取家庭安靜。」

經濟因素雖然有傷魯迅和弟媳之間的感情，但卻未必是引發兄弟失和的導火線。魯迅博物館原副館長，曾參與《魯迅全集》註釋工作的陳漱渝，詳細比對周氏兄弟日記，證明 1923 年 7 月 19 號之前一段時間，兩人往來頻繁，一切正常。經濟矛盾如果有，也不會是突發的，應該是長期的積累，某一天因為亂花錢就絕交，不太合理。

1923 年 11 月，即周氏兄弟失和不久，周作人寫了一篇〈讀報的經驗〉，收入《談虎集下卷》。此文反對報紙為迎合社會心理而多載風化新聞。他說：「據我想來，除了個人的食息以外，兩性的關係是天下最私的事，一切當由自己負責，與第三者了無交涉。即便如何變態，如不構成犯罪，社會上別無顧問之必要……」

看來比較大的可能性，周作人所謂「我昨天才知道」的那件事，也因為「兩性的關係是天下最私的事」。前面講過郁達夫有個說法，取書打鬧時，在場還有兩位北大教授徐耀辰和張鳳舉，「據鳳舉他們判斷，以為他們兄弟間的不睦，完全是兩人的誤解，周作人的那位日本夫人，甚至說魯迅對她有失敬之處」[7]。可是到底怎麼失敬？研究者陳光中專門到了八道灣舊宅現場考證，周作人夫妻住在後院，門口有很多花草，根本無法靠近「聽窗」，而且查證了浴室的位置，浴室外面正是工人、女傭、小孩常常進出的通道。比較更值得參考的是魯迅兒子周海嬰的說法。

父親與周作人在東京求學的那個年代，日本的習俗，一般家庭沐浴，男子女子進進出出，相互都不迴避。即是說，我們中國傳統道德觀念中的所謂「男女大防」，在日本並不那麼在乎。……據上所述，再聯繫當時周氏兄弟同住一院，相互出入對方的住處原是尋常事，在這種情況之下，偶有所見甚麼還值得大驚小怪嗎？退一步說，若父親存心要窺視，也毋需踏在花草雜陳的「窗台外」吧？[8]

想起郁達夫在《沉淪》裏邊，描寫主人公偷窺房東女兒洗澡，女兒撒嬌般地投訴，她父親卻在旁邊哈哈大笑。大概也是同一個道理。

但如果「沐浴說」成立，又怎麼會在留日歸來的周氏兄弟之間造成此生不見、此生不談的決裂呢？

說實在話，我其實並不真正關心這件事情的原因，我更感興趣的是兩個人一生不談這件事情。這麼嚴重的一件事情，大家都不談，這是一種默契，也是一種互相尊敬。

最離譜的一種說法來自周作人的長子周豐一。1989 年 2 月 20 日，他在致鮑耀明的一封信中，對周作人遞交魯迅絕交信進行了解讀：

（一）所謂「我昨天才知道」。「住在北京八道灣內宅日式房間（只是一間，外一間是磚地）的我們的舅舅羽太重久，親眼看見『哥哥』與弟妹在榻榻米上擁抱在一起之事，相當驚訝。因為第二天把那件事這樣說出來，就是指發生的『我昨天才知道』這件事。其實兄弟二人留日之時，出生在窮人家的長女信子正於兄弟二人租房的時候，作為傭女工來工作。雖然與哥哥有了關係，但是作為在老家婚後來日的哥哥，不能再婚，因此把信子推介給弟弟並讓他們結婚，弟弟一直被隱瞞着，因此不知道這件事。」

（二）「過去的事」這句話是指留學時代哥哥與信子這位已經成為弟弟妻子的女人之間的關係。[9]

陳漱渝認為「周豐一的說法存在明顯的漏洞。周豐一出生在 1912 年，父親與大伯失和時他只有十一歲，當年應該不會對此事有甚麼直接印象和正確判斷，他提供的證人是舅舅羽太重久。但周氏兄弟失和於 1923 年，當年重久卻遠在日本，怎能成為大伯與弟妹在榻榻米上滾牀單的目擊者？羽太重久和魯迅關係一直友好，十分敬重魯迅的人品。這有魯迅博物館保存的羽太重久致魯迅函為證。如果他真目睹了八道灣『亂倫』的那一幕，絕對不可能對魯迅留下如此良好的印象。至於說大伯與弟媳原是情人，從 1909 年至 1923 年的十四年中又未曾反目，何至於一夜之間就轉化而為仇敵？」[10]

我也不相信周作人兒子的說法。周樹人當時婚後單身，認識下女，後來竟成為「家人」—— 即使作為小說情節，也難以想像。心理道德倫理意義上衝擊力太大。應該是不可能的。

1 許壽裳：《亡友魯迅印象記》，見《魯迅回憶錄》上冊，北京：北京出版社，1999 年，頁 223。

2 孫郁：《魯迅與周作人》，北京：中國出版集團現代出版社，2013 年，頁 5。

3 羽太信子（1888—1962），日本東京人，父親石之助，染房工匠，入贅於羽太家。原有兄妹五人，她是家中長女，後二妹羽太千代和五弟羽太福均夭逝，只剩下了三弟重久和四妹芳子。因家境貧寒，她很小就被送到東京一酒館當「酌婦」。1908 年 4 月，魯迅、周作人、許壽裳、錢均甫、朱謀宣遷居到東京本鄉西片町十番地呂字七號，因五人合租，故稱「伍舍」。這房子是日本作家夏目漱石舊居，南向兩間、西向兩間，都是一大一小，拐角處為門房，另有下房幾間，因面積大，僱了一個「下女」打掃，這人就是羽太信子。周氏兄弟在「伍舍」住了半年多，可能房租太貴，1909 年 1、2 月間就搬遷了。1909 年 3 月 18 日，周作人跟羽太信子正式在日本登記結婚。參考陳漱渝：〈今夜「大雷雨」—周氏兄弟失和事件再議〉，《陳漱渝近作選：我觀現代文壇》，天津人民出版社，2024。

4 朱正：《魯迅傳》，香港：三聯書店，2008 年，頁 92。

5 朱正：《魯迅傳》，香港：三聯書店，2008 年，頁 155—156。

6 陳漱渝：《我觀現代文壇：陳漱渝近作選》，天津：天津人民出版社，2024 年。

7 轉引自陳光中：《走讀魯迅》，北京：中國文史出版社，2015 年，頁 95。

8 周海嬰：《兄弟失和與八道灣房產》，見《我與魯迅七十年》，轉引自陳光中：《走讀魯迅》，北京：中國文史出版社，2015 年，頁 99。

9 陳漱渝：〈今夜「大雷雨」—周氏兄弟失和事件再議〉，《我觀現代文壇：陳漱渝近作選》，天津：天津人民出版社，2024 年。

10 同上。

第四輯

革命文學論爭

三十四

青年必讀書

從這章開始，我們要讀《魯迅全集》第三卷中的《華蓋集》《華蓋集續編》及《而已集》。這幾個集子，收錄了魯迅在 1925 年到 1927 年間的大部分雜文，可以說是魯迅雜文風格正式確立的一個時期。第一本集子《墳》，時間跨度大，文體比較雜，有文言論文，有抒情散文，也有早期的雜文等等。《熱風》是部隨筆集，有點像現在報紙上篇幅固定的專欄。魯迅真正大量地寫作雜文，其實是在二十年代中期以後。所以《華蓋集・題記》說：「整理了這一年（即 1925 年），所寫的雜感，竟比收在《熱風》裏的整四年中所寫的還要多」。

從數量上，可以看出魯迅雜文在這個時期成型。魯迅解釋了他為甚麼寫這麼多雜文，「也有人勸我不要做這樣的短評。那好意，我是很感激的，而且也並非不知道創作之可貴。」這是很常見的對魯迅的一種批評，或者是善意的勸告。您應該多寫小說，最好寫長篇留諸於世。魯迅當時已經非常有名，為甚麼要陷入一場又一場論戰，寫一篇又一篇時評？魯迅自問自答，「我以為如果藝術之宮裏有這麼麻煩的禁令，倒不如不進去；還是站在沙漠上，看看飛沙走石，樂則大笑，悲則大叫，憤則大罵，即使被沙礫打得遍身粗糙，頭破血流，而時時撫摩自己的凝血，覺得若有花紋，也未必不及跟着中國的文士們去陪莎士比亞吃黃油麪包之有趣。」[1]

這裏講的「去陪莎士比亞吃黃油麪包」的中國的文士，又是諷刺陳西瀅、徐志摩等。講老鼠要罵他們，現在編集子，也要影射他們。魯迅雖然諷刺他們崇拜莎士比亞，他自己在翻譯歐洲文學上花的時間也不少。

「然而只恨我的眼界小，單是中國，這一年的大事件也可以算是很多的了，我竟往往沒有論及，似乎無所感觸。」「我早就很希望中國的青年站出來，對於中國的社會，文明，都毫無忌憚地加以批評。」

這句話，我覺得應該再說一遍，且印在今天各家報紙上面，各個網站前面。

今天又要重讀一篇對我青少年時代影響很大的短文，這是 1921 年《京報副刊》的一個欄目《青年必讀書》。這個欄目上有很多名人學者列了很長的書單。胡適也列了書單，梁啟超也有。唯獨魯迅，短短兩行：

從來沒有留心過，所以現在說不出。

但下面有附註一欄：

但我要趁這機會，略說自己的經驗，以供若干讀者的參考——

我看中國書時，總覺得就沉靜下去，與實人生離開；讀外國書——但除了印度——時，往往就與人生接觸，想做點事。

中國書雖有勸人入世的話，也多是僵屍的樂觀；外國書即使是頹唐和厭世的，但卻是活人的頹唐和厭世。

我以為要少——或者竟不——看中國書，多看外國書。

少看中國書，其結果不過不能作文而已。

但現在的青年最要緊的是「行」，不是「言」。只要是活人，不能作文算甚麼大不了的事。[2]

第一次讀到此文，我是個在文革當中「復課鬧革命」的中學生，其實既不上課也不革命，看到魯迅的說法很高興。少看中國書，太好了！當時我很怕古文，尤其是還要自己標點斷句，外國翻譯書至少都是現代文。家父對我的歡欣鼓舞很不為然：傻瓜，你知道魯迅先生自己讀了多少古書才能這樣說話？

魯迅在 1922 年寫過一篇〈估《學衡》〉，《學衡》是梅光迪、吳宓等人辦的雜誌，維護傳統國學、批評「五四」新文化。今天回頭看，學衡派也有其歷史價值和文化貢獻。有趣的是，魯迅批判《學衡》，不是說他們太守舊，而是說《學衡》雜誌當中有很多文言的語病硬傷，甚至題目不通。「總之，諸公掊擊新文化而張皇舊學問，倘不自相矛盾，倒也不失其為一種主張。可惜的是於舊學並無門徑，並主張也還不配。倘使字句未通的人也算是國粹的知己，則國粹更要慚惶煞人！」[3]

罵新文化的人，自己的舊學文章都寫不通，難為情。

還有一篇文章〈以震其艱深〉，也是找了國學家文章當中的病句。說：「如此『國學』，雖不艱深，卻是惡作，真是『一讀之欲嘔』，再讀之必嘔矣。」

可見，魯迅批判舊學的武器，就是更好的國學。這一點，魯迅是比《新青年》中的戰友，胡適、李大釗、錢玄同、陳獨秀都更有力量。因為他的國學比他這批戰友要好。

但問題來了，魯迅明明自己在國學裏獲益良多，為甚麼卻要勸當時的年輕人少讀、甚至不讀中國書？

淺顯原因是他看不慣當時商人借國學賺錢。在〈所謂國學〉裏，魯迅說「遺老有錢，或者也不過聊以自娛罷了，而商人便大吹大擂的藉此獲利。還有茶商鹽販，本來是不齒於『士類』的，現在也趁着新舊紛擾的時候，借刻書為名，想挨進遺老遺少的『士林』裏去。」[4]

現在所謂的「國學復興」，神州大地到處都是。美容院裏擺着中華養生秘方大全，靈修班裏連續有新時代的女經講座等等。不知是傳統生命力強，還是魯迅的預言准。

「然而巧妙的商人可也決不肯放過學生們的錢的，便用壞紙惡墨別印甚麼『菁華』甚麼『大全』之類來搜括。至於這些『國學』書的校勘，……然而錯字迭出，破句連篇（用的並不是新式圈點），簡直是拿少年來開玩笑。這是他們之所謂『國學』」。

其實也是因為魯迅看不慣十里洋場「蝴蝶鴛鴦」文人冒充「國學」。「從沒有人稱這些文章為國學，他們自己也並不以國學家自命，現在不知何以奇想天開，也學了茶商鹽販，要憑空挨進『國學家』的隊裏去了。」

對真有學問的國學家，魯迅其實十分尊重。在〈不懂的音譯〉裏邊，他說：「中國有一部《流沙墜簡》，印了將有十年了。要談國學，那才可以算一種研究國學的書。開首有一篇長序，是王國維先生做的，要談國學，他才可以算一個研究國學的人物。」[5]

多年後在三十年代的論戰中，《現代》雜誌的主編施蟄存引用了魯迅〈青年必讀書〉中的話，說：「少看中國書，其結果不過不能作文而已，可見是承認了要能作文就該多看中國書。」魯迅在〈答「兼示」〉裏說：「是施先生忽略了時候和環境。他說一條的那幾句的時候，正是許多人大叫要作白話文，也非讀古書不可之際，所以那幾句是針對他們而發的。」強調〈青年必讀書〉有特定的語境。比較激烈的反傳統觀點，屬於「五四」的「吶喊」時期。當時他很希望青年人不要「埋頭故紙堆」，最好能夠「直面慘淡的人生」，「發出現代的聲音」。正常社會做學問，像魯迅所說「少看、不看中國書，只看外國書」，當然不行。但任何時候，沒有人像魯迅那樣站出來反潮流、敲警鐘，那也是不行的。魯迅自己抄古碑、讀舊書，又激烈批判「國故」。一是新文化的精神就是要「重新估定一切價值」，這是周作人的原話，也是「五四」一代文人的共同信念。在這個意義上，魯迅估《學衡》、批偽國學，和胡適、顧頡剛他們整理國故，並不衝突。第二，魯迅其實並不討厭孔夫子。按照林毓生的說法，魯迅畢生以思想文化為武器來解決社會政治問題，這種基本思路與精神，其實正是儒家文化的核心。

讀魯迅晚年的〈在現代中國的孔夫子〉，就知道魯迅不是反孔子，而是警惕在現代中國特定政治文化條件下，被簡單復活被人為鼓吹的儒學。二十世紀以來，甚麼人喜歡孔夫子？原來就是袁世凱想恢復帝制時，孔子被抬為「摩登聖人」；還有孫傳芳、張宗昌等專制獨裁者都拿孔子做工具，按魯迅的說法，叫「連累孔子也更加陷入了悲境」。孔夫子只是被利用的器具。[6]

按錢理羣的說法，孔夫子在當代中國被抬舉利用、被重新尊重、被現代包裝，突出的重點在兩點，一是鼓吹「臣必須服從皇帝、兒子必須服從父親、妻子必須服從丈夫」的三綱，對上要服從；二是鼓吹「儒家獨尊」，堅持以儒家學說統一所有國人的思想，以此來抵抗外來的思潮。[7]

所以，「國學復興」的兩個要點：一是政治服從，二是思想統一，正是魯迅一定要反對與抵制的禮教傳統。這也正是〈青年必讀書〉這篇驚世駭俗短文的真正寫作目的與歷史語境。

問題是，這個寫作目的有沒有達到？這個歷史語境今天有沒有改變？

1 魯迅：《華蓋集・題記》，見《魯迅全集》第三卷，北京：人民文學出版社，2005 年，頁 3。

2 魯迅：〈青年必讀書〉，最初發表於《京報副刊》1925 年 2 月 21 日，見《魯迅全集》第三卷，北京：人民文學出版社，2005 年，頁 12。

3 魯迅：〈估《學衡》〉，最初發表於《晨報副刊》1922 年 2 月 9 日，收入《熱風》，見《魯迅全集》第一卷，北京：人民文學出版社，2005 年，頁 399。

4 魯迅：〈所謂國學〉，最初發表於《晨報副刊》1922 年 10 月 4 日，收入《熱風》，見《魯迅全集》第一卷，北京：人民文學出版社，2005 年，頁 409—410。

5 魯迅：〈不懂的音譯〉，最初發表《晨報副刊》於 1922 年 11 月 4、6 日，收入《熱風》，見《魯迅全集》第一卷，北京：人民文學出版社，2005 年，頁 417—420。

6 魯迅：〈在現代中國的孔夫子〉，最初發表於日本《改造》1935 年 6 月。中譯文最初發表於日本東京《雜文》1935 年 7 月第 2 號，收入《且介亭雜文二集》，《魯迅全集》第六卷，北京：人民文學出版社，2005 年，頁 324。

7 錢理羣：《與魯迅相遇：北大演講錄之二》，北京：三聯書店，2003 年，頁 56。

三十五

〈忽然想到〉：論辯的魂靈

還是 1925 年，1925 年太重要了。

魯迅在 1925 年 1 月到 6 月的《京報副刊》上發表了一系列短文，題目叫〈忽然想到〉，共十一篇。後來收在《華蓋集》裏，合併成四篇，題目還是叫〈忽然想到〉。

〈忽然想到〉第一段就是妙文：「康聖人主張跪拜，以為『否則要此膝何用』」。其實魯迅有點斷章取義。康有為的原話是：「中國民不拜天，又不拜孔子，留此膝何為？」(〈請飭全國祀孔仍行跪拜禮〉)意思是，國人應該拜天、拜孔子。是拜天，不是拜天子，康有為還是有原則的。魯迅總是在意國人奴性，所以對跪拜等肢體動作也特別敏感。義和團時曾嘲笑鬼子膝蓋不能彎曲。「走時的腿的動作，固然不易於看得分明，但忘記了坐在椅上時候的膝的曲直，則不可謂非聖人之疏於格物也。」仍然把康有為嘲笑一下。然後魯迅說，「身中間脖頸最細，古人則於此斫之。……臀肉最肥，古人則於此打之。其格物都比康聖人精到。……後人之愛不忍釋，實非無因」。所以，砍頭頸、砍脖子、打屁股，人體肉身上下，都能體現「國粹」。

〈忽然想到〉第二篇，跳躍至外國的書本印刷，長留空白頁。「上下的天地頭也很寬」。魯迅比較喜歡。「近來中國的排印的新書則大抵沒有副頁，天地頭又都很短，想要寫上一點意見或別的甚麼，也無地可容。」魯迅的書大概不是借的，可以在書上划槓槓、寫眉批。據說魯迅平均月入四百塊，二百自用，一百寄母親及朱安，一百用來買書。現在假如還能找到被魯迅「破壞」過的書，價值很高。

> 翻開書來，滿本是密密層層的黑字；加以油臭撲鼻，使人發生一種壓迫和窘促之感，不特很少「讀書之樂」，且覺得彷彿人生已沒有「餘裕」，「不留餘地」了。

這段閒暇文字，令我頗有同感。魯迅講的書本印刷，意思是在書外。

> 或者也許以這樣的為質樸罷，但質樸是開始的「陋」，精力彌滿，不惜物力的。現在的卻是復歸於陋，而質樸的精神已失，所以只能算窳敗，算墮落，也就是常談之所謂「因陋就簡」。在這樣「不留餘地」空氣的圍繞裏，人們的精神大抵要被擠小的。

說的太好了！讀魯迅，快感就在這些地方。同樣的感受，已經有了很久，就不知道怎麼表達，他漫不經心地就替你說了。「因陋就簡」這個詞，現在已經變成正面讚詞，因為有個艱苦樸素的語境。可是魯迅的意思說，青年人簡陋，一切起步，沒關係；可老了還是簡陋呢，就是「不留餘地」了。這種「不留餘地」就是人的精神要被擠小。

不僅是書的排版，寫字、讀書、生活空間也不能不留餘地。有位港大教授說過，人睡着了，他的房間大小都是一樣的。我卻到不了這個境界。我的奢望，是沙發可以懸空放，後面是空的。以前當我有這種奢望時，總是自我批判，覺得是資產階級思想作怪。現在才明白，魯迅說的對，不留餘地，人會被擠小。

魯迅進一步說：

> 外國的平易地講述學術文藝的書，往往夾雜些閒話或笑談，使文章增添活氣，讀者感到格外的興趣，不易於疲倦。但中國的有些譯本，卻將這些刪去，單留下艱難的講學語，使他復近於教科書。
>
> 這正如折花者；除盡枝葉，單留花朵，折花固然是折花，然而花枝的活氣卻滅盡了。人們到了失去餘裕心，或不自覺地滿抱了不留餘地心時，這民族的將來恐怕就可慮。

到這裏我們發現魯迅講的仍然不是小事，而是大的圖景。百年過去了，書還是這樣印。雖然現在多了視頻、音頻，不同的讀書方法，讀了魯迅上面的文字，我對自己近年來從事學術的方法轉變多了一點信心。

在〈忽然想到〉（一至四）後面，《華蓋集》還收了兩篇差不多同一時期的文章，一篇是〈通訊〉，另外一篇叫〈論辯的魂靈〉。其中有幾段文字，我必須摘抄下來，否則對不起魯迅，也對不起《重讀魯迅》的讀者朋友。

〈通訊・一〉，講北京胡同裏有一種土車，幫助各家把他們丟棄的煤灰運出去，運到哪裏呢？運到街道邊上。所以不久，街邊的老房子就只露出一半了。魯迅見了這個街景，就像看到了中國人的歷史，他說北京的人家等於是在自己活埋自己。

> 大約國民如此，是決不會有好的政府的；好的政府，或者反

而容易倒。也不會有好議員的；現在常有人罵議員，説他們收賄，無特操，趨炎附勢，自私自利，但大多數的國民，豈非正是如此的麼？這類的議員，其實確是國民的代表。[1]

在《墳》裏講天才與土壤，講民眾偷磚雷鋒塔倒掉，魯迅不止一次討論羣眾與「領袖」（或者代表）之間的關係。「五四」小說之所以淡寫「官」，因為魯迅的看法，議員官員收賄，趨炎附勢，可是百姓如果有機會，會怎麼樣呢？「這類的議員，其實確是國民的代表」。我親眼見過一個親戚，在家裏大罵區人大代表，腐敗，收錢，等等。轉眼他又眉飛色舞地說，讓幾個中學生住在家裏特別輔導，多賺外快。我是同情他的、理解他的，但也立刻明白了魯迅說的話，其實確是他們的代表。

在〈通訊・一〉中，北大哲學系教授徐炳昶說，我們中國人的惰性深，「第一就是聽天任命，第二就是中庸」。

乍一看有道理，都說中國人中庸，即便我們對大環境不滿，也總是聽天任命，美其名曰：「看着歷史怎麼發展」。

中庸的確是中國人的特點嗎？魯迅說不是。

先生的信上説：惰性表現的形式不一，而最普通的，第一就是聽天任命，第二就是中庸。我以為這兩種態度的根柢，怕不可僅以惰性了之，其實乃是卑怯。遇見強者，不敢反抗，便以「中庸」這些話來粉飾，聊以自慰。所以中國人倘有權力，看見別人奈何他不得，或者有「多數」，作他護符的時候，多是兇殘橫恣，宛然一個暴君，做事並不中庸；待到滿口「中庸」時，乃是勢力已失，早非「中庸」不可的時候了。一到全敗，則又有「命運」來做話柄，縱為奴隸，也處之泰然，但又無往而不合於聖道。這些現象，實在可以使中國人敗亡，無論有沒有外敵。

在這封收入散文集的私人信件裏，魯迅把國人處事為人的規律概括為三個階段、三個層次。第一個階段，你有權力，權力不受監控，別人對你沒辦法。權力哪裏來？可能是靠武力、也許靠金錢。在一個小圈子，在一個村莊裏，一堆小孩裏邊，可能你的力氣最大，在一個集團裏可能你有某種武裝。但也可能是你能忽悠多數人、操控一幫人。總而言之，一旦你有權力，橫行霸道，你做事並不「中庸」。

第二，權力不大了，勢力被消弱了，做事情有掣肘了。這時就說：要做事情要講原則，有分寸，留餘地，「中庸」來了。所以「中庸」是力量不夠的表現。

第三，完全失敗的階段。打不過了，這時老百姓就說，倒霉，晦氣，命不好，災星……知識分子，就說這是歷史的曲折發展，人在做，天在看，將來歷史會有公正評價。

魯迅的國人處事三階段，靠不靠譜，大家自己判斷。在另外一篇叫〈論辯的魂靈〉當中，魯迅又列出了國人論辯就的常用邏輯。在今天網絡上也很有實用價值，必須把它抄錄幾條。

「洋奴會說洋話。你主張讀洋書，就是洋奴，人格破產了！」

「受人格破產的洋奴崇拜的洋書，其價值從可知矣！」

「你說中國不好。你是外國人麼？為甚麼不到外國去？可惜外國人看你不起……。」

魯迅總結的論辯邏輯，以下面這段最為詳細精彩——

「你說甲生瘡，甲是中國人，你就是說中國人生瘡了。既然中國人生瘡，你是中國人，就是你也生瘡了。你既然也生瘡，你就和甲一樣。而你只說甲生瘡，則竟無自知之明，你的話還有甚麼價值？倘你沒有生瘡，是說誑也。賣國賊是說誑的，所以你是賣國賊。我罵賣國賊，所以我是愛國者。愛國者的話是最有價值的，所以我的話是不錯的，我的話既然不錯，你就是賣國賊無疑了！」[2]

這一段「論辯的魂靈」，其中有七、八種不同邏輯在混合跳躍，需要一一列下，好好學習。

第一個層次，甲生瘡，某人生病，某人是中國人，所以等於說中國人有病。這個是從個人推廣到國族的邏輯。

第二，中國人有病，你是中國人，那你也有病。這是從國族又推理到個人。

第三，你有病，所以你說的話沒有價值。貌似合理的因果關係。

第四，你沒有病吧？那你在說謊。這是新的指控。

第五，賣國賊說謊了，你也說謊，所以你是賣國賊。這個推理最厲害。等於說強姦犯有性慾，你也有性慾，所以你也是強姦犯。此邏輯太有創意，不知怎麼歸類。

第六，我罵賣國賊，說明我是愛國者。這一條非常有用，罵你賣國賊，可以證明我是愛國者。階級鬥爭覺悟。

第七，愛國者的話有價值，所以我的話也不錯。從羣體保護個體。

第八，我的話固然不錯，那你就肯定是賣國賊。凡是敵人反對的，我們就要擁護；凡是敵人擁護的，我們就要反對……

魯迅總結的這些論辯常用邏輯，我們要常常操練、時時培訓、天天發揚。

還有一段：

「你自以為是『人』，我卻以為非也。我是畜類，現在我就叫你爹爹。你既然是畜類的爹爹，當然也就是畜類了。」

這又是論辯邏輯的另一個境界了。

1 魯迅：〈通訊〉最初發表於北京《猛進》1925 年 3 月 20 日、4 月 3 日第 3、5 期，收入《華蓋集》，見《魯迅全集》第三卷，北京：人民文學出版社，2005 年，頁 22。

2 魯迅：〈論辯的魂靈〉，最初發表於北京《語絲》1925 年 3 月 9 號第 17 期，收入《華蓋集》，見《魯迅全集》第三卷，北京：人民文學出版社，2005 年，頁 31—31。

三十六

〈忽然想到〉：兇獸和羊

〈忽然想到〉總共有十一篇，每篇都有金句，牽涉到論辯、專制、冷嘲、生存、發展、羊與獸、回憶的價值、弱者如何辯誣、自殺、自家相殺與為異族所殺等等不同的話題。

讀魯迅的這類散文，有兩種方法。一種是寫論文的方法，按一定主題，將魯迅在不同文章裏的相關論點放在一起。比方說魯迅討論奴才，討論奴隸性，我們可以將他的各種關於奴隸的觀點整理起來。同樣方法，也可以分析個人與羣眾，淨化與輪迴，希望與絕望……

第二種是更加原生態的讀法，即順着魯迅作品的思路，文章叫〈忽然想到〉，思路是意識流的，跳來跳去，不斷變化，所以我們也順着他的思路去讀，遲一些再來整理這些思路。

我想嘗試用第二種方法。尤其是〈忽然想到〉這十一篇，看看魯迅怎樣「忽然想到」，如何左避右閃，或者說自我辯駁，然後自由發揮。

歸根究底，我們是「重讀魯迅」，而不是「再論魯迅」。

〈忽然想到・五〉中，魯迅引用「約翰彌耳[1]說：專制使人們變成冷嘲。我們卻天下太平，連冷嘲也沒有。我想：暴君的專制使人們變成冷嘲，愚民的專制使人們變成死相。」[2]

魯迅此文寫於 1925 年，如果之前的「專制」是指晚清，那麼現在的「天下太平，連冷嘲也沒有」，應該是指軍閥混戰的民國初年。之前我們討論過「五四」以後官員形象淡化，民國的審查制度也是一個原因。至於甚麼是「死相」？魯迅在同一篇文章裏，以自己為例，做了詳細的註解。魯迅說小時候，「長輩的訓誨於我是這樣的有力，所以我也很遵從讀書人家的家教。屏息低頭，毫不敢輕舉妄動。兩眼下視黃泉，看天就是傲慢，滿臉裝出死相，說笑就是放肆。……我自然以為極應該的，但有時心裏也發生一點反抗。心的反抗，那個時候還不算甚麼犯罪，似乎誅心之律，倒不及現在之嚴。」

就是說清末時候，思想犯罪還不算犯罪。最重要「裝出死相」。現在與時俱進，「你永遠無法叫醒一個裝睡的人。」裝睡和真睡，哪種情況更難喚醒？

由魯迅對「死相」的描寫看，中國古代傳統的專制至少可以分成兩種。第一種，就是暴君的專制。人們不能反抗，但還可以說笑，因此就變成冷嘲。此乃暴君的專制。第二種，是愚民的專制。是看出說笑話是一種不滿，所以要給你們洗腦，讓你們覺得幸福。「先前是老人們的世界，現在是少年們的世界了；竟不料治世的人們雖異，而其禁止說笑也則同。那麼，我的死相也還得裝下去，裝下去，『死而後已』，豈不痛哉！我於是又恨我生得太遲一點。何不早二十年，趕上那大人還准說笑的時候？真是『我生不辰』，正當可詛咒的時候，活在可詛咒的地方了。」[3]

重要的是愚民（有時是娛民）造成的「死相」，按魯迅的說法，其實心仍然沒死，所以「死相」是裝出來的。再進一步，再成功的專制，歷史上名聲最好的專制，比方說康乾盛世等等，很多不同級別的官員，很多考試的秀才舉人，甚至很多老百姓，他們臉上的「死相」，會不會是真的？假如真的死了，「死相」不是裝出來的，或者從心底熱愛康乾，熱愛大人，熱愛專制，我們可以說這是真心誠意、自覺自願、發自肺腑、留在血液中的「死相」了。

魯迅有機會就會討論專制與民眾之間的關係，這是他幾乎所有作品中的一條主要線索。

〈忽然想到・五〉的結尾是：「世上如果還有真要活下去的人們，就先得該敢說，敢笑，敢哭，敢怒，敢罵，敢打，在這可詛咒的地方擊退了可詛咒的時代！」

六個「敢」字，最後還是一個感歎號，在魯迅文章裏非常罕見。

魯迅的文章以批判、唾棄、懷疑、批判為主。但是魯迅到底認為甚麼東西是好的？他也是忽然想到（其實恐怕是深思熟慮）：「我們目下的當務之急，是：一要生存，二要溫飽，三要發展。苟有阻礙這前途者，無論是古是今，是人是鬼，是《三墳》《五典》，百宋千元，天球河圖，金人玉佛，祖傳丸散，秘制膏丹，全都踏倒他。」[4]

這個「一要生存，二要溫飽，三要發展」的價值觀，是魯迅早期到中期的一貫的思想。魯迅批判傳統，痛恨現實，懷疑西方，四面作戰，核心還是對中國的人和事的現實焦慮，所以他說這是「當務之急」，沒有說這是終極理想。

魯迅的終極理想是甚麼呢？天下大同？世界和平？永恆的愛？魯迅好像很少談及。

魯迅後來還有一段很著名的解釋：「我之所謂生存，並不是苟活，所謂溫飽，不是奢侈，所謂發展，也不是放縱。有敢來阻礙這三者，無論是誰，我們都要反抗他、撲滅他。」[5]

既然是〈忽然想到〉，思路是跳躍的。在〈忽然想到・七〉，有友人武者君來訪，告訴魯迅說他在大道上發現了兩樣東西——兇獸和羊。魯迅說：

> 但我以為這不過發見了一部分，因為大道上的東西還沒有這樣簡單，還得附加一句，是：兇獸樣的羊，羊樣的兇獸。[6]

顯然這是魯迅先生一直感興趣的話題，是他一直耿耿於懷的研究對象，就是所謂奴隸和奴才的區別，或者說奴才與主人的一體兩面。「他們是羊，同時也是兇獸；但遇見比他更兇的兇獸時便現羊樣，遇見比他更弱的羊時便現兇獸樣。」

這個觀察，魯迅其實早在阿 Q 身上就已經有過深入的解剖。在〈忽然想到〉的雜文裏邊，魯迅卻給我們找了一個令人驚訝的例子——學生。學生一直是魯迅支持的對象，學生也是我們心中自許的對象。學生就是我們。可是魯迅說——

> 我還記得第一次「五四」以後，軍警們很客氣地只用槍托，亂打那手無寸鐵的教員和學生，威武到很像一隊鐵騎在苗田上馳騁；學生們則驚叫奔避，正如遇見虎狼的羊羣。但是，當學生們成了大羣，襲擊他們的敵人時，不是遇見孩子也要推他摔幾個筋斗麼？在學校裏，不是還唾罵敵人的兒子，使他非逃回家去不可麼？這和古代暴君的滅族的意見，有甚麼區分！[7]

魯迅可是沒見過朝氣蓬勃的紅衞兵抄家，也沒見過「老子英雄兒好漢，老子反動兒混蛋」的標語掛在大學校園裏（後來改成「老子革命兒接班，老子反動兒造反」）。魯迅怎麼在 1925 年就預見了後來北大、清華校園裏的圖景。還有「鐵騎在苗田上馳騁」……他的弟弟，倒是活到了 1967 年，就被這「大羣」的學生們當敵人消滅了。學生們當時正舉着魯迅的旗幟，「痛打落水狗」「費厄潑賴應該緩行」。

二十世紀的中國充滿變化。除了魯迅，我沒有見過任何一個別的作家能夠這麼精闢、這麼傳神、這麼具體地預見中國後來的人和事。

> 可惜中國人但對於羊顯兇獸相，而對於兇獸則顯羊相，所以即使顯着兇獸相，也還是卑怯的國民。

一般說來，對二十世紀的中國，病症是魯迅看得准，藥方是胡適開得好。但魯迅對羊獸一體的國民病症，也開了他的藥方：

> 我想，要中國得救，也不必添甚麼東西進去，只要青年們將這兩種性質的古傳用法，反過來一用就夠了：對手如兇獸時就如兇獸，對手如羊時就如羊！

魯迅這個藥方管用嗎？各位讀者大家可以反省一下。或者看看我們的周圍。比方說中國對甚麼國家的客人最重視，最友好？

1 據《魯迅全集》第三卷的註釋:「約翰彌耳」(J.S.Mill, 1806—1873),通譯約翰・穆勒,英國哲學家,經濟學家,著作有《邏輯體系》《論自由》(嚴復中譯名為《穆勒名學》《羣己權界論》)。見魯迅:《魯迅全集》第三卷,北京:人民文學出版社,2005年。

2 魯迅:〈忽然想到・五〉,最初發表於《京報副刊》1925年4月18日,收入《華蓋集》,見《魯迅全集》第三卷,北京:人民文學出版社,2005年,頁45。

3 同上。

4 魯迅:〈忽然想到・六〉,最初發表於《京報副刊》1925年4月22日,《魯迅全集》第三卷,北京:人民文學出版社,2005年,頁47。

5 魯迅:〈北京通信〉,原載開封《豫報副刊》1925年5月14日,收入《華蓋集》,見《魯迅全集》第三卷,北京:人民文學出版社,2005年,頁54—55。

6 魯迅:〈忽然想到・七〉,最初發表於《京報副刊》1925年5月12日,《魯迅全集》第三卷,北京:人民文學出版社,2005年,頁63。

7 同上。

三十七

〈這個與那個〉：醉蝦的幫手

魯迅說他不願意做青年導師；但另一方面，他又很認真地做青年導師。

二十年代中期，魯迅的很多散文，其實都是為青年而寫，對着青年說話，研究青年人的選擇和命運。魯迅對「見狼顯羊相，見羊顯狼相」的國民性弱點深惡痛絕，所以，1925 年 5 月在《莽原》發表了一篇〈雜感〉中，他說：

> 勇者憤怒，抽刀向更強者；怯者憤怒，卻抽刀向更弱者。不可救藥的民族中，一定有許多英雄，專向孩子們瞪眼。這些孱頭們！

當魯迅在罵這些沒用的人的時候，他其實更擔心的是遺傳，「孩子們在瞪眼中長大了，又向別的孩子們瞪眼。」魯迅覺得他站在一個歷史轉折點上，他是有責任來切斷這種歷史循環的。他覺得對青年、對孩子有特殊的責任。魯迅一方面拒絕導師的帽子，他常常還用「青年導師」這個東西來嘲笑現代評論派。但實際上，他認真看待導師的責任。〈青年必讀書〉裏邊，看看前面第一句，「從來沒想過，所以不知道」，第二句就提出了很多驚世駭俗的意見，「少讀中國書，甚至不讀」。在〈導師〉一文當中，魯迅說，「要前進的青年們大抵想尋求一個導師。然而我敢說：他們將永遠尋不到。尋不到倒是運氣；自知的謝不敏，自許的果真識路麼？」[1] 魯迅認為那些自以為給青年指路的，不是「老態」，就是「圓穩」，或者是「佛法和尚」「賣藥道士」。青年怎麼辦？有的青年說「只有自己可靠」，魯迅又煞風景「自己也未必可靠」。「我們都不大有記性。這也無怪，人生苦痛的事太多了，尤其是在中國。」

為甚麼「尤其是在中國」？魯迅乃至今天中國知識界，都有個把中國問題特殊化的傾向。中國在這個世界上，有甚麼特殊性？這個問題在二十一世紀中國成為世界第二大經濟體時，更加值得討論。精耕細作的農業經濟基礎與超穩定「秦制」皇權之間就靠儒家禮教士紳階級維繫？這就是中國人，尤其是中國讀書人處境的特殊性？

「記性好的，大概都被厚重的苦痛壓死了；只有記性壞的，適者生存，還能欣然活着。」魯迅把健忘與高壓聯繫起來。常常「今是昨非」「口是心非」，所以，自己也不可靠。「或者還是知道自己之不甚可靠者，倒較為可靠罷。」

學生相信老師這句話嗎？相信他這句話——甚麼人都靠不住——至少你相信了眼前這句話。不相信這句話——甚麼人不可靠，就是相信還有可信的。怎麼樣，都是一個悖論。

> 青年又何須尋那掛着金字招牌的導師呢？
>
> 但青年又何能一概而論？有醒着的，有睡着的，有昏着的，有躺着的，有玩着的，此外還多。但是，自然也有要前進的。

魯迅努力推卻導師之稱，又認真盡導師之責。當時他在北京女子師範大學上課，和學生許廣平戀愛，又捲入學潮。〈導師〉一文是寫在1925年的5月，後來的局勢變化太快，兩年多以後，魯迅的想法就不同了。目睹國共分裂後，魯迅在1927年有一篇〈答有恆先生〉的文章，就對自己、對青年的狀況、以及對自己的導師的責任產生了極大的失望和後悔。

> 一，我的一種妄想破滅了。我至今為止，時時有一種樂觀，以為壓迫，殺戮青年的，大概是老人。這種老人漸漸死去，中國總可比較地有生氣。現在我知道不然了，殺戮青年的，似乎倒大概是青年。
>
> 二，我發見了我自己是一個……。是甚麼呢？我一時定不出名目來。我曾經説過：中國歷來是排着吃人的筵宴，有吃的，有被吃的。被吃的也曾吃人，正吃的也會被吃。但我現在發見了，我自己也幫助着排筵宴。

魯迅對有恆先生說：

> 先生，你是看我的作品的，我現在發一個問題：看了之後，使你麻木，還是使你清楚；使你昏沉，還是使你活潑？

這個問題嚴重了。

各位讀者，你們覺得呢？「重讀魯迅」以後，你們覺得自已是更麻木了，還是更清醒了？更昏沉了，還是更振奮了？

魯迅的意思是，如果我讓你更清楚、更活潑了，其實反害了你們。「中國的筵席上有一種『醉蝦』，蝦越鮮活，吃的人便越高興，越暢快。」

魯迅說：

> 我就是做這醉蝦的幫手，弄清了老實而不幸的青年的腦子和弄敏了他的感覺，使他萬一遭災時來嘗加倍的苦痛。

這是兩年以後大革命當中的沉痛反省。弄清了青年的腦子和弄敏了他的感覺，反而會使他們加倍苦痛。

在 1925 年，相信進化論的魯迅還很認真地在做老師。他對青年提出了很多明確、具體、正面的期望。〈這個與那個〉第一節是「讀經與讀史」，說讀經崇拜古典名著，膝蓋也不必軟下去，更應該讀史。讀歷史就可以知道現實跟未來。魯迅用了一個通俗的比方，「所以倘有誰要預知令夫人後日的丰姿，也只要看丈母」。

第二節題為「捧與挖」，魯迅這個說法也很有名：國人遇見令自己不安的人物，一是壓，二是捧。捧了以後，後果其實危險。魯迅又引了一個大概出於《笑林廣記》的故事，很好玩，說一個知縣過生日，他屬老鼠，下面官員便送了一隻金老鼠。不想第二年知縣說他的賤內屬牛，大家呆了。誰知道再下一年知縣的姨太太會不會屬象？

第三節「最先與最後」，講的是自己在學校運動會的觀感：「競走的時候，大抵是最快的三四個人一到決勝點，其餘的便鬆懈了，有幾個還至於失了跑完豫定的圈數的勇氣，中途擠入看客的羣集中；或者佯為跌倒，使紅十字隊用擔架將他抬走。假若偶有雖然落後，卻盡跑，盡跑的人，大家就嗤笑他。大概是因為他太不聰明。」

從運動會見聞，魯迅又產生了「中國聯想」，「所以中國一向就少有失敗的英雄，少有韌性的反抗，少有敢單身鏖戰的武人，少有敢撫哭叛徒的吊客；見勝兆則紛紛聚集，見敗兆則紛紛逃亡。」

魯迅引申感慨的情況，是中國特殊國情，還是弱勢民族和羣體的通病？

〈這個與那個〉的第四節「流產與斷種」，批評社會上對青年起步、新生力量的苛求，必須一起步就成功，否則就一棒打死。魯迅說：「我以為流產究竟比不生產還有望，因為這已經明明白白地證明着能夠生產的了。」

所有這些話，聽來真是好老師，對青年學生充滿鼓勵，充滿希望，十分寬容，滿懷期待。魯迅萬萬沒料到，就在他寫文章以後不久，話音未落，他熱愛的青年們竟要倒在血泊中。

1　魯迅：〈導師〉，最初發表於《莽原》1925 年 5 月 15 日第 4 期，收入《華蓋集》，見《魯迅全集》第三卷，北京：人民文學出版社，2005 年，頁 45。

三十八

〈記念劉和珍君〉

> 中華民國十五年三月二十五日，就是國立北京女子師範大學為十八日在段祺瑞執政府前遇害的劉和珍楊德羣兩君開追悼會的那一天，我獨在禮堂外徘徊，遇見程君，前來問我道，「先生可曾為劉和珍寫了一點甚麼沒有？」我說「沒有」。她就正告我，「先生還是寫一點罷；劉和珍生前就很愛看先生的文章。」[1]

這是魯迅最著名的散文〈記念劉和珍君〉的第一節。

魯迅想起當時大家生活艱難，劉和珍這個學生卻預定了全年的《莽原》，聽同學說：「劉和珍生前就很愛看先生的文章。」魯迅在追悼會場外獨自徘徊，想到若有在天之靈，他必須寫點紀念文字。

> 可是我實在無話可說。我只覺得所住的並非人間。四十多個青年的血，洋溢在我的周圍，使我艱於呼吸視聽，那裏還能有甚麼言語？……我將深味這非人間的濃黑的悲涼；以我的最大哀痛顯示於非人間，使它們快意於我的苦痛，就將這作為後死者的菲薄的祭品，奉獻於逝者的靈前。

第二節中有一句話，後人可以用來形容魯迅自己的一生：

真的猛士，敢於直面慘淡的人生，敢於正視淋漓的鮮血。

第三節回顧了他們的師生關係：

在四十餘被害的青年之中，劉和珍君是我的學生。學生云者，我向來這樣想，這樣説，現在卻覺得有些躊躇了，我應該對她奉獻我的悲哀與尊敬。她不是「苟活到現在的我」的學生，是為了中國而死的中國的青年。

魯迅初次知道劉和珍的名字，是楊蔭榆校長開除北京女子師範大學六個學生自治會成員，其中也有許廣平、劉和珍。魯迅以為這麼勇敢的女生一定鋒芒畢露，後來她來聽課，發現劉和珍態度溫和，常常微笑。

第四節寫到出事當天：

我在十八日早晨，才知道上午有羣眾向執政府請願的事；下午便得到噩耗，説衞隊居然開槍，死傷至數百人，而劉和珍君即在遇害者之列。但我對於這些傳説，竟至於頗為懷疑。我向來是不憚以最壞的惡意，來推測中國人的，然而我還不料，也不信竟會下劣兇殘到這地步。況且始終微笑着的和藹的劉和珍君，更何至於無端在府門前喋血呢？

然而即日證明是事實了，作證的便是她自己的屍骸。還有一具，是楊德羣君的。而且又證明着這不但是殺害，簡直是虐殺，因為身體上還有棍棒的傷痕。

但段政府就有令，説她們是「暴徒」！

但接着就有流言，説她們是受人利用的。

慘象，已使我目不忍視了；流言，尤使我耳不忍聞。我還有甚麼話可說呢？我懂得衰亡民族之所以默無聲息的緣由了。沉默呵，沉默呵！不在沉默中爆發，就在沉默中滅亡。

「三一八慘案」的歷史背景是 1926 年國民革命軍與奉系軍閥開戰。3 月 12 號，日本驅逐艦在大沽口掩護奉軍，之後日本又糾結英美法等八國對中國提出最後通牒。出於愛國熱情，1926 年 3 月 18 號，北京各界民眾兩萬多人召開示威大會，抗議列強，會後遊行。

全程現場參與的朱自清。在慘案五天後，寫了一篇〈執政府大屠殺記〉，是非常寶貴的第一手記載。

我先說遊行隊。我自天安門出發後，曾將遊行隊從頭至尾看了一回。全數約二千人；工人有兩隊，至多五十人，廣東外交代表團一隊，約十餘人；國民黨北京特別市黨部一隊，約二三十人；留日歸國學生團一隊，約二十人，其餘便多是北京的學生了，內有女學生三隊。拿木棍的並不多，而且都是學生，不過十餘人；工人拿木棍的，我不曾見。木棍約三尺長，一端削尖了，上貼書有口號的紙，做成旗幟的樣子。至於「有鐵釘的木棍」我卻不曾見！[2]

朱自清和清華的隊伍走在一起，來到了執政府前。段祺瑞的執政府大廈，就在張自忠路三號，原名叫鐵獅子胡同，曾經是和親王府、和敬公主府，也曾經是清陸軍部和海軍部舊址。 1912 年袁世凱任中華民國臨時大總統，總統府跟國務院就設在這裏。段祺瑞是 1924 年被北洋軍閥推為中華民國臨時執政，這個地方就變成了執政府。後來也做過崗村寧次的華北駐屯軍司令部，國民黨北平警備司令部，現在是中國人民大學清史研究所。

話說朱自清等幾千學生和羣眾到達執政府前，據說當時守備十分鬆懈，槍上沒有刺刀。遊行的羣眾，還有一些看熱鬧的人都很多，甚至有人爬上石獅子照相——想像這個情景——遊行隊伍正不知道下一步該怎麼辦，猶豫不猶豫，是散了還是怎麼樣？忽然間，毫無警告，就聽到槍聲。朱自清說他們馬上趴下，開始以為是空槍，但是身體後面壓的人有血滴下來，一陣槍聲稍歇，他們馬上爬起來逃走，過了五分鐘又是一排槍，而且有警笛指揮，好像有長官在指方向。

朱自清說，趴在他身上的人不知是誰，身上滴的血全是那個人的。「我確實逃了」，朱自清說。後來報道哭聲震天，這是完全不確實的。現場很安靜，嚇到、嚇壞了。學生羣眾稍聚即集散，可能有少數木棍抵抗，但總體上是四散逃命。反過來軍閥那邊倒是還有手槍隊，像行刑一般。朱自清詳細記述了他們從同伴身體上，從路旁馬糞堆緊張驚險地逃走的細節：

> 我真不中用，出了門口，一面走，一面只是喘息！後面有兩個女學生，有一個我真佩服她；她還能微笑着對她的同伴說：「他們也是中國人哪！」這令我慚愧了！

朱自清還記錄了不僅是槍殺，還有槍托、甚至木棍打死人。衞隊還剝人衣服，不分男女，事後政府又悄悄掩埋屍體。

> 在首都的堂堂執政府之前，光天化日之下，屠殺之不足，繼之以搶劫，剝屍，這種種獸行，段祺瑞等固可行之而不覺，但我們國民有此無臉的政府，又何以自容於世界！……死了這麼多人，

我們該怎麼辦？

本來許廣平也可能和劉和珍在一起的，許廣平在《魯迅回憶錄》說：

我還記得「三一八」那天清早，我把手頭抄完的《小說舊聞鈔》送到魯迅先生寓處去。我知道魯迅的脾氣，是要用最短的時間做好預定的工作的，在大隊集合前還有些許時間，所以就趕着給他送去。放下了抄稿，連忙轉身要走。魯迅問我：「為甚麼這樣匆促？」我說：「要去請願！」魯迅聽了以後就說：「請願請願，天天請願，我還有些東西等着要抄呢。」那明明是先生挽留的話，學生不能執拗，於是我只得在故居的南屋裏抄起來。

就這樣陰差陽錯抄書，撿回一條命。如果當天許廣平也成了烈士，我真不知道魯迅先生的最後十年又會發生甚麼樣的變化。

許廣平回述：

寫着寫着，到十點多的時候，就有人來報訊，說鐵獅子胡同段執政命令軍警關起兩扇鐵門拿機關槍向羣眾掃射，死傷多少還不知道。我立刻放下筆，跑回學校。……第二天，我們同甘苦、共患難的鬥士劉和珍和楊德羣活生生地被打成僵死的屍體，鮮血淋漓地被抬了回來。

再讀魯迅的文章：

但是，我還有要說的話。

我沒有親見；聽說，她，劉和珍君，那時是欣然前往的。自然，請願而已，稍有人心者，誰也不會料到有這樣的羅網。但竟在執政府前中彈了，從背部入，斜穿心肺，已是致命的創傷，只是沒有便死。同去的張靜淑君想扶起她，中了四彈，其一是手槍，立仆；同去的楊德羣君又想去扶起她，也被擊，彈從左肩入，穿胸偏右出，也立仆。但她還能坐起來，一個兵在她頭部及胸部猛擊兩棍，於是死掉了。

始終微笑的和藹的劉和珍君確是死掉了，這是真的，有她自己的屍骸為證……

時間永是流駛，街市依舊太平，有限的幾個生命，在中國是不算甚麼的……人類的血戰前行的歷史，正如煤的形成，當時用大量的木材，結果卻只是一小塊，但請願是不在其中的，更何況是徒手。

魯迅繼續說：

然而既然有了血痕了，當然不覺要擴大。至少，也當浸漬了親族；師友，愛人的心，縱使時光流駛，洗成緋紅，也會在微漠的悲哀中永存微笑的和藹的舊影。

這篇文章的確是透着血痕寫成的，我放棄評論。
再讀最後一段——

我已經說過：我向來是不憚以最壞的惡意來推測中國人的。但這回卻很有幾點出於我的意外。一是當局者竟會這樣地兇殘，一是流言家竟至如此之下劣，一是中國的女性臨難竟能如是之從容。

……

苟活者在淡紅的血色中，會依稀看見微茫的希望；真的猛士，將更奮然而前行。

嗚呼，我說不出話，但以此記念劉和珍君！

今天重讀魯迅這篇文章，就會想到我們今天做任何事情，做任何選擇，說任何話，不僅是為我們眼前的利益，不僅要考慮我們目前的處境，不僅在計劃我們自己的將來。我們不該忘卻，一百年來，為了推翻專制政體而犧牲的人們。想想他們當初是為了甚麼而奮鬥犧牲，多少人為了今天獻出了他們的生命，包括劉和珍君。

「三一八」以後，段祺瑞先是通緝李大釗等五人，罪名是共黨率暴徒，闖襲國務院，不久，又列出五十人的通緝名單，魯迅排在二十一位。魯迅先避到日本山本醫院，後避到德國醫院和法國醫院去。

不過，「三一八」慘案二十二天以後，段祺瑞就被國民軍推翻。所以，槍殺學生的「三一八」慘案，在歷史上馬上毫無爭議，有了定論。

可惜劉和珍君犧牲時僅二十二歲，北京女子師範大學英文系學生。

〈記念劉和珍君〉，是魯迅一生最感人的散文之一。魯迅先生寫的最好的文章，常常直議國政要事，卻又直接與他個人有關。〈我之節烈觀〉，駁斥禮教救國，和他個人婚姻有關；〈記念劉和珍君〉，許廣平當天差點也去遊行。後面我們還會讀〈為了忘卻的記念〉，柔石被捕幾天前曾來過魯迅家，身上還有魯迅的出版合同……

1　魯迅：〈記念劉和珍君〉，原載《語絲》1926 年 4 月 12 日第 74 期，收入《華蓋集續集》，見《魯迅全集》第三卷，北京：人民文學出版社，2005 年，頁 289。除非特別注明，以下引文同。

2　朱自清：〈執政府大屠殺記〉，作於 1926 年，發表於《語絲》1926 年 3 月 29 日第 72 期，收入《中國現代散文選》第一卷。

三十九

孺子牛的三項基本原則

魯迅在 1925、1926 年的《華蓋集》《華蓋集續編》以及稍後的《而已集》當中，很多文章都在打筆仗，而且主要是和現代評論派陳西瀅等吵架。主要的敵人還有北京女子師範大學的楊蔭榆校長，還有北洋軍閥教育總長章士釗。魯迅喜歡借用別人嘲諷他的話，某籍某系、讀書養氣、青年導師之類，反反覆覆地引用，纏住對方不放。在我們——幾十年後的現代文學研究者兼「魯粉」——讀來，也覺得這類文章太多、太密集，有點重複。不禁想到當年很多人的意見，認為魯迅花在筆戰上的精力時間是否值得？是否有點浪費了他的天才？

1926 年的 1 月 30 號，《晨報》副刊全部篇幅刊登了徐志摩、陳西瀅兩個人的文章，一篇叫〈關於下面一束通信告讀者們〉，另外一篇叫〈閒話的閒話之閒話引出來的幾封信〉。這像是一個「攻周專號」。其實魯迅對陳西瀅的閒話，不知道譏笑過多少次了，《朝花夕拾》裏也有。文壇筆戰，報刊可能暗喜。但挑起事端畢竟不道義，而且吵得有些細枝末節、意氣用事。所以，2 月 3 號《晨報》副刊就以「結束閒話、結束廢話！」為題，刊登了李四光和徐志摩的通信。李四光當時擔任國立京師圖書館的副館長，魯迅有一次順帶嘲笑過，說他有五百元的高薪，跟梁啟超一起把經費都用完了。李四光覺得有點冤枉，在給徐志摩的信中就發牢騷：「魯迅先生我絕對沒有意見，但是我想他一定有他的天才，也許有他特別的興趣。任我不懂文學的人妄評一句，東方文學家的風味，他似格外的充足，所以他拿起筆來，總要寫到露骨到底，才盡他的興會，弄到人家無故受累，他也管不着。」

徐志摩的回信，則說「大學的教授們」「負有指導青年重責的前輩」，是不該這樣「混鬥」的。所以，「帶住！讓我們對着混鬥的雙方猛喝一聲。帶住！」

徐志摩看上去是調停，其實當時還是站在陳西瀅那邊。於是就引出了魯迅另一篇有名的文章：〈我還不能「帶住」〉。魯迅的筆非常厲害：「他們的甚麼『閒話……閒話』問題，本與我沒有甚麼鳥相干，『帶住』也好，放開也好，拉攏也好，自然大可以隨便玩把戲。……現在我還沒有怎樣開口呢，怎麼忽然又要『帶住』了？」[1]

讀這幾段吵架文字，可以回顧、複製當時文壇氣氛。一來是感慨。都是天才，魯迅、李四光、徐志摩一時竟如此意氣用事，文人相輕，也不是原則問題。二來是羨慕。中國現代文學的一個黃金時期，文人之間可以無所顧忌地批評吵架，不必擔心政治背景、人事潛規則或者黨派利益。以後到了三十年代，情況就不一樣了，且「罵」且珍惜吧！可惜他們當時不知道。還有第三，當然還要分析這些看似意氣用事的文人相爭，後面有沒有更複雜的文化政治原因？

在〈我還不能「帶住」〉裏邊，魯迅說：

> 我自己也知道，在中國，我的筆要算較為尖刻的，說話有時也不留情面。但我又知道人們怎樣地用了公理正義的美名，正人君子的徽號，溫良敦厚的假臉，流言公論的武器，吞吐曲折的文字，行私利己，使無刀無筆的弱者不得喘息。

回頭看魯迅在二十年代中期的一系列筆戰，大致有三個原因。

一個是因為具體的社會人事糾紛。魯迅在北京女師大學潮當中，支持包括許廣平、劉和珍在內的學生們，反對校長楊蔭榆，以及背後的教育總長章士釗。這件事當時影響很大，魯迅很多時候在講此事。

二是跟陳西瀅現代評論派的筆墨之戰。陳西瀅玩筆頭，講閒話幽默，刺激了魯迅。背後沒有明言的原因是陳西瀅轉述了顧頡剛的懷疑，說魯迅的小說史(《中國小說史略》)涉嫌抄襲日本人鹽谷溫。這是說不清楚的一種侮辱。魯迅一直想發泄。到了「三一八」以後，陳西瀅還責怪民意領袖沒有阻止學生請願，所以也應該對悲劇負責。這種言論令魯迅更加憤怒。魯迅把他其實是多層次的憤怒 —— 人事的、學術的、國家的 —— 都歸結到對「公理正義」「正人君子」「流言公論」等胡適派、英美派自由主義知識分子的不滿。魯迅覺得他是在替「無刀無筆的弱者」說話。魯迅生性多疑，既是長處，也是弱點。當然，除了二十年代對歐美留學派文人的偏見外，魯迅從早年〈文化偏至論〉〈破惡聲論〉已經表露過他對西方主流價值觀不大信任。他更追求「個人」與「精神」的解放，而不僅是「羣體」與「物質」的改良。

我近來重讀他一系列反反覆覆譏諷現代評論派的文章。假如我有某種穿越能力，穿回到 1926 年，又能夠有機會見到魯迅先生，我會跟他說甚麼？

我想，我大概也會勸大先生，不用花那麼多精力、時間去罵陳西瀅。他不是您的對手，他就是女作家凌淑華的老公，後來長期供職聯合國教科文組織。陳西瀅對中國現代文學 / 文化後來的發展影響不大，破壞力也遠不如大先生您即將要認識、要打交道的另外一些人。

您晚年和那些人的論戰，那才有遠見，那才重要！您知道嗎？被您順帶嘲笑的李四光，後來是位大地質學家。徐志摩不久坐飛機就摔死了。被您痛罵的那位楊蔭榆校長，她是中國比較最早留洋回國任職教育界的女性，她的姪女楊絳後來嫁了一個才子錢鍾書。不知道您要是讀了《圍城》，會怎麼評論。可是楊蔭榆校長，後來去了江南，最後被侵華的日本人槍殺。您一直反對的教育總長章士釗，後來成了他湖南老鄉毛澤東的統戰對象。章士釗的養女章含之，還是外交部長喬冠華的妻子，是毛澤東的英文老師。順便說一下，毛主席後來對您的評價，您還沒聽說吧？

當然，不管怎麼樣，也得感謝陳西瀅、楊蔭榆、章士釗等人，至少他們刺激了魯迅寫了這麼多文章。假如魯迅當時埋頭寫《楊貴妃》——他跟郁達夫說他要寫楊貴妃的長篇——總比反覆罵陳西瀅更讓後人期待吧。

當然，穿越是不可能的，人總在特定時間、特定歷史制約下，做他不得不做的事情。

以為魯迅在北伐前替「無刀無筆的弱者」說話，所以覺得他也是左派革命黨，那也是誤解。在〈《阿 Q 正傳》的成因〉裏邊，魯迅表述他的自知之明：

> 我常常說，我的文章不是湧出來的，是擠出來的……譬如一匹疲牛罷，明知不堪大用的了，但廢物何妨利用呢，所以張家要我耕一弓地，可以的；李家要我挨一轉磨，也可以的；趙家要我在他店前站一刻，在我背上帖出廣告道：敝店備有肥牛，出售上等消毒滋養牛乳。我雖然深知道自己是怎麼瘦，又是公的，並沒有乳，然而想到他們為張羅生意起見，情有可原，只要出售的不是毒藥，也就不說甚麼了。[2]

魯迅以牛自喻不是一次了，最有名的詩句是：「橫眉冷對千夫指，俯首甘為孺子牛。」雖然也有冷門的專家考證說，「孺子牛」指的就是周海嬰，魯迅要做兒子的牛。但一般的理解，是做人民大眾的牛。卻原來，至少在 1926 年，魯迅認為自己是一匹可為張家、李家、趙家服務的疲牛。大概到北大授課，編寫《中國小說史略》，算是為張家耕一弓地；《新青年》上聽從將令發表〈狂人日記〉〈藥〉，而且還在〈藥〉的結尾添上一個花圈，成為「五四」新文學主將，這大概是為李家挨了一轉磨；後來到左聯成立大會上發言，這大概就是老公牛為乳牛站台、做廣告的某種預言。當然日後知道有「三鹿奶粉」，那又是另外一回事了。

其實魯迅講自己是疲牛，當時也還被人嘲諷，好像是梁實秋〈魯迅與牛〉，說牛又可以為張家，又可以為李家，這是諷刺魯迅又在教育部做官，又可能為某黨等等。

其實，魯迅的疲牛是有自己原則的，他這段自白是非常重要的：

> 但倘若用得我太苦，是不行的，我還要自己覓草吃，要喘氣的工夫；要專指我為某家的牛，將我關在他的牛牢內，也不行的，我有時也許還要給別家挨幾轉磨。如果連肉都要出賣，那自然更不行，理由自明，無須細說。
>
> 倘遇到上述的三不行，我就跑，或者索性躺在荒山裏。

可見，魯迅做孺子牛有三項基本原則：

第一，不能用得我太苦。不怕苦、不怕死，不行的；

第二，不能專屬某一家，要把一切都獻給這一家，關進牛牢，不行的；

第三，當然也不能賣肉，不行的。

這裏第一條比較明顯，大家盡力而為。最困難的是第二條，在東西方都講究「任人為忠」的時代，要想做些事情又不專屬某家某人，要想堅守人格獨立，非常困難。第三條的意思，當然也是堅守職業道德，是幹活的，賣藝不賣身；學藝術的，不能只做宣傳。

所有有志於追尋魯迅的後人們，有志於「俯首甘為孺子牛」的青年們，有志於為中國的今天和未來獻身的人們，記住大先生的「三不行」原則。

---

1 魯迅：〈我還不能「帶住」〉，原載北京《京報副刊》1926 年 2 月 7 日，收入《華蓋集續編》，《魯迅全集》第三卷，北京：人民文學出版社，2005 年，頁 258。

2 魯迅：〈《阿 Q 正傳》的成因〉，最初發表於上海《北新》1926 年 12 月 18 日第 18 期，收入《華蓋集續編》，《魯迅全集》第三卷，北京：人民文學出版社，2005 年，頁 394—400。

四十

革命與文學

1926年8月26日，魯迅離開北京，到廈門大學任文科學長，是林語堂的推薦。表面上是為了逃避北洋軍閥的迫害，實際上，至少部分原因是為了許廣平。他們後來是到了廣州以後秘密同居，到了上海以後才公開關係。

《華蓋集續編的續編》，收了魯迅先生的兩封〈廈門通信〉，分別是寫給許廣平和李小峰，北新書局的老闆。或者是承認對大自然風光無感，或者是抱怨校內人事鬥爭的繁瑣複雜。總之一句話，「不過安靜了，倒是甚麼也不想寫了」。

這麼看來，在北京種種文壇的爭鬥，的確還是刺激魯迅寫作的一種外在條件。

因為一些說不清楚的人事糾紛，沒有幾個月，魯迅又到了廣州中山大學。也是高薪，也是擔任文學系主任兼教務主任。當時許廣平是在廣州，所以他們一起租了房子。不過為了掩人耳目，一共租了三間房子，其中有一間是給他老朋友許壽裳的。

魯迅和許廣平的關係，其實一直承受很大的壓力，拖了很久的時間。一度住在一起，名義上還是學生助手，住在樓上。事情最後是以最通俗的方式解決，到了上海以後，許廣平懷孕了。魯迅沒辦法，這時去稟報在北平的母親。母親倒是同意，和朱安最後也沒有離婚。

魯迅在北京和胡適這一派的「研究系」，吵得不愉快，所以他在給許廣平的信中曾經設想，到廣州以後，「我還想與創造社聯合起來，造一條戰線，更向舊社會進攻，我再勉力寫些文字。」這是從文藝鬥爭大局出發的一個設想。可是政治理想，有時沒有個人感覺可靠。魯迅其實很不喜歡創造社的同仁，說他們都有一張「創造臉」，除了郁達夫。而且他去廣州時，郭沫若已隨北伐軍出征，年紀輕輕擔任北伐軍政治部副主任，差點被火箭提拔為蔣介石的身邊的文膽。創造社也從倡導純藝術的前期發展到激進革命的後期，一兩年以後，魯迅同時被「研究系」和後期創造社左右兩面圍攻。

重讀魯迅，我們會反覆討論魯迅一生所面對的至少五種矛盾——在生活中，身在傳統反傳統；面對社會，相信進化論卻看到世事輪迴；小說裏總有個人與羣體的對立；散文中處處充滿絕望與希望；還有一個藝術觀念與啟蒙使命感的矛盾，即文學與革命。

魯迅在廣州黃埔軍校專門做過一個題為《革命時代的文學》的演講，分析革命與文學的關係，對之後幾十年的中國文學的發展，有極有遠見，又充滿矛盾的分析和預言。

> 文學文學，是最不中用的，沒有力量的人講的；有實力的人並不開口，就殺人，被壓迫的人講幾句話，寫幾個字，就要被殺；即使幸而不被殺，但天天吶喊，叫苦，鳴不平，而有實力的人仍然壓迫，虐待，殺戮，沒方法對付他們，這文學於人們又有甚麼益處呢？[1]

說這番話，有特定時空背景，「三一八」北京慘案之後，「四一二」上海「清黨」的前夕。台下聽眾，大都是北伐軍軍官，可能後來就會參加五次圍剿、台兒莊大戰、或者徐埠會戰等等。當然，學員是崇拜魯迅，聽他演講，但魯迅說我們文學沒有用，沒有你們槍桿子有用。

> 鷹的捕雀，不聲不響的是鷹，吱吱叫喊的是雀；貓的捕鼠，不聲不響的是貓，吱吱叫喊的是老鼠；結果，還是只會開口的被不開口的吃掉。

說的有理，但只是一半的道理，一時的現象。對着一班軍官這樣講，軍人很受用。但換個語境，魯迅當然清楚《戰爭與和平》比俄軍將領更重要。當然，爭論槍桿子有用還是筆桿子有意義，理論上沒有意義。魯迅講的更加實際：

> 但在這革命地方的文學家，恐怕總喜歡說文學和革命是大有關係的，例如可以用這來宣傳，鼓吹，煽動，促進革命和完成革命。

這種「革命地方的文學家」對文學與革命關係的期待，後來在1942年的延安，得到大力重生，在中國成為了生命力持久的主旋律。「宣傳，鼓吹，促進和完成革命」，這不正是革命文藝工作者的使命和工作重心嗎？但魯迅提出了異議：

> 不過我想，這樣的文章是無力的，因為好的文藝作品，向來多是不受別人命令，不顧利害，自然而然地從心中流露的東西；如果先掛起一個題目，做起文章來，那又何異於八股，在文學中並無價值，更說不到能否感動人了。

這就是遠見，幾乎把後來幾十年中國革命文學的基本問題都提前預告了。文學是可以為政治服務的，但要發自內心，不顧利害，不能只聽命令，只講功利，只遵從他人的旋律。從早期的〈摩羅詩力說〉，到晚年介入「兩個口號之爭」，魯迅一直忠於「精神界戰士」的 使命感，同時也一直堅持自己「不顧利害」的純文學信念。

魯迅之所以為魯迅，就是因為他能寫出一流的小說，而且他對於文學與政治的關係理解透徹，表達清楚，目光遠大。他對革命充滿熱忱，他對文學也有信仰。魯迅接着說：

> 為革命起見，要有「革命人」，「革命文學」倒無須急急，革命人做出東西來，才是革命文學。

關於大革命對文學的影響，魯迅有一個「三階段論」：

> （一）大革命之前，所有的文學，大抵是對於種種社會狀態，覺得不平，覺得痛苦，就叫苦，鳴不平。
>
> 有些民族因為叫苦無用，連苦也不叫了，他們便成為沉默的民族，漸漸更加衰頹下去，埃及，阿拉伯，波斯，印度就都沒有甚麼聲音了！
>
> （二）到了大革命的時代，文學沒有了，沒有聲音了，因為大家受革命潮流的鼓蕩，大家由呼喊而轉入行動，大家忙着革命，沒有閒空談文學了。還有一層，是那時民生凋敝，一心尋麪包吃尚且來不及，那裏有心思談文學呢？
>
> 大革命時代忙得很，同時又窮得很，這一部分人和那一部分人鬥爭，非先行變換現代社會底狀態不可，沒有時間也沒有心思

做文章；所以大革命時代的文學便只好暫歸沉寂了。

魯迅三段預言中最精彩的部分就是第三段：

> 等到大革命成功後，社會底狀態緩和了，大家底生活有餘裕了，這時候就又產生文學。這時候底文學有二：一種文學是讚揚革命，稱頌革命。

我想起五十年代的「三紅一創」——《紅巖》《紅日》《紅旗譜》《創業史》，還有《青春之歌》等等。「十七年文學」的主流就是讚揚革命，稱頌革命。

> 另有一種文學是吊舊社會的滅亡——輓歌——也是革命後會有的文學。有些的人以為這是「反革命的文學」，我想，倒也無須加以這麼大的罪名。
>
> 革命雖然進行，但社會上舊人物還很多，決不能一時變成新人物，他們的腦中滿藏着舊思想舊東西；環境漸變，影響到他們自身的一切，於是回想舊時的舒服，便對於舊社會眷念不已，戀戀不捨，因而講出很古的話，陳舊的話，形成這樣的文學。這種文學都是悲哀的調子，表示他心裏不舒服，一方面看見新的建設勝利了，一方面看見舊的制度滅亡了，所以唱起輓歌來。但是懷舊，唱輓歌，就表示已經革命了，如果沒有革命，舊人物正得勢，是不會唱輓歌的。

魯迅一是肯定革命必行，二是正視革命殘酷，三是幻想革命以後會寬容。今天讀起來，真是又天真又深刻。天真在於，魯迅居然相信大革命以後還會允許有人唱輓歌，留戀舊社會，還能懷舊，表達他們戀戀不捨和心裏的不舒服。後來 1949 到 1978「前三十年」的社會現實顯得魯迅的想像太過浪漫。魯迅經歷過以前的革命，可沒見過後面的革命。

但魯迅又是深刻的。古代經典偉大的作品，《紅樓夢》、張載的散文，都是在社會動盪之後的懷舊和戀戀不捨。甚至莫言的《紅高粱》，也在懷念昔日父輩的英雄匪氣。白先勇的《台北人》，人們恰恰就稱其為「輓歌」。近年逐漸走紅的張愛玲小說，那也是對舊社會 / 晚清的一種既批判又留戀的懷舊型的作品。

張愛玲、白先勇等等，顯然不是稱頌革命，但能夠流行、深入人心、經久不衰。在某種意義上，正是魯迅所說，「懷舊，唱輓歌，就代表已經革命了，如果沒有革命，舊人物正得勢，是不會唱輓歌的。」

原來，懷舊、輓歌也還是革命的成果，與革命文學並不必然矛盾。

> 一首詩嚇不走孫傳芳，一炮就把孫傳芳轟走了。自然也有人以為文學於革命是有偉力的，但我個人總覺得懷疑，文學總是一種餘裕的產物，可以表示一民族的文化，倒是真的。

一炮可能改變一個政權，可是文學「表示一民族的文化」。所以，革命與文學，都很重要。

---

1 魯迅：《革命時代的文學》，記錄稿最初發表於廣州黃埔軍官學校出版的《黃埔生活》1927 年 6 月 12 日第 4 期，後收入《而已集》，見《魯迅全集》第三卷，北京：人民文學出版社，2005 年，頁 436。

四十一

魯迅與香港

到廣州前後，魯迅有不少文章提到香港。魯迅在 1927 年的 2 月 18 和 19 號連續兩個晚上在香港青年會講演。18 號的演講題叫《無聲的中國》，後來收入魯迅的第四本雜文集《三閒集》，也是人文社的《魯迅全集》第四卷的第一篇。另外一篇，19 號的演講《老調子已經唱完》，魯迅生前沒有收入集子，後來許廣平把演講稿收入《集外集拾遺》。關於這兩次演講，魯迅自己在〈略談香港〉一文中輕描淡寫，「本年一月間我曾去過一回香港，因為跌傷的腳還未全好，不能到街上去閒走，演說一了，匆匆便歸，印象淡薄得很，也早已忘卻了香港了。」[1]

〈略談香港〉1927 年 8 月 13 號在《語絲》上發表的。這裏說的一月是記錯了，應該是二月。但在香港的新文學史上，魯迅這麼淡淡一提的兩個演講，卻是重要事件。因為在北京、上海，1917 年開始提倡白話文，1923 年全國的學校推廣白話文。這一時期，香港依然用英文和文言文教學；日常生活，當然是粵語。魯迅的演講，當時有很多年輕的聽眾，後來人們就把它看作是香港新文學的發端。侶倫等一些最早的香港新文學作家，當時就是魯迅的講演的聽眾（侶倫後來的《窮巷》被認為是香港早期最重要的新文學作品）。其實他們當時也聽不太懂魯迅的紹興官話，現場全靠許廣平粵語翻譯。三十年代不少香港作家，後來到上海施蟄存主編的《現代》雜誌投稿。

抗戰開始以後，其實大部分的中國重要作家都先後到了香港，茅盾、郭沫若、張天翼、蕭紅等等。香港因為戰爭的關係一度成為中國的臨時文化中心，甚至 1949 年以後的文藝鬥爭，最早也是在較有言論自由的香港而操練演習的。郭沫若最早批判沈從文的文章是在香港《大眾文藝叢刊》發表的。不過這些都是魯迅不知道的。

魯迅在〈略談香港〉裏，講到在船上遇到了一個船員，他認識魯迅，然後就警告魯迅說，萬一碰到人家要謀殺、捕拿，該怎麼應付等等。魯迅說 :「我雖然覺得可笑，但我從真心裏十分感謝他的好心。」魯迅前後一共去過香港三次，都是路過，都被人家查行李。魯迅對於港英當局，沿用清代官府名稱，壓迫華人，培養很多奴性的華人，一直非常敏感。在民族矛盾、階級矛盾之間，魯迅一直是比較注重階級矛盾。但是到了香港，魯迅對異族統治這個問題，非常關心。他舉了兩個例子，一個是「在香港時遇見一位某君，是受了高等教育的人。他自述曾因受屈，向英官申辯，英官無話可說了，但他還是輸。那最末是得到嚴厲的訓斥，道 :『總之是你錯的：因為我說你錯！』」

幾十年以後我來香港，也有機會上過交通法庭。戴着假髮的法官，對不會英語的老百姓的態度，好像和魯迅的描寫差別不大。香港的阿 Q 們也沒有參加革命的機會，他們就在金庸的《鹿鼎記》裏邊，幻想成為一個很幸運的阿 Q。

另一個故事更反諷。魯迅說，當時帶書到香港很困難，「因為一不小心，會被指為『危險文件』的。這『危險』的界說，我不知其詳。總之一有嫌疑，便麻煩了。」在另一篇文章〈談「激烈」〉裏，魯迅記載了「一個廣州執信學校的學生，路過（！）香港，『在尖沙嘴碼頭，被一五七號華差，截搜行李，在其木槓（謹案：箱也）之內，搜獲激烈文字書籍七本。』」

魯迅後來在〈再談香港〉裏邊，更詳細地記述他自己被人家抄書、抄行李的經歷。原來，對書籍的管理，民國比香港更寬鬆。某些書，大陸可看，香港不可以，免得破壞香港安定團結。更有意思的是，魯迅在〈略談香港〉的文章裏抄錄了一段港督金文泰的演說詞。那時有不少前清遺老，在大陸呆不下去，不舒服，就跑去香港。魯迅開始以為金文泰（Sir Cecil Clementi，1875-1947）大概也是一個守舊的文人。一查，竟是一個洋人，一個英國人，起了一個中文名字。而且他的演講詞，還是用粵語講的。對此魯迅深感興趣，就把金文泰的演講詞作為自己文章的附錄，全文抄下來。

這是一個茶會，宗旨是提高中文專業。金總督講了三個理由：

> （第一）香港大學學生，華人子弟，亦係至多，如果在呢間大學，徒然側重外國科學文字，對於中國歷代相傳嘅大道宏經，反轉當作等閒，視為無足輕重嘅學業，豈唔係一件大憾事嗎？（第二）係中國人應該整理國故，中國事物文章，原本有極可寶貴嘅價值，……近年中國學者，對於（整理國故）嘅聲調已經越唱越高，香港地方，同中國大陸相離，僅僅隔一衣帶水……，所以為中國發揚國光計，呢一科更不能不辦，（第三）就係令中國道德學問，普及世界呀……

大概意思就是中國人要學外國的科學，但不應丟棄自己的文化傳統。要整理國故，港大的中文學系很重要。這一科不能不辦。

現在的香港大學教育資助委員會（UGC），應該好好聽聽金總督百年前的聲音。香港的大學管理層，前些年為追求世界排名，主要請海外專家來評審。不管是研究《左傳》或者毛公鼎，都只認可英文科研。

地區國家的認可，是最低一級。在北大或者台大出的書，抵不過用英文的雜誌文章。

今天在中國主張「國學復興」的人們，大概也很欣賞金總督的觀點。「中國道德文章，全世界要推廣。」此話由洋人說出來，就像春晚上有外國留學生說相聲一樣，特震國威。平心說，金文泰還認真學粵語，也是一番苦心。

當然魯迅當時十分反感，他覺得「五四」反禮教，洋人反而崇拜中國傳統，居心叵測。而且金總督還鼓吹「整理國故」—— 不是胡適的主張嗎？這是遙相呼應？胡適一派留英、留美，對中國傳統文化一直比較溫和，與西方漢學界的價值觀比較吻合。魯迅和創造社等留日作家，反傳統相對比較激進。

> 現在，浙江、陝西，都在打仗，那裏的人民哭着呢還是笑着呢，我們不知道。香港似乎很太平，住在這裏的中國人，舒服呢還是不舒服呢，別人也不知道。

魯迅在《無聲的中國》的演講當中，非常有策略。沒有提他和胡適一派的分歧，反而刻意地表彰「胡適之先生所提倡的文學革命」。因為魯迅的重點是針對香港「手口異國」，文言和粵語的非常割裂的語言環境，重點講的是為甚麼要用白話文。白話文在中國其他地方已經推廣，但是在香港，一直到 1927 年（甚至一直到今天為止），「手口異國」的現象還是存在，不能「我手寫我口」，自然就難以發聲。所以就引伸出來無聲的中國，無聲的香港，推論出來，需要文學革命。

《老調子已經唱完》更多地強調了文學文化上的反傳統，就是魯迅懷疑中國是不是有所謂的「特殊國情」。他說的「特殊國情」，第一，就是沒記性，老調子可以重複。剛剛產生的全民反省的這種悲劇，沒過多少年好像就忘了；第二，是政局多變，國家滅亡。改朝換代都不換禮教思想。宋元明清一筆賬，外來人最後又重用中國的禮教。所以魯迅特別警告，「不要相信洋人對中國老調子的稱讚，所以他們愈讚美，我們中國將來的苦痛要愈深的！」

近年有年輕留洋學者議論魯迅也有「東方主義」嫌疑 —— 以西方價值觀批評中國傳統。在香港兩天，魯迅先生對民族問題其實非常敏感。簡單地說，魯迅覺得香港不應成為文化孤島，要和中國大陸走在同一個發展方向上 —— 反傳統、要自由、求發展。

三十多年前初到香港，的確感覺這是一個沒有經過「五四」洗禮的華人社會。清代的官名，政務司、「阻差辦公」……翻譯不規範，窩打老道，渣打銀行。新界鄉俗到現在還是傳丁不傳女，半山的洋人最喜歡明清傢具，等等。

沒有經過激烈反傳統、沒有規範的國語運動，弊病很明顯。但隨着國人對「五四」以後中國的文化意義上的革命有越來越多的反省，發現大概香港是中國傳統文化保留得最好的地區。

魯迅只是匆匆忙忙來了香港幾次。但我又聽出版社的負責人說，香港通俗文學風行，統計數字顯示，在香港印行次數最多的文學書，不是金庸，不是張愛玲、亦舒等等，居然就是魯迅。

1　魯迅：〈略談香港〉，最初發表於《語絲》1927 年 8 月 13 號，收入《而已集》，《魯迅全集》第三卷，北京人民文學出版社，2005 年，頁 446。

四十二

魯迅的學術演講：《魏晉風度及文章與藥及酒之關係》

一般作家出名以前，先寫文章後發表；出了名以後，是先講課講演，然後變成文章發表。魯迅最後十年的文章，基本上是兩類：一類就是演講，錄音變成了文章；另外一類是打筆仗，和人家爭論的文章。前一類的文章，「我手寫我口」，由演講變成了文章，常常是魯迅晚年文章的精華。

《魏晉風度及文章與藥及酒之關係》（以下簡稱「魏晉風度」），是1927年7月23號和26號，魯迅在國民黨政府廣州市教育局主辦的一個廣州夏季學術演講會上的演講。記錄稿是最初是在《廣州民國日報》上分六天連載。後來改定稿在《北新》半月刊發表。這個講演，時間很弔詭，在國民黨「四一二」「清黨」之後不久。這個階段魯迅對時局非常失望。朱正的《魯迅傳》，寫到這一章的題目就叫《被血嚇得目瞪口呆》。當時魯迅已經決定要離開廣州，但還沒有成行。

這一年的四月，魯迅編定了《野草》；五月，為《朝花夕拾》寫了小引。當時也有謠言說魯迅去了漢口。當時漢口的汪精衛和南京上海的蔣介石還是分裂，這個謠言把魯迅置於一個危險的境地。當時郭沫若真的寫文章聲討蔣介石，還參與了南昌的武裝起義（雖然遲到幾天），然後流亡日本。後來的研究者們奇怪，這樣一個時候，魯迅卻還有心思做學術講座，講公元三世紀的中國文人們到底怎麼喝酒、怎麼吃藥。很多人想不明白。

魯迅自己有個解釋，他在七月份給朋友章廷謙的信中說：「現在我已答應了這裏的市教育局的夏期學術講演，需八月才能動身了。此舉無非遊戲，因為這是鼻輩們所不樂聞的。以幾點鐘之講話而出風頭，使鼻輩們又睡不着幾夜，這是我的大獲利生意。」

魯迅這個講座就是為了氣氣顧頡剛？我有點懷疑。林語堂有個說法，他在一篇英文的文章裏面說，這個講座的邀請是國民黨當局的一個政治試探，所以魯迅講一些古代的人的這些事情，也是一種巧妙的應付。

後來，另外一封信，魯迅在 1928 年給陳子英寫的一封信中說：「弟在廣州之談魏晉事，蓋實有慨而言。志大才疏，哀北海之終不免也。」北海就是指孔融，他和何晏、王弼、嵇康等等，都是被曹操、司馬懿等人殺掉的魏晉名仕。所以，魯迅在 1927 年國事大亂之際，到政府辦的演講會講《魏晉風度及文章與藥及酒之關係》，多少也是借古諷今。

我讀〈魏晉風度〉這篇長文，第一個感受，就是學問可以做得通透，表述不妨簡單明白。

周作人曾經用「簡單」和「澀」兩個標準來要求好的美文。魯迅的這篇學術演講也達到了這個境界。簡單的就是文字表述，複雜的是學問思想，兩者竟不矛盾。黃仁宇的《萬曆十五年》，朱光潛的《西方美學史》，也是又簡單又複雜的學術研究，令人佩服。

講魏晉，當然從曹操起。魯迅很明確說，歷史上的曹操，不是小說裏的曹操，「其實，曹操是一個很有本事的人，至少是一個英雄。」這倒是和後來毛澤東的看法一致。五十年代，郭沫若特地寫了戲劇《蔡文姬》，呼應毛澤東要為曹操翻案的心思。

但為甚麼歷史上曹操名聲不好？魯迅的解釋也很簡單清楚 —— 因為朝代短：

> 年代長了，做史的是本朝人，當然恭維本朝的人物了，年代短了，做史的是別朝的人，便很自由地貶斥其異朝的人物。

三言兩語，把複雜的歷史規律和寫歷史的規則，講得連小學生都可以明白。國民黨政府的夏期班裏邊都是些甚麼樣的聽眾，所以講學術，先得淺。

看來君王要長期執政，不僅是為了貪腐久一些，說不定就是為了保護自己的名聲。既然皇上這麼看重歷史地位，早點派人寫歷史不就好了嗎？像埃及的法老，一即位就挖洞建墓，執政越久，其墓越深，裝飾越多。圖坦卡蒙只活了二十六歲，所以墓是比較小的，不過只有他的墓沒有被破壞。中國的君王，要靠後一個朝代寫歷史，靠不住。反過來說明中國文化傳統裏，歷史有獨特的地位。皇帝天不怕地不怕，卻怕歷史在事後清算他。

在進入正式內容之前，魯迅按學術規矩，先說明材料來源，而且說明他跟劉師培的講義錯開了重點，「我今天所講，倘若劉先生書裏已詳的，我就略一點；反之，劉先生所略的，我就較詳一點。」

對着國民黨政府夏期班的聽眾，魯迅先從政治統治需求的角度解釋為甚麼曹操文風清峻、簡約嚴明，而且通脫，就是廢除固執。他稱讚曹操用人原則：「不忠不孝不要緊，只要有才便可以。」這有點像 —— 不大恰當的比方 —— 不管白貓黑貓，抓到老鼠就是好貓。如果確實，曹操真乃一代梟雄。時至今天，上司提拔下屬，到底是看他是否對自己忠誠，還是看那人有沒有才能？「任人唯賢」，還是「任人唯親」(甚至「任人唯忠」)?這是一個檢驗政治清明與否的重要標誌,甚至也是不同政治制度的重要區別。

但理想是一回事,現實是另一回事。有次飯局,桌上都是企業老總和局級幹部,講到這個問題,幹部們都說:「哎,當然提拔有才的啊。」臉上就笑一笑。老總們比較無所顧忌,說:「先看那個人是否對自己忠心。」還有一位語出驚人:「必定不能提拔最有才能的,因為你升他了,他也不感恩。他覺得他能幹,必定提拔他。你要提拔那些不受重視的人,他才會感謝你,才會成為你的人。」桌上眾人紛紛點頭。想想曹操,但願桌上那些老總不是說真話吧。

事實上,曹操沒有說真話。曹操的兒子曹丕,「於通脫之外,更加上華麗」。魯迅認為,「用近代的文學眼光來看,曹丕的一個時代可說是『文學的自覺時代』,或如近代所說是為藝術而藝術(Art for Art's Sake)的一派。」魯迅還引用了一句英文。

一般文學史也認為,曹丕的《典論》首次區分「文」與「章」,「文」就是公文,document's article;「章」才是 literature。「文」是寫甚麼,「章」是怎麼寫。這是中國較早的獨立的文學觀念。曹丕在清峻通脫之外,又加上了華麗、壯大,這便是魏晉文風標誌。他的弟弟更有才,但曹植不像曹丕那麼崇尚文學。魯迅認為他不是說真心話,因為曹植文才更好,所以貶低文學,故作謙虛——好像之前魯迅在黃埔軍校演講,對着一批武夫、軍官拼命講文學無用。

> 曹操曹丕以外,還有下面的七個人:孔融,陳琳,王粲,徐幹,阮瑀,應瑒,劉楨,都很能做文章,後來稱為「建安七子」。⋯⋯華麗即曹丕所主張,慷慨就因當天下大亂之際,親戚朋友死於亂者特多,於是為文就不免帶着悲涼,激昂和「慷慨」了。

其中最有名是孔融，專門喜歡跟曹操搗亂。他名氣很大，寫文章諷刺曹操父子。

> 比方操破袁氏兄弟，曹丕把袁熙的妻甄氏拿來，歸了自己，孔融就寫信給曹操，說當初武王伐紂，將妲己給了周公了。曹操問他的出典，他說，以今例古，大概那時也是這樣的。

這是很精彩也很刻薄的諷刺。等於你現在跟人說：某朝某代最有錢的人，不管個人人品怎麼樣，都可以做皇帝。他問：這是哪裏出典？你說：你看看特朗普。

> 曹操見他屢屢反對自己，後來藉故把他殺了。他殺孔融的罪狀大概是不孝。

剛說曹操的用人原則是不忠不孝沒關係，可是一旦反對自己就不行了。曹操，終究還是曹操。

單看文章，魯迅的講述非常平靜，也看不出他偏幫曹操或孔融。接下來，他花了很多的篇幅講何晏。講這位名仕的很多特別的地方，比方說他臉很白，好像搽了粉、喜歡空談，研究《老子》《易經》，還有他是吃藥的祖師。魯迅這篇文章的題目，由四個關鍵詞，加上了兩個「與」「及」這麼串起來。前面講了「魏晉風度」和「文章」，接着是第三個關鍵詞「藥」。

這個藥的名稱叫五步散，「大概是五樣藥：石鐘乳，石硫黃，白石英，紫石英，赤石脂；另外怕還配點別樣的藥。」魯迅看來是有考證。有毒，但「人吃了能轉弱為強」。「那時五石散的流毒就同清末的鴉片的流毒差不多，看吃藥與否以分闊氣與否的」。

聽來有點像會上癮的毒品。拙著《細讀張愛玲》（乍一聽像「吸毒張愛玲」）曾討論《金鎖記》中鴉片有幾種功能。第一種是常規的治病。第二種是麻醉，自我上癮。第三種就是擺闊。吃得起鴉片，說明你是富貴階級。五石散在晉朝，也是富人的標誌，文人的標誌。但吃了以後，藥性顯現，叫散髮。散髮的時候不能休息，必須走路。

> 比方我們看六朝人的詩，有云：「至城東行散」，就是此意。後來做詩的人不知其故，以為「行散」即步行之意，所以不服藥也以「行散」二字入詩，這是很笑話的。
>
> 走了之後，全身發燒，發燒之後又發冷。……但吃藥後的發冷剛剛要相反：衣少，冷食，以冷水澆身。……
>
> 吃了散之後，衣服要脫掉，用冷水澆身……一班名人都吃藥，穿的衣都寬大，於是不吃藥的也跟着名人，把衣服寬大起來了！還有，吃藥之後，因皮膚易於磨破，穿鞋也不方便，故不穿鞋襪而穿屐……更因皮膚易破，不能穿新的而宜於穿舊的，衣服便不能常洗。因不洗，便多蝨。

魯迅研究歷史上的時尚風氣，寬衣、穿拖鞋、舊衣服、不修邊幅等等，其實都是生理需要，因為吃藥吸毒。魯迅研究古人，從形而下到形而上。從身體到精神。魯迅小說裏的很多象徵，也都必須細節寫實。學醫與從文，方法相通。

當然這些名仕後來大都被司馬懿殺了，因為他們屬於曹操一系的人，罪名也是不孝。吃五石散的風氣，據說流傳到唐以後，後來畢竟就失傳了。

魏末又有「竹林七賢」。嵇康也服藥，阮籍只喝酒，所以他們後來的命運就不一樣。「竹林七賢」在魯迅筆下，都是不守禮教、不修邊幅的形象。公元三世紀，就是中後期的羅馬，說劉伶不穿衣服見客：「天地是我的房屋，房屋就是我的衣服，你們為甚麼鑽進我的褲子中來？」

據說阮籍寫文章，上下古今甚麼都否定，名聲大，怕闖禍，就多飲酒、少說話。喝了酒以後，講話講錯了，也可以得到人的原諒。「有一次司馬懿求和阮籍結親，而阮籍一醉就是兩個月，沒有提出的機會，」可見文人與政界高層的關係也是挺密切的。魯迅覺得阮籍、嵇康的文章都好。嵇康更反傳統，連孔子理論也挑戰。比方孔子說：「學而時習之，不亦說乎？」。嵇康卻說，「人是並不好學的，假如一個人可以不做事而又有飯吃，就隨便閒游不喜歡讀書了，所以現在人之好學，是由於習慣和不得已。」等到嵇康寫文章「非湯武而薄周孔」時，司馬懿就把他殺了，罪名也是不孝。當然了，司馬懿自己是篡位的，「不忠」這個罪名拿不出手。也有人勸司馬懿要殺阮籍，但是阮籍喝酒多，實事論的少，所以就沒事了。

魯迅講到這裏，魏晉風度、文章、藥、酒四個關鍵詞終於連起來，便引出魯迅的史觀：

> 魏晉時代，崇尚禮教的看來似乎很不錯，而實在是毀壞禮教，不信禮教的。表面上毀壞禮教者，實則倒是承認禮教，太相信禮教。

魯迅認為曹操、司馬懿的那些甚麼以不孝的名義殺人，他們自己又何嘗是孝子呢？他們的做法，就是世人利用禮教害人的這種做法。

於是老實人以為如此利用，褻瀆了禮教，不平之極，無計可施，激而變成不談禮教，不信禮教，甚至於反對禮教。但其實不過是態度，至於他們的本心，恐怕倒是相信禮教，當作寶貝，比曹操司馬懿們要迂執得多。

證據之一，魯迅說阮籍他不讓他兒子像他這樣放浪形骸。這是魯迅這篇文章的要點——魯迅認為阮籍、嵇康這些人貌似放浪形骸，不守禮教，反對禮教，其實是真正忠於禮教。他們只是看不慣禮教被人利用，所以故作反叛狀，更簡單地說，看似叛逆，實則忠誠；看似放蕩，實則道德。

但又於此可見魏晉的破壞禮教者，實在是相信禮教到固執之極的。

那麼「五四」反禮教的人呢？魯迅身在傳統中反傳統，「五四」是否也是「相信禮教到固執之極」？

林毓生認為，魯迅等人想以思想文化救國，其實正是儒家文化的傳統精華。魯迅的學術演講《魏晉風度及文章與藥及酒之關係》，是不是有意無意，也有夫子自道的成分？也就是說，對於中華傳統文化來說，魯迅有意破壞、反叛，其實也是忠貞到「固執之極」？

問號。先不要下結論。

四十三

〈小雜感〉中的革命理論

在《而已集》當中，緊隨着〈魏晉風度及文章與藥及酒之關係〉長篇演講稿，便是一篇極短的〈小雜感〉。全文由二十一段互不相關的句子拼貼而成，文體自由。按今天的說法，就是金句集錦，也是魯迅特有的文體。

> 蜜蜂的刺，一用即喪失了他自己的生命；犬儒的刺，一用則苟延了他自己的生命。他們就是如此不同。

字面上好像讚頌勇於犧牲的蜜蜂戰士，批評苟延生命的犬儒（讓人聯想到像狗一樣活着的儒學）。但魯迅在 1928 年 3 月 8 號致章廷謙信中，說犬儒等於 Cynic，他那「刺」便是「冷嘲」。所以這裏「犬儒」並不必然是批評的意思，保全生命並不可恥，也是一種韌性的持久的戰鬥。參考李洱小說《應物兄》。

> 約翰穆勒說：專制使人們變成冷嘲。
>
> 而他竟不知道共和使人們變成沉默。

魯迅在〈忽然想到・五〉中引用過這段話。魯迅雜文有時瑣碎，但引文重複很少見。

要上戰場，莫如做軍醫；要革命，莫如走後方；要殺人，莫如做劊子手。既英雄，又穩當。

做軍醫像白求恩，也有危險。革命後方，也可能被自己人害。殺人做劊子手，劊子手的革新換代，可參見沈從文小說《新與舊》。

與名流學者談，對於他之所講，當裝作偶有不懂之處。太不懂被看輕，太懂了被厭惡。偶有不懂之處，彼此最為合宜。

讀研時已記下了這段教導。後來做老師，覺得依然管用，刻薄但是真實。不僅師生之間，朋友之間，甚至男女之間，有時，都是這樣。不能顯得太不懂，也不能顯得太懂了。

世間大抵只知道指揮刀所以指揮武士，而不想到也可以指揮文人。

靠指揮刀指揮，層次低了。指揮文人，抽象靠社論、文件，具體靠級別、待遇、項目、基金等等。

闊的聰明人種種譬如昨日死。不闊的傻子種種實在昨日死。

「以前種種如昨日死，以後種種如今日生。」是曾國藩的原話。1927 年 8 月 18 號，汪精衛的武漢政府和蔣介石北伐軍總部，合作反共，史稱「寧漢合流」。漢口《民國日報》社論說：以前種種譬如昨日死，以後種種譬如今日生。意思是汪蔣不要計較之前分歧，以後攜手。魯迅這話一是諷刺汪蔣合流，也是感慨窮人、弱者，總歸是最吃虧的一方。

曾經闊氣的要復古，正在闊氣的要保持現狀，未曾闊氣的要革新。

大抵如是。大抵！

這一段三段式，放在幾乎任何時空下都「大抵如是」的。魯迅又補了一句，「他們之所謂復古，是回到他們所記得的若干年前，並非虞夏商周。」魯迅正因為相信進化論，所以反反覆覆議論世事迴圈輪迴。從迴圈輪迴角度，他對革命的前景也不很樂觀。

女人的天性中有母性，有女兒性；無妻性。

妻性是逼成的，只是母性和女兒性的混合。

魯迅〈小雜感〉跳躍實在太快了，一下子穿越到女性主義的問題。我前兩年在北大書店做過一個講座，題為「張愛玲小說中的母性、女兒性和妻性」，很難講的一個題目。[1]

自稱盜賊的無須防，得其反倒是好人；自稱正人君子的必須防，得其反則是盜賊。

「正人君子」當時泛指陳西瀅、徐志摩、顧頡剛、胡適等人。可是胡適到死都沒有說魯迅不好。在五十年代，他才看到魯迅在三十年代給朋友寫的信，抱怨奴隸總管等等，胡適還頗以魯迅為同志。

> 樓下一個男人病得要死，那間壁的一家唱着留聲機；對面是弄孩子。樓上有兩人狂笑；還有打牌聲。河中的船上有女人哭着她死去的母親。人類的悲歡並不相通，我只覺得他們吵鬧！

穆時英小說《上海的狐步舞》，寫的就是以上畫面。這是中國最早的意識流小說。穆時英是上海「新感覺派」，非常 bourgeois 的作家，他對上海反而持批判的角度。魯迅說，人類的悲歡並不相通，我只是覺得他們吵鬧。其實小說家把這些畫面並置在一起，也是一種人性相通的努力。

> 恐怕有一天總要不准穿破布衫，否則便是共產黨。

我看到的是，不准穿好的衣服、不准燙頭髮、不准穿尖頭皮鞋、不准穿窄褲腿，否則學生就替你剪了、脫了。

> 革命，反革命，不革命。
>
> 革命的被殺於反革命的。反革命的被殺於革命的。不革命的或當作革命的而被殺於反革命的，或當作反革命的而被殺於革命的，或並不當作甚麼而被殺於革命的或反革命的。革命，革革命，革革革命，革革……

這是魯迅對後來二十世紀中國革命的一個總體預言。具體例證太多了，整本書都是。

> 人感到寂寞時，會創作；一感到乾淨時，即無創作，他已經一無所愛。
>
> 創作總根於愛。

魯迅的作品，很少直接講愛，這次是例外。魯迅的這段話，其實也是替很多現代古代文學中看似頹廢、消沉、悲觀、甚至絕望的創作辯護。魯迅承認他自己在《野草》當中非常悲觀絕望。郁達夫的作品常常被人非議為頹廢，而魯迅在創造社一派中，只和郁達夫成為好朋友。因為在魯迅看來，假如真的完全頹廢、絕望、心如死灰，那就不會有頹廢、絕望、心如死灰的作品了。

> 人往往憎和尚，憎尼姑，憎回教徒，憎耶教徒，而不憎道士。
>
> 懂得此理者，懂得中國大半。

認為中國人討厭和尚、尼姑、回教徒、基督教徒，說明中國骨子裏不是一個宗教國家。范文瀾的《中國通史簡編》有很多缺陷，但還是一部嚴肅的中國通史。其中有一個觀點，說為甚麼在唐代，明明連皇帝也相信佛教，老百姓也相信，到處都很多佛廟，可就是沒有成為一個佛教國家（不像日本，不像東南亞的國家）。因為中國人願意燒香拜佛求福求子，但是不能接受佛家輪迴道理：假如來世變貓，我媽媽會變成狗嗎？范文瀾認為中國人從骨子裏接受不了。所以，相比之下，只有道教，一方面吃藥成仙、採陰補陽，另一方面，和儒家學說是天然互補，「窮則獨善其身，達則兼濟天下」。如果修齊治平不行，那還可以「退一步海闊天空」。

我有次詢問一位道長，關於魯迅這段話。他說大凡宗教都有些形而上，崇尚精神，道教卻處處與身體有關。而中國傳統，是現世的。

當然，我們也是儘量在嘗試理解魯迅這句話，嘗試懂得中國一小半。

〈小雜感〉的最後一段，確實與身體有關：

> 一見短袖子，立刻想到白臂膊，立刻想到全裸體，立刻想到生殖器，立刻想到性交，立刻想到雜交，立刻想到私生子。中國人的想像惟在這一層能夠如此躍進。

文化積澱。

1　許子東：《細讀張愛玲》（增訂本），《許子東文集》第三卷，香港：商務印書館，2025 年。

四十四

左右夾擊：〈「醉眼」中的朦朧〉

1927 年 9 月 27 號，魯迅和許廣平登上了太古公司山東號客輪，在香港、汕頭停靠了兩次。六、七天以後，也就是 10 月 3 號到達上海。魯迅在上海度過了他生命中的最後十年。

一開始，是周建人幫忙在寶山路景雲里找了住房，這樣，他終於和許廣平同居了。在 1935 年給蕭軍的一封信裏，他說，「我們是相識十多年，同居七八年了，但何年何月何日是開始同居的呢，我可已經忘記了，只記得確是已經同居了而已。」

最後十年，魯迅不做官、不教書，成了靠稿費、版稅生活的專業作家。開始幾年，獲得南京大學院聘任特約著作員。許壽裳推薦，蔡元培拍板。每個月三百塊，職務是虛的，收入是實的。但是大部分時間主要是筆耕，稿費。魯迅在上海搬了幾次家，都是租的里弄公寓。所以在上海最後魯迅也沒有買房子。他在北京有一個房子，他母親和朱安住着。

1929 年，周海嬰出世了。魯迅寫詩：「無情未必真豪傑，憐子如何不丈夫？」他去看了母親，和許廣平的關係也就公開了。

二十年代前期，也就是「五四」初期，文壇上吵吵鬧鬧，現在回頭看主要也就四個流派：第一個是胡適、陳源、徐志摩等人的現代評論派，後來變成新月派，大部分是英美留學回來，以學者、詩人為主；

第二個是創造社，郭沫若、郁達夫、成仿吾、田漢、張資平留日歸來，創造社有前後期之分。1926 年創造社改組，從原來提倡「為藝術的藝術」走向「為革命的藝術」。第三派，是魯迅、周作人、林語堂等人參與的《語絲》雜誌。1923 年周氏兄弟失和。魯迅和林語堂開始是朋友，廈門大學的工作就是林語堂推薦的，但後來兩人也吵翻了。《語絲》的人比較雜，不大像一個流派，但最主要的是魯迅。從 1923 到 1927 年，也是魯迅寫作最旺盛的時期。當然，人數最多的是文學研究會。文學研究會除了提倡「為人生而藝術」以外，很少捲入具體的文壇人事紛爭。只有沈雁冰，早年跟創造社「文人相輕」。葉聖陶、鄭振鐸、王統照、許地山、老舍等人，很少介入文壇論爭。

魯迅，幾年來一直和陳西瀅研究系筆戰。到廣州之前，他還想和郭沫若等創造社同仁合作，成立新的戰線。結果，郭沫若參加北伐去了，「戰線」沒有成功。但萬萬沒想到，魯迅到了上海以後，僅僅三個月，突然遭到了來自後期創造社和太陽社年輕一代革命作家的猛力批判。最早是 1928 年 1 月，創造社的一個新雜誌叫《文化批判》，刊登了馮乃超的論文〈藝術與社會生活〉：

> 魯迅這位老先生——若許我用文學的表現——是常從幽暗的酒家的樓頭，醉眼陶然地眺望窗外的人生。世人稱許他的好處，只是圓熟的手法一點，然而，他常追懷過去的昔日，追悼沒落的封建情緒，結局他反映的只是社會變革期中的落伍者的悲哀，在聊賴地跟他弟弟說幾句人道主義的美麗的話語，隱遁主義！好在他不效 L. Tolstoy 變作卑污的說教人。[1]

馮乃超慶幸魯迅還沒有學托爾斯泰。文章也不止批評魯迅一個人，稱葉聖陶為「中華民國一個最典型的厭世家」。郁達夫「對於社會的態度與上述兩人沒有差別」。張資平「只寫小資產階級的無聊的歎息和虛偽的兩性生活。沒落到反動的陣營裏去。」馮乃超評論的作家裏邊只有一個好的，「我們若要尋一個實有反抗精神的作家，就是郭沫若。」[2]

魯迅很多激憤抗議的散文，包括《野草》裏的絕望抗爭。現在居然有一派作家，說魯迅是「隱遁主義」「封建情緒」「落伍者的悲哀」，可以想像魯迅是怎樣的吃驚。而且這種批判不只是個人感想，後面緊跟着新派陣營，有理論、有策略。《文化批判》第 2 期發表了李初梨文章〈怎樣地建設革命文學〉。李初梨後來是中國共產黨中聯部副部長。

> 我以為一個作家，不管他是第一第二……第百第千階級的人，他都可以參加無產階級文學運動；不過我們先要審察他們的動機。看他是「為文學而革命」，還是「為革命而文學」[3]。

二十年代初有「為藝術的人生」和「為人生的藝術」之爭，二十年代末又有「為文學而革命」或「為革命而文學」之辯。李初梨說：

> 他如果為保持自己的文學地位，或者抱了個為發達中國文學的宏願而來，那麼，請他開倒車，去講「趣味文學」。假如是「為革命而文學」，他就應該乾乾淨淨地把他所有的一切布爾喬亞意德沃羅基完全地克服，牢牢地把握着無產階級的世界觀——戰鬥的唯物論，唯物的辯證法。所以我們的作品，……是機關槍，迫擊炮。

李初梨的論點，今天聽來很熟悉。當時乍一出現，調子有點高：

魯迅究竟是第幾階級的人，他寫的又是第幾階級的文學？他所誠實地發表過的，又是第幾階級的人民的痛苦？[4]

魯迅一時有點懵，過了幾個月，才打破沉默，寫了一篇應戰文章〈「醉眼」中的朦朧〉，發表在《語絲》第四卷第11期（1928年3月12日）：

然而各種刊物，無論措辭怎樣不同，都有一個共通之點，就是：有些朦朧。這朦朧的發祥地，由我看來，——雖然是馮乃超的所謂「醉眼陶然」——也還在那有人愛，也有人憎的官僚和軍閥。和他們已有瓜葛，或想有瓜葛的，筆下便往往笑迷迷，向大家表示和氣，然而有遠見，夢中又害怕鐵錘和鐮刀，因此也不敢分明恭維現在的主子，於是在這裏留着一點朦朧。

這段還是講和官方 / 政府當局關係比較好的現代評論派。

和他們瓜葛已斷，或則並無瓜葛，走向大眾去的，本可以毫無顧忌地說話了，但筆下即使雄赳赳，對大家顯英雄，會忘卻了他們的指揮刀的傻子是究竟不多的，這裏也就留着一點朦朧。

這段話有點微妙。講後期創造社，一方面顯英雄，一方面仍然不敢忘卻軍閥、官僚的指揮刀？魯迅應該不會說青年革命作家背後也有指揮刀吧，魯迅當時還沒有看到這一層。

於是想要朦朧而終於透漏色彩的，想顯色彩而終於不免朦朧的，便都在同地同時出現了。

說句實在話，我們讀了魯迅這麼多文章，這一段真是有些朦朧。可以看出，在應付研究系、胡適這一派時，魯迅非常尖刻，非常有力。可是面對這一批年輕革命作家的攻擊時，魯迅的態度，好像有點猶豫，有點吃不準，回答也比較朦朧。他不像以前諷刺陳西瀅等「正人君子」們那麼刻薄、有自信、有氣勢。大概這是老作家碰到新問題，也可能是因為這個攻擊來自他一貫相信的青年人，而且還攜帶着新派的左翼理論。所以，魯迅在回答時很策略，他把攻擊他的左右兩派相提並論。我們今天看李初梨的階級分類批評，一點不朦朧，而是太過簡單，後來重複了幾十年。你寫甚麼，先看看你是甚麼階級的。你到底是「為革命而文學」，還是為「文學而革命」？甚麼是目標，甚麼是工具。李初梨當時已經是這個邏輯。但是等到論辯文章展開以後，魯迅也開始理清了他的邏輯了。「其實朦朧也不關怎樣緊要。……革命者決不怕批判自己，……我並不希望做文章的人去直接行動，我知道做文章的人是大概只能做文章的。

魯迅這是在回答「你到底屬於第幾階級」。

魯迅批判了創造社的迅速轉向，他們——

或者因為看準了將來的天下，是勞動者的天下，跑過去了；或者因為倘幫強者，寧幫弱者，跑過去了；或者兩樣都有，錯綜地作用着，跑過去了。也可以説，或者因為恐怖，或者因為良心。

這是二十年代後期魯迅分析革命派的兩個動機，一是相信將來革命會成功，所以參加；二是道義的原因。雞蛋跟牆，總是幫雞蛋。魯迅說可能是兩個都有，換言之，要麼因為恐怖，要麼因為良心。魯迅在這裏提了一個極嚴肅的問題，「倘若難於『保障最後的勝利』，你去不去呢？」

魯迅這個問號，當時是懷疑後期創造社是否投機革命。其實也是對所有革命者的一個嚴肅提問。當然，回到具體的歷史語境，像成仿吾、李初梨、馮乃超……這些年輕人，雖然有些幼稚浪漫，或者受當時「立三路線」影響，但他們的「左傾」甚至極左，應該不是投機。那時誰也不能保證紅星後來會照耀中國。包括丁玲、卞之琳等，冒着艱辛危險跑去延安，也不是有人能保障最後的勝利，只是他們覺得眼前的社會太黑暗，必須要反抗。再遠的事情，他們也想像不到。

同一篇文章裏，魯迅又反擊成仿吾的批評，成仿吾說他是「閒暇閒暇第三個閒暇」，後來魯迅有本書就叫《三閒集》。成仿吾說魯迅就「代表着有閒的資產階級」「或者是睡在鼓裏的小資產階級」。回頭看，從左聯到「文革」，二十世紀中國革命的最大教訓就是從階級論到血統論，魯迅的不滿很有遠見。

> 現在創造派的革命文學家和無產階級作家雖然不得已而玩着「藝術的武器」，而有着「武器的藝術」的非革命武學家也玩起這玩意兒來了……這一種最高的藝術——「武器的藝術」現在究竟落在誰的手裏了呢？

當然，魯迅在回答這些問題時，自己也充滿了問號。總而言之，年輕革命派的這一輪批評，來得非常突然。清醒如魯迅，也一時有點頭暈。

原來這些批評，不是個人行為，是後期創造社、太陽社從日本回來以後有組織地發動的。他們否定了創造社跟魯迅聯合的建議，認為現在就應該提倡無產階級文學。李初梨在《文化批判》的第 4 號，又刊文〈請看我們中國的 Don Quixote 底亂舞〉，說「魯迅對於布魯喬亞是一個最良的代言人，對於普羅列塔利亞是一個最惡的煽動家。」

成仿吾在文中，又給魯迅起了個外號，叫「堂魯迅」。潘梓年——後來是《新華日報》第一任社長的中共第一報人，當時也化名撰文說：

> 魯迅那篇，不敬得很，態度太不興了。我們從他先後的論戰上看來，不能不說他的量氣太窄了。最先（據所知）他和西瀅戰，繼和長虹戰，我們一方面覺得正直是在他這面，一方面又覺得辭鋒太有點尖酸刻薄，現在又和創造社戰，辭鋒仍是尖酸，正直卻不一定落在他這面。……但那種口吻，適足表出「老頭子」的確不行吧了。[5]

潘梓年此文，引來魯迅另外一篇有名的文章，〈我的態度氣量和年紀〉。原來和魯迅筆戰，講政治觀點、談文藝見解、議社會態度、說人生價值等等，再諷刺爭吵也沒關係，唯獨兩件事不能碰（其實也不單是對魯迅，對一般人亦同）。第一，為甚麼魯迅這麼恨陳西瀅，除了「正人君子」「公理」「學者」叫人討厭外，另一原因就是陳西瀅聽信並傳播顧頡剛的說法，說《中國小說史略》抄襲鹽谷溫。魯迅自己常常推卻學者的帽子，可是骨子裏他還是個學者，抄襲這種事情不能亂講。後來梁實秋批魯硬譯，貶人學術能力也特別傷人自尊。

第二，魯迅比大部分「五四」同仁年長，而且又相信進化論，推崇新青年。今天卻是從青年人的口裏說他「老頭子不行了」，這是何等的侮辱！年輕人不會覺察，可是魯迅的答辯文章裏，「老頭子」「老」「小頭子」等等，講了十幾次。「至於我是『老頭子』，卻的確是我的不行。」「我的確生過病，這回弱水這一位『小頭子』對於這一節沒有話說」「因為我一個而抹殺一切『老頭子』，大約是不算公允的。……但我以為『老頭子』如此，是不足慮的，他總比青年先死」，等等。隔了上百年，我們今天還能感受到魯迅寫這些文章的那種特別的怨氣。

1 轉引自朱正《魯迅傳》，香港：三聯書店，2008 年，頁 239—240。

2 同註 1。

3 同註 1，頁 240—241。

4 同註 1，頁 241—242。

5 弱水（潘梓年）：〈談現在中國的文學界〉，《戰線》週刊創刊號 1928 年 4 月 1 日。

四十五

魯迅與梁實秋的爭論：關於文學的階級性

1927 年魯迅從廣州回到上海以後不久，突然遭到後期創造社、太陽社一班留日歸來年輕作家的有組織的批判圍攻。先說他「醉眼陶然」「隱遁主義」，後來批評他是「為文學而革命」，而不是「為革命而文學」，懷疑魯迅的階級屬性。之後更有人說「這老頭子不行了」。魯迅就回擊，在一篇文章裏重複了十幾遍「老頭子」「小頭子」，真的有火氣。但就在此時，《創造月刊》第二卷第一期有一篇文章，署名杜荃。文章題目是〈文藝戰線上的封建餘孽——批評魯迅的《我的態度氣量和年紀》〉。

> 魯迅先生的時代性和階級性，就此完全決定了。
>
> 他是資本主義以前的一個封建餘孽。
>
> 資本主義對於社會主義是反革命，封建餘孽對於社會主義是二重的反革命。
>
> 魯迅是二重的反革命的人物。
>
> 以前說魯迅是新舊過渡期的游移分子，說他是人道主義者，這是完全錯了。
>
> 他是一位不得志的 Fascist（法西斯諦）！

這是對魯迅最嚴重的一次政治批判。之前沒有過，之後也沒有。杜荃是當時流亡日本的郭沫若的筆名。二十年後，郭沫若也寫文章批評沈從文是「反動文人」，進步學生把郭沫若的文章貼成大字報，在北大校園裏。沈從文因此自殺，沒有成功，被救回來。可是在二十年代末，郭沫若的「雙重反革命、法西斯帝」的帽子，其實還不如「老頭子」，抄襲更傷人。因為當時的文壇還沒有真正的政治鬥爭。

魯迅隔了幾個月後，才在與梁實秋論戰的時候，順便提了一下郭沫若的〈東京通信〉，說「封建餘孽也不是猩猩。」後來在出版書信集《兩地書》時，加了一句原信中沒有的話：

> 在上海，創造社中人一面宣傳我怎樣有錢，喝酒，一面又用〈東京通信〉誣栽我有殺戮青年的主張，這簡直是要謀害我的生命，住不得了。

魯迅私下可能也非常生氣，但是政治帽子在二十年代末還並不怎麼真正有實際殺傷力。況且這派青年用了時髦的馬克思主義理論，魯迅也不熟悉，所以這個階段也促使他讀馬克思。

> 我有一件事要感謝創造社的，是他們「擠」我看了幾種科學底文藝論，……並且因此譯了一本蒲力汗諾夫的《藝術論》，以救正我——還因我而及於別人——的只信進化論的偏頗。[1]

很多魯迅生平研究，認為這是魯迅思想的一個轉折點。本書持懷疑態度。我以為魯迅的思想一生並無大的轉變，之後再討論。

當時批判魯迅的年輕作家，除後期創造社外，還有太陽社。1928

年初剛剛成立，主要作家有蔣光慈、錢杏邨、洪靈菲、楊邨人等等，當時都是共產黨人。錢杏邨在《太陽月刊》1928 年第 3 月號上寫了一篇〈死去了的阿 Q 時代〉，代表了當時相當一部分人對魯迅的看法。

> 他的大部分創作的時代是早已過去了，而且遙遠了。他的創作的時代背景，時代地位，把他和李伯元、劉鐵雲並論倒是很相宜的，他的創作的時代決不是「五四」運動以後的，……他沒有超越時代：不但不曾超越時代，而且沒有抓住時代；不但沒有抓住時代，而且不曾追隨時代。

我們「重讀魯迅」，已經不止一次看到了魯迅的話，放在一百年後，針對今天的社會現實、網絡現狀都是非常、非常靈驗。可是錢杏邨早早宣佈他過時了。而錢杏邨的理論方法我們也是熟悉的。

> 現在的中國農民第一是不像阿 Q 時代的幼稚，他們大都有了嚴密的組織，而且對於政治有了相當的認識；第二是中國農民的革命性已經充分地表現了出來……第三是中國的農民知識已不像阿 Q 時代的單弱……

這不是文學批評的錯誤，而是對中國社會的誤解。當時因為批評了陳獨秀的右傾投降主義，接下來替代的瞿秋白、向忠發、李立山，都是左傾路線。魯迅不僅不同意創造社、太陽社對中國社會的分析，而且看不慣革命黨一定要講最後的勝利。好像是付了多少錢，終得多少利，那就跟人壽保險公司一樣。魯迅說：

> 但不是正因為黑暗，正因為沒有出路，所以要革命的麼？倘必須前面貼着「光明」和「出路」的包票，這才雄赳赳地去革命，那就不但不是革命者，簡直連投機家都不如了。雖是投機，成敗之數也不能預卜的。(《三閒集・鏟共大觀》)

《過客》中的過客，相信文學也好，相信革命也好，都是非功利的，不是為了必然得到甚麼。魯迅強調的是過程，而不是成果，更不能為了目的，而且不擇手段。

不過也就在魯迅和年輕的革命作家論戰的 1928 和 1929 年，留美歸來的梁實秋，突然在《新月》第二卷第 6、7 號合刊（1929 年 9 月）上，發表了〈論魯迅先生的硬譯〉和〈文學是有階級性的嗎？〉兩篇文章，這就使得魯迅在同一個時期，一個短時期內處於被左右夾攻，兩面受敵的境地。這個時期發生的事情，以及特定的時間背景，對魯迅後十年的選擇，甚至對整個中國現代文學的發展，都有深遠的影響。

梁實秋，後來是莎士比亞專家，《雅舍小品》等散文自成一派，開創風氣。但在 1929 年《新月》雜誌上批評魯迅「硬譯」的時候，他還是一個剛從美國回來不久的二十六歲青年，受了白璧德（Irving Babbitt，1865—1933）人文主義的影響，對郁達夫等人的「五四」浪漫主義也很不滿意。他的文章從陳西瀅的〈論翻譯〉說起，陳西瀅說：「死譯的病雖然不亞於曲譯，可是流弊比較的少，因為死譯最多不過令人看不懂，曲譯卻愈看得懂愈糟。」梁實秋批評「死譯」，以魯迅評盧那卡爾斯基的「文藝理論」(《藝術論》）為例。魯迅有這麼一段翻譯：

這意義，不僅在說，凡觀念形態，是從現實社會受了那惟一可能的材料，而這現實社會的實際形態，則支配着即被組織在它裏面的思想，或觀念者的直觀而已，在這觀念者不能離去一定的社會底興味這一層意義上，觀念形態也便是現實社會的所產。

梁實秋可能也是故意挑的——

因為我們人人知道魯迅先生的小說和雜感的文筆是何等的簡練流利，但是他的譯卻離「死譯」不遠了，……讀這樣的書，就如同看地圖一般，要伸着手出來尋找句法的線索位置。……我們硬着頭皮看下去了，但是無所得。

如果脫離具體的歷史語境，也可以說這是一位年輕學者敢於對文壇大家直率批評。魯迅的各種文學工作，小說、散文、雜感，都比他的翻譯受到更多好評。

魯迅覺得惱火，又是研究系，喝了點西洋墨水回來，就來斥疑他的學術能力。所以，一方面是左翼的政治批判激發了他趕時髦硬了頭皮翻譯了幾本馬克思觀點的文藝理論。（大概也不是從德文直譯，而是從日文轉譯。）另一方面右派的學術攻擊又刺激他，所以魯迅寫了一篇很有名的文章，〈「硬譯」與「文學的階級性」〉。這篇文章的後半部分，魯迅還是兩面作戰的：

假如在「人性」的「藝術之宮」（這須從成仿吾先生處租來暫用）裏，向南面擺兩把虎皮交椅，請梁實秋錢杏邨兩位先生並排坐下，一個右執「新月」，一個左執「太陽」，那情形可真是「勞資」媲美了。[2]

魯迅用形象的比方，一邊是「新月」，一邊是「太陽」；一邊是左派，一邊是右派，說明他當時被左右同時攻擊。但整個文章的重點，大部分批梁實秋。

第一，梁先生自以為「硬着頭皮看下去」了，但究竟硬了沒有，是否能夠，還是一個問題。以硬自居了，而實則其軟如棉，正是新月社的一種特色。

這是典型的魯迅戰法，充滿暗示，刻薄嘲諷，說硬着頭皮，魯迅把它變成了你硬不硬？你其實很軟。

第二，梁先生雖自來代表一切中國人了，但究竟是否全國中的最優秀者，也是一個問題。

但於我最覺得有興味的，是上節所引的梁先生的文字裏，有兩處都用着一個「我們」，頗有些「多數」和「集團」氣味了。

這就把梁實秋的個人批評，上升到文壇流派之爭。

信、達、雅三條，魯迅最看重的是信 —— 忠實原作，所以魯迅要幫自己翻譯的深奧辯護，同時又嘲弄新月派的一些淺薄文字。但比翻譯理論討論更重要的，是魯迅對於文學階級性問題，和梁實秋展開的論爭。這個論爭在現代文學史上也有重大影響。

梁先生首先以為無產者文學理論的錯誤，是「在把階級的束縛加在文學上面」，因為一個資本家和一個勞動者，有不同的地方，但還有相同的地方，「他們的人性並沒有兩樣」，例如都有喜怒哀樂，都有戀愛（但所「說的是戀愛的本身，不是戀愛的方式」），「文學就是表現這最基本的人性的藝術。

針對梁實秋的觀點，魯迅的回答很出名：

文學不借人，也無以表示「性」，一用人，而且還在階級社會裏，即斷不能免掉所屬的階級性，無需加以「束縛」，實乃出於必然。自然，「喜怒哀樂，人之情也」，然而窮人決無開交易所折本的懊惱，煤油大王那會知道北京檢煤渣老婆子身受的酸辛，飢區的災民，大約總不去種蘭花，像闊人的老太爺一樣，賈府上的焦大，也不愛林妹妹的。

這段話後來在現代文學及文學理論課堂上被反覆宣講。個人經驗，凡事理論說不清時，最好的辦法是「從自己的親身實踐檢驗真理」。「煤油大王哪會知道北京撿煤渣老婆子身受的酸辛」？現在很少人撿煤渣了，但地產大王如李嘉誠應該知道香港住「劏房」（極狹小的出租房）人們的境況心理，然後他們就設計越來越小的房子來賺這些民眾的錢。反過來「劏房」裏的人們透過哪怕很小的電視屏幕，倒是願意隔空體會豪門恩怨。「賈府上的焦大也不愛林妹妹」？ 難說。在深圳的理髮店，見過搬運男工或洗頭妹，人在底層，卻盯着電視上的「宮心計」畫面半張着嘴，目不轉睛。

可見文學寫人，必寫階級性。但階級性可以使同情反抗，但也可以宣泄做夢。能穿越階級性的，還是人性相通。能穿越階級性的，才是經典作品。

可是二十多年後中國人還在批判「文學是人學」，以為只供本階級欣賞的文學，才是最好的文學。魯迅在左聯刊物《萌芽月刊》的第一期上，有一篇短文〈新月社批評家的任務〉，將梁實秋、徐志摩等等都歸入胡適派。朱正的《魯迅傳》後來很仔細地分析，梁實秋當時其實是反對思想統一，批判國民黨官方文藝政策。梁實秋認為，「思想這件東西，我以為是不能統一的，也是不必統一的。……一個暴君可以用武力和金錢使得有思想的人不能發表他的思想，封書舖，封報館，檢查信件，甚而至於加以『反動』的罪名，槍斃，殺頭，夷九族！但是他的思想本身是無法可以撲滅，並且愈遭阻礙將來流傳的愈快愈遠。」（〈論思想統一〉，《新月》月刊第二卷第 3 號）在堅持思想獨立，反抗意識形態管制方面，梁實秋和魯迅其實分歧不大。真的比較厲害批判魯迅的還是李初梨的階級論。

魯迅引梁實秋的觀點，「梁先生說作者的階級，和作品無關。托爾斯泰出身貴族，而同情於貧民，然而並不主張階級鬥爭；馬克斯並非無產階級中的人物；……所以估量文學，當看作品本身，不能連累到作者的階級和身分。」這段梁實秋的論述，其實恰恰可以幫魯迅辯護。魯迅不是被李初梨追查階級屬性？剛剛被戴上了「二重反革命、不得志的法西斯」的帽子嗎？文學中的階級性、人性，這是永遠值得討論的學術問題。梁實秋與魯迅的論戰，從「硬譯」起傷了自尊心，意氣用事。但兩個人在基本的文學觀上，共同基礎大於分歧。

但問題是，為甚麼兩面作戰的魯迅，當時他卻輕輕放過了李初梨、郭沫若等人的炮火？他心裏也知道這些炮火殺傷性很大，可是他幾個月都沒有正面去回應左派的攻擊，但是他卻嚴厲地反擊了梁實秋的「書生謬見」呢？

　　這中間到底發生了甚麼事情，使得魯迅在二十年代末三十年代初，做出了一個非常關鍵的轉變呢？

1　魯迅：《三閒集・序言》，《魯迅全集》第四卷，北京：人民文學出版社，2005年，頁6。

2　魯迅：〈「硬譯」與「文學的階級性」〉，最初發表於上海《萌芽月刊》1930年3月第一卷第3期，收入《二心集》，《魯迅全集》第四卷，北京：人民文學出版社，2005年，頁199—217。

四十六

魯迅的世界觀轉變？

魯迅在 1930 年參加左聯成立大會，並且做了講話。一生最後的五、六年，他一方面成為左聯名義上的旗幟領袖，另一方面又和左聯實際負責人周揚、夏衍等，出現頗嚴重的矛盾。所以魯迅晚年心情不好。一般認為，因為二十年代後期的革命文學論爭，促使他讀了馬克思主義的書，魯迅的世界觀有轉變。「正是這期間，魯迅的思想反映着一般被蹂躪被侮辱被欺騙的人們的彷徨和憤激，他才從進化論最終的走到了階級論，從進取的爭取解放的個性主義進到了戰鬥的改造世界的集體主義。」（瞿秋白：《魯迅雜感選集・序言》，上海青光書局，1933 年 7 月）。

我這次「重讀魯迅」，一個重要收穫，就是對魯迅思想轉變的定論產生了懷疑。我個人以為，魯迅的世界觀和文藝觀，並沒有發生根本性的變化。魯迅的世界觀從來都是階級論，從來都是關心階級矛盾多過民族矛盾，從來都是關注社會不平等、人與人的剝削壓迫控制服從，也從來都同情弱者，特別同情窮人和青年。所有這一切，一生都沒有大的變化。

而魯迅的文藝觀，從來都認為文學雖然可以，或者甚至是必然為政治、為革命所用，但是文學和政治、和革命是兩回事。文學可為革命服務，它不代表文學就是革命。文學在革命之外，還有很多其他的功能、作用和價值。而且文學本身，應該是非功利的。革命，可以依靠文學，但，如同魯迅在黃埔軍校演講所言，革命大部分的力量也不是依靠文學。

要理解魯迅一生世界觀有沒有根本性的改變，1925 年，〈阿 Q 正傳〉俄文譯本的〈序言〉是一個很重要的參考材料。

眾所周知，阿 Q 是寫國民性的，魯迅也自問：「我是否真能夠寫出一個現代的我們國人的魂靈來。」承擔了畫出國人魂靈的重任，但在俄文譯本的序文中，魯迅首先提到的，是國人靈魂的背景，是社會等級。

> 在我自己，總彷彿覺得我們人人之間各有一道高牆，將各個分離，使大家的心無從相印。這就是我們古代的聰明人，即所謂聖賢，將人們分為十等，說是高下各不相同。其名目現在雖然不用了，但那鬼魂卻依然存在，並且，變本加厲，連一個人的身體也有了等差，使手對於足也不免視為下等的異類。造化生人，已經非常巧妙，使一個人不會感到別人的肉體上的痛苦了，我們的聖人和聖人之徒卻又補了造化之缺，並且使人們不再會感到別人的精神上的痛苦。

這一段文字非常重要，魯迅講了好幾個意思。

第一，中國古代把人分成很多等級，現在，名義上沒有了，實際上鬼魂還在。

魯迅說，生理意義上的人，感覺不到別人的痛苦。當然，看到別人切到手指，也會很不舒服，但不是直接手痛，而是精神感應。因為我們中國文化的很多級別，人上人、人下人，所以，人們對於別人（尤其不是一個等級的人）的精神上的痛苦感應，麻木了。

魯迅在阿 Q 身上看到的階級壓迫，與後來的階級鬥爭理論有重大差別。後來的左翼理論，把社會矛盾和人倫關係的各種衝突，都簡化為階級對立 —— 窮人對富人，農民對地主，民眾對官府，人民羣眾對剝削階級。如果放不進這個二元對立的框架，比如小資產階級，那就放在旁邊。民族資產階級，有二重性。

魯迅所寫的阿 Q 村裏的階級壓迫關係，每個人都可能既壓迫欺負他人，又被他人欺負控制，「羊獸一體」。魯迅寫的知識分子比晚清複雜，有狂人、病癒的狂人、孔乙己、〈祝福〉中內疚的「我」以及「穿長衫的人」等多種類型。魯迅寫官府比以前含蓄，官員形象很少，出面的都是幫兇爪牙。但是魯迅小說最大的突破，還是寫民眾，魯迅對民眾的解剖，對奴隸和奴才問題的持久思考，從〈狂人日記〉到三十年代中期厭惡「奴隸總管」，基本沒有大的變化。

魯迅反覆強調「國民性」欺軟怕硬。阿 Q，被趙老太爺欺負，被閒人甚至王胡欺負，甚至最差也打不過小 D 。但阿 Q 也會欺吳媽，去捏小尼姑的臉。在想像當中，阿 Q 不想睡假洋鬼子的老婆，可指使小 D 幫他搬大牀，「不搬好我就打他！」在魯迅筆下，阿 Q 不只是無產階級，還是極普通的中國人。一旦阿 Q 革命掌權了，會出現甚麼樣的情況？不僅僅分析窮富對立，官民矛盾，更看到普通國民在階級關係上的多重性，這是魯迅的階級論與一般的左派階級鬥爭理論的區別之一。

第二個區別更重要。一般階級鬥爭論，強調的是鬥爭。當然，仇恨也是魯迅的出發點，《三閒集》裏有篇〈文藝與革命〉，明言「鬥爭呢，我倒以為是對的。人被壓迫了，為甚麼不鬥爭？」在另外一篇文章〈鏟共大觀〉裏，魯迅也說：「不是正因為黑暗，正因為沒有出路，所以要革命的麼？」

但魯迅強調的是仇恨後面，人與人之間的隔膜不通。在俄文本的序言中，魯迅特別注意國民靈魂的沉默，互相之間不相通，連自己的手都看不起自己的腳。人不能感受他人的肉體和精神苦悶。在這個層面上，吳媽不會理解阿Q的苦悶，阿Q也絕不懂得尼姑的心情，百姓去看人遊街殺頭，興高采烈，或者表情麻木。反過來，民眾要鬥爭地主時，也都不會把對方當作人看。「犯人」，用的是反犬偏旁。

人和人之間的這種隔膜，不相通，到底是中國人奴性，還是人性普遍弱點？魯迅回答了一半，另一半讓我們再思考。歐洲中世紀火燒異教徒，或者是在砍頭的場面前，不是也有很多羣眾看得津津有味，甚至情緒激昂嗎？魯迅小說關注的也許不只是中國的國民性，而是人類很多專制社會的羣眾土壤。

相比階級觀念的貌似轉變，魯迅文藝觀的一貫堅持就更加明顯。《吶喊・自序》裏早說過了，魯迅說是為了「聽從將令」，所以在要的尾巴加上光明的小花圈。其實，小說的藝術性是受損害的。魯迅早就知道文學為啟蒙服務是要付些代價的。在〈文藝與革命〉當中的一段話，形象生動地說明了關於文藝與政治的關係。魯迅說：

> 我以為一切文藝固是宣傳，而一切宣傳卻並非全是文藝，這正如一切花皆有色（我將白也算作色），而凡顏色未必都是花一樣。革命之所以於口號，標語，布告，電報，教科書……之外，要用文藝者，就因為它是文藝。

花與顏色，說得太清楚了。以後很多人，說中國人在文藝與政治的關係上，腦子轉暈時，想想魯迅的花與顏色就清楚了。關鍵點，文學和革命是兩回事，文學可以為革命所用，但它還有其他的用，有其他的價值。而且，文學還有「無用」的自由。

政治家使用文學，但歸根結底要想清楚，到底是要顏色，還是要花？

回想起李初梨批評魯迅，說他不是為革命而文學，而是為文學而革命。如果說魯迅為了忠實藝術，才來啟蒙救世，那也太誇張魯迅的藝術信仰了。夏志清他們還專門批評魯迅對藝術不夠虔誠，說他批判人性，卻優待窮人跟青年。魯迅其實知道他的「親革命」的世界觀，有時損害他的藝術。在《三閒集》裏一封通信——〈通信（並 Y 來信）〉裏，他說，「我總以為下等人勝於上等人，青年勝於老頭子，所以從前並未將我的筆尖的血，灑到他們身上去。我也知道一有利害關係的時候，他們往往也就和上等人老頭子差不多了，然而這是在這樣的社會組織之下，勢所必至的事。對於他們，攻擊的人又正多，我何必再來助人下石呢，所以我所揭發的黑暗是只有一方面的，本意實在並不在欺蒙閱讀的青年。」

魯迅最好的小說是一視同仁的，比如〈阿 Q 正傳〉，不會為了社會進步，偏幫青年和窮人。因為魯迅知道，這樣的偏幫某種程度上會損害藝術。

如果說 1930 年魯迅思想有轉變，之前是比較幫青年，進化論；後來更幫窮人，無產階級。但是想想〈一件小事〉，魯迅早早地就偏幫窮人了。三十年代寫〈為了忘卻的記念〉，照樣對青年的犧牲特別痛心。

所以，在魯迅身上，有些東西一直沒有變化：對青年和窮人的同情，對官府的篾視，對知識分子的「苛求」，對奴隸與奴才關係的持久關注，對中國傳統禮教及國民性的深刻批判。五百年後，人們會怎麼回顧魯迅在中國歷史文化上的意義呢？他應該還會被視為中國文化傳統轉折和復興的一個關鍵人物，只是他的復興更多以批判破壞方式而進行。在討論魏晉文人放浪形骸反禮教的學術演講中，魯迅獨具慧眼，說：「魏晉的破壞禮教者，實在是相信禮教到固執之極的」。我們是否也可以說，魯迅看來是中國的破壞禮教者，其實在某種意義上，他也是「相信禮教到固執之極」？

四十七

魯迅與中國左翼作家聯盟

在 1928 年和 1929 年，後期創造社和太陽社的年輕作家們對魯迅輪番批判，後來又有新月派的梁實秋批評魯迅「硬譯」並爭論文學的階級性等問題。就在魯迅被左右兩面夾攻時，文壇形勢突然又出現了戲劇性的變化。據中共中央宣傳部文化工作委員會成員吳黎平後來回憶，「大約是在 1929 年 11 月間，李立三同志到芝罘路秘密機關來找我，把中央的這些意思告訴我：一是文化工作者需要團結一致，共同對敵，自己內部不應該爭吵不休；二是我們有的同志攻擊魯迅是不對的，要尊重魯迅，團結在魯迅的旗幟下；三是要團結左翼文藝界、文藝界的同志，準備成立革命的羣眾組織。李立三同志要我和魯迅先生聯繫，徵求他的意見。」[1] 瞿秋白之後，黨的總書記名義上是向忠發，實際負責人是中宣部長李立三（史稱「立三路線」）。後期創造社和太陽社的年輕作家們大都是黨員，所以他們馬上停止批判魯迅。記得是馮乃超、夏衍、錢杏邨等人，主動向魯迅賠禮道歉，並請求魯迅參加 1930 年馬上要成立的中國左翼作家聯盟，做他們的領袖。在另一邊廂，梁實秋和新月派還在拼命批判魯迅的翻譯和文藝觀。他們是又反國民黨，又批左聯，沒有甚麼文壇鬥爭的統戰策略權謀。在被兩面夾攻的情況下，有一派人突然要和解，魯迅當然是歡迎的。從自尊心的角度來講，也是人之常情。

後來，魯迅去了左聯的成立大會，也講了話，提醒革命作家要有韌性，要正視社會、革命的艱苦，要擴大戰線等等。

這就是為甚麼，魯迅此時的文章，對錢杏邨輕輕帶過，對梁實秋嚴厲追問。

魯迅在 1930 年參與了中國左翼作家聯盟的活動以後，他的文風有所變化。第一，他開始使用一些諸如階級鬥爭和無產階級革命文學等字眼；第二，魯迅繼續尖刻批判新月派；第三，魯迅也沒有忘了不斷諷刺後期創造社和太陽社等年輕革命家。

〈「硬譯」與「文學的階級性」〉在左聯內部受到極高評價。魯迅在這一時期認識了兩個他所信任的共產黨人，瞿秋白和馮雪峰。馮雪峰當時也是左聯的負責人之一。魯迅和梁實秋之爭，部分因為派別和政治立場。就人性、文藝觀而論，深究下去，區別不是很大。更嚴重的分歧倒是如何看待大眾和文藝的關係。

「大眾」這個詞，當然古代就有，但現代的用法是從日語漢字重新進入中國。進來時是個中性概念，與「精英」相對時，還有點貶義。二、三十年代開始介紹大眾文藝的時候，其實有三種不同的看法。第一種，是魯迅那樣的「鐵屋吶喊」，少數精英有責任喚醒沉睡大眾，謂之「啟蒙」；第二種，是瞿秋白關於文藝大眾化的觀點，他批評知識分子用歐化語言喚醒大眾，他認為無產階級是最高明的，知識分子應該向大眾學習。1942 年以後，這也是意識形態的主流方向；第三，是梁實秋的觀點，他認為好的作品永遠是少數人的專利，大多數的人和最高級的文學永遠無緣。即便有一天很多人讀《紅樓夢》，但是能夠理解《紅樓夢》精髓的恐怕還總是少數。

之後，魯迅接連撰文談階級鬥爭。如〈中國無產階級革命文學和前驅的血〉，對柔石等青年作家犧牲表達了一種憤怒和哀悼。「我們現在以十分的哀悼和銘記，紀念我們的戰死者，也就是要牢記中國無產階級革命文學的歷史的第一頁，是同志的鮮血所記錄，永遠在顯示敵人的卑劣的兇暴和啟示我們的不斷的鬥爭。」[2] 又如〈黑暗中國的文藝界的現狀〉，說「現在，在中國，無產階級的革命的文藝運動，其實就是惟一的文藝運動。現在來抵制左翼文藝的，只有誣衊，壓迫，囚禁和殺戮；來和左翼作家對立的，也只有流氓，偵探，走狗，劊子手了。」[3] 這篇文章的副標題是「為美國新羣眾雜誌寫」。當時交給史沫特萊（Agnes Smedley，1892—1950），想譯成英文，和「外部勢力」聯繫，但最後沒有在美國發表。魯迅和現代文學的左翼思潮，的確與當時西方資本主義經濟危機及全球左傾思潮有關。

魯迅在給李愷良的一封信 [4] 中說：「我對於唯物史觀是門外漢，不能說甚麼。」三十年代的魯迅，理論上雖然熱情迷惘，政治上卻相當冷靜透徹。當時中共領導人李立三曾和魯迅會面，據夏衍事後的回憶：「左聯成立不久，李立山在 5 月 9 日準備發表一個文件，就是後來在 6 月 11 號發表的那個黨史上有名的《新的革命高潮與一省或幾省的首先勝利》。在提此口號之前，李要求見魯迅，希望魯迅發一個宣言支持他……當時是立三路線高峰，他揚言『會師武漢，飲馬長江』，搞城市暴動。」[5] 這次會面李立三由潘漢年陪同，魯迅由馮雪峰陪同，後來馮雪峰在〈關於李立三與魯迅談話的經過〉一文中有更多詳情，「李立三約魯迅見面時間是 1930 年 5 月 7 日晚間，地點是在當時西藏路的爵祿飯店。李立三約魯迅談話的目的據我了解，是希望魯迅公開發表一個宣言，表示擁護當時立三路線的各項政治主張。魯迅沒有同意，他認為中國革命是不能不長期的，艱巨的，必須『韌戰』，持久戰，他不贊成赤膊打仗，說在當時那樣的時候還應多采取『壕溝戰』，散兵戰，襲擊戰等戰術。」魯迅說：「要我發表一個宣言，那是容易的，但那樣一來我就很難在中國活動，只得到外國去住來做『寓公』，個人倒是舒服的，但對中國革命有甚麼益處！我留在中國，還能打一兩槍，繼續戰鬥。」(不是原話，是馮雪峰的記憶。)[6]

我們要清楚，三十年代初的魯迅，通過左聯，他的言行直接間接開始和地下黨組織有關。我們也要記住，當時的地下黨組織，執行的是一條錯誤的極左的政治路線。我們還要理解，如果李立三不是錯誤的政治路線，夏衍、馮雪峰後來也不會如此寫回憶錄。

在行動上謹慎，在文章裏探索。當時魯迅對無產階級文學還是想像多於實踐。他說:「所可惜的，是左翼作家之中，還沒有農工出身的作家。」難道一定要工人、農民寫，才是無產階級文學？魯迅原意是批評一些激進的、空喊無產階級文學口號的、小資產階級作家。史沫特萊《中國的戰歌》裏邊記錄過魯迅的一番講話:「我現在被人請求出來領導無產階級文學運動，我的幾位年輕的朋友還堅持要我做一個無產階級作家。我要是真裝作一個無產階級作家，那就幼稚可笑了，……我也不相信中國的知識分子的青年，沒有對工人、農民的生活、希望和痛苦的體驗，就能創作出無產階級的文學……」[7]

按照這個理論，今天很多中國作家倒是真的親身見證過工人農民的生活、希望、痛苦，或者本身就是工人農民(這兩種情況，古今均少見)。所以，中國當代作家「創作出無產階級的文學」，根正苗紅，前景無限……

魯迅的無產階級革命文學論態度真誠，理論生硬。今天有各種左派，「新左」「白左」「極左」「形左實右」等等。聯想開去，我覺得魯迅是「硬左」，硬譯的「硬」。一則是因為他骨頭硬，硬氣；二來，魯迅在這方面的理論，也有些生硬之處。

相比之下，魯迅對新月派的諷刺、攻擊，還是更加駕輕就熟。最有名也最刻薄的一篇批判文章，題為〈「喪家的」「資本家的乏走狗」〉[8]。除了抽象支持無產階級文學和繼續批判新月派以外，魯迅也沒有真正原諒過前幾年批判他的創造社革命派。在《三閒集·現今的新聞學的概況》中，他點名批評郭沫若短篇小說〈一隻手〉。魯迅對創造社革命黨的一個關鍵詞，叫「流氓」。他寫了好幾篇文章，〈流氓的變遷〉從「儒以文亂法，俠以武犯禁」這個武俠精神出處說起，認為這裏的「亂」和「犯」絕不是反叛，不過鬧小亂子而已。魯迅說，「一部《水滸》，說得很分明：因為不反對天子，所以大軍一到，便受招安，替國家打別的強盜——不『替天行道』的強盜去了。終於是奴才。」[9] 魯迅對奴隸和奴才的問題始終耿耿於懷，一有機會，便要譴責。古來的俠客，西漢以後逐漸變成商人權貴的保安保鏢。在魯迅看來，會不會幫主子去維持秩序鎮壓其他奴隸，這也是奴隸會不會變成奴才的一個重要標誌。

在另外一篇也很有名的〈上海文藝之一瞥〉裏，魯迅用冷靜嘲諷的口吻敘述海派才子小說的淵源，並聯繫到電影中的流氓英雄，「也都是油頭滑腦的，和一些住慣了上海，曉得怎樣『拆梢』『揩油』『吊膀子』的滑頭少年一樣。看了之後，令人覺得現在倘要做英雄，做好人，也必須是流氓」。[10] 魯迅在北京不自稱京派，到時上海又可以嘲諷海派。有時也是借題發揮，批評某些文人政客多變，「激烈得快、平和得快，甚至於也頹廢得快」。[11] 無論古今，凡是沒有一定的理論或主張，變化並無線索可尋，而隨時拿了各種各派的理論來做武器的人，都可以稱之為流氓。」「現在的統治者也神經衰弱……在出版界上也佈置了比先前更進步的流氓，令人看不出流氓的形式而卻用着更厲害的流氓手段：用廣告，用誣陷，用恐嚇……」

六點省略號，最後一段好像已經不止在講創造社了。

1 轉引自朱正《魯迅傳》，香港：三聯書店，2008 年，頁 251。

2 魯迅：〈中國無產階級革命文學和前驅的血〉，《前哨》（紀念戰死者專號）1931 年 4 月 25 日，收入《二心集》，上海：合眾書店，1932 年，見《魯迅全集》第四卷，北京：人民文學出版社，2005 年，頁 289。

3 魯迅：〈黑暗中國的文藝界的現狀〉，收入《二心集》，上海：合眾書店，1932 年，見《魯迅全集》第四卷，北京：人民文學出版社，2005 年，頁 292。

4 魯迅：〈文學的階級性（並愷良來信）〉，原題〈通信・其二〉，原載《語絲》1928 年 8 月 20 日第四卷第 34 期，收入《三閒集》時改題（可見當時文學的階級性是個熱門話題），收入《魯迅全集》第四卷，北京：人民文學出版社，2005 年，頁 126。

5 見《新文學史料》，北京：人民文學出版社，1991 年第 4 期。

6 轉引自朱正《魯迅傳》，香港：三聯書店，2008 年，頁 265—266。

7 史沫特萊：《中國的戰歌》，北京：新華出版社，1985 年，頁 76。

8 魯迅：〈「喪家的」「資本家的乏走狗」〉，最初發表於《萌芽月刊》1930 年 5 月 1 日第一卷第 5 期，收入《二心集》，《魯迅全集》第四卷，北京：人民文學出版社，2005 年，頁 253。

9 魯迅：〈流氓的變遷〉，最初發表於《萌芽月刊》1930 年 1 月 1 日第一卷第 1 期，收入《三閒集》，《魯迅全集》第四卷，北京：人民文學出版社，2005 年，頁 159。

10 魯迅：〈上海文藝之一瞥 —— 八月十二日在社會科學研究會講〉，最初發表於上海《文藝新聞》1931 年 7 月 27 號、8 月 3 日第 27、21 期。收入《二心集》，《魯迅全集》第四卷，北京：人民文學出版社，2005 年，頁 298。

四十八

〈「民族主義文學」的任務和運命〉

《劍橋中國史》第十三卷《劍橋中華民國史（下）》的文學部分（由哈佛大學李歐梵教授執筆），有一章將 1930 年代中國文藝思潮變化，總結為六次文藝論爭。第一次，是二十年代末的「革命文學論爭」，即後期創造社太陽社，批判魯迅及茅盾、葉聖陶等主流作家。第二次，是 1930 年前後，梁實秋新月派與魯迅展開有關翻譯和文學階級性的爭論。第三次，是關於民族主義文學的論爭，王平陵等接近國民黨的文人對陣魯迅及左聯作家。第四次，是關於文學大眾化問題，瞿秋白和茅盾在左翼內部展開論爭。第五次，是關於「第三種人」的論爭，施蟄存等《現代》雜誌同人與魯迅和左聯筆戰。第六次，就是關於「兩個口號」之爭，名義上是「國防文學」對「民族革命戰爭中的大眾文學」，實際上是左聯當中的周揚、郭沫若等，和魯迅、馮雪峰等人的論爭。

魯迅最後近十年在上海的「戰鬥歲月」，一直伴隨着這六次文藝論爭。其實魯迅從「五四」以來，常常與人打筆仗。但之前是有社會內容的「個人恩怨」，現在是有組織背景的意識形態論爭。

前兩次之前已經討論，第三次是有關民族主義文學的論爭。魯迅的〈「民族主義文學」的任務和運命〉，發表在 1931 年 10 月 23 號上海的《文學導報》第一卷第 6 、 7 期合刊。時間恰恰是「九一八」之後。國難當頭的日子，照理說民族主義應該是最熱門、最得民心、最有號召力的話題。為甚麼魯迅偏偏在這個時候要花很長的篇幅來批判「民族主義文學」？

「民族主義文學」，作為一個文學運動，是 1930 年 6 月，由國民黨官員潘公展、朱應鵬、傅彥長，還有接近國民黨的文人王平陵等人策劃。據施蟄存後來的說法，它也並不是國民黨中宣部倡導，後台可能是藍衣社。

這一派的刊物有《前鋒周報》、《前鋒月刊》，核心口號就是「以民族意識代替階級意識」。就是說，在文學創作當中，首先強調的不是窮人富人的鬥爭，民眾和官府的對立，或者新與舊、城與鄉的衝突，而是國人與異族的矛盾。這也是國民黨政府從 1927 年到 1949 年，二十二年執政期間，有意識地策劃組織的最大規模的一次文學運動。

魯迅的文章，一上來又用了關鍵詞「流氓」和「奴才」——

> 殖民政策是一定保護，養育流氓的。從帝國主義的眼睛看來，惟有他們是最要緊的奴才，有用的鷹犬……這流氓，是殖民地上的洋大人的寵兒，——不，寵犬，其地位雖在主人之下，但總在別的被統治者之上的。[1]

第一段立刻上綱上線，貼上標籤，把主張民族意識的文學說成是帝國主義的奴才，攻擊對方的政治道德基礎。

> 雖然所標的口號，種種不同，藝術至上主義呀，國粹主義呀，民族主義呀，為人類的藝術呀，但這僅如巡警手裏拿着前膛槍或後膛槍，來福槍，毛瑟槍的不同，那終極的目的卻只一個：就是打死反帝國主義即反政府，亦即「反革命」，或僅有些不平的人民。

「反革命」一詞打了引號，說明當時國民黨以革命自居（參考〈小雜感〉），把反政府人士稱之為「反革命」。這裏還使用了「人民」這個詞，而不再使用「人們」「百姓」「大眾」的概念，這在魯迅筆下比較少見，說明魯迅當時的話語系統，有點微妙變化。

> 那些寵犬派文學之中，鑼鼓敲得最起勁的，是所謂「民族主義文學」。……而且大抵沒有流氓的剽悍，不過是飄飄蕩蕩的流屍。

客觀來說，這也是罵人文章。但馬上，魯迅就拿對方作品的具體句子舉例。這是一篇國民黨軍隊討伐閻錫山、馮玉祥戰場上的實地文學：「每天晚上站在那閃爍的羣星之下，手裏執着馬槍，耳中聽着蟲鳴，四周飛動着無數的蚊子，那樣都使人想到法國『客軍』在菲洲沙漠裏與阿剌伯人爭鬥流血的生活。」魯迅非常敏銳地看出黃震遐《隴海線上》這段戰地文字的政治不正確：明明是中國軍隊打中國軍隊，卻要把自己想像成是歐洲殖民軍在打阿拉伯人。

> 大一點，則說明了中國軍閥為甚麼做了帝國主義的爪牙，來毒害屠殺中國的人民，那是因為他們自己以為是「法國的客軍」的緣故；小一點，就說明中國的「民族主義文學家」根本上只同外國主子休戚相關，為甚麼倒稱「民族主義」，來朦混讀者，那是因為他們自己覺得有時好像臘丁民族，條頓民族了的緣故。

內戰中的軍人，把自己想像成歐洲遠征軍，甚麼民族主義文學？

魯迅又繼續引了一些作品的段落，有一首詩描寫成吉思汗的孫子征服歐洲：

……

恐怖呀，煎着屍體的沸油；

可怕呀，遍地的腐骸如何兇醜；

死神捉着白姑娘拼命地摟；

……

十字軍戰士的臉上充滿了哀愁；

千年的棺材泄出它兇穢的惡臭；

黃禍來了！黃禍來了！

亞細亞勇士們張大吃人的血口。

魯迅在其他散文裏也提到過，中國人把成吉思汗作為光榮的祖先，實在可笑。因為蒙古人進攻匈牙利在前，征服中國在後。大概匈牙利人、俄羅斯人才可以倒過來說：我們的成吉思汗，佔領你們中國。而在這首詩裏，「黃禍」攻擊歐洲。魯迅說，「這一張『亞細亞勇士們張大』的『吃人的血口』，我們的詩人卻是對着『斡羅斯』，就是現在無產者專政的第一個國度……拔都死了；在亞細亞的黃人中，現在可以擬為那時的蒙古的只有一個日本。」

原來你在替日本打歐洲，你是甚麼民族主義？「大概日本人也把中國人看作非洲的阿剌伯人了吧。」魯迅諷刺這種「揚我國威」「揚我亞洲之威」的民族主義文學，其實正在為帝國主義開路。對當時的蘇聯，魯迅還是有點好感的，不過晚年他拒絕蘇方邀請去那裏養病，可能也聽說了一些斯大林的國內政策。

魯迅不厭其煩，又引了一些民族主義的詩句。有一首邵冠華的，叫《醒起來罷同胞》。

踢開了弱者的心，

踢開了弱者的腦。

看，看，看，

看同胞們的血噴出來了，

看同胞們的肉割開來了，

看同胞們的屍體掛起來了。

魯迅說：「這些詩裏很明顯的是作者都知道沒有武器，所以只好用『肉體』，……用『屍體』……惟一的路也實在只有一個死了。」

另外一首徐之津的《偉大的死》：

天在嘯，

地在震，

人在衝，獸在吼，

宇宙間的一切在咆哮，朋友喲，

準備着我們的頭顱去給敵人砍掉。

魯迅說，寫寫固然無妨，但倘若真要這樣，卻未免太不懂得「民族主義文學」的精義了，然而，卻也盡了「民族主義文學」的任務。

在魯迅所參與的三十年代的各次文藝論爭當中，只有這一次對民族主義文學的批判，當時一片叫好，文學史上也沒有任何爭論。

由國民黨組織的文學運動，因為沒有作家作品的支持，沒有評論家用講得通的道理來支撐，所以不堪一擊。不像其他幾次和左派的論爭，和梁實秋新月派，以及和「第三種人」的辯論，在文學史上都留下一些爭議。有人事的爭議，也有觀點的爭議。

批判「民族主義文學」，很簡單，「完勝」！也說明，魯迅在「九一八」之後，也還是把階級矛盾看得比民族矛盾更重要。

以後討論「兩個口號」論爭，可以進一步觀察這個問題。

1　魯迅：〈「民族主義文學」的任務和運命〉，最初發表於上海《文學導報》1931 年 10 月 23 號第一卷第 6 期，收入《二心集》，《魯迅全集》第四卷，北京：人民文學出版社，2005 年，頁 328。以下引文同。

第五輯

三十年代雜文

四十九

〈為了忘卻的記念〉

1931 年 1 月 17 號，柔石等人在上海東方飯店 —— 後來是上海市工人文化宮 —— 被捕，之後被迅速槍殺。這個事情，刺激、影響了晚年的魯迅更深地捲入了文壇的政治鬥爭。

魯迅最後一次見到左聯青年作家柔石，是 1931 年的 1 月 15 號。後來魯迅在〈為了忘卻的記念〉裏邊記成是 1 月 16 號，但其實是 1 月 15 號。當時有一個明日書店，想出版魯迅的譯著。之前他們想請魯迅吃飯、約稿，但沒有成功。魯迅日記 1 月 10 號記載 :「晚明日書店招飲於都益處，不赴」。

柔石當時在幫明日書店編期刊，書店的創始人是許傑、戴邦定。請飯不成，他們就託柔石去魯迅家裏約稿，並且商量版稅的方法。魯迅大概是答應了稿約，把一份與北新書局的合同給柔石，之後柔石就匆匆走了。

明日書店是許傑、戴邦定等人在 1928 年創辦的左翼書店，店址在上海大連灣路。後來遷到了四馬路，即今天的福州路。許傑是二十年代文學研究會的作家，浙江天台人。我的家鄉也是浙江天台，許傑先生和我父親是同鄉朋友，不過不是親戚關係。天台有兩門許姓，一個在清溪鎮，一個在水南村。許傑先生是清溪人，我家祖輩則在水南。

戴邦定，1924 年在上海大學讀書。當時，家父也曾在上海大學讀書，但不知那時他們是否認識。戴邦定 1925 年加入了共產黨，後來到杭州、台州、黃巖等地教書，從事革命活動。1929 年以後到上海當過中學校長，解放以後在華東師大歷史系當教授。

這些經歷，我其實是最近才從「百度百科」查的。從小聽父親說起戴介民，好像跟東方飯店案件有些牽連。但我一直不知道戴介民就是戴邦定，是和許傑先生一起創辦明日書店的人。而柔石被捕的時候，身上帶着魯迅的出版合同，就是因為明日書店的邀稿。

現代文學史上記載了國民黨屠殺左聯五位作家，這是事實，但又不是全部事實。

柔石、白莽、馮鏗、胡也頻、李偉生，五位參加左聯的作家，是在當時一場尖銳激烈複雜的政治鬥爭當中被捕、犧牲的。就在柔石等人被捕的十天之前，1931 年 1 月 7 號，在共產國際駐中國代表團團長米夫的主持下，中共六屆四中全會，在上海靜安區武定路修德坊六號秘密召開。六屆四中全會的重要性，在於推舉王明成為中共領袖。當時在場的六屆中委羅章龍後來回憶，說會議首先是國際代表做報告，批判右傾路線，要成立布爾什維克化的中央機構。選舉時，米夫提名王明、博古。會場上有很多人不滿，噓聲四起，史文彬等二十六個人抗議說選舉不合手續，因此會議決裂，部分代表退席。但是王明和博古在六屆四中全會上還是被增補為中央委員，王明還進了政治局。1931 年的 6 月，工人領袖向忠發被捕、被槍決，當時中央政治局選舉王明成為總書記。但是他同年 9 月就去了蘇聯，擔任中共代表團團長（在國內，博古和周恩來負責中央的實際工作）。從 1931 年 1 月 7 號的武定路的六屆四中全會起，王明已經是中共中央實際上的總負責人，直到 1935 年遵義會議選出張聞天。

就是在這麼一個具有重大歷史意義的六屆四中全會之後，當天退席的羅章龍、史文彬等二十六個人就聯名寫信給米夫，抗議會議非法，要求宣佈選舉結果作廢。三天之後，就是 1931 年 1 月 10 號，米夫找了這些黨內的反對派，在上海靜安寺路附近，又開了一個所謂的「花園會議」。結果會議再次失敗，米夫等三位共產國際代表怒氣沖沖地離開，說羅章龍、史文彬、何孟雄、林育南、李求實等二十六人反對四中全會領導，就是反革命，就是叛徒、特務。當時中共負責特科的顧順章以安全的理由要代表們留下，但是反對派的代表們迅速離去。然後他們組織了中共中央非常委員會，簡稱叫「非委」；文藝界也有中國革命文藝聯盟，簡稱叫「革文聯」，成員有李求實、柔石、胡也頻、殷夫等。這些都是見諸於黨史、現代史上的公開材料，大家可以核對。就在「非委」「革文聯」與米夫決裂的一個星期之後，黨內的反對派在三馬路 —— 就是今天的廣東路 —— 和西藏路口的東方飯店租房舉行擴大會議。不料會場早就被英租界工部局的巡捕和當時的中國政府的便衣警探包圍了。當場抓了二十九個人，第二天又抓了十二個人，這顯然是有人告密。

羅章龍後來在〈上海東方飯店會議前後〉這篇文章裏面說，一個可能性是顧順章，說他打電話了給了工部局。顧順章在 1931 年 4 月，也就是東方飯店事情三個月以後被捕，然後他招供，造成了中共非常巨大的損失。最後是周恩來指示，紅隊將其全家處死，偏偏顧順章逃掉，逃掉以後又密謀建立新共產黨，最後也是被蔣介石處死。

還有另一個說法，東方飯店是被一個從莫斯科回來的叫唐瑜的人告密，而唐瑜是王明的朋友。[1] 總之，歷史上的東方飯店事件，消滅了中共內部的反對派。其中又有幾位作家，變成了「左聯五烈士慘案」。

魯迅聽到柔石被捕的消息，就想起有他名字的一份合同還在柔石身上，覺得危險，就躲進了一家公寓花園，前後四十天。外界當時誤以為魯迅也出事了。事實上，柔石獄中的信也說了，警方拼命追查大先生的地址。魯迅這個時期冒着危險去找過蔡元培，希望救人。作家鄭振鐸、陳望道，去找邵力子轉託上海市長張羣。另一邊，沈從文就去求胡適幫忙，一心要救胡也頻。胡適嘴裏說「我無法援助」，但實際上也寫信給蔡元培。所有這些文人、政客的這些活動其實都發生在1931 年的 2 月，卻不知道柔石等人早在十幾天前就在龍華被槍斃了。可歎這些年輕作家死後還被六屆四中王明的中央定性為反黨叛徒。直到十幾年以後，1945 年六屆七中在延安召開，才被追認為烈士。[2]

魯迅是在兩年後 1933 年 1 月才寫了著名的〈為了忘卻的記念〉。他聽到柔石等人遇難的消息是一個深夜，他獨自站在一個堆滿雜物的院子裏，「人們都睡覺了，連我的女人和孩子。我沉重的感到我失掉了很好的朋友，中國失掉了很好的青年，我在悲憤中沉靜下去了……」[3]然後這篇文章裏就有了「忍看朋輩成新鬼，怒向刀叢覓小詩。」這樣的名句。

魯迅的文章從初識柔石講起：「他的家鄉，是台州的寧海，這只要一看他那台州式的硬氣就知道，而且頗有點迂。」

「台州式的硬氣」，有點道理。家父後來境遇悲慘，卻還固執。在「三人行」裏邊，也有網友說我 stubborn 。

魯迅說柔石，「他相信人們是好的。我有時談到人會怎樣的騙人，怎樣的賣友，怎樣的吮血，他就前額亮晶晶的，驚疑地圓睜了近視的眼睛，抗議道，『會這樣的麼？——不至於此罷？……』」魯迅還記載，柔石上街，都不敢和女性朋友走在一起。「無論從舊道德，從新道德，只要是損己利人的，他就挑選上，自己背起來。」這段稱讚，顯示魯迅的道德觀，其實無論新舊，自有其標準。

魯迅感慨，柔石替明日書店約稿，那一天，「竟就是我和他相見的末一回，竟就是我們的永訣。」

> 不是年青的為年老的寫記念，而在這三十年中，卻使我目睹許多青年的血，層層淤積起來，將我埋得不能呼吸，我只能用這樣的筆墨，寫幾句文章，算是從泥土中挖一個小孔，自己延口殘喘，這是怎樣的世界啊。夜正長，路也正長，我不如忘卻，不說的好罷。但我知道，即使不是我，將來總會有記起他們，再說他們的時候的。

是的，總會有記起他們、再說他們的時候。〈為了忘卻的記念〉不應該從教材裏抽掉。

---

1 參考朱正：《魯迅傳》第二十一章「柔石之死」，香港：三聯書店，2008 年，頁 278—290。

2 家父在六十年代中期，因為曾經做過醫院院長（「學術權威」），也被審查。其中有一個專案組特別來打聽明日書店和東方飯店的事情，反覆問他幾十年前，是不是曾經跟戴介民、許傑等人一起吃飯。我那時很小，聽家父說起，說他一頭霧水，實在想不起來幾十年前跟誰一起吃過飯。但是，疲勞審問。父親說造反派態度很好，就是不讓睡覺。父親有時就想，唉呀，誰跟誰吃飯，隨你們說吧。我哥哥有個朋友王龍德，到我家來看我父親。他說：唉呀伯伯，記不清的事情，千萬不能隨便做證明。個人事小，事關歷史事大。後來才知，為甚麼造反派求功心切，不是為了魯迅或柔石，而是因為犧牲者當中有林育南，林彪的堂兄。當時如果發現甚麼案情突破，就是立了大功。父親說的戴介民，原來就是明日書店的戴邦定，這是我這次「重讀魯迅」查資料才發現。戴邦定 1973 年含冤去世，後來獲得平反。

3 魯迅：〈為了忘卻的記念〉，最初發表於《現代》1933 年 4 月 1 日第二卷第 6 期，收入《南腔北調集》，見《魯迅全集》第四卷，北京：人民文學出版社，2005 年，頁 493。以下引文同。

五十

誰是「第三種人」？

〈論「第三種人」〉一文，最初發表於1932年上海《現代》第二卷第一期，另一篇〈又論「第三種人」〉發在1933年7月1號《文學》第一卷。《現代》和《文學》，都是1930年代上海（以至於中國）最重要的文學期刊，相當於1920年代的《小說月報》等。但施蟄存主編的《現代》雜誌，一直與「第三種人」這個帽子划不清界限。三十年代的所謂「現代派」，不是指西方的現代主義，也不是講現代文學，而是特指圍繞着《現代》雜誌的一些文人，主要成有員施蟄存、穆時英、劉吶鷗、葉靈鳳、戴望舒、李金發等人，也稱之為「新感覺派」。

但是魯迅批判「第三種人」的文章也發表在《現代》上。甚至我們注意到，左翼政治色彩很濃的〈為了忘卻的記念〉，也刊登在1933年4月1日《現代》第二卷第六期。這說明《現代》雜誌當時相當中立開放，並不只是一個圈子、同人刊物。

1930年代的六次文藝論爭，除了第四次，瞿秋白、茅盾爭論文藝大眾化以外，其餘五次都有魯迅參與，而且每次都是主角。第一次「革命文學論爭」，對手主動求和，其實是統戰。最後一次，我們之後還要討論，「兩個口號」之爭，難分勝負，且影響深遠。關於「第三種人」的論爭，當時看是魯迅一方佔上風。事後反思，則未必。

最早引發這場論爭的是胡秋原，他後來在台灣，是著名的「統派」

文人。1930年代應該很年輕，批判民族主義文學時，和魯迅在同一戰線上。但是敵人一致，不代表武器相同。胡秋原批民族主義文學是「法西斯帝文學，是最醜陋的警犬」。但接下去他說，「中國自漢以來的儒教一尊主義，歐洲中世紀之絕對教權主義，結果都造成了文化之停滯與黑暗。文學與藝術，至死也是自由的，民主的……將藝術墮落到一種政治的留聲機，那是藝術的叛徒。藝術家雖然不是神聖，然而也決不是叭耳狗。以不三不四的理論，來強姦文學，是對藝術尊嚴不可恕的冒瀆。」

這是〈阿狗文藝論〉，刊於《文化評論》（創刊號）（1931年12月15號）。民族主義文藝運動宣言認為整個文藝運動當中缺乏中心意識，胡秋原說，「用一種中心意識獨裁文壇，結果只有奴才奉命執筆而已。」這些話，原來是批判官方的民族主義文學，但「奴才奉命執筆」好像也可以拿來批判左聯的文學為政治服務。

胡秋原還有一篇叫〈勿侵略文藝〉，也發在《文化評論》上，「我並非否定民族文藝，同時，我更沒有否定普羅文藝。因為我並不能主張只准某種藝術存在而排斥其他藝術，因為我是一個自由人。」

「自由主義」「自由人」的招牌一打，左聯作家馮雪峰就認為，胡秋原曾以「自由人」的立場，反對民族主義文學的名義，暗暗地實行了反普羅革命文學的任務。[1]

這個時候，作家蘇汶（筆名杜衡），在《現代》第一卷的第三期上，撰文加入筆戰。「在知識階級的自由人和不自由的、有黨派的階級爭着文壇霸權的時候，最吃苦的卻是這兩種人之外的第三種人。」這是「第三種人」這個概念的最早出處。原指知識階級自由人與黨派文人之外的第三種選擇。

但是蘇汶使用這個術語，策略不大成功。「第三種人」這個概念，後來在魯迅等很多人筆下反覆出現，都是泛指一些在兩派爭論當中左右為難的文人。

兩派，一派肯定就是左派，即「左聯」。另外一派有時是民族主義文學，有時是新月派等等，總之是右派。簡單的「誤解」，一邊是左邊，一邊是右邊，「第三種人」就是想在中間。公開表示左右為難的有胡秋原、蘇汶、施蟄存、戴望舒等，但其實還有很多作家當時不公開表態。

後來，到了五十年代，現代文學史把作家分成三類，革命作家、進步作家、反動作家。其實，很多進步作家（革命民主主義作家）當時可能也都是想做「忠實於自己藝術，不做留聲機，不做藝術叛徒」的所謂「第三種人」，但是他們很快就發現他們不可能做，或者說不可以做。

魯迅的〈論「第三種人」〉，核心論點就是，做「第三種人」是不可能的。

> （然而）文藝據說至少有一部分是超出於階級鬥爭之外的，為將來的，就是第三種人所抱住的真的，永久的文藝。其實，這「第三種人」的「擱筆」，原因並不在左翼批評的嚴酷。真實原因的所在，是在做不成這樣的「第三種人」……
>
> 生在有階級的社會裏而要做超階級的作家，生在戰鬥的時代而要離開戰鬥而獨立，生在現在而要做給與將來的作品，這樣的人，實在也是一個心造的幻影，在現實世界上是沒有的。要做這樣的人，恰如用自己的手拔着頭髮，要離開地球一樣，他離不開，焦躁着……所以雖是「第三種人」，卻還是一定超不出階級的。

魯迅在特定語境下的這些的觀點，倒也和近幾十年流行的西方後現代學說有相通之處。現在各種後現代理論，大都強調文學總會受到意識形態場域的操控，語言總會被階級利益、民族身份、甚至家族 DNA 或集體無意識制約。

但是，每個階級都有無數不同的思想，究竟誰是代表、誰是領導、誰是主流，難道一個階級，只有一個利益、一個代表、一種文學？第二，擺脫不了階級背景和是否有意從階級性出發，又是兩回事。1930 年代，是二十世紀全球左傾思潮最佔主流的兩個歷史時期之一 —— 另外一個歷史時期就是六十年代越戰後 —— 魯迅當時受到了好友瞿秋白的影響，但仍然不知道「無產階級文學」應該怎麼寫。在這些問題上，我們遲了近百年，也還沒有更高明的理論，所以不應苛求魯迅。有關「第三種人」的論爭，真正的後果是「左聯」向很多中間立場的作家們發出了呼籲和信號：要麼革命，要麼反動，沒有中間道路可走。

在〈論「第三種人」〉文章裏，魯迅講了做「第三種人」的不可能（這是對中間派講的），但也特別強調左翼需要同路人（這是對「左聯」同志說的）。

> 左翼作家並不是從天上掉下來的神兵，或國外殺進來的仇敵，他不但要那同走幾步的「同路人」，還要招致那站在路旁看看的看客也一同前進。

在另一篇〈又論「第三種人」〉當中，魯迅回答了戴望舒的憂慮。戴望舒說法國文壇也有「第三種人」，像紀德這樣的作家，仍然可以忠實於自己的藝術，而中國的革命作家，卻愚蠢到指這種人都是資產階級的幫閒者。

魯迅不同意戴望舒這個說法，說「『為藝術的藝術』在發生時，是對於一種社會的成規的革命。」魯迅認為，中國的「第三種人」複雜得很，「所謂『第三種人』，原意只是說：站在甲乙對立或相鬥之外的人。但在實際上，是不能有的。人體有胖和瘦，在理論上，是該能有不胖不瘦的第三種人的，然而事實上卻並沒有，一加比較，非近於胖，就近於瘦。文藝上的『第三種人』也一樣，即使好像不偏不倚罷，其實是總有些偏向的，……左翼理論家是有着加以分析的任務的。」

魯迅以前評論李大釗說：「赤者嫌其太白，白者嫌其太赤。」左派嫌你太右，右派嫌你太左，所以「第三種人」也做不了。在風雲變幻的文學史上，左右之間的「第三種人」更難做。比如馮雪峰當時是堅定的左派，二十年後是著名右派。

關於「第三種人」，魯迅和左聯的理論也有其道理。但實際效果，卻主要是批評了施蟄存、胡秋原、蘇汶等人，也警告了更多像「巴老曹」那樣的進步作家。文壇鬥爭激烈，非左即右，沒有簡單地忠實於自己藝術的中庸道路。

被批成「第三種人」的蘇汶，當時說了這麼一段話，「因為做了忠實的左翼作家之後，他便會覺得與其作而不左，倒還不如左而不作。」

意思是說寫作要是不夠左，還不如站隊左派，不必寫作。這話當時並不符合實際，三十年代「左聯」很多作家，蕭軍、蕭紅、沙汀、艾蕪、張天翼、吳組緗等等，大都勤奮寫作。反而到五十年代以後，巴金、茅盾，葉聖陶、曹禺等等，都成了作協主席、文化部長、教育部副部長等，作品真的少了。從「作而不夠左」（比如路翎），到「左而不作」，這是後來的事情。

在「第三種人」的論爭中，雙方態度還是比較平和的。據說，論戰文章發表之前都交給對方先看過。魯迅有一封信給周揚，特別警告，「辱罵和恐嚇決不是戰鬥。」當時有位左派詩人，取笑對方的姓氏，寫了詩句，說「當心，你的腦袋一下就要變做剖開的西瓜！」魯迅說，這樣的寫法不好，「自然，中國歷來的文壇上，常見的是誣陷，造謠，恐嚇，辱罵，翻一翻大部的歷史，就往往可以遇見這樣的文章，直到現在，還在應用，而且更加厲害。」但魯迅非常反對這種恐嚇、辱罵傾向。

不過，魯迅也未見得能夠完全避免。施蟄存編《現代》時不到三十歲，主編過三十年代最重要的文學雜誌。當時他們對西方現代主義文學介紹得非常快，法國的新潮數月後已在中國的《現代》上刊登出來了。但是施蟄存有一次他提倡青年人要多讀《莊子》《文選》，所以意思是多讀古文才能寫好現代文。魯迅很不滿，他改了杜牧的詩送給施蟄存。「十年一覺文壇夢，贏得洋場惡少名。」的確非常尖刻。這算不算辱罵？施先生受了很大刺激。

據後來魯迅給朋友的信件說，他其實不是反對《莊子》《文選》，「我看施君也未必真研究過《文選》，……試看他的文章，何嘗有一些『《莊子》和《文選》』氣。」

施蟄存先生小說很有成就，後來他在華東師大做教授，帶的學生大都是古典文學，這一屆是魏碑，下一屆唐詩。前些年去世的上海古籍書店的總編趙昌平，就是施蟄存晚年的學生。我也在華東師大讀過研究生，有時向施先生請教，施先生就說「現代文學的問題不要來問我」，可見他是生氣的。

民國的時候，很多人覺得，魯迅捧過的人紅了，魯迅罵過的人也紅了。有些民眾就是因為魯迅的打油詩，才知道有一個人叫施蟄存。

1　馮雪峰（筆名洛揚）：發表於《文藝新聞》1932 年 6 月 6 日第 58 號的一封信。

五十一

「奴隸」與「奴才」的區別：〈漫與〉和〈偶成〉

按照《魯迅全集》的次序時序，一篇一篇重讀魯迅，至少已有三方面收穫。

第一，發現魯迅講的很多話，一百年來仍然切中要害。這既是社會的不幸 —— 魯迅說過，如果病好了，藥方早就應該丟了 —— 但也是中國的大幸，因為有魯迅思想的陪伴，國人面對各種新的時代變化，不會忘卻「五四」初心。

第二，對於魯迅「身在傳統中反傳統」的生活 / 心理處境，有了更具體的理解。

第三，在學術研究的層面，看到「奴隸」和「奴才」這兩個關鍵詞貫穿魯迅全部創作，先生一直在思考有關「國民性」的問題。

第四，對魯迅在藝術信仰與啟蒙使命的內在矛盾，有了更多的認識。

魯迅對「奴隸」和「奴才」這兩個關鍵詞的持續關注，尤其體現在1925 年的〈燈下漫筆〉裏，魯迅簡單概括中國歷史為兩個時期：「一，想做奴隸而不得的時代；二，暫時做穩了奴隸的時代。」為甚麼很多時侯，國人居然安於做奴隸，第一個原因就是還可能做不到，做不穩。「中國人向來就沒有爭到過『人』的價格，至多不過是奴隸，到現在還如此，然而下於奴隸的時候，卻是數見不鮮的。」第二，魯迅筆下的奴隸，不是一個階級，不是一個族羣，也不特指某一類人，而是幾乎所有人都有可能（或許除了某一個人，或許包括某一個人）。天有十日，人分十等，這些社會人倫秩序還能向上向下延伸類推，人人處在可能被欺負但亦可能欺負人的位置上。魯迅認為長期異族統治是中國國民「奴性」的成因之一。甚至北方人看不起南方人，魯迅也懷疑是北人做奴隸歷史較久的緣故。「北人的鄙視南人，已經是一種傳統。這也並非因為風俗習慣的不同，我想，那大原因，是在歷來的侵入者多從北方來，先征服中國北部，又攜了北人南征，所以南人在北人的眼中，也是被征服者。……為奴隸的資格，因此就最淺」[1]。第三，〈燈下漫筆〉又以敍事者紙幣換銀元的親身經歷，說明人變了奴隸還會十分歡喜。奴隸如有超強心理調節能力，較容易變成奴才，甚至擁有自已的奴才。

1933 年 10 月 15 號的《申報》月刊，有篇文章〈漫與〉，說明魯迅對奴隸 / 奴才的關係有進一步的認識或解釋：

> 一個活人，當然是總想活下去的，就是真正老牌的奴隸，也還在打熬着要活下去。然而自己明知道是奴隸，打熬着，並且不平着，掙扎着，一面「意圖」掙脫以至實行掙脫的，即使暫時失敗，還是套上了鐐銬罷，他卻不過是單單的奴隸。如果從奴隸生活中尋出「美」來，讚歎，撫摩，陶醉，那可簡直是萬劫不復的奴才了！他使自己和別人永遠安住於這生活。就因為奴羣中有這一點差別，所以使社會有平安和不安的差別，而在文學上，就分明的顯現了麻醉的和戰鬥的的不同。[2]

這段話極其重要，魯迅在這裏解釋奴才與奴隸的關鍵區別。第一，奴隸是生態，「要活下去……打熬着，並且不平着，掙扎着」。奴才卻是心態，「從奴隸生活中尋出『美』來，讚歎，撫摩，陶醉」。第二，奴隸有掙扎反抗，「一面『意圖』掙脫以至實行掙脫的」。奴才安於現狀，「使自己和別人永遠安住於這生活。」第三，魯迅在這裏沒有明說，但是在〈阿 Q 正傳〉等作品中有明寫：奴隸被人欺負，奴才也被人欺負，但也欺負他人。再進一步的推理是，被人欺負的總是奴隸，會欺負別人的奴才可能會培養自己的奴才，然後覺得自已也是主子。魯迅早在《墳・論照相之類》中便引用過 Th.Lipps 的話，「凡是人主，也容易變成奴隸，因為他一面既承認可做主人，一面就當然承認可做奴隸，所以威力一墜，就死心塌地，俯首帖耳於新主人之前了。」[3]

簡而言之，奴隸是生態，打熬着，奴才是心態，讚歎着。奴隸有掙扎反抗，奴才安於現狀。奴隸被人欺負，奴才也欺負他人。魯迅把這三種差別，說成是「奴羣中的差別」，意思他們本來同屬一個羣體（後期的階級論思想？）。在三十年代中，魯迅將奴隸作為正面概念，他們編的叢書，就有《奴隸叢書》，有「奴隸社」。《奴隸叢書》收了蕭紅的《生死場》、蕭軍的《八月的鄉村》……魯迅晚年與田漢關係不太好，不過「義勇軍進行曲」的第一句歌詞，其實頗契合魯迅當時的思想：「起來，不願做奴隸的人們！」在魯迅看來，有意無意願意做奴隸的人們，就是向奴才方向轉化。清宮戲裏很多人自稱奴才，有的是真心的。從趨利避害的人性本能來說，讚歎可能比打熬舒服，現狀往往比反抗安全，哪怕臨時做一下主子也比一世為奴神氣。所以，願意做奴隸的人們不是沒有。專制的土壤到處都在。

這個問題，真的細思極恐 —— 假如，奴隸與奴隸的區別，真的就在於第一，是清醒地打熬忍耐，還是在麻醉中找到快樂安慰；第二是努力反抗但大概率失敗，還是安於現狀，少一些風險；第三是完全被人欺負，還是尋找別的地方（或人）發泄轉移，甚至得到補償。如果趨利避害是基本人性，上述三個區別中，會不會有很多人有意無意地選擇後者——同樣吃苦，為甚麼不苦中作樂？被打以後是憤怒生氣好，還是以「兒子打老子」找到安慰好？同樣失敗，造反不如現狀（見聰明人、奴才和傻子的故事）；同樣被欺，要不要尋找轉移和發泄？——如果這些假設和推理可以成立，國民劣根性似乎是有人性基礎的，專制政體也是有羣眾基礎的——這顯然不只是中國國民性的特殊問題，而是一個世界性的文學 / 人性課題。畢竟人類歷史至今，由奴隸生態和奴才心理支撐的專制政體，比追求個人自由的民主政體時間更久，地域也不少。所以，對奴隸與奴才問題的人性拷問，完全有可能導向悲觀主義，導向對「五四」啟蒙的失望甚至絕望。這也正是魯迅在《野草》和《墳》裏無法向青年人完全表達的黑暗真實。

在某種意義上，阿 Q 精神既是革命的民間土壤，也是專制的羣眾基礎。

但是，「絕望之與虛妄，正與希望同」。魯迅在努力甚麼？大概，從古至今，凡事有「利」亦有「義」，如果真的「相信禮教到固執之極」，便不會認同完全以「利」為「義」。大概，人道主義與「個人的無治主義」有相通之處。大概，不願做奴隸，不願忍受屈辱，需要有骨氣。毛澤東最欽佩魯迅的，也是骨氣。「魯迅是中國文化革命的主將，他不但是偉大的文學家，而且是偉大的思想家和偉大的革命家。魯迅的骨頭是最硬的，他沒有絲毫的奴顏和媚骨，這是殖民地半殖民地人民最可寶貴的性格。魯迅是在文化戰線上，代表全民族的大多數，向着敵人衝鋒陷陣的最正確、最勇敢、最堅決、最忠實、最熱忱的空前的民族英雄。魯迅的方向，就是中華民族新文化的方向。」《新民主主義》裏的這段話，前面後邊都是形容詞，只有中間一句是真正的評論。

還有一個地方魯迅特別敏感，也是他批判奴才同情奴隸的一個界限。那就是有沒有幫主人去打別的強盜？

因為被侮辱者也損害別人，有可能是一種自我心理調節，情緒轉移，能量發泄。阿 Q 碰小尼姑這種。基本上是個人心理防衛機制的病態延伸。但，他也可以是為了顯示實力（穿邊很多看客），向主人邀功，這是由奴才向人主轉化。一向被認為造反英雄的水滸好漢，在魯迅看來，他們因為不反對天子，所以大軍一到，便受招安，替國家打別的強盜 —— 不『替天行道』的強盜去了。終於是奴才。幫主人去征服增加別的奴隸，在魯迅看來，這也是奴才的重要標誌。

關於奴隸與奴才的話題，在〈漫與〉前面有篇〈偶成〉，又有一些新的觀察。

魯迅轉抄了 1933 年 9 月 20 號《申報》上的一個地方新聞，土匪綁架，沒拿到錢，當眾就給肉票實施酷刑：「以布條遍貼背上，另用生漆塗敷，俟其稍乾，將布之一端，連皮揭起，則痛徹心肺，哀號呼救，慘不忍聞。」對於綁匪的殘酷，魯迅的議論是「酷刑」的發明和改良者，倒是虎吏和暴君「……奴隸們受慣了『酷刑』的教育，他只知道對人應該用酷刑。但是，對於酷刑的效果的意見，主人和奴隸們是不一樣的。主人及其幫閒們，多是智識者，他能推測，知道酷刑施之於敵對，能夠給與怎樣的痛苦，所以他會精心結撰，進步起來。奴才們卻一定是愚人，他不能『推己及人』，更不能推想一下，就『感同身受』。只要他有權，會採用成法自然也難說，然而他的主意，是沒有智識者所測度的那麼慘厲的。」[4]

魯迅舉的例子，是綏拉菲莫維奇的小說《鐵流》。

農民殺掉了一個貴人的小女兒，那母親哭得很淒慘，他卻詫異道，哭甚麼呢，我們死掉多少小孩子，一點也沒哭過。他不是殘酷，他一向不知道人命會這麼寶貴，他覺得奇怪了。

奴隸們受慣了豬狗的待遇，他只知道人們無異於豬狗。

在經歷了五十年代初以至六十年代中期的許多政治暴力事件以後，再重讀魯迅這段話，可以聯想思考的地方太多了。魯迅到底是說統治階級善用酷刑效果操控人心，還是說奴隸們從來沒有享受過人的待遇，所以造反起來也不把敵人當人？魯迅在這裏到底是強調革命必然的殘酷性，還是感慨手不知腳冷，腳也不在乎手流血，窮人造反以後的殘酷性？

而且最後，在這種用殘酷手段造反的問題上，奴才與奴隸又有沒有分別呢？

---

1 魯迅：〈北人與南人〉，最初發表於《申報・自由談》1934 年 2 月 4 日，收入《花邊文學》，見《魯迅全集》第五卷，北京：人民文學出版社，2005 年，頁 456。

2 魯迅：〈漫與〉，最初發表《申報月刊》於 1933 年 10 月 15 日，收入《南腔北調集》，見《魯迅全集》第四卷，北京：人民文學出版社，2005 年，頁 604。

3 魯迅：〈論照相之類〉，最初發表於《語絲》1925 年 1 月 12 日第 9 期，收入《墳》，見《魯迅全集》第一卷，北京：人民文學出版社，2005 年，頁 193—194。

4 魯迅：〈偶成〉，最初發表於《申報月刊》1933 年 10 月 15 日第二卷第 10 號，收入《南腔北調集》，見《魯迅全集》第四卷，北京：人民文學出版社，2005 年，頁 600。

五十二

魯迅在《申報・自由談》

魯迅三十年代的寫作，以雜文為主，大致按時序收在不同的集子裏。之前參與「革命文學論爭」的文章，主要在《三閒集》，有 1927 至 1929 年的文章三十四篇，1932 年 9 月上海北新書局初版。後來的《二心集》，是 1930 年與 1931 年的文章，共三十七篇，1932 年上海合眾書店出版。之後又有《南腔北調集》，收集作者 1932 年至 1933 年寫的五十一篇雜文。《偽自由書》，則匯集 1933 年 1 月到 5 月寫的四十三篇雜文，1933 年 10 月由上海北新書局以青光書局名義出版。

我們注意到，本來都是某某集，《三閒集》《二心集》《南腔北調集》，更早還有《華蓋集》，何以突然改成《偽自由書》？原來這部雜文集當初也叫「集」，1933 年北新書局出版時叫《不三不四集》，出了以後被政府查禁。1936 年，後來聯華書局又以《不三不四集》印過一版，但是叫《偽自由書》。其實也事出有因的，那幾十篇文章都是發表在《申報・自由談》上。

這大概是魯迅一生當中最系統的、最出名的一個專欄。民國時期，最有影響力的報紙，便是上海《申報》和《新聞報》。《申報》，1872 年英商在上海創辦。1912 年，史量才任《申報》總經理；1916 年起，獨家經營《申報》，1949 年才停刊。兒時家裏人要拿甚麼東西用報紙包一下，就會說：拿張「新」報紙包包。我那時候不懂，……不是明明要找舊報紙，為甚麼講新報紙？原來是聽錯了。滬語裏面「《申報》紙」，讀出來就是「xin 報紙」。《申報・自由談》有名，除了銷量，也因為稿費。據說民國文人稿費最高的有兩位，一是張恨水，《新聞報》嚴獨鶴約的連載小說《啼笑因緣》，中國現代通俗文學的一部經典。二是魯迅為《申報・自由談》寫的專欄。據說，每千字都是十塊大洋，也有說更多。不一定準確，有待考證。

魯迅在《申報・自由談》開專欄，說明思想家從來不忽視大眾傳媒。事情起因，還是因為郁達夫，《偽自由書》前記裏，魯迅詳述自己為甚麼要為《申報・自由談》寫稿，因為《申報・自由談》編輯換了一位翻譯家黎烈文，黎烈文約郁達夫寫稿，郁達夫就拉魯迅開專欄。魯迅回顧了一下他跟郁達夫的關係，說他一向討厭創造社的人，就郁達夫例外，因為郁達夫臉上「看不出那麼一種創造氣」。意思大概是不那麼盛氣凌人，或者理論多變。但我想，郁達夫約稿只是誘因，關鍵還是在 1933 年。

魯迅覺得他有必要用化名在最大的公眾平台 —— 市民報紙當中發聲，雖然早期《自由談》以刊登鴛鴦蝴蝶派作品為主。用今天的說法，《申報・自由談》就是魯迅的微博，魯迅的微信公眾號。

> 這些短評，有的由於個人的感觸，有的則出於時事的刺戟，但意思都極平常，說話也往往很晦澀，我知道《自由談》並非同人雜誌，「自由」更當然不過是一句反話，我決不想在這上面去馳騁的。我之所以投稿，一是為了朋友的交情，一則在給寂寞者以吶喊，也還是由於自己的老脾氣。然而我的壞處，是在論時事不留面子，砭錮弊常取類型，而後者尤與時宜不合。（《偽自由書・前記》）

魯迅這段自白，對於現在讀書人用公眾平台發聲，是一個提前的、有遠見的聲明和警告。第一，《自由談》不自由。舞台越大，自由越少，所以必須曲裏拐彎，筆法隱晦。第二，不是同仁雜誌，不是專業陣地，有時無法深入。魯迅說「意思極其平常」，不完全是自謙。比起《墳》《熱風》《華蓋集》，《申報・自由談》裏的專欄真的談不上太深刻。但是，受眾廣，讀者多，影響大。魯迅雜文還可能和各種廣告並置為鄰。第三，儘管不自由，不夠深刻，但關鍵地方，仍然堅持本色，論時事不留面子，砭錮弊常取類型。

在中國的報業史上，在中國的傳媒史上，魯迅《申報・自由談》自有它特殊的意義。

先看第一個特點，《自由談》不自由。

怎麼在平衡木上跳舞，鐵籠子裏耍劍？魯迅的諷刺在《自由談》裏發揮到了新的境界。〈逃的辯護〉，講學生請願。「自前年冬天以來，學生是怎麼鬧的，有的要南來，有的要北上，南來北上，都不給開車。待到到得首都，頓首請願，卻不料『為反動派所利用』，許多頭都恰巧『碰』在刺刀和槍柄上，有的竟『自行失足落水』而死了。」當時有「頭恰巧『碰』到刺刀和槍柄上」，大半個世紀後則有被自殺、被賭博、被嫖妓、被結婚等等。

〈不通兩種〉一文中，魯迅引了《大晚報》上有一篇叫《鄉民被警察鎮壓》的報道。「陳友亮見官方軍警中，有攜手槍之劉金髮，竟欲奪劉之手槍，當被子彈出膛，飲彈而斃，警察隊亦開空槍一排，鄉民始後退。……」魯迅對這段報道咬文嚼字。「『軍警』上面不必加上『官方』二字之類的費話，……最古怪的是子彈竟被寫得好像活物，會自己飛出膛來似的。但因此而累得下文的『亦』字不通了。必須將上文改作『當被擊斃』，才妥。」

「被子彈出膛」，現在叫「讓子彈飛」。

魯迅 1933 年在《現代》雜誌上發表〈小品文的危機〉，收在《南腔北調集》裏。魯迅主張小品文的生存，就是掙扎和戰鬥：

> 到「五四」運動的時候，……散文小品的成功，幾乎在小說戲曲和詩歌之上。這之中，自然含着掙扎和戰鬥，但因為常常取法於英國的隨筆 (Essay)，所以也帶一點幽默和雍容；寫法也有漂亮和縝密的，這是為了對於舊文學的示威，在表示舊文學之自以為特長者，白話文學也並非做不到。以後的路，本來明明是更分明的掙扎和戰鬥。
>
> 生存的小品文，必須是匕首，是投槍，能和讀者一同殺出一條生存的血路的東西；但自然，它也能給人愉快和休息，然而這並不是「小擺設」，更不能撫慰和麻痹。

後來中國散文的發展未必都像魯迅所指的方向。像匕首一樣的傳統，似乎獨此一家，罕見後人。在延安有過爭論，據說此類筆法，只能對敵，不宜對友。反而是幽默文風，經過梁實秋、林語堂的發揚，現在華文報紙專欄上時時可見。當然，冰心、朱自清那種溫柔敦厚的家庭親情散文，更因開明書店教材的催化而蔚然成風。

魯迅的散文失傳了嗎？不是。學習魯迅的作家也許不太成功，但是魯迅的精神和文風，卻滲透在中國當代文化的發展當中。舉個例子，朝陽羣眾，本是正面意義上揭發檢舉的「羣眾」概念，但加上了「吃瓜」兩字，就轉為對麻木看客的批評嘲諷了。這就是魯迅精神無形的存在。包括「被」字的用法，魯迅點出來的「被子彈出膛」……

魯迅在《申報・自由談》裏有專文談〈從諷刺到幽默〉。一般理解，諷刺是有目的的，帶感情的，有明顯的批判對象；幽默是非功利的，主要訴諸理性，也沒有特定的批判目標。但是魯迅對於三十年代文壇幽默風卻有些不同的解釋：

> 他所諷刺的是社會，社會不變，這諷刺就跟着存在。
>
> 然而社會諷刺家究竟是危險的，……但倘不死絕，肚子裏總還有半口悶氣，要借着笑的幌子，哈哈的吐他出來。笑笑既不至於得罪別人，現在的法律上也尚無國民必須哭喪着臉的規定，並非「非法」，蓋可斷言的。

簡而言之，魯迅認為幽默是人們不能諷刺了，所以只好幽默。還有一篇〈從幽默到正經〉：

> 我實在恐怕法律上不久也就要有規定國民必須哭喪着臉的明文了。笑笑，原也不能算「非法」的。但不幸東省淪陷，舉國騷然，愛國之士竭力搜索失地的原因，結果發見了其一是在青年的愛玩樂，學跳舞。

所以發展下去，娛樂也不可以了，幽默也不可以了，飯桌上連段子都不可以講，這是怎麼一個前景呢？

五十三

《申報・自由談》：魯迅與胡適

《申報・自由談》四十三篇短文裏邊，有十二篇不是魯迅寫的。據說是 1933 年瞿秋白在上海，根據魯迅的意思，或者和魯迅交換了意見以後寫的。魯迅做了一些字句改動，請人謄抄以後同意用自己的筆名「何家乾」或者「乾」在報上發表。後來也收入魯迅的集子。

這個時期瞿秋白已經不在共產黨中央的最高領導層，但仍然關心文藝界的工作，和魯迅建立了很深的友誼。後來他去了江西蘇區，長征時本來也要隨紅軍主力一起撤退，但不知為甚麼被留在蘇區，後被捕遭槍殺。魯迅聽到消息後十分悲痛，晚年最後階段親自操心瞿秋白文集《海上述林》的出版。

瞿秋白為甚麼要替魯迅寫《申報・自由談》？

一個可能是專欄文章定期限時，魯迅一忙交不了稿。另一個可能是瞿秋白從黨的文藝領導的角度，高度重視民國最暢銷報紙對公眾的影響。同時也借重魯迅的名義，發表了對文壇和時事的看法（雖然也是用化名）。

三十年代左聯成立時，中宣部長李立三曾約見過魯迅，希望魯迅發出公開聲明，支持「立三路線」，即革命可在一省或數省首先取得勝利。本來馬克思認為國際共產主義運動要在全世界一起勝利。後來列寧改成可以在一國或數國首先勝利。當時李立三他們認為可以「一省或數省首先勝利」。這是左傾機會主義路線。魯迅沒有同意李立三的建議。

顯然魯迅對瞿秋白態度很不一樣，不僅把他看作是政治人物，而且真的當作自己朋友。瞿秋白寫文章也比較模仿魯迅的筆法。研究者朱正指出，雖然努力模仿，瞿秋白和魯迅的文章差別還是很明顯。瞿秋白的文章更加政治化，不僅批判國民黨，也批判國際英美勢力如李頓調查團。甚至也批評孫中山寫的「三民主義」的言論。有篇文章，直接點名批評胡適，導致魯迅與胡適之間的一場爭論。

1933 年 3 月 6 號《申報·自由談》署名「乾」的文章〈王道詩話〉，瞿秋白執筆。文中說，「胡博士到長沙去演講一次，何將軍就送了五千元程儀。」

何鍵是湖南的地方軍事長官，楊開慧就是被何鍵槍斃的，槍斃之前就說只要楊開慧聲明跟毛澤東離婚，就可以不殺她，楊開慧不願意。「今年二月二十一日，《字林西報》登載胡博士的談話說：『任何一個政府都應當有保護自己而鎮壓那些危害自己的運動的權利，固然，政治犯也和其他罪犯一樣，應當得着法律的保障和合法的審判……』」

〈王道詩話〉的批評是：「中國的幫忙文人，總有這一套秘訣，說甚麼王道，仁政。詩曰：文化班頭博士銜，人權拋卻說王權。朝廷自古多屠戮，此理今憑實驗傳。」

在二十年代，魯迅一直和陳西瀅、梁實秋筆戰，誰都知道現代評論派、新月派後面就是魯迅在《新青年》的戰友胡適。但是，直接點名指責胡適的文章，在魯迅筆下還是十分罕見的。在香港的演講《無聲的中國》，魯迅還十分肯定胡適領導的白話文運動的歷史意義。這篇〈王道詩話〉，其實是有非常具體的歷史背景。1933 年的 1 月 30 號，中國民權保障同盟北平分會成立了，胡適是主席。成立的第二天，胡適等人就去視察北平的監獄，了解政治犯處境，看看是不是觸犯人權等等。這事得到了軍事長官張學良的同意。胡適等人在監獄裏還跟犯人用英語交談。之後胡適他們就提了一些溫和的改良環境的建議。不料，2 月 5 號英文報紙《燕京新聞》卻刊出了一篇措辭非常激烈的描寫監獄酷刑的控訴書。因為這樣，張學良的助手就去質問胡適，說你們怎麼來參觀一下，最後把我們監獄說的這麼壞？所以胡適接受訪問的時候說：「一個政府要存在自然不能不制裁，一切推翻政府或反抗政府的行動。」

但這句話登到報紙上，被改了。不知是英文翻譯的問題，還是記錄的問題？被改成剛才瞿秋白用魯迅名義寫的文章說的，「任何一個政府都應當有保護自己，而鎮壓那些危害自己運動的權利。」

兩句話看上去差不多，其實有一個很大的差別，一個是「我不能不制裁，」另外一個是「我有鎮壓的權利」，看上去內容一致字面上有重要出入。

因為這篇文章，3 月 3 號民權保障同盟臨時全國執行委員會開會，開除胡適。數據顯示，蔡元培、林語堂等都幫胡適辯護，但魯迅是站在主張開除的那一邊。

魯迅還自己寫了一篇文章〈光明所到〉，引了胡適的說法，然後說：

> 監獄的情形，他（胡適博士 —— 乾註）說，是不能滿意的，但是，雖然他們很自由的（哦，很自由的 —— 乾註）訴說待遇的惡劣侮辱，然而關於嚴刑拷打，他們卻連一點兒暗示也沒有。……

魯迅諷刺胡適用英語跟犯人交談，也諷刺胡適在別處的一個題辭，「公開檢舉，是打倒黑暗政治的唯一武器，光明所到，黑暗自消。」魯迅說胡適的訪問監獄，算是一個「光明」，你「光明一去，黑暗又來」了。

看上去是關於監獄訪問的一篇文字報導，有些字句的誤解。其實，這是民國時期兩位最重要的知識分子，在革命與改良兩條道路上的不同選擇。當時的魯迅，頗受瞿秋白的影響。但《魯迅傳》作者朱正，後來查了胡適的日記，說何鍵給胡適的路費不是五千，是四百。瞿秋白怎麼會弄錯這些細節？有關係嗎？

更嚴重的指控是在另一篇《申報・自由談》的文章，題目是〈出賣靈魂的秘訣〉。也是瞿秋白寫的，也是針對胡適。

> 據博士說：「日本軍閥在中國暴行所造成之仇恨，到今日已頗難消除」，「而日本決不能用暴力征服中國」（見報載胡適之的最近談話，下同）。這是值得憂慮的：難道真的沒有方法征服中國麼？不，法子是有的「九世之仇，百年之友，均在覺悟不覺悟之關係頭上，」——「日本只有一個方法可以征服中國，即懸崖勒馬，徹底停止侵略中國，反過來征服中國民族的心。」

接下來是瞿秋白的批判：

> 這據說是「征服中國的唯一方法」。……胡適博士不愧為日本帝國主義的軍師。但是，從中國小百姓方面說來，這卻是出賣靈魂的唯一秘訣。……如果日本陛下大發慈悲，居然採用胡博士的條陳，那麼，所謂「忠孝仁愛信義和平」的中國固有文化，就可以恢復：——因為日本不用暴力而用軟功的王道，中國民族就不至

於再生仇恨，因為沒有仇恨，自然更不抵抗，因為更不抵抗，自然就更和平，更忠孝……中國的肉體固然買到了，中國的靈魂也被征服了。

因此，胡博士準備出席太平洋會議，再去「忠告」一次他的日本朋友：征服中國並不是沒有法子的，請接受我們出賣的靈魂罷。

這是《申報・自由談》，以魯迅的筆名發表的批判胡適的文章。

胡適後來從 1938 年起，擔任過四年國民黨政府駐美大使，在美國加拿大一共做了兩百多場演出。說服美國人民，第一，中國抗戰犧牲極大，但是絕不投降；第二，美國如果援助中國，符合美國人民的利益。所以，日本報紙當時報導說，胡適不恰當地利用其外交職責，謀劃要喚起民眾對日本的仇恨，並將美國拖入對日本的戰爭。當然，這都是在瞿秋白魯迅去世以後，他們不知道。

但是，為甚麼胡適在 1933 年要說，日本只有一個方法可以征服中國，征服中國民族的心呢？是否可以據此判斷胡適為日本帝國主義的軍師呢？其實筆戰的關鍵還是在怎樣看上下文語境、怎樣斷章取義、怎樣以筆為槍達到政治目的。重讀胡適文章的全篇，其實主要論點就是，日本人絕不能用暴力征服中國。胡適的推論是，「從現實看佔了東三省，中國沒有屈服。從未來看，就算日本侵略華北，深入長江流域內地，中國民族也不會屈服。中國民族排日仇日的心理只有一日升於一日，一天高於一天。」他說就算中國戰敗，「接受了一種恥辱的城下之盟了，——我們還可以斷言……那也絕不能夠減低一絲一毫中國人排日仇日的心理，……因為中國的民族精神在這種血的洗禮之下只有一天一天的增長強大的。」胡適這篇文章題為〈日本人應該醒醒了！〉，假定的讀者是日本的國民，意思是打中國是打不贏的，征服中國民族不可能。所謂「征服中國民族的心」，意思就是不能打仗，只有人民和人民之間交朋友。

瞿秋白是真的看不明白，誤解了胡適的意思？還是說胡適的確措辭不當，造成了一次文化鬥爭的機會？

相比之下，我覺得魯迅自己寫的〈光明所到〉，是從頭到尾的隱晦的諷刺。瞿秋白模仿魯迅的〈王道詩話〉和〈出賣靈魂的秘訣〉，轉為正面批判。火力全開，缺乏控制，抓人眼球，也有些誤解。

今天回頭看，魯迅和胡適都很重要，偶然過招也值得記錄。

我們說過，中國的事情，病症，是魯迅看得準；藥方，是胡適開的好。

胡適直接評論魯迅的文章也不多。1936 年 11 月 18 號，魯迅剛剛去世一個月，女作家蘇雪林，給胡適寫了封長信，稱魯迅為「刻毒殘酷的刀筆吏，陰險無比、人格卑污又無比的小人」。胡適回信說，「凡論一人總須持平，魯迅自有他的長處，如他早年的文學作品，如他的小說史研究，皆是上等工作。」

二十年以後，五十年代，中國內地有文藝運動批判胡適，這時胡適卻在台北讀到了魯迅寫給胡風等朋友的信，「總覺得縛了一條鐵索，有一個工頭在背後用鞭子打我，無論我怎麼起勁的做，也是打。」胡適於是在《自由中國》第十四卷第八期（1956 年 4 月 16 日）上發表了一封信說：「你們在台北若找得到《魯迅書簡》，可以看看魯迅寫給胡風的第四封信（1935 年 9 月 12 號），就可以知道魯迅若不死，也會砍頭的。」[1]

---

1 這方面的研究，可以參考夏濟安：《黑暗的閘門》第三章「魯迅與左聯的解散」，香港：香港中文大學出版社，2016 年。

五十四

魯迅筆下的風花雪月

《申報・自由談》上的化名文章，除了《偽自由書》以外，還收入在 1933 年下半年出版的《准風月談》。「自由談」沒自由，所以叫「偽自由書」。談風月，也是「自由談」編者的呼籲:「籲請海內文豪，從茲多談風月」。

在《准風月談・前記》裏，魯迅說同樣風月，可以「月白風清，如此良夜何？」也可以:「月黑殺人夜，風高放火天。」「『漫談國事』倒並不要緊，只是要『漫』，發出去的箭石，不要正中了有些人物的鼻梁」。

風花雪月也不容易。魯迅的辦法，就是發表時被審查刪節，要用筆名；出書時，儘量恢復。

> 日本的刊物，也有禁忌，但被刪之處，是留着空白，或加虛線，使讀者能夠知道的。中國的檢查官卻不許留空白，必須接起來，於是讀者就看不見檢查刪削的痕跡，一切含胡和恍忽之點，都歸在作者身上了。這一種辦法，是比日本大有進步的，我現在提出來，以存中國文網史上極有價值的故實。

《申報・自由談》和魯迅晚年的幾本雜文集，除了以風花雪月描繪三十年代政治以外，還紀錄着作家與民國報刊新聞審查制度的互動共存的「故實」。

《申報・自由談》都是專欄短文，篇幅固定。既要吸引讀者，又要寫得隱晦，這真的很像今天的微博、微信公眾號。有一篇《最藝術的國家》，也是瞿秋白執筆。第一段模仿魯迅諷刺梅蘭芳。男人扮女人是中國的藝術，但是文章裏的內容卻在講國家大事——1933 年 3 月二十四號，國民黨政府憲法起草委員會擬定了一個叫《國民大會組織》的草案。制憲草案裏邊的第三條規定，「中華民國之國民，年滿二十歲者，有選舉代表權，年滿三十歲經考試及格者，有被選舉代表權。」

被選成「國民代表」，不僅有年齡限制，還要通過考試。瞿秋白文章是要批判這個考試，用的卻是風花雪月的筆法 :「照文法而論，這樣的國民大會的選舉人，應稱為『選舉人者』，而被選舉人，應稱為『被選之舉人』。」

把「選舉人」這個現代名詞，改為「選」「舉人」，「選」是動詞。這就諷刺被選舉人要考試。好像在選「舉人」。而被選舉人，應稱為被選之「舉人」。諷刺時政，也暗示民國憲法延續科舉傳統。「他們得扮成憲政國家（的選舉的人和被選舉人）。」孫中山的《建國大綱》裏講軍政、訓政、憲政三個時期。三十年代雖然提了憲政，其實直到很晚以後，台灣蔣經國時期才廢軍政、訓政，進入憲政。

文章從男人扮女人，講到選舉人和選「舉人」，嘲諷憲政之虛偽，也是典型的風花雪月談政治的筆法。

當時國情，《申報・自由談》常有涉及。不講大的道理，用一兩個小的現成的新聞例子。比方〈天上地下〉，就抄兩段報紙新聞，一段是「日內除飛機往匪區轟炸外，無戰，……擲百二十磅彈兩三百枚，凡匪足資屏蔽處炸毀幾平……」（五月十日《申報》南昌專電），另一段也是當天晚報：「今晨六時，敵機炸薊縣，死民十餘，又密雲今遭敵轟四次，每次二架，投彈盈百……」（同日《大晚報》北平電）都是在飛機炸地下，兩個新聞並置，「上海小學生的買飛機，和北平小學生的挖地洞。假如炸進去慢，炸進來快，兩種飛機遇着了，又怎麼辦呢？」

這是諷刺「先安內後攘外」的國民黨政策，也是三十年代中國的現實背景。

當然更大的背景是資本主義經濟危機和德國法西斯的崛起。在1933年7月，德國國家社會主義工人黨剛剛崛起，剛剛要獲得政權。魯迅非常敏感，在《申報・自由談》連寫兩篇文章，一篇是〈華德保粹優劣論〉，「希特拉先生不許德國境內有別的黨」，穆索爾斯基譜曲的《跳蚤歌》，原是歌德《浮士德》當中的一首政治諷刺詩，現在在德國被禁止了。魯迅說，此刻中國人禁甚麼？北平社會局查禁甚麼？女人養雄犬。「……查雌女雄犬相處，非僅有礙健康，更易發生無恥穢聞，揆之我國禮義之邦，亦為習俗所不許，謹特通令嚴禁，除門犬獵犬外，凡婦女帶養之雄犬，斬之無赦，以為取締。」

禁《跳蚤歌》和不許女人養公狗，兩者有甚麼關係？魯迅說了，「兩國的立腳點，是都在『國粹』的，但中華的氣魄卻較為宏大，因為德國不過大家不能唱那一出歌而已，而中華則不但『雌女』難以蓄犬，連『雄犬』也將砍頭。這影響於叭兒狗，是很大的。由保存自己的本能，和應時勢之需要，它必將變成『門犬獵犬』模樣。」

魯迅的風花雪月，將禁歌與禁犬荒誕並置，最後又轉向付對叭兒狗的慣性嘲笑。魯迅一有機會就會罵文人走狗。而且，他從來就不喜歡狗。

議論國際奇聞，魯迅都會立刻和中國異事比較。〈華德焚書異同論〉說：「德國的希特拉先生們一燒書，中國和日本的論者們都比之於秦始皇。然而秦始皇實在冤枉得很，他的吃虧是在二世而亡，一班幫閒們都替新主子去講他的壞話了。秦始皇燒過書，燒書是為了統一思想。但他沒有燒掉農書和醫書。秦朝好像也看不見輕賤女人的痕跡。」「希特拉先生們卻不同了，他所燒的首先是『非德國思想』的書⋯⋯其次是關於性的書，⋯⋯」所以魯迅覺得希特拉還不如秦始皇。

魯迅又批評了阿拉伯人燒書。亞歷山大港的藏書，在公元前已經被羅馬人焚燒了，但據說七世紀阿拉伯人也燒。燒書的理論是：如果這些書講的和宗教經典一樣，那已經有經典了，其他書就不用留了。如果不同，那是異端就更不該留了。

魯迅當時論「希特拉先生們」，那時希特拉大部分的惡行還沒開始。魯迅早有預見，一切專制力量好像都仇恨知識。《申報・自由談》還有篇文章〈智識過剩〉，說三十年代資本主義經濟危機，美國因為棉花賤，所以在鏟棉田了。中國卻應當鏟智識。「五六年前，德國就嚷着大學生太多了，一些政治家和教育家，大聲疾呼的勸告青年不要進大學。現在德國是不但勸告，而且實行鏟除智識了⋯⋯中國不是也嚷着文法科的大學生過剩嗎？⋯⋯刷，刷，刷，把大多數的智識青年刷回『民間』去。」

當時（1933 年 5 月），國民黨政府教育部有一個命令，要各大學限制招收文法科學人數。理由是中國的文法科大學生太多，「吾國數千年來尚文積習，相沿既深，求學者因以是為趨向，而文法等科又設備較簡，辦學者亦往往避難就易，遂致側重人文，忽視生產，形成人才過剩與缺乏之矛盾現象。」

看起來，重理輕文，三十年代已經有了。1968 年有「七二一指示」，主要是理工科大學還要辦。最近又有新聞，AI 時代，名校又要削減文科。

從雌女雄犬到德國黨禁，從古人燒書到文科受限，除了這些用風月筆法談論國家大事以外，魯迅在《申報・自由談》裏更精彩的文字，還是社會眾生相。有篇文章〈「吃白相飯」〉，刊於 1933 年 6 月 29 號。「要將上海的所謂『白相』，改作普通話，只好是『玩耍』（bo xiang，意思就是玩樂）；至於『吃白相飯』（qi bo xiang van），那恐怕還是用文言譯作『不務正業，遊蕩為生』，對於外鄉人可以比較的明白些。」可是魯迅對於一些上海男人說自己，或者女人說自己丈夫是「吃白相飯」，感到很不可以思議。這怎麼能拿來做一個職業？

「第一段是欺騙。見貪人就用利誘，見孤憤的就裝同情，見倒霉的則裝慷慨，但見慷慨的卻又會裝悲苦，結果是席捲了對手的東西。」——四見四裝，精闢。

「第二段是威壓。如果欺騙無效，或者被人看穿了，就臉孔一翻，化為威嚇，或者說人無禮，或者誣人不端，或者賴人欠錢，或者並不說甚麼緣故，而這也謂之『講道理』，結果還是席捲了對手的東西。」

第三段，以上兩段不成功，就走。然而，魯迅寫的有意思的地方是，「『吃白相飯』朋友倒自有其可敬的地方，因為他還直直落落的告訴人們說，『吃白相飯的！』」

張愛玲五十年代去美國以後，想用英文寫小說，其中有一部小說中文名字翻譯出來就叫《上海遊閒人》。陳冠中翻得好聽，《上海閒人》。不知道上海閒人跟「吃白相飯」的人有沒有關係。一個聯想。

關於「白相人」，魯迅還有一篇文章講的更加具體，比較不那麼「精緻」的業餘「白相飯」，就是〈「揩油」〉。「『揩油』，是說明着奴才的品行全部的。」魯迅喜歡講奴才和奴隸的故事。在〈爬和撞〉裏，他說：「奴隸也是要爬的，有了爬得上的機會，連奴隸也會覺得自己是神仙……大多數人卻還只是爬，認定自己的冤家並不在上面，而只在旁邊……」

所以，阿 Q 如果革命，第一個要殺的竟是小 D，然後才是趙太爺等。猴子在向上爬時，不怪上面猴子的屁股，只怪旁邊猴子是耳目。「他們大都忍耐着一切，兩腳兩手都着地，一步步的挨上去又擠下來，擠下來又挨上去，沒有休止的。然而爬的人太多，爬得上的太少，也會發生跪着的革命。」

跪着的革命。可圈可點。「於是爬之外，又發明了撞。」

在魯迅看來，「吃白相飯」「揩油」等等奴才手段，那就是撞了，撞就是不守規則的爬了。爬上去的機會越少，願意撞的人也就越多。

很難對魯迅後期的「風花雪月」文字歸類，大致上，一是諷刺國家政事，二是中外國情比較，三寫社會眾生相，四議文化責任感。雖說是面向市民的大眾平台，魯迅總還是忘不了與同行對話。〈滑稽例解〉也是發表在《申報・自由談》上，「法人善於機鋒，俄人善於諷刺，英美人善於幽默。中國向來不大有幽默。只是滑稽是有的，但這和幽默還隔着一大段」。魯迅不希望中國的小品文追求幽默不成，只流於滑稽。在〈由聾而啞〉一文中，魯迅說：「醫生告訴我們：有許多啞子，是並非喉舌不能說話的，只因為從小就耳朵聾，聽不見大人的言語，無可師法，就以為誰也不過張着口嗚嗚啞啞，他自然也只好嗚嗚啞啞了。」「我們看不見強烈的獨創的創作。……於是精神上的『聾』，那結果，就也招致了『啞』來。」魯迅覺得三十年代的新文學，「文章的形式雖然比較的整齊起來，但戰鬥的精神卻較前有退無進。」（李澤厚後來比較八十年代和九十年代中國學術的發展時，也說過類似的意見：學術進步，思想後退）。

魯迅議論文壇風氣，最著名的一篇是〈「京派」和「海派」〉[1]。當時文壇上有京派、海派之爭，「京派」泛指住在北方的沈從文、蕭乾、曹禺、老舍等作家，「海派」特指新感覺派，如施蟄存、劉吶鷗、蘇汶、穆時英……巴金、魯迅等，雖然住在上海，但不會被認為是「海派」。如果再往上推到二十年代，則文學研究會就近京派，創造社就比較像海派。京派注重文學和學問、人格、道德的關係，海派強調文學和靈感、天才、自我的混合。

魯迅怎麼定義「京派」和「海派」呢？

> 北京是明清的帝都，上海乃各國之租界，帝都多官，租界多商，所以文人之在京者近官，沒海者近商，近官者在使官得名，近商者在使商獲利，而自己也賴以糊口。要而言之，不過「京派」是官的幫閒，「海派」則是商的幫忙而已。但從官得食者其情狀隱，對外尚能傲然，從商得食者其情狀顯，到處難於掩飾，於是忘其所以者，遂據以有清濁之分。而官之鄙商，固亦中國舊習，就更使「海派」在「京派」的眼中跌落了。

魯迅這篇文章，可以入教材。不僅因為內容，也因為其句式、文法、修辭、對仗。

魯迅雜文有時看似想像跳躍，其實只是講出基本常識。有名的例子是〈新秋雜識〉。「迎秋，悲秋，哀秋，責秋」，女作家冰瑩要大家忘掉科學，盡情享受自然的美景。可是魯迅說：「科學我學的很淺，只讀過一本生物學教科書。但是，它那些教訓：花是植物的生殖機關呀，蟲鳴鳥囀，是在求偶呀之類，就完全忘不掉了。」這太煞風景了，這也是魯迅式的「陌生化」。

在《偽自由書》和《准風月談》之後，魯迅還編了一本《花邊文學》，收錄 1934 年 1 月到 11 月的雜文六十一篇。「花邊新聞」，一般泛指八卦「流言」(後來另一位作家的書名)。魯迅卻嘲笑專欄在報上有一圈花邊,同時,花邊還是銀元的意思,為稻粱謀?

在《花邊文學》的〈序言〉中,魯迅再次提到了審查制度的影響。魯迅後期的文章,一直在跟審查制度做鬥爭。

> 我曾經和幾個朋友閒談。一個朋友説:現在的文章,是不會有骨氣的了,譬如向一種日報上的副刊去投稿罷,副刊編輯先抽去幾根骨頭,總編輯又抽去幾根骨頭,檢查官又抽去幾根骨頭,剩下來還有甚麼呢?我説,我是自己先抽去了幾根骨頭的,否則,連「剩下來」的也不剩。所以,那時發表出來的文字,有被抽四次的可能。
>
> 因此除了官准的有骨氣的文章之外,讀者也只能看看沒有骨氣的文章。
>
> 於是從今年起,我就不大做這樣的短文,因為對於同人,是迴避他背後的悶棍,對於自己,是不願做開路的呆子,對於刊物,是希望它盡可能的長生。

魯迅這樣自嘲,但他後來的雜文一點也沒少寫,而且被毛澤東稱為:「魯迅的骨頭,是最硬的。」

---

1 魯迅:〈「京派」和「海派」〉,最初發表於《太白》半月刊 1935 年 5 月 5 日第二卷第 4 期,署名旅隼。後收入《且介亭雜文二集》,上海:三閒書屋,1937 年。

五十五

魯迅評阮玲玉之死

今天打開門戶網站，也總有四大塊。

第一大塊，國內外大事。領導人出訪，戰爭與談判，A 城有恐襲，B 國有地震……

第二大塊，輿情熱點。辱母案是否正當防衛？大學副教授殺妻，藏屍辦公室……魯迅之前引用過綁匪撕票、女人養雄犬等等，也屬此類。一般來說，越血腥，越牽涉家庭倫理，越顯示貧富、中外矛盾就越轟動。

第三塊，娛樂消息。女星走光、名角婚變等等。這類風花雪月，有幾十年上不了正規報紙。而今網站頗像民國報紙，「莊部」「諧部」並存。

還有第四塊，就是各種的專門消息：關於地產、汽車、體育比賽、衞生健康，還有文藝副刊專欄。

《偽自由書》四十三篇，《准風月談》六十四篇，還有《花邊文學》六十一篇。這些格式齊整的短文，好像也是上述四種消息的濃縮混合拼貼。在《且介亭雜文》的〈序言〉裏，魯迅說他寫專欄的目的：

> 現在是多麼切迫的時候，作者的任務，是在對於有害的事物，立刻給以反響或抗爭，是感應的神經，是攻守的手足。潛心於他

的鴻篇巨製，為未來的文化設想，固然是很好的，但為現在抗爭，卻也正是為現在和未來的戰鬥的作者。因為失掉了現在，也就沒有了未來。

魯迅是把專欄作為戰場。Obsession with China（可譯為感時憂國，或為國痴迷）在夏志清的評論中，是一個帶有批評或至少是遺憾意味的術語。魯迅和郁達夫提過，他想寫關於楊貴妃的長篇。但我還是無法想像一個晚年沒有那麼多雜文的魯迅。

魯迅的雜文雖然濃縮社會眾生相，但還是以國家大事、社會熱點和讀書筆記為主，最少見的就是娛樂新聞了。有幾次講過梅蘭芳，諷刺國人欣賞男扮女相的審美傳統，也惋惜梅派藝術越來越雅，越來越出口、外銷，而漸漸失去了民間的生命力。但總體上，談娛樂，議明星還是比較少見。

據說民國時期的上海有兩個人的葬禮最為轟動，馬路上看的人、還有送殯的人最多。一個是緋聞纏身而自殺的明星阮玲玉；另一個就是不久以後被蓋上了「民族魂」旗幟的文學家魯迅。

而且，魯迅還專門為阮玲玉之死寫過文章。1935 年 5 月 20 號，在《太白》半月刊第二卷第五期，筆名叫趙令儀，文章收進了人文版《魯迅全集》第六卷，題目是〈論「人言可畏」〉。

「人言可畏」是電影明星阮玲玉自殺之後，發見於她的遺書中的話。這哄動一時的事件，經過了一通空論，已經漸漸冷落了，只要《玲玉香消記》一停演，就如去年的艾霞自殺事件一樣，完全煙消火滅。她們的死，不過像在無邊的人海裏添了幾粒鹽，雖然使扯淡的嘴巴們覺得有些味道，但不久也還是淡，淡，淡。

有人說流言、緋聞害死了阮玲玉，但也有人出來否認，說阮玲玉的死跟新聞記者是毫無關係的。

下面就是魯迅發的議論，為了今天認真的傳媒人，或者形形色色的網絡調控工作者，還有很多的八卦狗仔隊，我必須摘抄下大先生這段原文。

> 所以阮玲玉的死，和新聞記者是毫無關係的。
>
> 這都可以算是真實話。然而——也不盡然。
>
> 現在的報章之不能像個報章，是真的；評論的不能逞心而談，失了威力，也是真的，明眼人決不會過分的責備新聞記者。但是，新聞的威力其實是並未全盤墜地的，它對甲無損，對乙卻會有傷；對強者它是弱者，但對更弱者它卻還是強者，所以有時雖然吞聲忍氣，有時仍可以耀武揚威。於是阮玲玉之流，就成了發揚餘威的好材料了，因為她頗有名，卻無力。

「頗有名，卻無力」，這六個字也可圈可點。

> 小市民總愛聽人們的醜聞，尤其是有些熟識的人的醜聞。上海的街頭巷尾的老虔婆一知道近鄰的阿二嫂家有野男人出入，津津樂道，但如果對她講甘肅的誰在偷漢，新疆的誰在再嫁，她就不要聽了。（現在網絡就改變距離感，王寶強老婆有事，中國女生在東京被殺等等，遠在天邊，近在眼前。科技不同了，道理還是一樣的。）阮玲玉正在現身銀幕，是一個大家認識的人，因此她更是給報章湊熱鬧的好材料，至少也可以增加一點銷場。阮玲玉的以為「人言可畏」，是真的，或人的以為她的自殺，和新聞記事有關，也是真的。

說報紙不能像個報紙，受了壓迫卻還能壓迫別人，這個邏輯和魯迅一向關注的「被侮辱者損害他人」道理相通。報紙傳媒被審查制度嚴查監管，還要承擔政治風險，只好在娛樂版上撈回市場份額。這就是被王胡、小D等欺負的阿Q，只能用手去摸小尼姑的頭。小尼姑算是未莊的女明星。

〈阿Q正傳〉是二十年代初的小說，〈論「人言可畏」〉是1935年寫的雜文。怎麼看待社會結構、階級秩序、人性墮落，大家如何在人倫權力關係網當中掙扎，魯迅的世界觀，這個基本看法，一生沒有根本性的轉變。

〈論「人言可畏」〉的重要性，不僅在於魯迅專門討論了傳媒的社會角色，更有對普通民眾怎麼參與配合傳媒的欺軟怕硬也做了深入的分析。

> 讀者看了這些，有的想：「我雖然沒有阮玲玉那麼漂亮，卻比她正經」；有的想：「我雖然不及阮玲玉的有本領，卻比她出身高」；連自殺了之後，也還可以給人想：「我雖然沒有阮玲玉的技藝，卻比她有勇氣，因為我沒有自殺」。
>
> 化幾個銅元就發見了自己的優勝，那當然是很上算的。但靠演藝為生的人，一遇到公眾發生了上述的前兩種的感想，她就夠走到末路了。

為了避免籠統地泛論傳媒的罪責，魯迅指出，所謂報道紀實，其實都可以在工部局找到資料，問題是傳媒如何加油加醬。寫男人還是比較老實的，寫女人，「不是『徐娘半老，風韻猶存』，就是『豆蔻年華，玲瓏可愛』」。女孩離家就是「小姑獨宿，不慣無郎」，村婦再嫁就是「奇淫不減武則天」。

> 然而，先前已經說過，現在的報章的失了力量，卻也是真的，不過我以為還沒有到達如記者先生所自謙，竟至一錢不值，毫無責任的時候。因為它對於更弱者如阮玲玉一流人，也還有左右她命運的若干力量的，這也就是說，它還能為惡，自然也還能為善。

這是講傳媒，但又何嘗不是在講讀書人，講商人，講公務員，甚至講很多家長，講一切每天被人欺負、但又有可能面對更弱者的人。你「還能為惡，自然也還能為善」。魯迅此言，大家聽嗎？

關於女明星阮玲玉，其實魯迅沒有幾句議論，對她的相貌、衣着一字不提。但最後說，他不想為她自殺辯護。

> 至於阮玲玉的自殺，我並不想為她辯護。我是不贊成自殺，自己也不豫備自殺的。但我的不豫備自殺，不是不屑，卻因為不能。……然而我想，自殺其實是不很容易，……倘有誰以為容易麼，那麼，你倒試試看！

寫這篇文章的時候，魯迅的生命只剩下了最後十七個月。

五十六

魯迅與「兩個口號」之爭

「兩個口號」之爭，是魯迅最後一次捲進文藝論爭。這一次論爭，對文壇派別及人事上的影響，比之前幾次論爭更為複雜深遠。對晚年魯迅先生的心情、身體來講，也是消耗最大的一次論爭。如果說魯迅在「五四」以後近二十年，一直在與人筆戰當中鍾煉自己的文風，鑄造自己的思想。那麼這最後一次，就是最困難、最有苦難言的一次筆戰。原因是這次筆戰，離文藝、離思想關係比較遠，離政治、離人事關係比較近。後者其實不是魯迅的所長。

魯迅大半生與人筆戰，貌似「其樂無窮」，但都是稿紙上的論爭、桌面上的較量，如果轉為桌底下的戰鬥，魯迅就不一定那麼勝券在握了。他在《花邊文學》序言裏說起過，「花邊文學」這個概念，原來是用來貶低他的一個稱呼，「是和我在同一營壘裏的青年戰友，換掉姓名掛在暗箭上射給我的。」這個所謂「同一營壘中的青年戰友」，指的就是左聯成員廖沫沙。廖沫沙在六十年代，任北京市委統戰部長，參與著名的「三家村」。但是年輕時，廖沫沙缺乏統戰意識，寫文章弄得魯迅很生氣。雖然也都是一些文字上的誤解，但是至少對魯迅不尊重。還有一人叫紹伯，是化名，在《大晚報副刊》調侃說魯迅「器量狹小」等等。魯迅認為紹伯就是田漢。田漢後來被魯迅稱之為「四條漢子」之一（還有周揚、夏衍、陽翰笙）。「倘有同一營壘中人，化了裝從背後給我一刀，則我的對於他的憎恨和鄙視，是在明顯的敵人之上的。」[1]魯迅在 1934 年 12 月 18 日給朋友楊霽雲的信中說，「例如紹伯之流，我至今還不明白他是甚麼意思。為了防後方，我就得橫站，不能正對敵人，而且瞻前顧後，格外費力。身體不好，倒是年齡關係，和他們不相干，不過我有時確也憤慨，覺得枉費許多氣力，用在正經事上，成績可以好得多。」[2]到了 1935 年 4 月 23 日，在給蕭軍、蕭紅寫信時，魯迅的憤怒進一步放大：「敵人不足懼，最令人寒心而且灰心的，是友軍中的從背後來的暗箭；受傷之後，同一營壘中的快意的笑臉。因此，倘受了傷，就得躲入深林躲入深林，自己舐乾，扎好，給誰也不知道。」[3]

受傷，舔乾傷口，僅僅因為廖沫沙、紹伯這些年輕人的批評，還是另有「給誰都不知道」的難言苦衷？

三十年代的筆戰，和《墳》或者《熱風》的時期不一樣。之前魯迅沒有那麼明確地所謂「同一營壘」的意識。作家就是孤身一人，《野草》描繪過，傷口，也可以舔舔；文學家的痛苦、憤怒，他是一個人，荒野大漠中，不必考慮那麼多陣營、戰友，所以也不需要躲起來舔傷，而且「給誰都不知道」。

「營壘」「戰友」「陣線」「敵我」「防後方」「橫站」等等，這些都是軍事用語或者說政治權術。魯迅的骨子裏，只是個文人。所以讓他橫站，特別痛苦。1935 年 9 月 12 號魯迅給胡風一封信，把他自己在左聯的處境寫得非常明顯。

> 怎樣起勁的做，也是打，而我回頭去問自己的錯處時，他卻拱手客氣的說，我做得好極了，他和我感情好極了，今天天氣哈哈哈……真常常令我手足無措。

> 我不敢對別人説關於我們的話，對於外國人，我避而不談，不得已時，就撒謊。你看這是怎樣的苦境？[4]

後來很多學者，一直要研究魯迅信裏所謂的「工頭」到底是指誰？是不是講周揚或夏衍。當時胡風、馮雪峰和魯迅關係比較密切。這些人事派別的鬥爭，後來一直延續到延安，魯藝對文抗。和名稱相反，魯藝（魯迅藝術學校）其實是周揚一派主持的；文抗（文藝家抗敵協會）由丁玲、蕭軍負責。到了 1949 年後，胡風成為反革命集團，丁玲、馮雪峰稍後成為右派。七八十年代，胡風、馮雪峰都平反了。周揚和夏衍痛定思痛，真誠懺悔。我曾親眼目睹，夏衍在紀念郁達夫逝世四十週年的大會上，有長篇講話後悔左聯當時的錯誤。那個時候丁玲他們反而堅持左聯的立場。

我們不僅關心這些文藝派別的鬥爭，更注意的是魯迅當時的心態。

魯迅一直敏感於奴隸受壓迫和奴才的麻木。現在居然有「工頭」在他身後抽鞭子，他卻甚麼都不能說，還要向外國人撒謊。魯迅的原話是，「你看這是怎樣的苦境？」

魯迅當時並不知道，就在他抱怨在左聯「營壘裏橫站」的「苦境」時，1935 年下半年，共產國際第七次代表大會在莫斯科決定，中國左翼作家聯盟應該解散。這是當時參加會議的王明、康生的意見。

王明委託蕭三寫了封信，通過魯迅轉給周揚等人。周揚他們雖然是地下黨，可是因為電台被破壞，和陝北的中央斷了聯繫。魯迅在 1936 年 1 月 19 號，收到蕭三的莫斯科來信。魯迅看信以後覺得很突然，無法接受。但轉信以後，周揚、夏衍他們決定要執行王明代表中央的指示。

爭論雙方，有一個根本性的不同。周揚他們都是幹部，必須服從組織命令。對戰士來說，軍令如山倒，服從命令是天職。可是對魯迅來說，他是作家，自己的思想沒想通，便執行不了這個命令。沈雁冰後來也有很詳細的回憶，說夏衍他們決定左聯要解散，要成立新的文化界抗日統戰組織。門檻比較低，只要抗日就可以參加。成立文化界抗日組織，還是要徵求魯迅的意見，因為魯迅是左聯名義上的領袖，他是旗幟，在外界看來左聯就是魯迅的。但是夏衍他們說魯迅不肯見他們。

這是茅盾的回憶，很有意思。左聯實際負責人是夏衍他們，魯迅卻不肯見他們。茅盾晚年寫的《我走過的道路》，寶貴的史料。但也可能，有的回憶多，有的回憶少，只能做參考。

茅盾當時想幾方面都不得罪人，夏衍讓鄭振鐸陪着來找茅盾，茅盾就向魯迅轉達了夏衍、蕭三他們的意見，其實也就是上級的意見。茅盾說，他自己也是同意這個意見的。但是魯迅不贊成。魯迅說，左聯是左翼作家的一面旗幟，旗一倒，等於向敵人宣佈我們失敗。因為，幾年前，魯迅要轉到左翼「營壘」，「從進化論到階級論」，這是很不容易的事情。因為魯迅是一直不相信「組織」和「羣體」，非常強調個人戰鬥（可以追溯到年青時的〈文化偏至論〉〈破惡聲論〉），而且他從來不大會妥協。所以現在他好不容易進入（或者說領導）左翼陣營，突然說要解散了，魯迅說不同意。不同意怎麼辦？茅盾又向夏衍他們去解釋魯迅的態度。茅盾說，魯迅也有道理，擔心革命文藝戰線失了組織和領導。夏衍說，沒關係，你不用擔心，左聯散了，「我們這些人，在新組織裏面，這就是核心」。

聽到「我們這些人在新組織裏就是核心」魯迅就笑了。他說：「對他們這般人我早已不信任了」。

實際上的負責同志，和名義上的旗幟人物，在要不要解散左聯這個問題上，僵持不下。茅盾來來去去跑了好幾回，無功而返。看上去茅盾始終是一個傳話人，不過，我再三說這是幾十年後他的回憶。而魯迅當時的印象，魯迅怎麼說？他自己跟他的朋友說：

> 內幕如何，我不得而知。指揮的或是茅與鄭。我真覺得如果不是巧人，在中國是很難存活的。[5]

「兩個口號」的論爭，充滿了很多誤解。

---

1 魯迅：〈答《戲》週刊編者信〉，《且介亭雜文》，《魯迅全集》第六卷，北京：人民文學出版社，2005 年，頁 148—149。

2 轉引自朱正：《魯迅傳》，香港：三聯書店，2008 年，頁 350。

3 轉引自夏濟安：《黑暗的閘門》第三章「魯迅與左聯的解散」，香港：香港中文大學出版社，2016 年，頁 108—109。

4 轉引自朱正：《魯迅傳》，香港：三聯書店，2008 年，頁 359。

5 魯迅 1936 年 4 月 23 日致曹靖華的信。見朱正《魯迅傳》，香港：三聯書店，2008 年，頁 366。

五十七

重讀魯迅〈答徐懋庸並關於抗日統一戰線問題〉

1935 年底到 1936 年初，共產國際指令上海中國左翼作家聯盟要解散，夏衍等負責人，通過茅盾再三詢問魯迅的意見，魯迅不同意。事情陷入了僵局。

周揚等人此時籌備重組一個新的文藝家統戰組織，文藝家協會。魯迅明確表示不加入。就在這個時候，1936 年 4 月 25 號，馮雪峰從陝北回到上海。馮雪峰是地下黨裏除瞿秋白以外，最為魯迅信任的人。一度馮雪峰離開上海，參加了紅軍的兩萬五千里長征。從陝北重回上海之前，周恩來、毛澤東、張聞天（當時黨的總書記）都給他佈置任務，備了電台。馮雪峰後來回憶，到了上海以後，馬上到魯迅家裏去，魯迅正好不在。他在魯迅家裏休息了一會兒，魯迅回來了，見面的第一句話：「這兩年我給他們擺佈的可以。」馮雪峰說這句話，以及魯迅說話時候的表情，他永遠都記得。[1]

之後馮雪峰講述了長征、陝北、紅軍等等話題，魯迅又講了上海的情況。馮雪峰還記得魯迅的兩句話。第一句是魯迅說：「我成了破壞國家大計的人了」。另外一句就是「我真想休息休息」。

1936 年是魯迅生命的最後一年，年初有大病，後來去世就是 10 月份。4 月 25 號就是魯迅去世半年之前。所謂「破壞大計」，就是指魯迅不加入新的文藝家協會，該協會試圖統戰各方面的文藝人士，包括鴛鴦蝴蝶派，口號是「國防文學」。顧名思義，一切為了抗日。民族矛盾變成主要矛盾，所有同意抗日的文學家都是應該團結的力量。在魯迅來說，大概會想起了幾年前被他和左聯批倒的國民黨的民族主義文學。國防文學，民族主義文學，都是不講階級矛盾，關注民族鬥爭。魯迅和茅盾說：「『國防文學』這個口號，我們可以用，敵人也可以用。」與國防文學針鋒相對，胡風在魯迅家裏見到馮雪峰後，提出了一個新口號，「民族革命戰爭中的大眾文學」，據朱正說，這個口號表面是胡風提出，實際是馮雪峰建議，而且是陝北帶來的意思。魯迅也是同意的。

今天客觀而論，作為口號，「國防文學」容易記住，更簡單，更有煽動力；「民族革命戰爭中的大眾文學」，作為口號，有點長，同時涉及了幾個關鍵詞：民族、革命、大眾。

但重要的是口號由誰提出來？「國防文學」體現共產國際的意思，是抗日的需求，此時共產黨要和國民黨再次合作，是大的歷史背景，很快西安事變就要發生。提出國防文學的是年輕的職業革命者，他們就像軍人一樣，上級命令就是他們的靈魂行動準則。「民族革命戰爭中的大眾文學」，體現左聯一貫的反抗階級壓迫的宗旨。口號又強調了眼前的民族戰爭，兼顧了革命和大眾，雖然繞口，從內容上來講是面面俱到，更重要的是提出這個口號的人比較堅持革命原則。今天看來，比較 stubborn，比較理想主義。胡風、馮雪峰，包括晚年的魯迅。

更簡單的說法，前者是策略調整，後者是原則堅守。用今天的術語，前者是與時俱進，後者是不忘初心。

王明，名義上還是黨的領袖，他後來有本書《中共五十年》，說「事實上這兩個口號都是根據中共中央文件提出來的。」「周揚以及中國共產黨左翼作家聯盟黨團中的其他一些人，1936 年初提出『國防文學』口號的根據，是 1935 年 8 月 1 日為進一步發展抗日民族統一戰線而發表的中共中央和中華蘇維埃共和國中央政府《為抗日救國告全體同胞書》(《八一宣言》)。其中宣佈了組織『全中國統一的國防政府』和『全中國統一的抗日聯軍』的口號。魯迅等人於 1936 年 5 月提出『民族革命戰爭的大眾文學』的口號時，所依據的是中共中央 1931 年 9 月 19 日因日軍 9 月 18 日侵佔瀋陽而發表的宣言。宣言提出了武裝民眾進行抗日的民族革命戰爭的口號。」所以王明說，「周揚和魯迅據以提出各自的文藝界抗日統一戰線口號」，所依據的「上述兩個中共中央文件，都是由王明撰寫的；其中的兩個口號，也都是由王明提出的。」

這個需要有關專家再去考證。王明當時掌握筆桿子，在莫斯科遙控，這些中央的聲明很可能即便不完全是他寫的，至少也是經過他的。不過事後領功，說兩面的道理都是我的。這王明，機會主義。

看時間就比較清楚，「九一九」是 1931 年，共產國際第三時期，「立三路線」的背景。《八一宣言》是 1936 年，為了國共合作一起抗日的最新需要。一個政黨集團，一個政治力量，為了自己的利益，口號總在變化，其實這很正常。可惜，一個文人的轉彎就沒那麼快。文人的理想，不是為了利益、局勢、形勢的變化，更多是出於信念、信仰，甚至根植於生命靈魂的理念。好不容易魯迅有了一些「陣營」「敵我」「橫站」「戰線」之類的戰鬥意識，突然又要搞統戰了，要使用自己前幾年剛剛批判過的口號 —— 國防文學和民族主義文學在字面上非常相似。所以文人，或者說是文人氣深重的革命者，一下子適應不了。毛澤東後來說，魯迅不僅是偉大的文學家，而且是偉大的思想家和偉大的革命家。但是從「兩個口號之爭」的情況看，魯迅確實是偉大的思想家，偉大的革命家，但歸根結底他是一位偉大的文學家。

就在「兩個口號」之爭劍拔弩張之際，魯迅的身體狀況急劇惡化。

在 1936 年 6 月 5 號之後，魯迅因病停了他的日記。魯迅日記連續二十五年沒有中斷過，可是在 6 月份停了二十五天。就在這時，他收到中國托派的組織人陳其昌的信。托派支持全世界的階級革命，所以他們欣賞魯迅反對國防文學，批評共產黨的政策轉向。

於是馮雪峰代筆替魯迅先生作答，將「民族革命戰爭大眾文學」這個口號與托派劃清界限。這個時期，其實不止一篇文章由馮雪峰代筆。胡風有一次對魯迅說，雪峰模仿周先生的語氣倒很像。魯迅淡淡笑了一笑，說：我看一點都不像。[2]

當然，胡風這個回憶，是否完全準確，也很難說。

但魯迅晚年最重要的一篇文章，〈答徐懋庸並關於抗日統一戰線問題〉，的確是馮雪峰起草。這也是魯迅一生比較最特別的一篇論戰文章。徐懋庸的名字，也因為這篇文章永遠地釘在中國現代文學史和現代中國思想史上的。

徐懋庸當時是二十幾歲的年輕人，寫雜文模仿魯迅文風。魯迅還給他的雜文集寫過序。徐擔任左聯的書記，左聯的宣傳部長，也是新創辦的文藝家協會的理事。1936 年 8 月 2 號他給魯迅寫了一封信，信裏邊直接批評：「在目前，我總覺得先生最近半年來的言行，是無意地助長着惡劣的傾向的。」信中直言，民族革命戰爭的大眾文學，口號錯誤，危害聯合陣線。除了批評魯迅先生的言行，批判魯迅支持的口號錯誤以外，徐懋庸還很尖銳地責罵魯迅身邊的一些人，比方說胡風是「性情之詐」，黃源是「行為之諂」，諂媚的諂，說巴金，「中國的『安那其』的行為，則更卑劣」。「先生可與此輩為伍，而不屑與多數人合作，此理我實不解。」「我覺得不看事而只看人，是最近半年來先生的錯誤的根由。」

當然，讀了這封信，魯迅非常生氣。這個被他提拔的年輕人，居然現在這樣說話，語言囂張，態度驕橫。早在《野草・頹敗線的顫動》中，魯迅就抽象表達過被自已培養的年輕一代無情拋棄詛咒的憤怒心情。後來這種被晚輩拋棄攻擊的恐懼感居然被來自左右兩邊的夾攻筆戰變成現實。而且現在，這封信，還不只是來自狂妄的個人，還分明代表了左聯其他一些領導和組織的觀點。所以在魯迅看來，這是來自於自己「營壘」的，迄今為止最嚴重的一次攻擊。

〈答徐懋庸並關於抗日統一戰線問題〉，文章過萬字，魯迅罕見地把徐的來信放在前面（通常魯迅寫辯論文章都是把人家的文章附在後面）。這封回信，是馮雪峰代擬的初稿。但魯迅花了四天時間，做了大量的修改和增補。在我看來，即便如此，這還是一篇「非典型」的魯迅文章，魯迅以前從來沒有發表過這樣格式文風的文章。

因為徐懋庸質疑魯迅支持的口號危害統一戰線。魯迅在文中加了重點號，直接聲明自己的立場。

> 首先是我對於抗日的統一戰線的態度。……中國目前的革命的政黨向全國人民所提出的抗日統一戰線的政策，我是看見的，我是擁護的，我無條件地加入這戰線，那理由就因為我不但是一個作家，而且是一個中國人，所以這政策在我是認為非常正確的……其次，我對於文藝界統一戰線的態度。我贊成一切文學家，任何派別的文學家在抗日的口號之下統一起來的主張。

第一，內容是政治宣言，保證政治正確。第二，文風是政治表態。重讀魯迅將近六十篇，這是第一次，也是最後一次看到先生的表態文章。第三，這篇文章裏的批判，不再是常用的諷刺、譏笑、拐彎抹角罵人等等，而是直接的、正面的、從政治人格上的指責。

> 希望巴金，黃源，胡風諸先生不要學徐懋庸的樣。……在國

難當頭的現在，白天裏講些冠冕堂皇的話，暗夜裏進行一些離間，挑撥，分裂的勾當的，不就正是這些人麼？

那種表面上扮着「革命」的面孔，而輕易誣陷別人為「內奸」，為「反革命」，為「托派」，以至為「漢奸」者，大半不是正路人；因為他們巧妙地格殺革命的民族的力量，不顧革命的大眾的利益，而只借革命以營私，老實說，我甚至懷疑過他們是否系敵人所派遣。

徐懋庸，後來去了延安，1949 年以後擔任武漢大學的黨委書記，他也並沒有因為被魯迅責罵，政治上就抬不起頭來，被懷疑成內奸、漢奸、敵人派遣等等。但是魯迅這樣的文風真是以前沒見過。

徐懋庸說不能提出這樣的口號，是胡說！說不能對一般或各派作家提這樣的口號，也是胡說！但這不是抗日統一戰線的標準，徐懋庸說我「說這應該作為統一戰線的總口號」，更是胡說！

撇開內容不談，這三個「胡說」句式，三個感歎號，大概也是馮雪峰的文風。魯迅在重病之中盡力修改，仍然力不從心。這是我的猜測。

當然了，第四，更重要的一點，這篇文章裏有些地方非常講策略，甚至有些地方不完全符合事實。但是寫法很策略，顧及政治正確，顧及統一戰線，這個在魯迅筆下也是很少見的。比方說「民族革命戰爭的大眾文學」，「我先得說，前者這口號不是胡風提的，胡風做過一篇文章是事實，但那是我請他做的。」其實，口號確實是馮雪峰讓胡風提的，魯迅站出來承擔責任，是保護胡風和馮雪峰。

這口號，魯迅說：「是幾個人大家經過一番商議的，茅盾先生就是參加商議的一個。」後來有史料考證，茅盾其實沒有參與，可以參考茅盾的回憶錄。

還有，「郭沫若先生遠在日本，被偵探監視着，連去信商問也不方便。」

這又是統戰筆法，魯迅平時哪會有事找郭沫若商量？文章裏有三個地方提到郭沫若，另外一個地方是引用了郭沫若的一些話。還有一個地方說，「例如我和茅盾，郭沫若兩位，或相識，或未嘗一面，或未衝突，或曾用筆墨相譏，但大戰鬥卻都為着同一的目標，決不日夜記着個人的恩怨。」

不過，現在也無法考證了，這段話到底是魯迅的本意，還是馮雪峰的統戰策略？

文章很多重心段落還是對「民族革命戰爭大眾文學」的理論堅持，這應該是魯迅大半年、大半生的一貫理念。魯迅從來覺得階級問題比民族矛盾更嚴重，而且他認為中國的國民性，所謂這種，很多級別的壓迫關係，本來就跟數千年、近千年，大部分時間中國人被異族統治有關。也就是說，革命戰爭與民族戰爭是密不可分的，而文章裏對國防文學也有寬容的理解。整篇文章，公平地說，寫得很有氣勢，邏輯分明。局部地方也非常有文采，比方說很有名的一段：「駛來了一輛汽車，從中跳出四條漢子：田漢，周起應，還有另兩個，一律洋服，態度軒昂。」

這好像是典型的魯迅文風。

發表這篇文章之後，魯迅只有最後三個月的生命了。

---

1 馮雪峰寫的材料：《有關 1936 年周揚等人的行動以及魯迅提出『民族革命戰爭的大眾文學』口號的經過》，轉引自朱正《魯迅傳》，香港：三聯書店，2008 年，頁 368。

2 見朱正《魯迅傳》，香港：三聯書店，2008 年，頁 375。

五十八

重讀魯迅的文章〈死〉

魯迅去世一個多月前，他在 1936 年 9 月 5 號寫了一篇文章，題為〈死〉。文章發表在 1936 年 9 月 20 號的《中流》半月刊第一卷第二期上。錢理羣北大演講錄之二《與魯迅相遇》(北京三聯，2003)，內容一共九講，第一講就是從魯迅生命的最後一章講起，着重引用〈死〉這篇散文。

《論語》說：「人之將死，其言也善。」魯迅的散文，從來都是真心話，充滿善意，雖然他自己說沒有完全說出他的真話。這一篇〈死〉，也是「人之將死」。人們當然想知道，面對不可知的、令人恐懼的未來世界，魯迅先生在想甚麼？他想說甚麼？

文章一開始，講的卻是一位他喜歡的德國版畫家珂勒惠支。羅曼・羅蘭曾經說，珂勒惠支的作品是現代德國最偉大的詩歌，造出了窮人跟平民的困苦和悲痛。

魯迅曾把珂勒惠支的作品《犧牲》，發表在左聯期刊《北斗期刊》上，以表示對柔石等作家的無言的紀念。珂勒惠支說她後來的創作是抛不開「死」這個觀念。這句話引起魯迅的同感。

> 回憶十餘年前，對於死卻還沒有感到這麼深切。大約我們的生死久已被人們隨意處置了，認為無足重輕，所以自己也看得隨

隨便便，不像歐洲人那樣的認真了。有些外國人説，中國人最怕死。這其實是不確的，——但自然，每不免模模胡胡的死掉則有之。[1]

1936 年初，魯迅病重，當時以為不行了。三月和六月有兩次大病和搶救。所以到九月寫這篇〈死〉的時候，好像是有點死過一次的感覺。雖然大先生只有一個多月的寶貴生命，可是講起那個完全不可知的未來，魯迅先生卻是語氣非常輕鬆，他談論中國人的生死觀，好像是一個和作家本人沒有關係的哲學文化命題。

任何世界上的民族，從古以來都要想像來世。所有一神教，猶太教，天主教、新教、東正教、伊斯蘭教、佛教等等，都要回答「人死了以後會怎麼樣」這麼一個終極問題。中國人也不例外。但國人臨終之時，卻並不要神父、牧師在牀邊才能安心，而是最好全家都在，尤其是兒孫都在牀邊，這樣才能安心閉眼。可見中國人信仰生命死後延續，但不是靠靈魂或者上帝，而是靠人們自己的血脈、種族、子孫、後代。在這樣的文化背景下，身為中國現代最重要的思想家、文學家，魯迅怎麼看待死亡？魯迅怎麼想像人死了以後的另外一個世界的？

在這個問題上，魯迅關注的仍然不是全人類，還主要是中國人，而且是不同階級的中國人。

誰都知道，我們中國人是相信有鬼（近時或謂之「靈魂」）的，既有鬼，則死掉之後，雖然已不是人，卻還不失為鬼，總還不算是一無所有。不過設想中的做鬼的久暫，卻因其人的生前的貧富而不同。

這就是魯迅，貌似人到了最後時日，談論生死問題，卻仍然不無幽默地展開他的中國社會各階級分析。先講窮人，弱勢羣體、勞工階級，「窮人們是大抵以為死後就去輪迴的，根源出於佛教。佛教所說的輪迴，當然手續繁重，並不這麼簡單，但窮人往往無學，所以不明白。這就是(使)死罪犯人綁赴法場時，大叫『二十年後又是一條好漢』，面無懼色的原因。」就是剛才說的，他輪迴到另外一個好的地方去了。

人類最大的奧秘就在於幾千年來，從來沒有人從那個世界回來，告訴我們那是怎麼回事。人越接近終點，越想知道終點，它是一個甚麼樣的新的起點？

魯迅繼續替窮人着想，「況且相傳鬼的衣服，是和臨終時一樣的」，因為人類有這個想法，古墓就變成寶庫，因為都想把最好的東西帶到另外一個世界去。「窮人無好衣裳，做了鬼也決不怎麼體面，實在遠不如立刻投胎，化為赤條條的嬰兒的上算。我們曾見誰家生了小孩，胎裏就穿着叫花子或是游泳家的衣服的嗎？從來沒有那就好重新來過。」輪迴就是重新開始，新的人生起跑線。「也許有人要問，既然相信輪迴，那就說不定來生會墮入更窮苦的景況，或者簡直是畜生道，更加可怕了。但我看他們是並不這樣想的，他們確信自己並未造出該入畜生道的罪孽，他們從來沒有能墮入畜生道的地位，權勢和金錢。」

借了講鬼輪迴，魯迅又在罵這些有地位權勢和金錢的人了。但也不全是罵，魯迅接下來就替他們分析了：

然而有着地位，權勢和金錢的人，卻又並不覺得該墮畜生道；他們倒一面化為居士，準備成佛，一面自然也主張讀經復古，兼

> 做聖賢。他們像活着時候的超出人理一樣，自以為死後也超出了輪迴的。

窮人盼輪迴，富人想特權，但魯迅最關心不十分窮又不能算富的小市民、小資產階級，他們怎麼想像、安排死後的事情呢？

> 至於小有金錢的人，則雖然也不覺得該受輪迴，但此外也別無雄才大略，只豫備安心做鬼。所以年紀一到五十上下，就給自己尋葬地，合壽材，又燒紙錠，先在冥中存儲，生下子孫，每年可吃羹飯。這實在比做人還享福。假使我現在已經是鬼，在陽間又有好子孫，那麼，又何必零星賣稿，或向北新書局去算賬呢，只要很閒適的躺在楠木或陰沉木的棺材裏，逢年逢節，就自有一桌盛饌和一堆國幣擺在眼前了，豈不快哉！

現在還會有人燒紙的房子、汽車、甚至紙的三陪小姐……中產階級，做鬼的生活水平與時俱進。

魯迅已經走到生命的終點，重病在身，從死神手邊掙脫回來幾個月，卻還是一貫的幽默，而且不無諷刺地分析中國社會各階級的來世夢想。

> 就大體而言，除極富貴者和冥律無關外，大抵窮人利於立即投胎，小康者利於長久做鬼。小康者的甘心做鬼，是因為鬼的生活（這兩字大有語病，但我想不出適當的名詞來），這鬼的就是他還未過厭的人的生活的連續。

「大有語病」的「鬼的生活」絕不只是魯迅這篇文章的幽默筆法，很多研究者都從「鬼」的方向分析魯迅作品，比如日本學者伊藤虎丸，身為基督徒一直困惑魯迅的世界裏的一種超越性視角，認為「與基督教的向上超越不同，魯迅向下超越，即向鬼的方向超越。」[2]這個觀點，後來被汪暉引用，「鬼就具有了一種從最低處展開的超越性視角，一種與魯迅的生命之義密切相關的『終末論』的表現」[3]。所以「鬼的生活」儘管常理不通，卻也有可詮釋的深度。

仔細想想，中國人很少想像和描繪天堂，想來想去就是做鬼的生活素質不要低於目前的小康水平。這真是一種多麼現實、世俗、腳踏實地的、精神勝利法的、充滿人情味的終極人生關懷。

想像了輪迴和做鬼的來世以後，魯迅回到了他自己的理念了：

> 有一批人是隨隨便便，就是臨終也恐怕不大想到的，我向來正是這隨便黨裏的一個。三十年前學醫的時候，曾經研究過靈魂的有無，結果是不知道；又研究過死亡是否苦痛，結果是不一律，後來也不再深究，忘記了。

從科學的角度，魯迅無法想像人死了以後究竟還有甚麼。

> 每當病後休養，躺在藤躺椅上，每不免想到體力恢復後應該動手的事情，做甚麼文章，翻譯或印行甚麼書籍。想定之後，就結束道：就是這樣罷——但要趕快做。
>
> 這「要趕快做」的想頭，是為先前所沒有的，就因為在不知不覺中，記得了自己的年齡。卻從來沒有直接的想到「死」。直到今年的大病，這才分明的引起關於死的豫想來。

本人在編輯文集，趕寫《重讀魯迅》時，心裏隱隱有共鳴有感應的，也是魯迅這段話。魯迅雖然激烈反傳統，但誠如林毓生教授所言，骨子裏仍是儒家精神。「未知生，焉知死」，「子不語怪力亂神」。生命的驅動力就是「要趕快做」，直到 1936 年初大病。

除了日本醫生以外，另請一位美國醫生也斷言，魯迅的肺病已經無法醫治。

> 我並不怎麼介意於他的宣告，但也受了些影響，日夜躺着，無力談話，無力看書。

這也並不是事實。錢理羣專門羅列過魯迅最後一年做的事情，寫的文章，包括馮雪峰起草的〈答徐懋庸……〉等文章，後面那麼多複雜的人事關係糾紛，魯迅其實操碎了心。但魯迅說，「連報紙也拿不動，又未曾煉到『心如古井』，就只好想，而從此竟有時要想到『死』了。不過所想的也並非『二十年後又是一條好漢』，或者怎樣久住在楠木棺材裏之類，而是臨終之前的瑣事。在這時候，我是到底相信人死無鬼的。我只想到過寫遺囑……」

魯迅在遺囑裏說了甚麼？遺囑又有甚麼背後的意思？魯迅對自己的一生有着怎麼樣的堅持、反悔和總結呢？

---

1 魯迅：〈死〉，最初發表於《中流》半月刊 1936 年 9 月 20 日第一卷第 2 期，後收入《且介亭雜文末編》，見《魯迅全集》，北京：人民文學出版社，頁 631—635。以下引文同。

2 伊藤虎丸：〈魯迅的生命與鬼—魯迅之生命論與終末論〉，《文學評論》2000 年第 1 期，頁 140。

3 汪暉：《反抗絕望》修訂本，北京：三聯書店，2023 年。

五十九

〈醫學者所見的魯迅先生〉

最後幾年，給魯迅看病的主要是日本醫生須藤五百三。

魯迅是 1936 年 10 月 19 號去世的，須藤醫生有一篇文章叫〈醫學者所見的魯迅先生〉，發表在上海的雜誌《作家》第二卷第二號（追悼號）上，1936 年 11 月 15 號，就是魯迅先生去世不到一個月的時候。但是，在這之前，文章的日文原稿發表於 1936 年 10 月 23 號的《上海晚報》。

日本學者北岡正子考證，說這篇文章最初的日文稿是發表在昭和 11 年，就是 1936 年的 10 月 20 、 21 、 22 號，分上、中、下三回。而日本現在還有保存當年的《上海晚報》。如果屬實，須藤先生的文章發表在魯迅先生去世的第二天，寫得這麼快，可能事先已經寫好。

須藤五百三的父親是雜貨商，幾位堂兄都曾在上海經商。 1893 年，須藤考入日本第三高等醫學院，四年以後畢業。他曾經加入日本陸軍，駐紮朝鮮。 1918 年退役，當時是中校軍銜，之後就到上海開醫院，那家醫院也有一兩百人，規模不小的。好像是通過內山完造認識的魯迅。魯迅在這之前，看過很多的日本醫生，十幾二十位，但看得最久的就是最後的須藤醫生。須藤醫院，距離魯迅的住處只有 2.4 公里，往返比較方便。

在〈醫學者所見的魯迅先生〉這篇文章裏，須藤醫生說他和魯迅相識有五年了。 1936 年 3 月 2 號，先生氣喘嚴重以後，他擔任了主治醫生。另外也有人統計，最後的三年，魯迅請須藤醫生看病，一共一百五十次以上。雖然只是晚年的醫生，須藤醫生對魯迅一生的健康狀況都有比我們更多的認識。

須藤醫生說，魯迅「自七、八歲起牙就不好，因齲齒之故，夜難成寐，給兩親添難，又間或被叱責不以為苦。」

魯迅小時候，紹興沒有牙醫，最多就是拔牙的庸醫。其他的牙痛，就靠求神問菩燒香之類。所以，魯迅的蛀牙惡化，牙根腐壞。到了二十二、三歲的時候，大部分的牙齒已經缺損了，二十七歲就裝了假牙。由於牙病導致了胃擴張、腸遲緩，以及其他消化器官均受影響。日本醫生說，魯迅到死，他的食量只有常人的一半。

魯迅說他一生從來不知道饑餓和美味為何物。這倒有點可信。我們重讀魯迅那麼多文章，很少見到先生講起美食的快樂。在魯迅筆下「筵席是要推翻的」，被吃的竟然是人，「醉蝦」用來形容「喚醒了沒的救的青年」，等等。

「於是，這消化機能的衰退引起營養不良，結果造成筋肉薄弱。自己知道之時，淨體重從未超過四十公斤。」須藤醫生說，由於先生天生體質特異緣故，不管是起草原稿或者讀書研究，常常都是在夜間進行，已成為他的生活習慣。體質筋骨虛弱，神經過度疲勞，成了惡性循環，造成結核性體質。須藤先生說，魯迅從小孩子時期就承受種種痛苦，最痛苦的就是牙痛，魯迅說只有緊張思考一些問題，才能稍稍減輕牙痛。

須藤先生甚至認為，仙台棄醫從文也是牙痛的結果。青年魯迅常常發燒，據說他常常口含體溫表，同時又感到一個人對自己的體溫太敏感不好。對自己的處境、對自己的身體知道的太多，也成了對痛苦格外敏感的「醉蝦」。

還有一些關於魯迅的身體方面的事情，只有醫生會告訴我們。「先生病中即使皮下注射、靜脈注射也毫無不快的表情，多麼苦的藥也聽不到他的抱怨。」魯迅覺得一個人就算永遠擁有生命，也有做不完的事情，所以有限是生命，多做點事吧。這個牽涉到人生觀，他和醫生會談起。照 X 光之類，魯迅說，反而使人不安，魯迅很少問自己的肺部、腸胃的狀況。

講到生病死亡等，魯迅的態度一直悠然。「呼吸困難時，問他感覺哪裏最痛苦，先生說只是有點胸悶，完全一副普通人的樣子。」

關於病痛講得這麼輕描淡寫，那麼，先生到底在想甚麼？須藤說:「先生研究的大題目是，從今以後的國民將朝何等方向發展，先生常和我討論道，中華民國是否適合研究科學？」「先生說腸胃好的人，因為暴飲暴食的緣故，反而使得腦的機能減退了，……」

魯迅的健康狀況，在 1936 年 1 月開始惡化。

1 月 3 號的日記就說，「肩及脅大痛」。第二天去了須藤的醫院。3 月 2 號下午，突然氣喘，須藤醫生過來打針。魯迅日記裏，連續幾天都有記載，3 月 8 號說須藤先生來，我說我已經漸愈。可是到了 5 月 8 號，日記裏每天都記載發低燒。

按《魯迅傳》作者朱正的說法，須藤的醫道也不見得高明，只是因為往來久了產生了友誼和信任。之前周建人曾經告知魯迅說，須藤是日本退役軍人烏龍會的副會長。魯迅說大概沒關係。5 月，史沫特萊要介紹熟識的肺病專家，魯迅開始也不同意。直到 31 號，病情很嚴重，馮雪峰看不過去就找了茅盾，茅盾做翻譯，打電話給史沫特萊，就請來了一位鄧恩醫生。魯迅後來在散文〈死〉裏面講到了須藤和這位美國醫生——

> 今年的大病……原先是仍如每次的生病一樣，一任着日本的S 醫師的診治的。他雖不是肺病專家，然而年紀大，經驗多，從習

醫的時期說，是我的前輩，又及熟識，肯說話。……大約實在是日子太久，病象太險了的緣故罷，幾個朋友暗自協商定局，請了美國的 D 醫師來診察了。他是在上海的唯一的歐洲的肺病專家，經過打診，聽診之後，雖然譽我為最能抵抗疾病的典型的中國人，然而也宣告了我的就要滅亡；並且說，倘是歐洲人，則在五年前已經死掉。……D 醫師的診斷卻實在是極準確的，後來我照了一張用 X 光透視的胸像，所見的景象，竟大抵和他的診斷相同。

這麼悲慘的情況，「宣告了我的就要滅亡」，魯迅還能夠在文章裏堅持幽默的筆調。

同一次的診斷，周建人後來有篇文章，〈魯迅的病疑被須藤醫生所耽誤〉，說魯迅病重時也曾經看過肺病專門醫生，就是指這位美國醫生。據 D 醫生說，病已嚴重，但還可醫治。第一步，需把肋膜裏的積水抽去，如果延遲，必不治。問須藤醫生，回答說，肋膜裏並無積水。但過了一個月以後，須藤又說確有積水，才開始抽水。[1]

到底，在 5 月底之前，魯迅的病是怎麼醫治、怎麼診斷的？

魯迅自己在 5 月 15 號致曹靖華的信裏邊說，「日前無力，今日看醫生，雲是胃病，大約服藥七八天，就要好起來了。」5 月份，說他是胃病，吃藥七、八天。

5 月 23 號，魯迅又寫信給趙家璧，「發熱已近十日，不能外出；今日醫生開始調查熱型，那麼，可見連甚麼病也還未斷定。何時能好，此刻更無從說起了。」

5 月份的時候，發燒的原因都搞不清楚。這段時間正是魯迅在為「兩個口號」之爭操碎心思的時間。

北大教授嚴家炎先生，在 2003 年《中華讀書報》上，刊文〈魯迅的死與須藤先生無關嗎？〉。文中說，須藤先生在魯迅死後，應治喪委員會的要求，寫了一份醫療報告。但這份醫療報告有可疑的地方。簡單說，須藤醫生說他是 1936 年 3 月開始抽肋膜積水，但按照多方面資料顯示，包括魯迅的自述、周建人的文章、魯迅的書信等等，都顯示，實際是在美國醫生診斷和 X 光片之後，即 1936 年 6 月才開始抽積水。嚴家炎教授仔細翻查魯迅的日記和書信。8 月 27 號魯迅給曹靖華寫信說已抽去三次，那推算上去時間，上兩次應該是 6 月 23 號、6 月 15 號。但是在 3 月份，魯迅日記完全沒有抽水的記錄。而且，魯迅每次看須藤醫生都有日記記載，而且看病以後還有很多其他的活動，見作家、談天、談話等等，完全不像是抽了肋膜積水的情況。

難怪後來有人要對須藤醫生的誠信產生懷疑。醫不好病，也許有客觀原因，但是改動醫療報告，推卸責任，這就有違醫德了。我們不禁想起散文〈父親的病〉裏的細節。

1984 年 2 月 22 號，上海魯迅博物館將館藏的魯迅 X 光胸片請了二十三位醫學專家研究，讀片以後的結論是：「根據病史摘錄及 1936 年 6 月 15 日後前位 X 線胸片，一致診斷為：（一）慢性支氣管炎，嚴重肺氣腫，肺大皮包。（二）二肺上中部慢性肺結核病。（三）右側結核性滲出性胸膜炎。根據逝世前二十六小時的病情記錄，大家一致認為魯迅先生死於上述疾病基礎上發生的左側自發性氣胸。」

這個結論，從醫學上來講，證明了須藤先生是誤診。如果是死於肺結核，是一個自然死亡；如果是自發性氣胸，其實可以搶救。10 月 18 號凌晨，自發性氣胸發作，如果當時立即抽氣、減壓，有可能轉危為安。

世界上有那麼多的如果，卻就是沒有這一個如果。

如果魯迅被搶救回來了，如果魯迅一直活到了 1949 年以後……

魯迅逝世後，停靈上海萬國殯儀館，連續三天，瞻仰遺容的人流不斷。

23 號下午，安葬在上海萬國公墓。自發送葬的有七、八千人，靈柩上覆蓋着白底黑字的旗子，上面沈鈞儒書:「民族魂」。

1937 年，在萬國公墓，魯迅墓前新建了一座高七十一厘米的梯形水泥墓碑，上面有陶瓷雕像，寫了「魯迅先生之墓」，這六個字是周海嬰寫的。抗戰期間，這個公墓無人看管，墓碑輕微損壞，由內山完造出資修復。

1939 年，魯迅墓遭嚴重損壞；1946 年，紀念先生逝世十週年，許廣平設計了新的墓碑，周恩來跟許廣平在目前各中一顆柏樹；墓碑後來幾次修建，刻上了周建人寫的「魯迅先生之墓」；1952 年，在上海虹口公園建了新墓；1956 年魯迅逝世二十週年，由國務院決定遷墓，毛澤東為新墓穴題字:「魯迅先生之墓」，原墓地還保留。但是 1966 年，原墓地被拆毀、填平，改作工業廢品堆積場地。

最早寫「魯迅先生之墓」的時候，周海嬰七歲，那當然是許廣平打了底稿，兒子反覆練習後寫成的。

魯迅在〈死〉一文裏面有遺囑七條，其中第五條說：

> 孩子長大倘無才能，可尋點小事情過活，萬不可去做空頭文學家或美術家。[2]

周海嬰果然沒有做空頭文學家或美術家，他一生就是做魯迅的兒子。

1　周建人:〈魯迅的病疑被須藤醫生所耽誤〉，《人民日報》1949 年 10 月 19 日。轉引自朱正:《魯迅傳》第 26 章，香港：三聯書店，頁 372。

2　魯迅:〈死〉，寫於 1936 年 9 月 5 日，最初發表於《中流》半月刊 1936 年 9 月 20 日第一卷第 2 期，後收入《且介亭雜文末編》，見《魯迅全集》，北京：人民文學出版社，頁 631—635。

六十

魯迅的遺囑與遺產

魯迅沒有正式的遺囑。在散文〈死〉裏，大部分篇幅是幽默的筆調，戲說「鬼的生活」，分析窮人、富人、中產階級對另一個世界的不同想像，也談到自己的病況，最後也有一些寫給親屬的話，一共有七條。

> 一，不得因為喪事，收受任何人的一文錢。——但老朋友的，不在此例。
>
> 二，趕快收斂，埋掉，拉倒。
>
> 三，不要做任何關於紀念的事情。
>
> 四，忘記我，管自己生活。——倘不，那就真是胡塗蟲。
>
> 五，孩子長大，倘無才能，可尋點小事情過活，萬不可去做空頭文學家或美術家。
>
> 六，別人應許給你的事物，不可當真。
>
> 七，損着別人的牙眼，卻反對報復，主張寬容的人，萬勿和他接近。[1]

這些文字，像是給家裏人的囑咐，又像是魯迅一生堅持的人生哲學——懷疑和戰鬥。對他人，甚至是對人性的懷疑，還有對社會黑暗永遠是戰鬥。

> 還記得在發熱時，又曾想到歐洲人臨死時，往往有一種禮儀，是請別人寬恕，自己也寬恕了別人。我的怨敵可謂多矣，倘有新式的人問起我來，怎麼回答呢？我想了一想，決定的是：讓他們怨恨去，我也一個都不寬恕。

「人之將死，其言也善。」這是一個由文字構成的臨終儀式，說明魯迅至死都堅持他的獻身使命，啟蒙戰鬥。

按錢理羣的歸納，魯迅的敵人一共有四類，第一是國家掌權者、統治者，從北洋軍閥到國民黨當局；二是「親英美」的知識分子集團，從二十年代現代評論派成員，到後來新月派梁實秋、胡適以及林語堂等等；三是上海灘上各種無聊文人；四，1936 年他主要的怨敵是周揚為代表的上海左聯的領導人。在我看來，第三類其實並不重要。或者，第三類就是影射第四類創造社、太陽社的虛偽做作的革命文人，他們是有聯繫的。[2]「我的怨敵可謂多矣」，其實主要是三類。

魯迅到死都沒有放棄和他們的作戰，所以他至死都不願意寬恕他的敵人。這個姿態是一貫的。在二十年代中期，魯迅寫文章也強調，他寫文章不僅為了他的朋友，更主要還是為了讓他的敵人不高興。

至死堅持戰鬥姿態，也說明魯迅臨終之時也沒有後悔自己這一生。

這一生把很多的時間放在鬥爭上，不管這樣的度過的一生，在別人眼裏有多少可以遺憾或者質疑的地方，魯迅自己好像是無怨無悔，他沒有一個晚年的或者臨終的轉變，或者徹底的反省等等。他是一往無前，義無反顧，這是對他的人生價值的堅持。

魯迅這種不信宗教的直面慘淡人生，其實也是一種廣義的宗教姿態。對二十世紀以及以後中國人的精神命運產生巨大的影響。其實，在中國自己的文化脈絡中，魯迅有意無意更接近於「格物致知」「修齊治平」的儒家傳統，而很少有「退一步，海闊天空」的道家策略，或者「色即是空，空即是色」般的佛學境界。

魯迅在《野草》中描寫過耶穌受難，還被世人唾罵。這篇文章，頗有「夫子自道」的意味。但魯迅欽佩的是耶穌的獻身精神，感觸的是聖人不被民眾理解。他最後的遺囑顯示，魯迅並不接受基督教的基本教義，也不相信面對社會黑暗可執行寬恕之道。所以，作為中國的「民族魂」，魯迅和印度甘地的不抵抗主義形成了鮮明的對照。

據說，須藤醫生有次跟魯迅閒聊，說日本武士有個傳統，擔心自己生命危險，每年修改一次遺囑，問魯迅有沒有類似的打算。魯迅說，我要說的都在我的文章裏。

在某種意義上，我們重讀魯迅六十篇，都在讀魯迅的遺囑。後人不孝，不知怎樣才能繼承魯迅的遺產。

魯迅的遺產，首先當然就是他在《吶喊》《彷徨》裏的十幾篇小說和一部分二十年代中期寫的散文。這些作品，不僅是中國現代文學的最高成就，也是世界文學中的一流作品。在魯迅的充滿矛盾的各種言論、各種文章當中，他的這些作品代表了魯迅最深刻、最有價值的精神成果。

魯迅的遺產還是一種貫穿始終的精神，是一種不放棄的抗爭社會的不公正，始終批判這種不公正的根源，就是國民性，或者說人性當中的奴性。

魯迅的身體是有病的，精神上卻是一個超人，十分孤獨，極其特別。可是，最讓我們費解的是，偏偏這麼病弱、特殊、孤獨的一個人，生前死後卻有着最多的精神上的共鳴者和追隨者。雖然實際上誰也無法真正地追隨，他卻有着最多讓中國知識分子感到精神共鳴的地方。

雖然我們明知和他不同，但是為甚麼我們會和魯迅共鳴？我在「重讀魯迅」一開始便說過，少年時受他的影響幾乎是偶然的、被迫的，因為那時只有兩個人的書可以讀——魯迅和毛澤東。我也很慶幸可以「素讀」這兩個人的書。我從來沒有研究魯迅的膽量，這次不知道怎麼樣，冒險一試。錯誤、疏漏肯定很多，希望以後可以補正。

但是，就在這淺陋的、匆匆的重讀六十篇裏，我已多次驚訝於剛才的問題——魯迅的精神世界那麼獨特，卻怎麼就會容納體現了二十世紀中國知識分子最普遍的精神矛盾？

魯迅的精神矛盾太複雜了，簡而言之，也必須分開好幾個層面。

第一個貫徹魯迅一生的深刻矛盾，是他「身在傳統之中反傳統」。對儒家傳統是傳承還是反叛？這是晚清小說與「五四」新文學的分界線。而魯迅小說的最初標誌正是對「禮教吃人」的控訴，對鼓吹順從、服務專制、殘害女性身心的傳統禮教，魯迅主要作品都持批判態度。但與此同時，他委屈求全、接受婚姻、孝敬母親、尊守道德傳統，不惜犧牲自己的生活和另一個人的青春。這不僅是魯迅個人的悲劇，也促使我們思考，魯迅所謂「魏晉的破壞禮教者，實在是相信禮教到固執之極」的說法是否也有魯迅夫子自道的成分。魯迅對中國傳統禮教的態度充滿矛盾，他反叛的是順從、專制、思想統一以及壓迫女性等道德觀念，他傳承的是「天行健，君子自強不息」，「路漫漫其修遠兮，吾將上下而求索」的文化精神。

第二，「小而言之，是為國家；大而言之，是為學術。」這只是藤野先生對魯迅的期望，但魯迅並不以為次序有錯，反而一直尊重藤野先生的教導，說明在為學術與為國家的問題上，魯迅也一直有矛盾。最典型的例子就是《吶喊・自序》中承認在要〈藥〉的結尾放上花環，是為了聽從「五四」將令，但確實使得作品離藝術距離遠了。一方面是真誠獻身啟蒙，努力喚醒大眾，一方面則堅持文學標準，服從藝術信仰。這其實也是魯迅一生困惑的矛盾，從〈摩羅詩力說〉開始一方面意識到「文章……與個人暨邦國之存，無所系屬，實利離盡，究理弗存。故其為效，益智不如史乘，誡人不如格言，致富不如工商，弋功名不如卒業之券。」一方面又推崇拜倫等詩人，並以「精神界戰士」為己任。直到三十年代，魯迅也是一方面擔任左翼文壇領袖，時時想着用雜文戰鬥，一方面卻有無法放棄文人的固執信念和基本原則。李初梨提出的問題很尖銳，只是魯迅和他看法不同。「為文學而革命」還是「為革命而文學」？魯迅可能也是思想家、革命家，但歸根結底魯迅是一個文學家。

第三個貫徹魯迅一生的困惑是魯迅對主奴關係的持久關注。奴隸和奴才，是魯迅很多作品的關鍵詞。魯迅既同情又憤怒所謂的「國民劣根性」。同情奴隸們的痛苦打熬、造反失敗和一味被欺，又憤怒奴才們的苦中歡樂、安於現狀與被人欺亦欺人。更重要的是，我們討論過，如果趨利避害是人性基本特點，那麼奴隸生態導致奴才心態，即使不是必然，也有很大合理性和可能性。所以，改造國民性很難很難。面對強權，人們需要精神勝利法之類的心理調節機制。同樣吃苦，從打熬到作樂，從造反失敗到安於現狀，從被欺到欺人，阿Q精神有時就是專制政體的羣眾基礎。這種的從國情到人性的推理，使魯迅產生了無法言說的悲觀主義，這種悲觀主義又和他的「精神界戰士」使命感形成了深刻的矛盾——改造國民性可能嗎？

魯迅提的問題，也是我們今天的問題。

魯迅一生的工作，也就是我們今天的使命。

一百年了，所有人都在關心中國的變化，唯有魯迅看到了中國的不變。

1 魯迅：〈死〉，寫於 1936 年 9 月 5 日，最初發表於《中流》半月刊 1936 年 9 月 20 日第一卷第 2 期，後收入《且介亭雜文末編》，見《魯迅全集》，北京：人民文學出版社，頁 631—635。以下引文同。

2 參見錢理羣：《與魯迅相遇》，北京：三聯書店，2003 年，頁 44—45。